푸른 운하

박경리
장편소설

다산
책방

차
례

일러두기

- 의성어, 의태어, 방언 등은 작가의 의도에 따라 원문을 따랐다.

1. 창백한 얼굴

서울역 광장은 방금 도착한 부산발釜山發 열차에서 쏟아져 나온 사람들로 하여 혼잡을 이루고 있었다. 송은경宋恩京은 큼지막한 트렁크를 하나 들고 사람들 사이에서 밀려 나왔다. 그는 끈끈한 땀을 손바닥으로 닦으며 악머구리 떼처럼 소리를 지르고 밀려 들어오는 택시를 어리둥절한 눈으로 바라본다. 은경은 서울 온다고 의복에다 어지간히 신경을 썼다. 새로 지어 입은 원피스만 하더라도 한창 유행인 프린세스 라인이다. 그러나 몸에 맞지 않은 디자인이어서 어설퍼 보였고 빛깔도 가을바람이 우수수 불기 시작하는 계절, 까칠한 느낌을 주는 연분홍이다. 그러나 그보다 지난봄에 싼값으로 지었던 구두가 말이 아니다. 서울의 아가씨들은 모두 굽이 날씬하고 구두 끝이 뾰족한 이탈리아식의 것을 신고 경쾌하게 포도를 차며 또각또각 걸어가는데 은경의 구두는 그렇지가 않았다. 구두 끝이 미련스럽게 뭉그러져 있을 뿐만 아니라 굵은 굽이 무거울 지경으로 투박하여 볼품없이 초라하고 촌티가 역력하다. 은경은 지나가는 멋쟁이 아가씨들을 힐끔힐끔 쳐다보는 것이었으나, 그러나 질리는 기색은 없다. 그도 그럴 것이 아무리 멋쟁이 아가씨라도 은경이만큼 아름답지는 못했다.

햇볕에 그을린 얼굴이 연한 갈색이다. 그러나 그의 뛰어난 용모와 터질 듯한 젊음은 오히려 그 갈색 피부로 하여 한층 더 강조된 듯 초가을 맑은 하늘 아래 뚜렷한 윤곽을 나타내고 있었다. 약간 노르스름한 부드러운 머리칼이 햇볕에 덜 탄 분홍빛 목덜미에 푸짐하게 쏟아져 있고, 청포도처럼 시원하고 푸른 눈에는 꿈이 있었다.

"아주머니, 택시 안 타시겠어요?"

은경은 깜짝 놀라며 뒤를 돌아본다. 운전수가 자동차 안에서 머리를 쑥 내어 밀고 은경에게 말한 것이다. 은경은 아주머니라는 말을 난생처음 들었다. 고향인 마산에서는 아무도 은경을 아주머니라 부르는 사람은 없었다. 그의 나이 이제 겨우 스물이다.

"혜화동까지 얼마에 갑니까?"

은경은 표준말을 쓰려고 노력하지만 악센트는 여전히 경상도다.

"천 환만 줍쇼."

운전수는 은경의 옷차림을 두루 살피며 시건방지게 웃는다.

"어마! 그렇게 비싸요?"

천 환이면 은경에게는 큰돈이다.

"백 환만 깎아드리죠. 구백 환에 가십시다."

"팔백 환에 가시지 않겠어요?"

서울 지리를 모르는 은경으로서는 팔백 환도 소중하기 짝이 없는 돈이었으나 할 수 없었다.

"에키! 인심 썼다. 타세요!"

은경은 트렁크부터 밀어 넣고 자동차에 올랐다. 자동차에 오르고 보니 저절로 한숨이 나왔다.

자동차가 남대문을 시날 때 은경은 국민학교 때 어머니하고 같이 서울 왔던 생각이 되살아나 가슴이 뭉클했다. 그리고 눈물이 핑 돈다. 서울서 공부를 했던 어머니는 늘 서울을 그리워하고 가고 싶어 했었다. 그러나 어머니는 지금 세상을 떠나고 없다.

"경상도에서 오세요?"

운전수는 핸들을 잡은 채 백미러 속에 비치는 은경의 표정을 슬그머니 살피며 묻는다.

생각에 잠겨 있던 은경은,

"네?"

하고 되묻는다.

"경상도에서 오시냐구요."

"네."

"어디서 오셨소?"

"마산서요."

"마산? 지금도 밀무역이 심합니까?"

"그런 건 몰라요."

"피난 갔을 때 자알 해먹었지. 마구 노다지판이었으니까."

운전수는 혼잣말처럼 중얼거린다. 은경은 그가 필요 이상의 말을 한다고 생각했다. 은경은 입을 꼭 다물고 창밖으로 눈을 돌린다. 지난날의 기억이 아슴푸레 되살아나 자꾸만 마음이 심란해진다.

"서울에는 어째 오셨어요? 친척이라도 있어 오세요?"

운전수는 옷차림과 어울리지 않는 은경의 아름다운 얼굴에 호기심을 갖는 모양이다.

"그건 왜 물으세요? 자동차나 빨리 몰아요."

은경은 경계심을 표시하며 쏘아붙인다.

'시골뜨기로선 똑똑한데? 하긴, 얼굴이 쓸 만해.'

운전수는 마음속으로 중얼거리며 씩 웃는다. 안국동을 지나 혜화동까지 왔을 때 운전수는 다시 입을 열었다.

"어딜 가죠?"

"파출소 앞에요."

자동차는 로터리를 빙글 둘러 파출소 앞에 정차한다. 찻삯을 치르고 난 은경은 트렁크를 추스리며 보초 선 순경 옆으로 걸어간다.

"저, 죄송합니다만 말씀 좀 묻겠어요."

순경은 피곤한 듯 멍한 눈으로 은경을 바라본다.

"국회의원 김상국 씨 댁을 좀 가르쳐주실 수 없을까요?"

순경은 김상국이란 이름을 듣자 표정이 금세 달라진다. 그는 상냥스러운 말씨로 지나치게 친절히 가르쳐준다.

은경은 순경에게 사례를 하고 걸음을 빨리한다. 그리고 순경이 가르쳐주는 대로 조산원의 간판이 붙은 모퉁이 길을 돌아 한참 올라갔다. 빨간 벽돌담이 보이고 굉장한 양옥집이 나타난다. 문패를 보니 김상국金尙國이라 씌어져 있었다.

은경은 트렁크를 땅에 내려놓고 얼굴 위에 흩어진 머리를 쓸어 넘기고 옷매무새를 고친 뒤 초인종을 누른다.

집 안이 괴괴하다. 아무 소리도 들리지 않는다. 은경은 다시 한번 길게 초인종을 누르고 기다렸다. 그러나 역시 아무 소리도 나지 않는다.

은경은 별안간 외로움과 슬픔이 울컥 치솟았다. 동시에 자기가 한 짓이 무모한 것이 아니었던가 하는 의심도 들었다.

국회의원 김상국 씨의 부인 허찬희許贊姬는 돌아간 은경의 어머니 강영숙康英淑이 서울 S여고에 다닐 때의 후배이며 또한 사랑동생이다. 그들은 학교를 졸업한 후 각각 결혼을 한 뒤에도 서로 친교를 잊지 않았다. 특히 영숙이 시골로 내려가 넉넉지 못한 살림에 쪼들려 있을 때 찬희는 번번이 그를 도와주곤 했었다. 영숙이 죽은 뒤 한동안 소식을 끊었던 찬희는 작년 가을 마산 요양소에 있는 조카를 찾아온 길에 은경의 집에 들렀던 것이다. 그때 은경의 오빠 민경民京은 밀선을 타고 일본에 가고 없었다.

찬희는 어릴 때부터 퍽 귀여워했던 민경이 없는 것을 섭섭하게 여기는 눈치였으나 은경의 아버지인 송인구宋仁九는 그까짓 자식 있으면 뭣하겠느냐고 거의 체념하는 빛을 띠며 말하는 것이었다. 찬희는 쌀쌀하기 짝이 없는 은경의 계모의 눈을 피해 은경의 손목을 꼭 쥐어주었다.

"어려운 일 있거든 서울 와. 응!"

찬희의 눈에는 눈물이 핑 돌았다.

그가 영숙의 자식들을 찾아보는 것은 물론 영숙에 대한 옛정에서였지만 사십이 넘도록 자식을 생산하지 못한, 더군다나 남편이 소실을 얻어서 살림을 하고 있는 고독한 그의 환경이 불우한 그 아이들을 찾게 했고 애틋한 애정을 느끼게도 했다.

은경은 어려운 일 있으면 서울 오라던 찬희의 말을 믿고 지금 찾아온 것이다.

은경은 초인종을 좀 거칠게 눌렀다. 겨우 뜰에서 발자국 소리가 들려왔다. 은경은 까닭 없이 가슴이 뛰고 얼굴에 열이 모이는 것이었다.

문을 열어준 사람은 남자였다. 삼십 세가량 될까 말까?

"누굴 찾으시죠?"

남자는 트렁크를 내려다보며 몹시 가라앉은 목소리로 물었다.

"저, 아주머니⋯⋯."

은경은 왜 그런지 말이 콱 막힌다.

"부인 말씀입니까?"

남자는 천천히 얼굴을 들고 은경을 물끄러미 쳐다본다. 넓은 이마와 깊은 눈이 몹시 창백한 얼굴이다.

"네."

"나가셨는데⋯⋯ 식모 데리고 시장 가셨어요. 어디서 오셨죠?"

"마산서 왔어요."

찬희가 없다는 말에 덤비던 은경의 마음이 가라앉으며 맥이 탁 풀린다.

"들어와서 기다리십시오."

남자는 손을 쑥 내어 밀며 트렁크를 받으려고 한다.

"아, 아니 괜찮아요."

은경은 당황하며 트렁크를 자기 앞으로 잡아당긴다.

남자는 미간을 찌푸렸다. 은경은 그 찌푸린 얼굴을 보았을 때 자기 마음이 위축되는 것을 느꼈다.

남자는 잠자코 문을 활짝 열어주며 들어오라는 시늉을 했다. 은경은 잔디가 곱게 깔려 있는 넓은 정원을 이리저리 살펴보면서 남자를 따라 집 안으로 들어갔다. 으리으리하게 집도 크고 정원도 넓건만 개 한 마리 얼씬하지 않는다. 아마도 이 남자 이 외 아무도 집에 있지 않는 모양이다. 은경은 불안을 느끼면서 남자의 뒷모습을 숨어 본다. 파아란 면도 자국이 싱싱하다. 키 는 성큼하게 크고 팔도 길었으나 어딘지 모르게 허황한 것을 느 끼게 하는 걸음걸이다. 남자는 응접실을 지나 뒤뜰을 바라볼 수 있는 넓은 마루에 이르기까지 한마디 말도 하지 않았다.

마루에 왔을 때 남자는 등의자를 가리키며 앉으라는 뜻을 나 타내었다.

"여기서 기다리세요."

그 말 한마디를 남기고 삐걱삐걱 계단을 밟으며 이 층으로 올 라가 버린다.

은경은 온몸에 냉바람이 휩싸여 오는 것을 느꼈다. 넓고 사람 없는 집 안에도 차가운 바람이 드는 듯했었지만 자기를 대해주 는 남자의 태도에서도 은경은 냉바람을 느꼈다.

'내가 공연히 왔나 부지?'

은경은 등의자에 푹 주저앉으며 유리창 밖의 하늘을 바라보 았다.

엷은 구름이 둥둥 어디론지 떠내려간다. 은경은 마치 자기의 신세처럼 구름의 갈 곳이 망망한 것을 느꼈다.

계모와 싸운 일, 마음 약한 아버지를 설득하여 짐을 꾸리고 나온 일, 일확천금을 꿈꾸며 밀선을 타고 일본을 내왕하다가 일 확천금의 꿈은 고사하고 경찰서 신세만 지다가 집에 틀어박힌 오빠 생각, 언제까지나 계모와 냉전을 벌이고 있을 오빠의 강한 기질, 그런 일들이 산발적으로 떠올라 은경의 마음은 암담하였다.

'이렇게 나와버렸는데 어떻게 집엘 다시 가노.'

은경은 서울서 발붙일 곳이 없어 만일 내려가게 된다면 틀림없이 계모는 그렇게 싫어하는 김가에게 자기를 시집보내고 말리라는 생각을 해본다. 싸움의 원인도 그것 때문이었다.

은경은 약 한 시간 동안이나 우두커니 혼자 앉아 있었다. 이층으로 올라간 남자는 죽었는지 아무 기척도 없었다.

'도대체 그 사람은 누굴까? 아주머니를 부인이라 했었지? 그러고 보면 친척도 아닌 모양인데?'

은경은 얼음장처럼 싸늘해 보이던 남자의 창백한 얼굴을 생각해 보았다.

'아주머니는 날 반갑게 대해주실까? 귀찮게 생각하시면 어떻게 할꼬……'

마침 밖에서 초인종이 요란스럽게 울린다. 그러나 아까 은경이 초인종을 눌렀을 때처럼 집 안에서는 아무 기척이 없다. 무슨 일이든지 잽싸게 구는 은경은 답답증이 났다. 일어나서 문을 열어주고 싶은 충동을 느꼈으나 처음 온 집이라 그럴 수도 없다. 두 번째 초인종이 울렸을 때 삐걱삐걱 층계를 밟는 소리가 나더니 아까 그 남자가 내려왔다. 그는 마루를 지나면서도 은경을 한 번 거들떠보지도 않았다. 창백한 이마 위에 흘러내린 머리칼을 쓱 걷어 올리며 그만 뜰로 내려가 버린다.

한참 후 대문간에서 주고받는 소리가 나더니 급히 걸어오는 발소리가 들려온다. 찬희였다.

"아, 은경아!"

찬희는 은경의 손을 덥석 잡았다. 은경도 찬희의 손을 꼭 쥐었다.

"잘 왔다."

찬희는 소매 속에서 손수건을 꺼내어 눈언저리를 닦는다. 은경은 반갑게 맞아주는 찬희를 고맙게 생각하는 동시에 마음의 긴장이 풀리고 여유가 생긴다.

'아주머닌 참 잘 우셔.'

마음속으로 중얼거리며 웃음도 울음도 아닌 근육운동이 은경의 얼굴 위에 퍼졌다.

찬희는 일 년 동안 더 늙은 것 같았다. 옷차림도 수수한 중년 부인이다.

뒤에서 우두커니 바라보고 있던 남자가 잠자코 이 층으로 올라가려고 하자,

"이 비서! 이 애가 은경이요. 왜, 내가 항상 말하지 않습디까? 영숙 언니의 딸이에요. 은경아? 인사드려. 아저씨 비서 이치윤 씨야."

은경은 쌀쌀하던 그의 태도를 생각하며 머리를 약간만 수그렸다. 이치윤李致允은 은경이 찬희에게 있어 픽 소중한 사람이라

는 것을 알았음에도 불구하고 여전히 변함없는 우울한 얼굴로 대한다.

"좀 어때요? 몸이 풀리지 않나요?"

찬희는 염려스럽게 이치윤을 바라본다.

"선생님 오실 때까지는 좋아지겠죠."

"약 지어 왔어요. 몸살에는 한약이 제일야."

은경은 이치윤의 냉정한 태도가 이해되었다. 그것은 자기를 깔본 때문이 아니고 몸이 괴로웠던 탓이라 생각했다.

"아주머니, 이 비서 약 곧 달여야 해요!"

"네에—."

찬희와 같이 시장에서 돌아온 식모가 부엌에서 길게 어미語尾를 뽑으며 대답한다.

우두커니 서 있던 이치윤이,

"그럼 올라가겠습니다."

말을 하면서 그는 얼굴을 찡그리며 아랫배에 손을 얹었다.

"그렇게 하세요. 올라가서 푹 쉬어요. 영감이 돌아오면 또 회오리바람이 불 테니까."

이치윤은 얼굴을 찌푸린 채 찬희의 말을 귓전에 흘려버리듯 마루를 나가더니 이내 삐걱삐걱 층계를 밟는 소리가 들려왔다.

"병이 날 만도 하지, 밤낮없이 쫓아다니니까."

찬희는 혼잣말처럼 말을 흘렸다.

은경은 쫓아다니는 활동가이기보다 앉아서 사색하는 형이

라 생각했다. 그러나 거만한 사람임에는 틀림이 없다고 여겨졌다. 비서라면 늘 고분고분하고 상냥스러운 걸로 알고 있기 때문이다.

"그래, 집안은 다 편안하냐?"

"네…… 오빠가…….."

은경의 대답은 떨떨하다.

"민경이 왔냐?"

"네, 경찰서에 잡혀갔다가…….."

"정말 민경이는 탈이구나. 누굴 닮아 바람이 많을까? 학교도 그 모양으로 집어치웠다니…….."

여자 관계로 하여 상해傷害사건까지 일으켜 부산에서 다니던 대학을 쫓겨나고 만 일을 찬희는 알고 있었다.

"본시부터 오빤 공부에 관심이 없어요. 밤낮 그까짓 공부해서 학자님이 되겠느냐고 하잖아요."

"애초부터 빗나가서 그런 거야. 감정이 강한 아인 데다가 가정환경이 순조롭지 못하니까 그렇지."

"아버지도 이젠 오빨 단념하시나 봐요. 한집안에서도 얼굴을 내하지 않으려고 하세요."

"차차 나이 들면 바람도 자겠지. 그런 애가 되려 잘되는 수가 있단다. 그런데 은경이 서울 오는 것 아버지가 허락하시던?"

"처음엔 반대하셨지만…….."

"아무튼 잘 왔다. 천천히 이야기 듣기루 하구 네 방이나 정해야지."

찬희는 은경을 데리고 마루를 나섰다. 동편에 창이 있는 아담한 방으로 들어선 찬희는 휘휘 둘러본다. 은경이 오리라는 것은 예기치 못한 일이었으나 방은 새로 꾸민 듯 깨끗했다.

"어때? 방이 마음에 드나? 큰 방이 있지만 너에게는 이 방이 좋겠다."

"참 예뻐요."

은경은 기쁨을 감추지 못하고 입이 벌어진다. 사실 그에게는 방 하나를 차지한다는 것이 과분하고도 만족스러웠다. 시골에서 이복동생들과 한방에서 북적거리던 생각을 하면.

"짐이나 챙겨놓아라."

"네."

대답하는 목소리가 저절로 드높아진다.

미소로써 바라보고 있던 찬희가,

"그 옷 꼴이 뭐냐? 촌스럽게…… 고운 얼굴 버리겠다."

은경의 삐뚤어진 드레스의 깃을 고쳐준다.

"서울 온다고 새로 지어 입었는데."

은경은 어리광스럽게 말한다.

"봄에 부쳐준 양복은 어떡허구."

은경은 얼굴이 벌게진다. 죄지은 사람처럼 대답을 못 하고 만다.

지난봄에 찬희는 백화점에서 짙은 크림빛 원피스를 사가지고 은경에게 부쳐준 일이 있었다. 그러나 누가 옷을 벗겨놓았느냐고 악을 쓰는 은경의 계모는 시장에 내다 팔아버린 것이다. 성미가 고약한 그 여자는 죽은 사람과 친한 찬희의 호의가 마음에 들지 않았고 마음이 약한 은경의 아버지는 그것을 말리지 못했던 것이다. 은경은 그때 슬펐던 일이 생각나기도 하고 찬희에게 대하여 미안한 마음도 들었으나 차마 그 얘기를 할 수는 없었다.

"대강 정리해 놓구 내 방으로 와."

찬희는 은경을 혼자 남겨두고 자기 방으로 건너왔다.

찬희는 거울 속의 자기 모습을 바라보며 외출했을 때 입은 옷을 벗고 집안 옷인 옥색 치마와 아스라한 분홍 저고리로 갈아입으니 한결 젊어 보인다. 연연한 옛날의 아름다움은 이미 없어졌지만 아직 그의 미모는 여광餘光처럼 남아 있었다.

그는 언제나 집 안에서는 좀 화려하게 옷을 입는다. 아이가 없는 찬희는 취미에 따라 새 옷을 짓고 마음에 드는 세간을 사들이는 것을 유일한 낙으로 삼고 있었다. 넓은 집 안 구석구석에 알뜰한 세간 치장을 한 것은 말할 것도 없고 그가 거처하는 안방에도 으리으리한 자개장롱이 꽉 들앉아 있었다. 그러한 세간 하나하나에 우아한 취미와 깔끔한 성품이 깃들어 먼지 한 톨 없이 가꾸어져 있었다. 물도 씻어 먹는 성미라는 말이 있다. 그 말은 찬희에게 적합한 표현이다. 본시부터 깔끔한 성미인 데다가 자식도 없이 몇십 년을 살아가노라니 자연 그러한 결벽성이 점점 더해갈 뿐이다.

찬희는 벗은 외출복을 창문을 열고 탈탈 털어 옷장에 넣고 잠시 생각에 잠긴다.

'은경의 옷부터 새로 맞춰 입혀야지.'

은경은 찬희가 정말로 자기를 반갑게 맞이해 줄 것인가 걱정을 했었지만 찬희의 경우를 본다면 즐거운 소일거리가 하나 생겨 마음 흐뭇한 일이 아닐 수 없다.

찬희가 은경을 서울로 데리고 오고 싶어 한 것은 벌써 오래전의 일이다.

영숙이 죽었을 때 찬희는 은경의 아버지에게 그 말을 비춰보았다. 그러나 은성의 아버지는 대답을 하지 않았던 것이다. 하기는 아이를 얻어오려면 얼마든지 있었다. 그러나 찬희는 아무 관련도 없는, 더욱이 어떤 사람의 자식인지도 모르는 고아를 데리고 오는 것을 꺼려했고 애정이 갈 것 같지도 않았다.

그때 은경은 엄마의 죽음이 무엇인지도 모르는 국민학교 이학년짜리였다. 그는 집안 식구가 울면 따라 울고 찬희가 가엾어서 과자를 사 주면 앞니가 빠진 입으로 오물오물 먹는 것이었다. 그리고 커다란 눈으로 찬희를 빤히 쳐다보고는 했었다.

'계집애가 꼭 영숙 언닐 닮았단 말이야.'

찬희는 혼자 미소를 지으며 창밖을 내다본다.

은경은 벌써 하복으로 갈아입고 수돗가에 나와서 세수를 하고 있었다.

'한 달만 내 손에 닦여지면 서울 아가씨가 무색해지지. 대학에도 넣어야겠구.'

찬희는 성급하게 계획을 세운다.

세수를 끝내고 수건으로 얼굴을 닦던 은경이 창문에서 자기를 보고 있는 찬희를 보고 빙긋 웃는다.

"아주머니!"

별안간 뒤에서 식모가 급히 부른다.

"큰일 났어요. 이 비서가……."

찬희가 놀라며 돌아본다.

"무슨 일이 생겼어요?"

찬희의 얼굴빛이 확 변한다.

"글쎄, 잠옷 다려놓은 것 가지구 이 층에 올라갔더니만 이 비서 방에서 막 앓는 소리가 들리지 않겠어요?"

"그래서."

찬희는 다음 말을 재촉한다. 그는 순간 이치윤이 자살을 기도한 것이나 아닌가 하는 생각이 퍼뜩 머리에 떠올랐다.

"문을 열어보니 글쎄, 이렇게 배를 꽉 움켜쥐고 침대 위에서 뒹굴고 있는 거예요."

식모는 작은 눈을 부릅뜨고 자기의 배를 움켜쥐는 시늉을 한다.

"아주 대단해요."

찬희는 근심스럽게 창 밑에 다가서는 은경을 내버려두고 방을 급히 나섰다. 층계를 탕탕 밟으며 이 층으로 올라간다. 방문을 열어보니 과연 이치윤은 배를 움켜쥐고 침대 위에서 괴로워하고 있었다.

"이 비서! 왜 이래요? 어디가 아파요?"

찬희는 이치윤의 어깨를 흔든다.

"배가, 가, 갑자기……."

이치윤은 말을 잇지 못했다. 종잇장처럼 입술이 하얗다. 그리고 반듯한 이마 위에 기름땀이 솟아 나온다. 그는 고통을 참으려고 하는 모양이나 이빨 사이로 저절로 신음 소리가 나오는 것이다.

"큰일 났구면. 어떡허면 좋아?"

찬희는 어떻게 할 바를 모른다. 마침 집 안에는 사람도 적었다. 운전수하고 심부름하는 박 군은 남편이 사냥 가는 데 따라가고 집에는 여자들뿐이니 더욱 당황해지는 것이었다.

겨우 마음을 진정하여 아래층으로 뛰어 내려온 찬희는 이웃에 있는 김내과의원에 전화를 걸어 급히 좀 와달라고 부탁을 한 뒤 부엌으로 쫓아간다.

"아주머니! 물 좀 데워요. 우선 찜질이나 하게."

하고는 신경질적으로 복도를 왔다 갔다 한다.

은경은 오자마자 이 소동이니 어리둥절할 수밖에 없다. 그러나 그는 그대로 구경만 하고 있을 수는 없었다.

"아주머니? 더운물로 찜질하는 것 나쁘지 않을까요?"

조심스레 의견을 표시한다.

"왜?"

"혹 맹장염이면……."

"맹장염?"

"일단 배가 아프면 그렇게 생각해 보는 것이 좋을 것 같아요. 맹장염이면 더운물로 찜질하는 건 해롭거든요."

"어떻게 네가 그걸 다 아니?"

"전에 오빠가 맹장염으로 수술했어요."

"그래? 그럼 의사가 오도록 기다려볼까? 참, 너 전화 한 번 더 걸어봐. 병원에 말이야. 난 이 층에 가봐야겠다."

찬희는 은경에게 전화번호를 가르쳐주고 이 층으로 올라간다.

"이 비서, 정신 차려요. 의사가 곧 올 테니까."

고통을 참으려고 애를 쓰는 이치윤에게 그런 말을 하는 이외 다른 도리가 없었다.

'몹쓸 놈의 계집, 이렇게 착한 사람을…… 아이, 가엾어라.'

찬희는 창백한 이치윤의 얼굴을 내려다보며 마음속으로 중얼 거린다. 어느새 해가 지려는지 창이 빨갛다.

얼마 후 은경이 의사를 이 층으로 안내해 왔다. 은경의 눈은 자연 이치윤에게 쏠린다. 이치윤은 눈을 지레 감고 이를 악물며 아픔을 참는 것 같았으나 백석白石의 이마에는 파아란 정맥이 부풀어 오른다. 은경은 가슴이 조여드는 것 같았다. 마치 자기 자신이 복통을 느끼는 듯 배 위에 손을 얹어본다.

서로 안면이 두터운 김 의사는 찬희에게 가벼운 목례를 보낸 뒤 환자를 대한다.

진찰을 끝낸 김 의사는 잠시 찬희의 얼굴을 쳐다보다가 주사기를 꺼내어 진통제를 뽑아가지고 이치윤 팔에 찌른 뒤 가방을 챙겨서 일어섰다. 찬희와 은경은 다 같이 의사를 따라 방을 나왔다.

계단을 내려오면서 김 의사는,

"수술해야겠군요."

"수술?"

찬희의 얼굴이 긴장한다.

"급성 맹장염입니다. 빨리 서두르셔야겠습니다."

"어, 어떻게 할—까—요?"

찬희는 허겁지겁 묻는다. 김 의사는 안경을 밀어 올리며,

"S대학병원으로 가세요. 여기서 가까우니까."

"자동차도 없구 사람들도 없구, 아이구, 어떻게 해?"

이러한 경험이 없는 찬희는 그저 허둥거릴 뿐이다.

"택시를 부르십시오. 얘, 네가 가서 빨리 불러와."

김 의사는 촌스러운 한복을 입고 두 사람의 얼굴을 번갈아 가며 쳐다보고 있는 은경에게 말했다. 심부름 아이로 생각한 모양이다.

그러나 김 의사는 너무나 아름다운 은경의 눈을 놀란 듯 쳐다

본다.

김 의사가 나간 뒤 식모가 택시를 불러왔다. 운전수와 식모가 겨우 이치윤을 이 층에서 데리고 내려와 자동차에 실었다.

찬희가 핸드백을 들고 쫓아오면서,

"은경아! 너도 가자. 나 혼자서 무서워."

하며 은경의 손을 잡아당겼다.

"아주머니, 저는 어떡헙니까? 혼자서 무서워요."

식모가 불안하게 말한다.

"수술이 끝나면 곧 돌아와요. 문 꼭 잠그구…… 우리가 늦거들랑 김 사장 댁에 전화 걸어서 그 댁 식모를 좀 보내달라구 하세요."

은경은 운전대 옆에 앉았다. 자동차는 내리막길을 급히 달린다.

은경은 아침에 기차 속에서 구름을 바라보던 생각이 났다. 돌변하는 현실이 아무래도 꿈만 같았다. 어젯밤만 하더라도 서울 간다고 짐을 꾸려놓고 이불 속에서 혼자 울었던 것이다.

이치윤은 진통제의 효과 때문인지 잠잠했다. 그러나 이따금 몸부림을 치는 모양이다.

병원에 도착했을 때는 벌써 사방이 어둑어둑하고 뜰의 수목들이 바람에 우수수 흔들리는 소리가 들려왔다.

시간 외의 환자를 취급하는 특별진료소에서 사무적인 수속을 끝내고 한참 기다린 후 소독 준비가 된 수술실로 이치윤은 운반

되어 갔다. 긴 복도에는 희미한 전등이 흰 벽에 반사되어 이상한 공포감을 준다.

은경은 자기도 모르게 찬희의 치맛자락을 잡으며 걸어간다. 찬희는 자꾸만 손수건으로 이마를 씻었다.

복도를 한참 동안 돌아서 막다른 곳까지 갔을 때 이치윤을 실은 운반대는 멈추었다.

간호원이 수술실 문을 활짝 열었다. 마치 복마전伏魔殿처럼 수술실은 입을 떡 벌리고 환자를 기다린다.

부설된 소독실에서 하얀 김이 웅웅하게 서려 나온다. 전등불이 하얀 김 속에 명멸하는 것만 같다. 이치윤은 수술실 안으로 사라져 버리고 문이 굳게 닫혀진다.

찬희는 휴 하고 숨을 내쉬며 맥 빠진 사람처럼 창 밑에 놓인 벤치에 주저앉는다.

은경은 무섭고 걱정이 되어 가슴이 떨렸다. 처음 만난 사람이지만 이상하게 남과 같지 않은 기분이 들어 수술 결과가 걱정되었고 무시무시한 병원 풍경이 마음을 압도한다. 전에 민경이 수술을 받을 때도 몹시 마음을 태우기는 했으나 그때는 시골 병원이라 그런지 이렇게 사방이 어머어마하지는 않았다.

"너라도 없었으면 나 혼자서 혼날 뻔했다."

찬희는 손수건을 꺼내어 치맛단에 묻은 흙을 털면서 말하였다.

"병원이 너무 커서 그런지 몰라도 무서워요."

은경이 찬희 옆으로 바싹 다가앉는다.

"기분이 좋지는 않아. 이 속에서 죽은 넋이 웡웡 울어대는 것만 같구나."

아닌 게 아니라 웡웡 소리가 들려오는 것 같다. 간호원들의 오고 가는 발자국 소리, 문 닫는 소리가 사방 벽에 울려 여음이 사라지지 않는다.

은경은 백의를 입고 바삐 내왕하고 있는 간호원들의 모습을 아름답다고 생각하였다. 한때는 은경 자신도 간호원이 되어보고 싶은 꿈을 가진 일이 있었다. 고등학교에 다닐 때였다. 나이팅게일의 전기를 읽고 간호원이란 직업에 매력을 느꼈던 것이다. 이제는 그러한 꿈도 다 식어버리고 말았지만 막상 병원이란 세계 속에 들어서 보니 간호원들의 모습은 그야말로 백의의 천사처럼 아름다우나 그들이 일하는 곳은 싫었다. 어둡고 침침하고, 사철을 울음소리만 들어야 하는 것 같아 무섭기만 하다.

"수술이 잘되어야 할 텐데…… 만일……."

찬희는 왜 자기가 방정맞은 생각을 하는가 싶었는지 얼른 입을 다물고 말았다.

"맹장염인데요. 뭐…… 빠르기만 하면 위험할 것 없다고 하데요."

은경은 찬희를 안심시키려고 그렇게 말했다.

"미처 가족들한테 알리지도 못하구……."

"가족이 있어요?"

"그럼."

"제가 가서 알려드릴까요?"

은경은 일어서며 열심히 말했다. 찬희는 싱긋 웃으며,

"시골까지 가겠어?"

"아아, 시골…… 전 서울에 계시는 줄 알았어요."

"이 비서도 팔자가 나빠서……."

찬희는 말끝을 흐려버린다.

"부인이 계세요?"

"글쎄…… 있다면 있구 없다면 없지."

은경은 어른 앞이라 그 이상 물어볼 수 없었다. 그러나 그 말이 묘하게 귀에 거슬렸다.

"아! 참, 너 사무실에 가서 집에 전화 좀 걸어봐. 오에 삼삼구육이야."

"네."

은경은 싹싹하게 대답한다.

은경은 한참 만에 돌아왔다.

"전화 걸었니?"

집에서도 가만히 앉아 있지 못하는 성격인 찬희는 벌써 지루한 표정으로 물었다.

"네. 걸었어요. 김 사장 댁의 식모가 왔다고 하는군요. 그리고 뭐, 변호사한테서 전화가 왔다고 그러네요?"

"응, 알았어."

찬희의 표정이 다소 변한다.

"참, 내가 잊었구먼. 이 비서 이불 가져오게 할걸…… 괜찮아, 수술 끝나면 우리가 돌아가서 보내지."

수술실 문은 여전히 꼭 닫혀져 있었다. 안에서 무엇을 하는지 밖에서는 알 도리가 없다.

찬희가 팔을 들고 시계를 쳐다보았을 때 수술실 문이 무겁게 열렸다. 간호원 한 사람이 뚜벅뚜벅 걸어 나왔다. 찬희는 황급히 일어섰다. 그리고 지나가는 간호원에게,

"어떻습니까? 수술은 잘되었나요?"

"걱정 마세요."

간호원은 극히 사무적인 대답밖에 하지 않았다. 그리고 상체를 꼿꼿이 세운 채 걸어가 버린다.

얼마 후 수술은 끝이 났다. 환자를 입원실로 옮겨놓았을 때 창밖은 칠빛처럼 어두웠다. 밤은 제법 깊어진 모양이다.

찬희와 은경은 일단 안심을 하고 집으로 돌아왔다. 집 앞에서 찬희는 자동차를 못 가게 잡아놓고 초인종을 누른다. 식모가 쫓아 나오자 이치윤의 이부자리를 병원에 싣고 가라고 이른 뒤 방으로 들어간다. 식모가 부랴부랴 이불을 꾸려가지고 나오면서,

"윤 변호사가 아주머니 돌아오시거든 전화 걸어달라구 하십디다."

"응, 알았어요."

식모가 나가자 밖에서 자동차 떠나는 소리가 이어 들려왔다.

"피곤하지? 오자마자 이 법석이니 일찍 자야지. 아참, 저녁도 잊을 뻔했구나."

찬희의 말이 끝나기도 전에 전화벨이 요란스럽게 울린다. 찬희가 수화기를 든다. 순간 그의 얼굴이 흐리어진다.

"네. 네? 아, 안 됩니다. 그런 법이 어디 있어요?"

어떤 대화인지 알 수 없으나 찬희의 얼굴이 노여움에 벌게진다.

"잠깐만 기다리세요."

찬희는 수화기를 내리며 은경을 돌아다보았다.

"은경아? 너 배고플 텐데 식당에 가서 먼저 밥 먹어라. 아마 저녁 준비가 되어 있을 거야. 안 돼 있으면 김 사장 댁 식모보구 차려달라구 해. 사양할 필요 없이 말해두 된다. 전에 우리 집에 살던 식모니까."

은경은 전화 내용을 자기가 알아서는 안 된다는 것을 깨닫고 급히 방을 나와버렸다.

식당에는 저녁 준비가 되어 있었다. 은경은 배가 고파서 막 퍼먹었다. 김 사장 댁 식모가 그것을 탐스럽게 바라보며 어디서 왔느냐, 아주머니하고 어떤 관계냐, 오래 있을 것이냐 하고 이런저런 말을 물었다. 은경은 쭉 찢어진 그 여자의 눈이 과히 마음에 들지 않았다.

저녁을 끝내고 은경은 찬희에게 저녁 인사를 하러 갔다.

"아주머니, 안녕히 주무세요."

"아, 그래."

찬희는 책상 위에 팔을 고이고 멍하게 앉았다가 몸을 움칠하며 돌아보았다.

은경은 자기 방으로 돌아와 자리에 들었다. 좀처럼 잠이 오지 않았다. 창밖에 별이 한두 개 반짝이고 있었다. 정원의 나무를 스쳐가는 바람 소리도 들려왔다.

몇 시간 사이에 일어난 여러 가지 변화—엄청나게 크고 많은 일인 것만 같았다. 이치윤이 준 인상도 강했다. 돌발적인 그의 병도 큰 충격을 주었다. 성곽처럼 집에 사람이 적은 것도, 찬희의 남편이 나타나지 않는 것도 생각해 보면 수상쩍었고 어마어마하게 큰 병원의 음산한 광경도 그의 신경을 자극하였다.

'오빠는 지금 어떻게 하고 있을까? 내 생각을 하고 있을 거야.'

은경의 마음은 고향으로 돌아갔다. 역시 궁금한 것은 민경의 일이었다. 아무리 찬희가 허물없이 다정하게 대하여 주어도 처음 집을 떠나온 은경으로서는 외로울 수밖에 없었다. 괴벽하고 성미가 거친 민경이었으나 계모의 학대 밑에서 한 쌍의 비둘기처럼 서로 의지하고 살아온 그들로서는 남달리 애살스러운 오누이가 아닐 수 없었다.

민경을 생각함에 따라 떠오르는 또 하나의 얼굴이 있었다. 큼지막한 손으로 곧잘 이마를 쓸어보는 버릇이 있는 박지태朴芝泰

의 얼굴이다. 박지태는 민경의 가장 친한 친구다. 그들은 콧물 흘릴 때부터 이웃에서 자란 사이라 부산에 가서 대학을 다닐 때도 같은 하숙에서 조석을 맞이한 그런 친구 간이다. 민경은 불상사 때문에 학교도 집어치우고 말았지만 박지태는 학교를 마치고 군에 입대했다. 은경이 떠나올 무렵 마침 그는 휴가로 집에 돌아와 있었다. 은경이 서울로 떠나는 전날 밤 양말을 사려고 거리에 나갔을 때 다방에서 나오던 박지태는 성큼성큼 은경이 옆으로 다가왔다.

"서울 간다며?"

"네."

"아주 가는 거야?"

"모르겠어요. 어떻게 될지 가봐야죠."

"서울 가면 뭘 해? 대학에 가나?"

박지태의 음성은 퉁명스러웠다.

"대학은 무슨 대학이에요? 제 푼수에 대학이란 어림없는 일이지요. 아주머니 댁에 두어만 주어도 얼마나 다행일지."

은경은 생각이 많은 듯 발밑을 내려다보며 걸었다.

"학교에도 안 가면서 서울 가 뭘 하려구?"

"여기 있기가 싫어서 가는 거예요."

박지태는 그 이상 묻지 않고 잠잠히 은경을 따라 걸었다.

"차 한잔 사줄까? 작별의 뜻으로."

은경도 마음이 착잡하였는지 박지태를 따라 다방으로 들어

간다. 한동안 말없이 앉았다가 박지태는,

"거기 시집가라 하기 때문에 서울로 도망가는 건가?"

"그런 것도 이유지만 이젠 저도 나이 들었으니까."

"그게 무슨 뜻일까?"

"아버지 감독 없어도 된다는 거죠."

"으응?"

"정말 지긋지긋해요. 서울 가서 식모살이를 하더라도 여기보담 나을 것만 같아요."

"영영 아주 가버리는 거는 아니겠지? 설마……."

"허용만 된다면 아주 영영 가버리고 싶어요. 이곳 사람들에게 무슨 미련이 있겠어요? 아무런 애착도 없이 지지고 볶고 참말 못 견디겠어요."

"민경이한테도 애착이 없나? 그리고 나한테도……."

박지태는 웃음의 말로 했다. 그러나 단순한 웃음의 말은 아니었다.

"오빠한텐 오빠의 세계가 있고 저에겐 저의 세계가 있지 않을까요?"

"박지태는 문제 밖이란 말이지?"

은경은 전에 없이 알쏭달쏭한 말을 하는 박지태를 눈이 부신 듯 바라보다가 고개를 돌렸다.

그들은 한동안 묵묵히 앉았다가 커피를 마시고 다방을 나왔다.

"집에까지 바래다줄게."

그들은 어두운 골목으로 접어들었다.

"은경이는 나를 허술하게 생각한 모양이지만……."

박지태는 말을 꺼내어 놓고 끝을 맺지 못한다.

"왜 그런 말씀을 할까?"

은경은 거북하게 말을 얼버무리는 것이었다. 다방에서부터 박지태의 태도가 이상하여 불안을 느끼던 참이다.

"나는 은경이를 생각하구 있어. 학교 다닐 때부터…… 군대에 갔다 와서 취직이나 되면 결혼하려구 마음먹구 있었는데……."

단도직입적인 박지태의 고백에 은경은 얼굴을 붉혔다. 걸음걸이마저 허둥거려진다. 정말 은경은 박지태를 그러한 상대로 생각해 본 일은 한 번도 없었다.

"저는 일생 결혼하지 않을 작정이에요."

엉겁결에 한 말이다.

"일생 결혼 안 한다면 그럼, 수녀가 될 건가?"

박지태는 픽 웃었다.

"사람들의 애정이란 결국 추잡한 것이라 생각한 때문이에요."

"경험자 같은 말을 하네."

"아버지하고 계모의 생활에서 그런 걸 느꼈어요. 참 보기 흉해요. 그렇지만, 그분들은 흉하다는 것을 모르나 봐요. 만일 안다면 고독해질 거예요. 오빠의 경우를 보더라도 그렇지 않아요?"

"민경이 경우는 다르지. 그건 애정이 아니구 애욕이야. 걸려도 더럽게 걸렸거든? 그 여자는 일종의 상습범이야. 남자를 농락하는⋯⋯."

집에 가까워졌다. 박지태는 초조해지는 모양이다. 어떻든 은경으로부터 무슨 언질을 받고 싶었던 것이다. 박지태는 걸음을 멈추고,

"정말 영영 서울로 가나?"

그는 그렇게밖에 표현이 안 되는 모양이다. 더 적절한 말이 있음 직한데 마음이 다급하여 말이 막연해질 뿐이다.

"영영 가기는? 누가 죽으러 가나요? 오빠 계실 거예요. 들렀다 가세요."

은경은 화제를 획 돌려버린다.

"그만 가겠어."

박지태는 쓰게 입맛을 다셨다. 그는 돌아서려다가 돌아서지 못하고 도리어 은경의 손을 덥석 잡는다.

"은경이, 은경은 날 어떻게 생각하나? 솔직하게 말해줄 수 없을까?"

박지태의 목소리가 떨렸다. 은경은 자기도 모르는 사이에 손을 뿌리치고 집으로 뛰어들어 왔다.

은경은 박지태의 손이 방금도 자기 손 위에 있는 것만 같아 이불 속에 손을 밀어 넣고 말았다.

늦게 떠오른 달이 창에 걸려 있었다.

파르스름한 밝음이 신비스럽게 은경을 감싸주는 듯하였다. 뜰에서는 밤이 깊어가는 줄도 모르고 귀뚜라미가 구성지게 울고 있었다.

'좋은 사람이다. 그렇지만 그것뿐이야.'

은경은 잠을 청하듯 돌아누웠다. 눈을 감았다. 그러나 달빛이 훤하게 느껴지고 머릿속은 점점 맑아올 뿐이다. 생각은 연이어 꼬리를 문다.

은경이 집을 떠나는 아침, 그러니까 오늘 아침이다. 계모와 민경이 사이에 시비가 벌어지고야 말았다. 혼자 서울로 보내는 은경에게 여비를 이만 환밖에 주지 않는다고 민경이 화를 낸 것이다.

"한 달 하숙비도 안 주구 내쫓을려는 거야? 모두 다 잡아먹구 혼자 살라지. 흥! 나도 할 수만 있다면 내어 쫓고 싶을 거야. 왜 바다에서 뒤지지 않고 살아왔누 싶겠지. 하지만 난 안 나간다. 안 나가! 골탕을 먹여줄 테다."

민경은 방문을 발길로 걷어차며 들으란 듯 소리를 질렀다.

계모는 계모대로 안방에서 조반을 드는 남편의 밥상머리에 앉아,

"누가 서울 가랬나? 거기 가면 모셔 앉혀놓고 밥 먹여줄 줄 아나?"

하며 역시 들으란 듯 언성을 높였다.

"계집애 눈깔이 빠졌다구 그 병신 같은 김가 놈한테 시집보내려구 했었나? 다 쫓아내려고 한 농간이지."

빈정거린다.

"흥! 대통령한테나 시집보내지."

직접적인 것은 아니었으나 안방과 사랑방 사이로 온당치 않은 말들이 오가건만 송인구 씨는 쓰다 달다는 말 한마디 않는다.

은경은 손등으로 눈물을 씻으며 간다는 말도 없이 집을 나섰다. 은경은 민경이 뒤쫓아 나올 줄 알고 역까지 갔으나 종내 민경은 나타나지 않았다.

'싸움이 크게 벌어졌나 부다.'

은경은 마음속으로 고향 하늘과 작별하고 기차에 올랐다. 전송하는 사람 없는 쓸쓸한 여행이 은경의 가슴을 아프게 하였다.

'나를 생각하거든 화내지 말고 역에나 나와주지.'

은경은 여비가 적다고 시비를 걸어 결국 자기를 혼자 보내게 한 민경이가 원망스러웠다. 계모의 눈치를 살피느라고 역에 나올 염도 못 갖는 아버지를 원망하기에는 이미 너무나 정이 멀어진 부녀간이다.

'식모살이를 하더라도 다시는 집에 돌아오지 않겠다.'

은경은 멍하니 차창 밖을 내다보았다. 승객들은 거의 승차한 모양으로 플랫폼이 한산하다. 출발의 신호가 막 울리는데 은경은 뛰어오는 박지태의 모습을 발견했다. 그는 얼른 창밖으로 얼굴을 내어 밀었다.

박지태는 숨을 헐떡이며 뛰어왔다. 순후醇厚하게 생긴 이마 위에 땀이 흐른다. 그는 불문곡직不問曲直하고 은경에게 작은 상자를 하나 던졌다.

"뭐예요?"

"가져가서 봐."

기차가 움직이기 시작한다.

박지태는 따라오면서,

"서울 가면 그만이겠구나."

어젯밤에 하던 말을 되풀이하는 것이었다.

박지태는 걸음을 빨리하였으나 점점 은경하고의 거리는 멀어진다.

"편지나 종종 해!"

박지태는 플랫폼의 끝까지 와서 손을 흔들고 외쳤다.

은경도 그의 모습이 멀어질 때까지 손을 흔들어주었다. 멀리 멀리, 아주 영영 떠나버리는 듯 형용할 수 없는 애수에 잠기면서 은경은 자리에 앉아 맞은편의 할아버지를 바라보았다.

아무래도 잠이 오지 않는다. 응접실 쪽에서 기둥시계가 벙! 벙! 하고 두 번을 친다. 다시 괴괴한 밤이 은경의 마음을 감쌌다.

은경은 이불을 젖히고 일어나 전등을 켰다. 그리고 벽장 안에 넣어두었던 트렁크를 꺼내어 아침에 박지태가 기차간으로 던져주던 작은 상자를 꺼냈다.

상자를 끌러보니 예쁜 콤팩트가 들어 있었다. 보랏빛 물망초가 새겨진 은빛 나는 콤팩트다.

은경은 아직 화장을 하지 않기 때문에 필요 없는 물건이다. 그러나 쓰진 않더라도 그런 예쁜 것을 가지는 일은 즐거웠다. 뚜껑을 열어보았다. 속눈썹이 긴 눈이 거울 속에 흔들린다.

은경은 얼마 동안 잤는지 눈을 떴을 때는 창밖에서 환한 아침 햇살이 방 안에 드리워져 있었고 새들이 몹시 우짖었다.

'내가 서울 왔었지?'

벌떡 일어났다. 이불을 잽싸게 개켜놓고 뜰로 나왔다. 수돗가에서 물을 받고 있던 식모가 작은 눈을 모으며 웃었다.

"어젯밤엔 혼났죠?"

"저보다 아주머니가……."

은경도 빙긋 웃으며 식모를 보았다.

둘은 그 순간 어쩐지 마음이 맞는 것을 느낀다.

"나야 뭐, 이 집에 사는 사람이니……."

"저도 이제 여기 살게 된걸요."

"여기?"

식모는 초문이란 듯 은경을 쳐다보았다.

"아주머닌 아직 주무세요?"

"그 아주머니가 여태 주무시려구요? 벌써 일어나셨어요."

"그래서 어디 가셨어요?"

"목욕하세요."

"어머, 아침부터?"

"아침마다 하시는걸요. 어떻게나 사람이 깔끔하신지 먼지 한 톨만 있어도 싹싹 털구 불구…… 그래서 애기가 없나 봐."

"……?"

"성미가 그러니 일하는 아랫사람이 여간 고돼야지."

식모의 불평이다.

"그렇지만 인정스럽구 사리가 밝구 사람 대우를 해주니 그 재미로 살죠. 아무리 일이 고돼도 다른 집에 옮겨가기는 싫어요."

"제가 이제 도와드리겠어요. 전 일 잘해요."

식모는 그 말이 마음에 들었던지 옆에 있는 세숫대야에다 세숫물을 얼른 퍼준다.

"아, 그만두세요. 제가 할게요."

은경이 식모한테서 바가지를 뺏으려고 했을 때,

"은경이 잘 잤니?"

뒤에서 찬희의 목소리가 들려왔다.

"아주머니도 안녕히 주무셨어요?"

은경은 돌아서서 마치 국민학교 학생처럼 꾸벅 머리를 숙인다.

"고단했지?"

"아뇨."

"집 생각했니? 눈이 부었구나."

은경은 잘 다듬어진 잔디를 바라보며 고개를 저었다. 민경이 생각이 났다.

"참, 너도 가서 목욕하구 오너라. 물이 아직 따스할 거야. 그리구 오늘은 갈 데가 많다. 이 비서한테도 들러야겠구, 또……."

말을 하다 만다. 찬희의 얼굴이 순간 어두워진다.

은경은 세수를 그만두고 목욕탕으로 갔다.

계란색 타일로 쫙 깔아놓은 목욕탕 안에는 따뜻한 김이 서려 있었다. 쌀쌀한 가을 아침이라 여간 기분이 좋지 않았다.

"참 좋다. 어쩌면 목욕탕이 이렇게 멋이 있을까? 저 전등갓도 모던하고…… 어머, 저기 비너스의 조각이 있네?"

은경은 비누통이랑 얹어놓은 선반 위의 비너스상을 만져 본다.

은경은 탕 속에 몸을 누이며 사방을 둘러보았다.

"아주머니는 참말 취미가 좋으셔."

조반을 치른 뒤 잠시 서성거리다가 찬희는 은경을 데리고 집을 나섰다. 열 시가 좀 지난 때였다.

찬희는 보자기에 꽃병을 싸 들고 은경은 뜰에서 꺾은 꽃을 종이에 싸 들었다. 꽃잎이 크고 빛깔이 선명한 백일홍이다. 찬희는 그 백일홍이 외래종이란 설명을 해주었다.

찬희는 양산을 펴면서,

"가까우니까 천천히 걸어가자. 가다가 뭘 좀 사야겠구……."

그들은 혜화동 로터리 옆에 있는 식료품 가게로 들어갔다.

찬희는 몇 가지 주스를 점원에게 포장시키고 포도랑 배를 이 것저것 골라본다.

"아주머니, 그것 아직 못 잡수지 않을까요?"

"못 먹으면 어떠냐? 담당 간호원도 있구…… 병실에 과일이 없으면 살풍경하다."

은경이 얼굴을 붉힌다. 생활 주변을 언제나 아름답게 꾸미려는 찬희에 비해서 자기의 감정이 인색한 것 같아 부끄러웠던 것 이다.

병실 앞에까지 왔을 때 은경은 이치윤이 어떠한 얼굴을 하고 있을 것인가 궁금했다. 동시에 어젯밤 복도에서 수술을 기다리고 있을 때 했던 찬희의 말이 떠올랐다.

도어를 열었을 때 이치윤은 멍하니 천장을 바라보고 있었다.

"고생했죠?"

찬희가 누님처럼 그의 침대 옆으로 다가갔을 때 이치윤은 천천히 고개를 돌려 주춤하고 서 있는 은경을 바라보다가 찬희에게 시선을 돌렸다. 핏기 없는 입술 가에 엷은 미소가 떠돈다.

"죄송합니다. 놀라시게 해서."

"무슨 말을 그렇게 해요? 마음대로 되는 일인가?"

찬희는 나무라듯 말하며 들고 온 꾸러미를 끌러 포도랑 배를 꺼낸다.

"쟁반을 하나 가져올 걸 그랬구나."

하고 은경을 돌아다본다. 은경은 꽃을 내어 밀며,

"아주머니, 이거는?"

어떻게 할까 보냐는 것이다.

"응…… 그거, 아, 여기 물이 있나 부지?"

찬희는 테이블 위에 주전자를 흔들어본다.

"물이 있구먼."

찬희는 창가에서 꽃병에 물을 붓는 은경을 쳐다보다가,

"은경이 없었음 내 혼자 혼날 뻔했지. 마침 저 애가 와서 외롭지 않았어요."

찬희는 누구에겐지도 모르게 말하고 의자에 앉는다. 이치윤은 벌써 담담한 표정으로 돌아가 있다.

"영아 엄마한테 기별을 할까?"

이치윤의 눈이 확 변한다. 은경이 꽃을 꽂던 손을 멈춘다.

이치윤의 가라앉은 눈에 순간 불이 번쩍 켜지는 것 같았다. 그는 벽 있는 쪽으로 얼굴을 획 돌려버린다.

"이 비서, 내가 잘못 말했을까?"

찬희는 당황한다. 이치윤은 말이 없었다.

은경이 꽃병을 테이블 위에 갖다 놓고 도로 창가에 가서 기대어 선다.

"그런 사람이 있었던가요."

이치윤의 목소리였다. 냉랭한 목소리였다.

한동안 침묵이 계속된다. 찬희는 자기의 실책을 얼버무리듯 손수건을 꺼내어 부지런히 얼굴을 닦는다.

"그럼 시골에 전보라도 칠까요? 어머니라도 올라오시게."

"수술도 끝났는데 걱정시킬 필요 없습니다. 그만두세요. 그보다 일이 걱정이군요. 선생님 돌아오시면 한참 바쁠 텐데요."

이치윤은 지나치게 자기 감정을 노출한 것이 싫었던 모양으로 눈을 내리깔며 양미간을 찌푸렸다.

"그거야 되는대루 하는 거지. 어디 병을 인력으로 할 수 있어요? 이만 되기 다행으로 생각해야지 걱정은 무슨 걱정이에요? 아무 걱정 말구 빨리 낫도록 초조하게 생각 말아요. 뭐 아쉬운 거나 있으면 말하세요."

"담배가 피우구 싶습니다."

"아직은 해로울걸?"

그들은 이런저런 이야기를 하고 있었다. 주로 찬희가 말을 하고 이치윤은 듣는 편이다.

은경은 창에 기대어 선 채 병실 밖을 내다보고 있었다.

'영아 엄마란 누굴까? 부인일까? 그런데 왜 그리 표정이 변할까? 그런 사람이 있었던가요? 저분은 그렇게 말했었지?'

은경은 스스로 놀라며 얼굴을 붉히기도 한다. 남의 내막을 알고자 하는 마음이 민망스럽기도 하거니와 하루 사이에 안 남성에게 관심을 갖는 자기 자신에 화가 나기도 했다. 찬희가 일어섰다.

"뭐 불편한 점 없어?"

"아직은…… 간호원이 봐주겠죠."

"그럼 가보겠어요. 내일 또 들르죠."

은경은 찬희 말에 창가에서 몸을 일으켰다.

"뒤뜰에 있는 거군요."

이치윤은 꽃으로 잠시 눈을 주었다가 은경을 바라본다. 몸이 쇠약한 탓인지 몹시 맑은 눈이었다. 은경은 자기도 모르게 고개를 끄덕였다.

거리에 나왔을 때 은경은 이치윤의 말이 자기에 대한 감사의 표시였다는 것을 깨달았다. 왜 그런지 그는 기분이 상쾌해지는 것을 느꼈다. 이치윤이 냉정한 사람같이 보였기 때문에 하찮은 그 말이 크게 울려왔는지도 모를 일이다.

'그분 눈에는 아픔이 있다. 본시부터 냉정한 사람은 아니었을 거야.'

그 말을 마음속으로 중얼거리는 은경의 눈에도 자신이 자각하지 못하는 꿈이 짙게 모여든다.

"합승을 탈까?"

"또 어디로 가세요?"

"응, 명동으로 나가자."

"명동은 시공관 있는 데지요?"

은경은 소설에서 읽은 명동의 인상이 있다.

"넌 참, 아직 명동에 안 갔었구나."

"네. 전에 엄마하구 서울 왔었지만 기억이 안 나요."

찬희는 은경의 말을 듣는지 못 듣는지 맞은편 가로를 눈이 뚫어지게 쳐다보고 있었다.

'영아네다! 저 여자가 어딜 가는 것일까? 혹 이 비서한테? 어떻게 알구, 설마…….'

찬희는 짙은 브라운의 투피스를 입고 걸어가는 여자의 뒷모습에 눈을 박으며 마음속으로 중얼거린다.

'김 사장 댁 식모한테 들었을까. 그렇지만 이 비서를 찾아올 여자는 아닌데, 웬일일까?'

은경은 갑자기 찬희의 얼굴이 굳어진 것을 눈치채었다. 찬희의 열중된 시선을 따라 은경도 브라운의 투피스를 입은 여자의 뒷모습을 바라본다.

날씬한 다리였다. 하이힐을 신은 걸음걸이가 말할 수 없이 멋이 있었다.

여자는 S대학병원으로 사라지고 말았다.

찬희는 고개를 갸웃거리며 비로소 시선을 돌린다.

"자, 이거 타자."

마침 정거한 합승으로 은경의 손을 잡으며 찬희는 올라탔다.

합승은 종로를 돌아 을지로입구까지 왔다.

'누굴까? 왜 아주머니는 그렇게 열심으로 보셨을까? 혹시 이치윤 씨의 부인이 아닐까?'

문득 은경은 그런 생각이 들었다. 까닭 없이 마음이 소란해진다.

미도파 앞에서 합승을 내린 찬희는 곧장 명동으로 들어갔다. 은경은 묵묵히 따라갈 뿐이다.

'미모사'라 씌어진 양장점 앞까지 왔을 때 찬희는 잠시 은경을 돌아다보더니 문을 밀고 들어선다. 은경도 잠자코 따라 들어갔다.

"아유! 웬일이세요? 무슨 바람이 불었길래 언니가 우리 집엘 다 오시구……."

다람쥐처럼 민첩하게 생긴 미모사의 마담 김리혜金梨惠가 가위를 집어 던지며 호들갑을 떨었다. 아주 율동적으로 어깨를 흔드는 김리혜 목에는 노오란 스카프가 아무렇게나 감겨져 있었다. 그것이 아주 잘 어울린다.

"왜, 나는 오면 안 되나?"

찬희는 너그러운 미소를 띠며 가볍게 응수한다.

"요즈음은 주로 한복을 애용하시니 우리 집하구 인연이 끊어진 줄만 알았죠, 뭐……."

놀란 토끼처럼 눈알을 뱅글뱅글 돌린다. 그것이 귀여운 인상을 준다.

"차츰 나일 먹으니 양장엔 통 자신이 없구먼."

"아이구, 언니 같은 분이 그러시면 우린 모두 밥 굶겠네요? 청춘이 만 리 같은데?"

"호호호…… 이 애, 황혼이 만 리 같다 해도 안 곧이듣겠다."

찬희는 유쾌하게 웃더니 은경을 돌아다본다.

"은경아? 너 거기 좀 앉아라."

하고 리혜한테 얼굴을 돌린다.

"이봐 리혜, 요즘 경란이 오나?"

찬희 얼굴에서 웃음은 사라지고 자못 우울한 표정이다.

"네, 와요. 아까도 왔다 간걸요."

"요즘 신색이 어때?"

"얼굴만 더 좋아지구 멋은 더 부리구. 세상이 태평만 같더군요."

"그래?"

찬희는 입맛이 쓰다는 듯 창문 밖의 명동 거리를 바라본다.

"왜 그러세요?"

리혜는 호기심을 나타낸다.

"왜 그러긴? 내가 관심을 안 가지게 되었어?"

"하긴 그렇겠죠. 그렇지만 이제 할 수 없지 않아요? 깨어진 그릇에 물을 도로 부을 수도 없고 경란이가 나쁘긴 하지만 다 팔자소관이니 할 수 있나요."

리혜는 은근히 두둔한다.

"그 생활이 언제까지 계속될 성싶으냐?"

"그거야 뭐 경란이두 잘 알구 있겠죠. 그러니까 하루하루를 유감없이 살아보려구 그러는 거죠."

은경은 뒷전이 되어 멍하니 앉아 있었다. 누구에 대한 이야긴지 알 수는 없었지만 찬희에게 퍽 가까운 사람이라 짐작되었다.

"자식까지 둔 계집이 원, 그럴 수가 있나. 여자는 본시 누구나 다 허영심을 가지구 있는 것이지만 분수를 알아야지."

"어디 세상에 그런 경우가 경란이뿐이겠어요? 요즘 세상에서야 흔히 있는 일이죠. 다 자기 살구 싶은 대로 살면 되는 거예요."

"가재는 게 편이라더니 리혜는 남자의 입장을 생각 안 하는구면."

"저는 여자예요, 언니! 지금까진 남자들만이 횡포했으니까 여자가 좀 횡포해두 좋잖아요? 경란에게는 그게 매력이에요. 경란은 현숙한 어부인 타입이 싫은걸요."

"이거 누굴 보구 하는 말이냐? 비꼬는 거냐."

"아니에요. 언닌 언니대루 매력이 있어요. 너무 고전적이라서 양장점의 수지가 안 맞긴 하지만서두…… 호호호……."

리혜는 목소리를 돌돌 굴리며 웃는다.

"그러나저러나 야단났다."

"왜요?"

"이 비서가 수술을 했거든."

은경은 그들의 화제에 오른 경란이란 여자가 이치윤의 부인이 아닌가 하는 생각이 퍼뜩 들었다. 동시에 아까 S대학병원 앞에서 본 여자의 날씬한 뒷모습이 떠올랐다.

"왜요, 어디가 아파서?"

리혜는 아무렇지도 않은 표정으로 묻는다.

"맹장염이야."

"네? 그래요? 얼마나 고민을 했기에 내장이 다 녹았을까? 아이, 가엾어라."

리혜는 웃음의 말로 돌려버린다.

은경은 명랑하고 귀엽게 생긴 리혜에게 처음에는 호감을 가졌었다. 그러나 그 말을 듣고 나니 갑자기 싫어졌다. 남의 고통을 웃음의 말로 넘겨버리는 것도 싫었지만 내장이 녹았다는 표현이 야비하고 징그러워 그의 인격마저 의심스럽게 여겨졌다.

"그럼 오늘 온 용무나 치를까?"

찬희는 은경을 한번 눈여겨보더니 옷감을 만진다.

"언니가 하시게요?"

"아냐, 늙으니까 뭐……."

"그럼?"

찬희는 은경을 가리키며,

"저 애한테 맞는 것 좀 연구해 보아요."

은경은 놀란다. 자기 옷을 맞추려고 양장점에 왔으리라고는 전혀 생각도 않았던 것이다.

리혜도 의아한 얼굴로 은경을 쳐다본다. 은경의 모습이 촌스러웠기 때문에 리혜는 심부름하는 아인 줄만 알았던 것이다.

"누구예요?"

리혜는 목소리를 낮추고 물었다.

"딸이야."

찬희가 싱긋 웃는다.

"없던 딸이 별안간 어디서 생기셨어요?"

"시골에 꽁꽁 숨겨두었다가 이제 찾아왔지."

찬희는 여전히 웃으며 자세한 설명을 하지 않았다.

"예쁜 걸루 골라봐요. 체격만은 그만이야."

찬희 말에 리혜는 은경에게 눈을 던진다. 그리고 그 눈이 얼굴로 올라가자 리혜의 동그란 눈이 크게 벌어진다.

은경은 마치 시험대에 오른 것처럼 몸을 꼿꼿이 하고 앉아 있었으나 얼굴은 흥분으로 벌겋다.

"예쁜데요? 어디서 저렇게 안성맞춤을 얻어 오셨어요?"

나직이 속삭인다.

아이가 없는 찬희의 사정을 잘 알고 있었으므로 리혜도 대강 짐작이 갔던 것이다.

리혜는 걸려 있는 천을 하나 훌쩍 걷어서 은경의 어깨 위에 척 걸쳐본다.

"어때요? 어울리죠?"

리혜는 자신 있게 말하였다.

갈색과 흰빛의 체크 무늬의 엷은 울지다.

"어울리기는 하지만 너무 스포티하지 않을까?"

찬희의 취미로는 모던한 것보다 우아하게 은경을 꾸미고 싶은 것이다.

"아니에요. 머리털이 노르스름해서 앙상블예요."

명주실처럼 부드러운 은경의 머리털을 리혜는 잠시 만져본다.

"자, 그럼 디자인은……."

리혜는 의자에 앉아 다리를 포개어 얹으며 종이와 연필을 집는다. 그리고 가볍게 스케치를 해가지고 찬희에게 넘겨준다.

"이렇게 하죠. 벨트는 검정 나일론으로 하세요. 주름은 넓게 잡구, 저런 얼굴엔 유행을 무시해두 좋아요."

찬희는 스케치를 한 것을 잠시 들여다보다가 리혜에게 돌려주며,

"예쁘게만 만들어."

리혜는 은경을 일어서게 하여 사이스를 잰다. 은경은 얼떨떨하기도 하고 기쁘기도 하여 리혜가 하라는 대로 몸을 움직였다.

리혜는 사이스를 다 잰 뒤 줄자를 재단대 위에 집어 던지면서,

"바로 표준형이구먼. 패션모델론 그만이겠는데요?"

구미가 당기는지 은경을 바라본다. 그는 오는 가을에 열게 된 패션쇼를 생각한 것이다.

"안 돼 안 돼! 불가침이야."

찬희는 리혜의 심중을 알아차리고 손을 내저었다.

"그럼 가볼까? 내일까지 되겠지?"

찬희는 은경을 데리고 나서면서 묻는다.

"네, 네. 가봉할 필요도 없어요."

리혜의 목소리가 뒤쫓아 왔다.

미모사를 나선 찬희는 은경을 데리고 미도파에 갔다. 거기서 은경의 구두랑 기타 소용품을 사는 것이었다.

은경은 산더미같이 쌓인 호사품에 먼저 기가 질리는 모양이었으나 찬희의 핸드백에서 지폐 뭉치가 아까움 없이 나오는 데는 고마움보다 무서움이 앞섰다.

꾸러미를 은경에게 들리고 합승 타는 곳까지 온 찬희는,

"먼저 집에 가거라. 혜화동에서 내린다. 알겠니? 나는 볼일이 있어서."

찬희의 얼굴이 웬일인지 흐려진다.

2. 어두운 그림자

은경은 서울에 와서 사흘 밤을 보냈다. 친희는 은경하고 간단한 점심을 끝내고 홍차를 마시면서,

　"은경아, 어제 찾아다 놓은 드레스로 갈아입어라."

　"어디 가세요?"

　"아니."

　"그럼요."

　"어디 가야만 입니? 집에 있을 때 더 단정히 곱게 입어야 하는 거야. 하긴, 집안 옷을 몇 벌 더 해야겠구나."

　은경은 눈을 크게 떴다. 삼만 환이나 주고 지은 옷을 집에서 입으라니 놀라지 않을 수 없었던 것이다.

　"오늘은 아마 아저씨가 오실 것 같구나. 널 선뵈는데 시골 아가씨처럼 해 있어서야 되겠니?"

은경은 찬희 입에서 김상국 씨의 이야기를 처음 듣는다.

"어디 가셨는데요?"

조심조심 묻는다.

"사냥 가셨어."

과연 어둑어둑해질 무렵 김상국 씨는 돌아왔다. 사냥개 두 마리와 운전수, 심부름꾼 두 사람이 들이닥친 집 안은 별안간 제삿집처럼 웅성거리기 시작하였다.

은경은 겁먹은 눈으로 베란다 기둥 옆에 서서 돌아온 그들 일행을 바라보았다.

개들은 개선장군처럼 길길이 뛰며 쫓아오다가 은경을 보고 짖었다. 우리 없는 새 어디서 침입한 계집애냐 하는 듯 그렇게 사납게 짖는 것이었다.

은경은 질겁을 하며 베란다에 몸을 바싹 붙인다.

"한터! 베시!"

찬희가 엄한 목소리로 나무라자 개 두 마리는 땅에 납작 엎드려 꼬리를 살살 흔든다.

김상국 씨는 모자를 벗어 들고 색안경을 밀어 올리며 얼굴이 멀게져시 시 있는 은경을 짐시 쳐다보있으나 아무 밀도 하지 않고 안으로 쑥 들어가 버린다. 얼굴은 부드러운 편이었으나 은경은 왜 그런지 김상국 씨의 코밑수염이 무서웠다.

'날 두었다구 싫어하시면 어떡허나?'

은경은 공연히 송구스럽고 마음이 조마조마하였다. 더군다나 운전수와 심부름꾼들이 힐끗힐끗 쳐다보고 식모에게 소근거리는 것이 싫기도 했다. 은경은 자기 방으로 돌아왔다. 갑자기 집 안 분위기가 자기에게 차가워진 것을 느낀다. 은경은 가지고 온 하이네의 시집을 꺼내어 보았으나 마음은 자꾸만 유리되어 불안이 일 뿐이다. 얼마 동안이 지난 것 같았다. 발소리가 들려왔다.

"은경아? 이리 온."

찬희가 방문을 열고 불렀다. 은경은 일어서서 나갔다. 찬희는 은경의 옷매무새를 고쳐주며,

"아저씨 성격이 좀 까다로워서……."

은경은 찬희를 따라 안방으로 들어갔다. 김상국 씨는 그새 한복으로 갈아입고 방석 위에 앉아 신문을 보고 있다가 얼굴을 들었다.

"영숙 언니의 딸이에요."

찬희는 남편의 얼굴색을 살피며 말하였다.

"은경아? 인사드려."

은경은 공손히 인사를 드리고 다소곳이 자리에 앉았다.

"은경이?"

김상국 씨의 목소리는 좀 드높은 편이었다. 그는 아까 밖에서보다 유심한 눈으로 은경을 바라보았다.

"아무래도 제가 적적해서 오라구 편지했어요."

찬희는 거짓말을 한다.

"식구두 적은데 잘되었구만. 은경이라니 무슨 글잔가?"

김상국 씨는 넌지시 은경을 바라본다.

"은혜 은 자 서울 경 잡니다."

은경은 김상국 씨의 부드러운 목소리에 마음을 놓으며 대답하였다.

"응? 거 이름 좋군."

김상국 씨는 자세히 은경의 눈을 쳐다본다. 세상의 오욕에 물들지 않은 맑은 눈을 바라보는 것은 근래에 드문 일이라 생각한다.

"어머니를 닮은 모양이구나."

"영숙 언니 그대로죠?"

찬희는 남편의 기분이 좋은 것이 기뻐서 맞장구를 친다. 그리고 미소하며 은경을 건너다본다.

'겨우 합격이 된 모양이야.'

은경은 마음속으로 중얼거리며 빙긋 찬희를 따라 웃었다.

김상국 씨는 신문을 밀쳐버리고 담배를 물면서,

"이 비서 일이 낭패로구나."

"이제 고비는 넘은걸요. 수술 성과노 좋+요."

"지금부터 한창 바쁠 판인데 나두 낭패지."

"할 수 없죠. 웬만한 건 박 씨를 시키세요. 훈련이 되어 있으니까. 뭣하면 은경이를 비서 대리루 채용하세요. 호호호……."

찬희는 농조로 말을 하며 명랑하게 웃는다.

은경의 얼굴이 벌게진다. 겁이 덜컥 났다. 찬희의 말을 그대로 곧이들은 은경은 큰 낭패라 여겨졌다.

"당신 비서면 몰라도 내 비서론 자격 부족이야."

김상국 씨도 웃음의 말로 돌리고 일어섰다.

"목욕이나 하구 일찍 자야겠군. 아아, 피곤해."

은경은 김상국 씨가 사냥해 온 꿩고기 요리가 놓인 저녁상 앞에서 맛나게 저녁을 먹고 식모를 도와 뒷설거지를 하고 난 뒤 방으로 돌아와 민경에게 편지를 썼다. 자세한 이곳 소식을 전하고 자기의 현재 심경을 쓴 뒤 편지 끄트머리에 박지태의 안부를 물었다.

떠날 때 종종 편지를 하라던 박지태의 얼굴이 떠올랐으나 그가 지금까지 고향에 머물고 있는 것도 알 수 없는 노릇이며 또한 따로이 편지를 쓰는 것도 주저되었던 것이다.

은경은 봉투에다 편지를 밀어 넣고 밥풀을 얻기 위하여 부엌으로 나갔다.

"이 비서도 성미가 험해서 탈이야. 그까짓 여자 하나쯤 집어던졌음 그만이지, 어디 세상에 여자가 그 여자 하나뿐인가?"

"꼬치꼬치 생각할 건 뭐 있수. 그렇게 잊을 수 없다면 차라리 데리구 오는 거지."

은경은 엎드려 봉투에다 밥풀을 칠하면서 부엌 앞의 벤치에 앉아 주고받는 운전수와 박 군의 이야기를 듣는다.

"성미가 험해서 뭐 병이 났나? 맹장염이란 심로해서 나는 병인가? 하여간 미인을 여편네 삼을 것은 못 돼. 그저 여편네란 수수하구 흉물이 아니면 되는 거야. 요즘 세상에야 어디 안심하구 살겠더라구? 운전수 사모님도 댄스 바람이 나니 말야."

"이봐, 말조심해. 운전수가 어때?"

"어, 실언했소이다. 김 형은 운전수 씨였었지."

어릿광대처럼 박 군이 손을 벌리며 머리를 꾸벅 숙인다. 운전수 김 씨는 일부러 성난 척한다.

"뭐, 그럴 것 없어요. 아직 청춘은 구만리요, 사람의 팔자를 누가 아누. 이 댁 영감님처럼 국회의원이 될지도 모르잖아? 직공의 아들도 수상이 되는 세상인데…… 비관할 것 없어. 평생을 운전수 심부름꾼으로 지내란 법이 어디 있는고?"

운전수와 박 군이 소리를 합하여서 껄껄 웃는다.

"아따! 마음만으로야 천상의 옥황상제도 되겠다."

개한테 밥을 주던 식모의 핀잔이었다.

며칠 후 은경은 혼자 병원으로 갔다.

바빠서 몸을 뺄 수 없다 하며 찬희는 식료품을 보자기에 싸서 주었던 것이다. 은경은 집을 나오면서 꽃을 몇 가지 꺾었다.

벌써 몇 번이나 왔기 때문에 눈에 익은 복도를 은경은 돌았다. 혼자 간다는 것이 왜 그런지 비밀스러워 은경의 가슴이 뛴다.

막 간호원실 앞을 지나려고 했을 때다. 그 간호원실에서 나온 여자와 하마터면 부딪칠 뻔했다. 은경이 뒷걸음질을 하여 겨우

면한 것이다. 그편에서도 좀 놀란 듯 은경을 쳐다보았다. 마치 희랍의 조각처럼 굴곡이 깊은 아름다운 얼굴이다. 여자는 천천히 돌아서서 상체가 휠 지경으로 날씬하고 큰 키를 멋있게 가누며 하이힐 소리를 또각또각 내고 앞서간다.

'그 여자다!'

은경은 마음속으로 소리쳤다.

이치윤이 수술을 받은 다음 날 병원으로 들어가던 여자의 뒷모습이 바로 그 모습이었던 것이다.

여자는 이 비서 병실에 못 미쳐 아래로 내려가는 계단을 밟고 사라져 버렸다.

'굉장한 미인이다.'

은경은 걸음을 옮길 생각도 잊고 그 여자가 내려간 계단을 멍한 눈으로 바라보며 감탄해 마지않는다. 그러나 그것은 어느새 선망과 질투의 엷은 감정으로 변하여지는 것이었다.

그 여자는 오늘도 브라운의 투피스를 입고 있었다.

'이치윤 씨한테 왔을까?'

그러나 그것은 막연한 생각이었다. 안개 속처럼 희뿌연 이치윤의 신변, 특히 여성 관계—.

은경은 지금 막 내려간 여자가 이치윤을 배반하고 간 여자가 아니기를 바라는 것이었다. 너무 아름다운 여자이기 때문이다.

은경은 얼굴을 붉혔다.

은경이 이치윤의 병실로 들어갔을 때 이치윤은 미소하며 그를 바라보았다. 얼굴은 여전히 창백하였다. 그러나 조금도 감정의 동요가 없는 언제나의 그 얼굴이었다. 은경은 묘한 안도감을 느꼈다. 방 안도 아무 변화가 없다. 탁자 위에 놓인 꽃병은 은경이 만진 대로 꽃이 꽂혀 있었다.

"오늘은 저 혼자 왔어요. 아주머닌 너무 바쁘셔서."

"매일 오시지 않아도 되는데……."

은경은 꽃병의 낡은 꽃을 뽑아서 휴지통에 버리고 새로 가지고 온 꽃을 꽂는다.

"은경 씨한테 신세 많이 지는군요. 나으면 뭘루 선물할까?"

이치윤은 천장을 쳐다보며 중얼거렸다.

"손수건 하나만 사주세요."

그동안 제법 무관해진 은경은 웃으며 말하였다.

이치윤은 얼굴을 돌리며 은경을 바라본다. 손수건 하나만 사달라는 말이 귀엽다고 생각했다. 다른 소녀 같으면—이치윤은 은경을 소녀라 생각하고 있었다—십중팔구 괜찮다고 대답할 것이기 때문이다.

"기껏 손수건 한 장?"

은경은 이치윤의 눈을 쳐다보며 고개를 끄덕인다.

'참 맑은 눈이다. 천사 같구나.'

이치윤은 김상국 씨와 같은 생각을 했다. 경란庚蘭의 오만한 눈, 찬희의 인정스러운 눈, 정객들의 핏발 선 눈. 이치윤은 은경으로부터 눈을 돌렸다.

"요즘 바쁘죠? 사모님이랑 모두……."

"아저씨가 바쁘신가 봐요. 아주머닌 저를 비서 대리로 채용하라 하시잖아요? 정말 그러시는 줄 알고 혼났어요. 호호호……."

"비서 대리? 하하핫……."

은경은 이치윤이 소리 내어 웃는 것을 처음 봤다. 소년같이 순진해 보였다. 은경은 말할 수 없는 즐거움을 느꼈다.

"뭐 좀 마시겠어요?"

"레몬주스를 좀 마셔볼까요?"

이치윤은 상반신을 일으켰다. 은경이 당황하며 침대 옆으로 쫓아갔다.

"일어나서도 되나요?"

"괜찮습니다. 많이 좋아진 것 같은데."

이치윤은 레몬주스를 마시면서 창밖을 바라본다.

"참 푸르름이 좋군. 전에는 그런 것 생각지 않았는데……."

"앓으시니까 감상적이 되는가 보죠?"

"감상? 그것이 남아 있으면 참 행복하겠는데……."

"아닌 게 아니라 처음엔 참 무서웠어요. 어떻게나 얼굴이 딱딱하고 무뚝뚝한지요. 평생 웃을 줄 모르는 분일 줄 알았어요."

이치윤은 쓰게 웃는다.

"나는 은경 양을 울본 줄 알았지. 사람을 보는 눈이 울먹울먹 이내 눈물이 쏟아질 것 같았죠."

부드러운 목소리였다.

"아이, 선생님도……."

"게다가 사투리."

"아니에요. 전 사투리 안 써요."

은경이 얼굴이 벌게져서 항의한다.

"말은 표준말인데 지독한 경상도 악센트거든요."

다 비운 주스컵을 은경에게 건네주며 이치윤도 또다시 창밖을 바라본다.

순간 그의 눈이 한곳으로 정지한다.

은경이도 이치윤을 따라 창밖으로 눈을 던졌다. 눈에 들어오는 너무나 선한 뒷모습. 아까 복도에서 마주칠 뻔한 바로 그 여자다.

은경은 슬그머니 얼굴을 돌려 이치윤을 보았다. 이치윤의 눈이 광채를 발하고 있었다. 찬희가 영아 엄마한테 기별을 하느냐고 물었을 때의 바로 그 눈이다.

'틀림이 없구나. 바로 저 사람이 부인이야.'

은경은 가슴이 몹시 뛰는 것을 느꼈다.

이치윤은 그 여자의 모습이 시야에서 사라지자 침대에 누워버렸다. 그리고 탁자 위에 놓인 담배를 집어 피워 문다. 그의 손이 가늘게 떨리고 있는 것을 은경은 느낄 수 있었다.

이치윤은 은경의 존재마저 잊어버린 듯 천장을 향하여 담배 연기를 내어 뿜는다.

'지독히 사랑했나 봐.'

삼백만 환짜리 계를 타기 위하여 찬희는 한 시 정각에 아서원雅叙園으로 나갔다.

거의 직업화되다시피 한 계주는 사무적으로 돈을 거두어 찬희에게 주고 기름이 지글지글한 중국요리를 푸짐하게 먹은 뒤 계꾼들은 뿔뿔이 자기 갈 데로 가버렸다.

핸드백 속에 보증수표랑 현금을 부풀하게 넣은 찬희는 아서원을 나서면서 토건회사의 김 사장 부인을 돌아본다.

"스카이라운지에 올라가서 뭐 좀 시원한 것 마실까요? 어째 속이 느글느글하는군."

"좋지요. 돈을 한 보따리 싸가지구 그냥 가는 법은 없으니까. 뭣하면 영화도 보어주시구."

하고 웃는다. 선이 가는 찬희와는 정반대로 몸집이 뚱뚱하고 목덜미가 기름지다. 흰 목레스의 치마저고리를 입은 품이 과히 나쁘지는 않다. 목소리가 걸걸하여 약간 천덕스럽기는 해도 앞으로 나온 입술이 선량해 보인다.

그들은 반도호텔 쪽으로 걸음을 옮긴다.

"한 보따리면 소용 있나요? 오늘로 다 꺼져버릴걸."

찬희는 한참 있다가 혼잣말처럼 중얼거렸다. 얼굴빛이 어둡다.

"그냥 공으로 꺼져버리는 건가요. 뭐, 다 나가기만 하면 새끼 손자를 쳐서 들어오게 마련인데 무슨 걱정이에요?"

김 사장 부인은 큼지막한 악어백을 열고 손수건을 꺼내어 콧등에 얼룩진 분 자국을 누르며 말하였다.

"말 마세요, 남의 속두 모르구……."

"아따, 그만 울어요. 김 의원 댁처럼 오붓한 살림이 어디 있어요? 돈 쓰는 자식들이 있나, 뜯어 가는 사람이 있나, 그만하면 밑의 돈이 아프다 하잖겠소? 소문에 의하면 김 의원보다 부인이 더 돈이 많다던데?"

"그런 말 아예 하지도 말아요. 모두 헛소문이에요. 저한테 무슨 돈이 그렇게 있겠어요? 우리 집 영감도 알구 보면 빈털터리랍니다. 있는 재산 곶감 빼어 먹듯 솔랑솔랑 먹어버리니…… 김 사장처럼 사업하는 사람과 같겠어요?"

찬희는 시청 앞 광장을 멍한 눈으로 바라본다.

"국회의원 김상국 씨 댁이 그렇다면 누가 곧이듣겠소. 국회의원치구 못사는 사람 하나도 없습니다."

"빛 좋은 개살구죠."

둘은 그 이상 말을 하지 않았다.

스카이라운지로 올라가니 시간이 어중간해서 그런지 별로 사람이 많지 않았다. 웨이터가 냉수와 물수건을 가지고 와서 뭘 하겠느냐고 물었다.

"김 사장 댁은 뭘루 하시겠어요?"

"나는 맥주로 할래요."

"밤에 가서 주정하시려구?"

"그까짓 맥주 한 병에 주정을 해? 주정을 하려면 스탠드바로 가지."

찬희는 웨이터에게 맥주와 코카콜라를 가져오게 하였다.

"아닌 게 아니라 요즘엔 주정 좀 부리구 싶어요. 우리 영감이 좀 수상하단 말이야. 로맨스 그레이의 바람이 불었는지 여비서를 데리구 안양으로 드라이브를 했다는 정보가 들어왔는데 좀 족쳐야겠어."

그렇게 말은 해도 김 사장 댁은 여유 있게 웃고 있었다.

"족친들 소용 있나요. 바람이 한번 나면 헐 수 없습니다."

"의원 댁이야 어디 말릴 도리가 있어요? 동양 윤리에 자식이 없으면 버린다는 불문율이 있지 않습니까?"

김 사장 부인은 손을 입으로 가져가며 호호 하고 웃는다.

"김 사장 댁은 하나만 알구 둘은 모르는구려. 칠거지악에 질투하면 버린다는 말은 없습디까?"

"호호홋…… 참 그렇구먼. 아예 족칠 생각은 말아야겠네."

"김 사장이야 뭐 약아빠져서 걱정 없어요. 늘 주판을 옆구리에 끼구 다니는 양반이니 내버려두세요."

찬희는 김 사장이란 사람을 두둔하는 듯도 하고 깎아내리는 듯도 한 말을 하며 싱긋 웃었다.

"누가 알아요? 차돌에 바람 들면 썩돌만도 못하답니다. 그건 그렇다 치구 나 야단났어요."

"뭐가?"

김 사장 부인은 날라다 놓은 맥주를 목이 타는지 훌쩍 한 모금 마시고 콩을 집는다.

"소정이네하구 한 계 있잖아요?"

"천만 환짜리?"

"그게 글쎄 터져버렸구먼."

"누가 먹었어요?"

찬희는 좀 놀란다. 그 계에 들지는 않았으나 그 계원 중에 찬희하고 거래를 하는 사람이 있었기 때문이다.

"글쎄, 소정이네가 어느 사업가에게 돈을 댄 모양인데 그 사업가가 쓰러졌다누만. 소정이네만 그랬어도 괜찮겠는데 계원 몇 사람이 걸렸거든요."

김 사장 부인은 미국 간 아들한테 돈도 부쳐주어야겠고 딸도 시집을 보내야겠는데 자기 주머니 돈이 몽땅 달아날지 모르겠다고 호들갑을 떨었다. 그러나 분첩을 꺼내어 콧등을 열심히 두들긴다. 잔주름이 많은 얼굴을 들여다보며 콧등을 두들기고 있는 그의 모습은 그야말로 사십 대의 반항 같았다.

"사업가가 누군데?"

"뭐? 누구래더라? 변호사라던가? 변호사보다 무역으로 한몫보는 사람이래요."

찬희의 얼굴이 확 변한다. 그러나 김 사장 부인은 얼굴에 정신이 팔려 그것을 몰랐다.

"윤 씨라구 안 합디까?"

"그러던가? 잘 모르겠는데요?"

김 사장 부인은 분첩을 핸드백 속에 넣으며 일어섰다.

"우리 이제 영화나 보러 갑시다. 영화는 내가 한턱하지요."

김 사장 부인이 먼저 나간다. 찬희는 계산을 끝내고 돌아오다가 주춤하고 서버린다.

바로 조금 전에 화제에 오른 그 인물이 어느 젊은 여성과 마주 앉아 있는 것이 아닌가?

"아 부인, 웬일이세요?"

변호사 윤기성尹起城이 자리에서 일어났다. 동시에 동행인 여자가 고개를 홱 돌린다.

이번에는 찬희의 얼굴빛이 변했다. 고개를 돌린 여자는 경란이었던 것이다. 경란이도 적잖게 놀란 모양이나 표정이 허물어지지는 않았다.

"나 일행이 있어 갑니다."

찬희는 허둥지둥 쫓아 나왔다. 그의 가슴은 몹시 뛰었다.

승강기에 들어가 뒷벽에다 머리를 기대었을 때 제복을 입은 소년 조종사의 어깨가 바위처럼 크고 무겁게 보였다.

"얼굴빛이 나빠요? 어디 아프세요?"

김 사장 부인의 비만한 몸이 와 닿는다.

"엘리베이터를 타면 늘 어지러워요."

거리에 나오자 찬희는,

"영화 요다음으로 미루었으면 좋겠는데."

생각에 잠기며 말한다.

"왜요?"

"갑자기 볼일이 생각나서……."

찬희는 김 사장 부인의 눈치를 힐끔 살핀다.

"그럭허세요."

김 사장 부인은 군소리 없이 응낙했다.

신경이 둔한 편은 아니었지만 웬만한 가정에서 고생 없이 살아온 김 사장 부인은 만사에 있어 해석이 단순하고 남의 복잡한 일에는 아예 관심이 없다.

찬희는 종로 쪽에 있는 윤 변호사의 사무실로 찾아갔다.

낯이 익은 비서가 일어나 인사를 하며 먼저 그쪽에서,

"선생님 나가셨는데요?"

"알아요. 지금 스카이라운지에서 만났어요. 지금도 거기 계실 거예요."

비서는 어리둥절해하며 그래도 의자를 내어 민다.

"곧 오신답니까?"

"아니, 내가 바쁜 일이 있어 그래요. 거기에 전화 좀 걸어주세요. 나오시면 나에게 바꿔주어요."

찬희의 허둥거리는 품을 수상찍게 여기면서 다이얼을 돌린다.

웨이터가 받은 모양이다.

"윤기성 선생님 계시죠? 좀 바꿔주세요."

한참 있다가 비서는 다시,

"여기 김 의원 댁 부인이 오셨는데요."

그쪽에서 이어 알아차린 모양으로 비서가 수화기를 찬희에게 넘겨준다.

"윤 선생님이세요?"

찬희의 목소리가 올곧잖게 나왔다.

"무슨 바쁜 일이라도 생기셨습니까?"

윤 변호사는 전에 없이 경계를 나타내었다.

"급히 좀 만나 봬야겠어요."

"허어…… 지금 손님이 계시구…… 용무는? 사무적인 것입니까?"

"사무적인 일이에요."

찬희는 화를 발칵 낸다.

"그럼 어떡헌다? 지금은 틈이 없구…… 아, 이렇게 하죠. 부인은 댁으로 돌아가십시오. 그러면 제가 집에 가는 길에 명륜동에서 내려가지구 댁으루 전활 하겠습니다. 그때 만나기루 하죠."

윤 변호사는 깍듯이, 그러나 평소와는 달리 부인이라는 칭호로써 거리를 만들어가며 말하는 것이었다.

"시간을 말씀해 주셔야죠. 이쪽에도 형편이 있잖아요?"

"그럼 일곱 시쯤 약속하죠."

찬희는 전화를 끊고 사무실에서 나왔다. 너무 흥분을 했기 때문에 미처 비서에게 간다는 말도 없이 나와버린 것이다.

'이중인격자!'

찬희는 심한 모욕을 느꼈다. 지난날의 자기의 경솔이 뉘우쳐지기도 했다. 그러나 그보다 티끌만치의 관심도 없는 그에게서 사무적이라는 말을 들은 것이 분하고 흡사 이쪽에서 관심이 깊은 것처럼 오해를 받은 것이 아니꼽기도 했다. 하기는 동반한 여자가 경란이었기 때문에 뒷맛이 나쁘고 어떤 의구심을 가졌던 것은 사실이다.

'어쨌든 그에게 일을 전부 맡기는 것은 위험하다. 그래도 나는 그의 성실을 믿었는데…… 빨리 정리를 해달라구 해야지.'

찬희는 일종의 쓸쓸함과 김 사장 부인의 말로 인한 불안을 같이 느꼈다.

집에 들어섰을 때 은경이 맨 먼저 쫓아 나왔다.

"별일 없었니?"

"네."

찬희는 황막하기 짝이 없는 자기 주변에 은경이 있다는 것이 얼마나 위로가 되는지 몰랐다. 김상국 씨와의 생활은 그야말로 형식에 지나지 않는 것이며 두 사람의 애정이 식어버린 지 이미 오래다.

운전수가 차고에 자동차를 몰아넣고 나오면서,

"선생님 오늘 못 들어오신답니다."

"아, 그래요?"

아무 관심도 감정도 없는 대답을 하고 찬희는 방으로 들어간다. 들어오지 않는 날 밤은 으레 신당동 소실 집에 가 있는 것이다.

"은경이는 이 비서한테 갔다 왔나?"

창문을 활짝 열면서 찬희가 물었다.

"네."

"혼자 있던?"

"친구가 문병 오셨더군요. 그래서 이내 와버렸어요."

"여자?"

"아니에요. 남자분이에요. 곧 퇴원하시게 된다나요?"

"그래? 나는 오래 못 가봐서……."

은경은 바지런하게 찬희가 갈아입을 집안 옷을 꺼내놓는다. 찬희는 수족처럼 재치 있게 움직이는 은경을 바라보며,

"너 혼자서 심심치 않아?"

"심심치 않아요. 한터하고 베시하고 친해졌어요."

개하고 친해졌다는 말이 우스워 찬희는 픽 웃는다.

저녁상에는 은경과 찬희가 마주 앉았다.

"아저씨는 안 들어오신다죠?"

"응, 신당동에 갔겠지."

"신당동에요?"

"작은댁에 갔단다."

"작은댁?"

은경은 얼른 알아차리질 못한다.

"작은마누라한테 갔단 말이야."

찬희는 벌써 비밀의 단계를 넘어선 공공연한 일이기에 바로 까놓았다.

"어마!"

은경이 깜짝 놀라며 얼굴이 벌게진다.

모르는 일이기는 해도 자꾸 반문한 자기의 소위를 깊이 뉘우치며 눈을 내리깔았다.

"놀랄 것 없어. 벌써 몇 해라구. 아들까지 낳구 사는데……." 하며 쓸쓸하게 웃었다.

은경은 찬희가 그런 슬픔을 가지고 있었다는 것을 처음 알았다.

"은경은 어때? 날 엄마같이 생각하나?"

은경은 어떻게 대답해야 할지 몰랐다.

"아주머닐 좋아해요."

밝게 웃는다.

"그래? 고마워…… 내가 늙어 파파할머니가 되어도 날 좋아하겠냐?"

"그럼요."

한동안 말이 없다.

"자식 없는 여자의 생애란 참 서글프고 비참한 거야. 살아가는 목적이 없으니. 너의 어머닌 그래두 세상에 나왔던 흔적으루 너희들을 두었으니…… 이 큰 집이 무슨 소용이 있으며 거창한 살림은 다 무슨 소용이 있겠나.”

찬희는 한숨 섞인 말을 하며 맛없이 밥을 입 속에 밀어 넣고 찌개 국물을 젓가락으로 휘젓는 것이었다.

은경은 위로할 말이 없었다. 찬희의 쓸쓸한 마음이 자기에게로 와닿는 것 같아 슬프기만 했다.

그는 침을 삼키며 입을 떼었다.

“자식이 있으면 뭘 해요? 아버진 밤낮 오빠 땜에 걱정하시면서 그까짓 자식 없느니보다 못하다고 하시는걸요.”

“여자의 경우엔 그렇지 않다. 자식이 있어야 큰소릴하지.”

찬희는 복잡한 표정을 지으며 은경을 바라보았다. 한참 후 다시,

“너도 명년에는 대학에 가야 할 텐데.”

“제가요?”

은경의 눈이 휘둥그레진다.

“그럼.”

“정말이세요?”

거듭 묻는다.

“빈들빈들 놀아서야 쓰겠니?”

“아이, 기가 막혀!”

은경은 부지중에 그렇게 표현을 했다. 은경 자신도 괴상한 표현을 했다고 생각되었는지 얼른 말을 잇는다.

"전 정말 그런 것 꿈에도 생각지 않았어요. 아주머니께서 여기 두어주시는 것만도 얼마나 기쁘고 고마운지 모르겠는데……."

은경은 감격한 나머지 말을 더 하지 못한다. 공연히 코허리가 시큰거려 기침이 나올 것만 같았다.

"너 나를 좋아한다구 했었지?"

"네."

"그럼 이제부터 고마우니 어쩌니 하는 말 싹 걷어치워라. 정이 안 든다. 내 형편이 어려우면 아무리 마음에 있어도 널 공부시킬 수 있겠니?"

은경은 꿈만 같다. 침을 꿀꺽 삼키며,

"아주머니? 저 열심히 공부하겠어요. 그 대신 좋은 옷은 싫어요."

아닌 게 아니라 은경은 지나치게 멋이 있고 공주처럼 아름다운 옷이 자기의 생리에는 맞지 않는 것 같았다. 거북하고 마음이 불안했다. 이 비서한테 갔을 때도 마음이 조마조마했던 것이다.

"너가 싫어도 내가 우선 보기 싫으니 할 수 없지. 여자가 멋을 모르면 못쓴다. 궁상스럽게 신경 쓰지 말구 입시 준비나 해라. 기왕이면 좋은 학교에 가야지. 영어 학관에 나가려면 나가보구, 영어 실력만 있으면 되겠지."

찬희는 저녁을 끝내고 일어났다. 은경이 밥상을 치우고 방으로 돌아오니 찬희는 전화를 받고 있었다.

"─네, 나가겠어요."

전화를 끊고 급히 서둘러 외출 준비를 하더니 찬희는 아무 말 없이 나가버렸다.

은경은 기분이 좋았다. 노래를 부르며 식모의 일을 거들어주기도 하고 어린애처럼 개를 데리고 뜰 안을 뛰어다니기도 한다.

식모는 트집을 잡으려는 박 씨를 보고,

"어린애처럼 귀엽죠?"

"흥, 이 댁 따님 같군."

일면 찬희는 혜화동 로터리를 지난 어느 다방에서 윤 변호사와 마주 앉아 있었다.

음악이 시끄러워 찬희가 눈살을 찌푸리자 급히 레지를 불러 윤 변호사가 음악을 좀 낮추라고 명령한다.

곱상하게 생긴 얼굴이다. 면도질을 열심히 한 모양으로 턱이 파아랗다. 윤 변호사는 갸름한 손끝에 담배를 끼고 전화 걸 때와는 딴판인 부드러운 음성으로 말했다.

"공연히 바빠서 실례가 많았습니다. 아까 그 젊은 부인과 좀 상의할 일이 있어서요."

윤 변호사는 변명 비슷하게 말했다. 찬희는 아니꼬운 생각이 들었으나 내색하지는 않았다.

'경란이가 날 알은체하지 않았구나.'

알은체하지 않았다는 것은 경란을 위해서도 자기를 위해서도 좋았다고 생각하였다.

"사실은 제가 들은 말이 있어서 윤 선생을 좀 뵙자구 한 거예요. 불안하기도 하구요."

"들은 말이라뇨?"

"혹 소정 엄마라는 여자 아세요?"

"소정 엄마?"

"김인자라구도 하죠."

"네, 그 사람…… 좀 알기는 합니다만……."

윤 변호사는 당황하는 빛을 감추며 말하였다.

"그 사람하구 돈거래 있으세요?"

"누가 그런 말을 합디까?"

되묻는다.

"소정 엄마하구 같은 계에 든 사람이 그러더군요."

"사업하는 사람이면 누구하곤들 거래 못 하겠습니까?"

완연히 불쾌한 어조다.

"그야 남하구 거래하시는 것 제가 관여할 바는 아니죠. 그렇지만 만일 윤 선생께서 사업이 잘못되시는 일이라도 있으면 저로서도 문의하여 볼 권리가 있지 않겠습니까?"

찬희도 흥분하고 있었다.

윤 변호사는 분주히 담배를 떨었다.

"돈거래를 하구 있는 것만은 틀림이 없습니다만 그렇다구 해서 사업이 흔들리구 있다고는 할 수 없지 않습니까?"

한층 어세가 꺾였다.

"제가 듣기에는 소정 엄마가 돈을 댄 분의 일이 잘못되어 계도 깨어지게 되었다구 하던데요?"

찬희는 할 말을 다 해야 속이 시원할 것 같았다.

"풍설이겠죠. 사실 그분한테는 몇 달 이자가 밀렸습니다만 그렇다구 해서 큰 사업체가 그리 쉽게 흔들리겠습니까? 더군다나 허 여사의 출자금에 영향이 미칠 리도 없구요. 허 여사의 불안은 하나의 기우입니다."

"그렇지만 일전의 건도 있구 하여 저로선 과히 기분이 좋지 않아요."

찬희는 목소리를 부드럽게 한다.

"그것은 전화에서도 말씀드렸습니다만 정말 급한 일이 있구 해서 저 마음대로 하게 되었습니다. 잠시 동안만 돌려쓴다구 생각했으니까요."

일전의 것이란 이익배당금에서 이백만 환을 모某 고아원에 돌려줄 것을 윤 변호사가 급하다 하여 써버린 일이다.

"지금까지 저는 모든 것을 윤 선생께 맡기구 또 믿어왔는데……."

"제가 그걸 모르겠습니까? 허 여사께서 그렇게 말씀하시니 퍽 섭섭합니다."

얼굴이 흐리어진다.

"애당초부터 제가 무슨 이득을 위해 한 일도 아니구 인간적인 면에서 또한 허 여사를 존경하는 마음에서 일을 보아드렸구 앞으로도 그럴 결심입니다…… 다만 거래하는 마음으로 서로 이용하구 또 그렇게 대하신다면 저는 이 일을 사양하지 않으면 안 되겠습니다."

정중하면서도 은근한 뜻이 숨어 있다.

"처음 허 여사께서 김 의원과 이혼하시려구 했을 때만 해도 저는 변호사의 입장에서보다 허 여사의 인품을 존경하는 한 남성으로서, 그리고 그것을 사무적으로 처리할 수 없는 감정에서 나선 것이었습니다."

찬희는 다소 지나쳤다는 생각이 들었다.

윤 변호사의 말은 빈말이 아니었다. 벌써 삼사 년 동안이나 찬희의 일을 착실하게 보아온 것만은 틀림이 없다.

"제가 좀 지나쳤나 봐요. 저의 신경질 아시지 않습니까?"

하고 찬희는 웃었다. 윤 변호사도 빙그레 웃었다.

"정말 신경 쓰시지 마세요. 최악의 경우를 가상하더라두 밑져야 본전입니다."

찬희는 그로부터 눈을 돌렸다. 아까 전화의 대화만 하더라도 자기의 지나친 흥분에서 받아들여진 것이 아니었던가 하는 생각이 들기도 했다. 사무적인 일이냐고 반문한 것도 아무런 다른 뜻이 없었을 성싶다. 찬희 자신이 의식하진 못하였으나 경란이하고 마주 앉은 윤 변호사를 보았을 때 질투 같은 감정을 느꼈는지도 모른다.

찬희는 어디까지나 윤 변호사를 자기의 재산관리인으로 생각
하며 신중한 태도로 대하여 왔다. 그러나 본의 아니었다 할지라
도 찬희에게 한 가지 실수가 있었다. 그것은 때때로 어두운 그
림자로서 찬희의 마음을 스치는 상흔 같은 것이기도 했다.

그러니까 사 년 전의 일이었다. 찬희는 우연한 기회에 남편의
비밀을 알았다. 여자가 있었다는 비밀이다. 여자뿐만 아니라 이
미 자식까지 있었던 것이다.

이십여 년 동안 자식이 없어 다소 쓸쓸하기는 하였으나 남부
럽지 않은 가정을 지켜온 찬희로서는 청천벽력 같은 일이 아닐
수 없었다. 태산같이 믿어온 남편이다. 서로 죽느니 사느니 하
고 열렬한 연애 끝에 결혼한 그들이었다.

찬희는 반 광란에 가까운 감정에서 남편에게 이혼을 요구하
였다. 그리고 오랫동안 피차 잘 알고 있는 윤 변호사에게 그 일
을 위촉했던 것이다.

윤 변호사로 말하면 김상국 씨의 대학 후배로서 여러 가지로
김상국 씨에 힘입은 바가 컸다. 그래 그런지 처음에는 그 일을
회피하려 들었으나 어떻게 생각을 했는지 그 일을 맡고 말았다.
김상국 씨는 노발대발하였다. 그러나 윤 변호사는 시종일관 찬
희에게 동정적인 태도로 나왔던 것이다.

결국 이혼은 성립되지 않았다. 김상국 씨가 완강히 반대한 때
문이다. 찬희에 대한 애정에서인지 혹은 정치가로서의 체면에
서인지 몰라도 그는 이혼을 승낙하지 않는 대신 다른 조건을 내

걸었다. 그것은 자기의 재산의 절반을 찬희 앞으로 돌리겠다는 것이었다. 처음 찬희는 그것을 거절했다. 돈이 다 무슨 소용이 있겠느냐, 자기는 돈의 노예는 결코 되지 않을 것이며 시장 바닥에서 콩나물장수를 할망정 애정 없는 생활을 지속할 수 없다는 순진한 마음에서였다.

"부인, 돈이 없다는 것은 비참합니다. 부인의 마음은 충분히 알겠습니다만 아직 세상을 모르는 말씀입니다. 두 가지를 다 잃어서야 쓰겠습니까. 법률 하는 사람의 차가운 두뇌로써 세상을 재어본다고 하실는지 모르겠습니다만 세상이란 순수한 감정만으로 살아갈 수는 없습니다."

윤 변호사는 충심에서 충고를 하는 것이었다.

찬희는 사흘 밤을 울며 밝혔다. 결국 그의 충고를 받아들여 형식적인 부부생활로 돌아갔다.

그 결과 윤 변호사는 찬희의 재산관리인이 되었다. 그 재산을 사장해 두면 뭣하겠느냐고 윤 변호사가 관계하고 있는 모某 무역회사에 투자한 것이 바로 작년 여름의 일이다.

이혼문제를 전후하여 찬희의 심정은 참담하였다. 그렇게 믿으며 사랑해 온 남편으로부터 배반을 당한 그의 심정은 마치 낭떠러지 위에 서 있는 듯 허황하고 갈피를 잡을 수 없었다. 변호사의 동정을 그대로 받아들이지 않을 수 없었다. 그가 윤 변호사를 정신적으로 의지해 온 것만은 사실이다. 윤 변호사는 다방면의 취미가 풍부하였고 점잖은 신사였다.

쓸쓸한 찬희의 생활 주변에서 유일한 위안자로서 그는 온갖 성실을 다하여 왔던 것이다.

어느 날 밤이었다. 뜰에는 벚꽃이 싸락눈처럼 떨어지고 있었다.

찬희는 윤 변호사와 마주 앉아 차를 마시고 있었다. 윤 변호사는 조용히 연극 이야기를 하고 있었다.

"윤 선생은 법률보다 예술 방면으로 나가셨음 좋았을 텐데……."

"그러지 않아도 학교 시절에 연극을 한다구 쫓아다녔답니다."

"왜 그만두셨어요?"

"그때 연극쟁이가 되었더라면 지금 어떻게 되었을까요? 밥 빌어먹기 꼭 알맞죠. 취미로써 적당합니다. 법률로써 딱딱해진 머리를 풀어주기두 하구요. 돈이 있어야 합니다. 돈의 노예가 되지 않는 돈의 지배자, 인생이 궁상스러워서야 쓰겠습니까?" 하고 그는 웃었다.

꽃잎은 자꾸만 떨어진다. 찬희는 창문을 열고 떨어지는 꽃을 멀끄러미 바라본다. 유감한 밤이 아닐 수 없다.

"돈으로써 인생이 행복해질 리는 없어요."

찬희는 혼잣말처럼 중얼거렸다. 얼마나 뼈에 사무치는 이 고독이냐 싶었던 것이다.

"물론 그렇습니다. 돈으로 고독을 면할 수는 없겠죠. 그러나 허 여사가 비참하고 가난하게 산다는 것은 마음 아픈 일입니다."

윤 변호사는 자리에서 일어나 찬희 옆에 왔다. 그리고 말없이 창밖을 내다보는 것이었다.

찬희는 남자의 체취를 느꼈다. 그것은 애정이 아닌 하나의 본능이었던 것이다.

찬희가 그를 피하여 자리에 돌아가려고 했을 때 윤 변호사는 그의 팔을 덥석 잡았다. 그리고 그를 잡아끌어 입술을 빼앗았다.

찬희는 그를 밀어내고 허둥지둥 자기 방으로 도망쳐 책상 위에 푹 엎드렸다. 죄의식과 미묘한 흥분이 그를 떨게 하였다.

얼마 후 윤 변호사는 돌아가고 집 안은 괴괴한 침묵으로 가라앉았다.

찬희는 울었다. 무슨 눈물인지 알 수 없었다.

'안 된다. 그에게는 처자가 있구, 무슨 망신이냐.'

찬희는 다시 그를 만나지 않으려고 결심했다. 그와 연결된 여러 가지 일에서 손을 끊고 재산관리인을 다른 사람으로 바꾸려 마음먹었다.

그러나 일주일 이상 그로부터 소식이 없자 찬희는 허전함을 느꼈다. 그는 지금까지의 결심을 풀었다.

'우정으로 지속할 수 있다. 나는 그를 사랑하지 않는다. 다만 쓸쓸할 뿐이야.'

윤 변호사와 헤어진 찬희는 곧장 집으로 돌아왔다.

집에 돌아와 보니 뜻밖에 부산서 사는 시누이 상애尙愛가 와 있었다.

"웬일이죠? 그간 통 소식이 없더니, 어마! 길수두 왔구나."

세 살 난 조카를 안아주며 찬희는 반가워한다. 그러나 그는 불안한 눈치다.

"서울 오구 싶어서 왔어요."

상애는 스물예닐곱쯤 되어 보인다. 얼굴은 예쁘장하다. 화려하게 꾸민 모습은 정부인이기보다 댄서나 여급에 가까워 보인다.

"요즘은 집안이 평안해요?"

그 물음은 당신이 요즘 얌전하게 처신하느냐는 뜻이다.

"뭐, 밤낮 그렇죠. 김가는 밤낮 주정이구요."

그는 남편을 김가라고 호칭한다. 찬희는 천덕스러운 상애의 모습을 슬쩍 훑어보고,

"아직 난봉을 피우는 모양이군."

"오빠가 또 야단치면 어쩔까 싶어요. 오면서 그 걱정만 했어요."

"오빠야 뭐, 집에 잘 계시지두 않구……."

말꼬리가 흐려진다.

지난봄에 상애가 서울 와서 댄스 교사하고 놀아났을 때 김상국 씨는,

"다신 집에 오지 마라! 오기만 하면 정강이를 부숴버릴 테다!"

하며 그를 쫓아냈던 것이다.

상애의 병—남자를 좋아하는 병—은 결혼하기 전부터. 아니, 나면서부터 그는 탕녀였는지도 모른다. 시어머니가 살아 있을 때, 가문에 없는 저런 년을 내가 낳았다고 생각하니 당장 피를 쏟고 죽어버렸음 좋겠다는 말을 입버릇처럼 했던 것이다. 결국 여물도 차지 않은 계집애가 남자를 쫓아다니다 학교에서 추방을 당하고 그 길로 시어머니는 돌아간 것이다.

김상국 씨는 짝이라도 지어주면 바람이 잘까 하여 결혼을 시켰으나 여전했다.

"나 이번에 쌈하구 왔어요."

가늘게 그린 눈썹을 치올리며 찬희를 바라본다.

"왜 쌈했어요?"

그의 눈을 피하며 건성으로 묻는다.

"그인 의처증이 심하거든요."

찬희는 하마터면 실소할 뻔했다. 그러나 이내 연민의 정을 느꼈다. 아무래도 머릿속의 어느 구석의 조직이 잘못된 거라 생각되었다.

"전 안 돌아갈 생각이에요."

찬희는 겁이 덜컥 났다.

"안 돌아가긴? 가야지. 길수 생각을 해서라두……."

길수는 어느새 엄마 무릎에 기대어 잠들어 있었다.

찬희는 일어나 방석을 들고 와서 아이 밑에 깔아준다.

"서울서 취직해서 혼자 살래요."

"취직이 쉬운가?"

학력이라야 고등학교 중퇴다.

"내 동무들은 다 혼자서 잘 살던데요, 뭐."

"아무 소리 말구 내려가요. 오빠가 아시면 벼락이 내릴 텐데……."

찬희는 돈을 들려 내려보내야겠다는 생각을 한다.

"저녁은 먹었어요?"

"네. 방금 먹었어요. 참, 그 예쁜 학생은 누구예요?"

"아, 친구 딸."

찬희는 달갑지 않게 대답한다.

"왜 여기에 있어요? 식모가 그러는데 여기 산다구요?"

"당분간 와 있는 거예요. 전에 그 애 어머니한테 신셀 져서……."

찬희는 자세한 설명을 하고 싶지 않았다. 설사 설명을 한들 말귀가 밝은 여자도 아니다.

이튿날 상애는 해가 중천에 떠오를 때까지 늦잠을 자고 일어나더니 길수가 울건 말건 달랠 생각도 하지 않고 찬희의 깨끗이 닦아놓은 경대 앞에 앉았다. 그리고 이것저것 화장품을 마음대로 꺼내어 얼굴에다 처덕처덕 바르는 것이었다.

굵은 손가락으로 크림을 찍어낼 때마다 찬희는 얼굴을 찌푸렸다. 그보다 찬희가 곱게 쓰는 팩으로 그 기름이 흐르는 얼굴을 타닥타닥 때리는 데는 질색이었다.

은경은 보채는 길수를 달래면서 찬희의 싫어하는 기분을 눈치채고 딱한 듯 상애를 바라본다.

"언니?"

거울을 바라보며 상애가 불렀다.

"길수는 그만 언니가 기르세요."

좀 맡아서 길러달라는 부탁이 아니고, 바로 명령조다.

"당신네들 자식을 왜 내가 기르우?"

"애기가 없잖아요."

"없는 거야 제각기의 팔자지. 낳았으면 부모가 길러야잖아?"

잔잔한 목소리였다. 상애는 그 이상 말을 하지 않고 야단스러운 화장을 끝내고 후딱 일어섰다. 경대 서랍은 열려진 채, 크림통은 팽개친 채다.

은경은 잠자코 그것을 치운다. 그러나 상애는 미안하다거나 잘못했다는 생각은 아예 하지 않았다.

"미스 송? 내 치마 좀 빨리 다려다 주어요."

벽에 걸린 치마를 후딱 잡아끌어 은경 앞에 내던진다.

"식모한테 해달라구 해. 은경은 가서 공부나 하구."

찬희가 은경의 동작을 막는다.

"괜찮아요. 제가 하겠어요."

은경은 치마를 들고 나갔다.

"시킬 것 있으면 식모보구 해달라구 해요. 그 앤 우리 집의 심부름꾼이 아니니까."

찬희는 불쾌한 낯으로, 그러나 조용히 타이른다.

"그럼 공밥 먹구 빈들빈들 놀아요?"

"무슨 말을 그렇게 하우? 그 애가 우리 집에 밥 얻어먹으러 온 줄 아세요? 식구가 적어서 적적하여 오빠하구 의논해서 와달라구 부탁한 거예요."

"그래요? 인젠 제가 왔으니까 집안이 쓸쓸하진 않을 거예요. 미스 송은 보내세요."

아까 길수를 기르라 하던 것처럼 서슴없는 명령이다.

찬희는 어이가 없었다.

상애는 은경을 무슨 물건처럼 생각하는 모양이다.

"보내구 안 보내는 것은 내가 할 일이니 걱정 말아요. 그보다 길수 엄마는 가야지. 출가외인이라구 길수 아버지의 사람이지 이 집 사람이 아닌데 언제까지 여기 있으려오?"

그 말이 조금도 아프지 않는 모양이다.

"그까짓 자식…… 남이 된 지가 언제라구요."

"뭐? 남이 되었다구요?"

"시시해서 헤어졌어요."

'천하의 망나니군. 정말 그 착하고 어진 시어머니한테서 난 딸일까?'

찬희는 저절로 한숨이 나왔다.

"아, 빨리 나가야겠는데 치마는 어떻게 된 거야?"

이혼 같은 건 문제도 아니란 듯 서둔다.

찬희는 이혼이라는 것을 끔찍하게 생각하지만 상애는 그것을 밥 먹기보다 수월하게 생각하는 모양으로, 얼굴에는 아무 근심 걱정도 없었다. 오히려 새장 속에서 놓여난 참새처럼 발랄한 생기가 넘쳐 있었다.

"언니? 언니 치마 좀 빌려주셔요. 아까 보니까 보라색 나일론 치마가 참 예쁘던데요?"

번번이 당하는 일이지만 남의 양복장을 함부로 열어보는 상애의 천한 버릇이 싫었다.

찬희는 치마를 꺼내 주면서,

"내가 남에게 옷 빌려주지 않는 성미라는 것 알잖아요? 이건 길수 엄마한테 주는 거니까 요다음엔 옷 빌려달라구 하지 말아요."

언짢게 말을 하고 양복장을 거칠게 잠가버린다.

"아이, 고마워요. 언니."

상애는 지극히 만족해한다.

그렇게 나오니 더 이상 미워할 수도 없고 도리어 불쌍한 생각이 든다.

"언니? 나 잠깐 다녀와요. 동무하구 만날 약속이 있어서요."

찬희는 어떤 놈팡이를 또 만나러 가나 싶어 얼굴을 찌푸렸다.

돌개바람처럼 그가 나가버리자 길수가 앙! 하고 울었다.

"아가, 울지 마. 아지마하구 놀자?"

은경이 얼른 안아준다.

"차라리 생기지 말 일이지……."

찬희는 아비를 닮아 납작한 코를 한 길수를 바라보며 혀를 끌끌 찬다.

찬희는 후닥닥 일어선다.

"우리두 나가볼까?"

"어디루요?"

"병원에 너무 오래 못 가봐서 섭섭해할 거다. 내가 바빠서……."

"애기는요?"

"아주머니가 보아주겠지."

"가엾어요."

"습관이 돼서 괜찮다. 아일 데리구 온 것만두 기특하군."

나중의 말은 독백이다.

그들이 이치윤의 병실로 들어갔을 때였다.

"아! 아주머니 오세요?"

발랄한 젊은 여자의 목소리가 튀어왔다. 은경은 찬희 어깨 뒤에서 여자를 보았다.

"아, 난 누구라구, 남미군. 그래, 어제 어머닐 만났었지."

"네. 어머니두 아주머니하구 맥주 마셨다고 하데요. 전 캠핑 가느라구 이 선생님 수술하신 것 통 몰랐어요. 어제 산에서 내려오니까 그러잖아요? 그래서 오늘 뛰어왔어요."

남미南美는 쾌활하게 웃었다. 새빨간 스웨터에 회색 슬랙스를 입은 모습이 도회의 아가씨답게 미끈하다. 보기 좋게 탄 얼굴에도 건강미가 넘쳐흐르고 있었다.

"학교는 어떡허구?"

"그까짓…… 졸업반인걸요. 좀 까먹으면 어때요?"

지껄이는 동안 남미는 한 번도 은경에게 시선을 주지 않았다. 거의 묵살이다.

"참, 은경아? 인사나 해."

젊은 여자들의 미묘한 감정을 느꼈는지 찬희는 은경을 밀어 냈다.

"나하구 친한 분의 따님이야. 김남미 양, 여기는 시골서 갓 올라온 송은경! 남미가 좀 훈련을 시켜주어야겠지. 동생처럼."

은경은 얼굴을 붉히며 고개를 숙였다. 남미는 은경을 빤히 쳐다보았다. 겨누려 드는 빛이 잠시 그의 눈에 돌았다.

"제가 뭘 알아요?"

쌀쌀한 목소리로 간단히 말을 끊어버린다.

직접 은경에게 한 말은 아니었으나 은경은 무안함을 느꼈다. 찬희도 좀 얄밉다고 생각하였다.

"이 선생님은 더 심각해지셨어요. 그렇죠? 아주머니."

남미는 은경에게 인사할 때와는 아주 딴판으로 상글상글 웃으며 찬희를 쳐다보았다.

"심각해졌다구?"

찬희는 일부러 모르는 척한다.

"아이, 아주머니두…… 고민이 더 심하신 모양이란 말예요."

자기 자신을 화제로 올려 말이 왔다 갔다 하건만 이치윤은 마치 남의 일처럼 덤덤한 얼굴이다.

찬희는 그 말에 대꾸를 하지 않았다. 남미를 상대하여 말을 하는 것도 어른답지 못한 일이었으나 그보다 말이 길어지면 필경 경란의 이름이 나올 것이기 때문이다. 말로만은 고민이니 심각이니 하지만 요즘 젊은이들의 사고방식에 앞장을 서고 나선 남미로서는 지극히 간단하게 말을 내던질 것이요, 또한 행동할 것이기 때문이다.

경란과 이치윤의 연애 시절에 하나의 액세서리 같은 역할을 한 사람이 바로 남미이다. 경란이하고는 선후배의 관계였을 뿐만 아니라 남미의 오빠 남식南植과 경란은 한때 약혼설까지 있었다. 그러나 이치윤을 경란이 택하였고 결국 허영이 강한 경란은 이치윤에게도 안주하지 못하고 두 살 난 계집아이마저 내동댕이친 채 다른 남자에게로 넘어가고 말았던 것이다.

남미는 오빠에 대한 동정보다 경란의 연애 사업에 흥미를 느끼고 이치윤을 찾아다니는 경란을 따랐던 것이다.

그 후 남식은 경란이 외에도 복잡한 여성 관계가 있었으므로 경란의 상실에서 크게 상처를 받았다고 생각할 수는 없었으나 아무튼 미국으로 훌쩍 떠나버리고 말았다.

"아참, 이 선생님? 우리 오빠가 글쎄, 온대요."

"뭐요? 아직 멀었는데?"

이치윤이 처음으로 입을 떼었다.

"모르겠어요. 오빠 하는 짓은…… 어제 편지가 왔어요. 기분 파니까 하고 싶은 대로 하는 거죠. 뭐, 떠날 때도 훌쩍 가버렸으니까 올 때도 그런 식으로 하나 봐요. 온다는 편지라도 띄운 걸 보면 되려 제법인데요."

"좋겠구먼."

"좋긴 뭐가 좋아요? 제 몫이 적어질 뿐예요. 보나 마나 미국 가서 노는 것만 배워가지고 올걸요. 오면 아버지 호주머니를 털어내기 마련이지. 순 건달이에요."

찬희가 쓰게 웃는다.

"남미는 오빠하구 못 사귀었구먼. 그렇게 험담을 하구서야 어디 오빠 장가들겠나."

"그래도 여자가 줄줄 따라다니는걸요. 돈 잘 쓰는 게 매력인가 부죠?"

"남미도 돈 쓰는 데는 오빠에 지지 않을걸?"

찬희가 핀잔을 준다.

"전 돈 안 써요. 놀아도 오빠처럼 그렇겐 안 놀아요. 적당히 요령껏 공부하면서 노는걸요."

"다행이구먼."

"아주머니? 우리 오빠하구 이 선생님을 반반으로 섞었음 좋겠죠?"

이치윤과 찬희가 동시에 쓴웃음을 띤다. 은경은 멍하니 앉아 있었다.

은경은 뒷전에 밀려 나와 창만 바라볼 수밖에 없다. 남미의 재잘거리는 높은 목소리가 간단없이 들려오건만 아득한 곳의 일만 같았다. 조수처럼 고독감이 밀려온다.

누가 은경을 화제 속에 끌어들인대도 은경은 화려한 남미의 웃음 속에서 꽁무니를 뺄 것이다. 풍습도 분위기도 다른 남미 앞에서 더군다나 유창하고 거침없는 남미의 서울 말씨 앞에서 심한 경상도 악센트는 은경의 언어를 위축시키고 말 것이다. 그러나 은경의 섬세한 감성은 남미의 노골적인 무시 앞에 상처를 받는 것이었다.

"은경 씨?"

이치윤의 부드러운 목소리가 들려왔다.

"네?"

갑자기 부른 자기 이름에 은경은 당황한다.

"오늘은 왜 꽃은 안 가지고 오셨습니까?"

"아직 꽃이…… 꽃이 시들지 않았기에…….."

"내일은 가지구 오세요."

남미는 눈을 크게 뜨고 이치윤의 부드러운 목소리가 흘러나온 입모습을 바라본다.

"네."

한동안 방 안에는 어색한 침묵이 흘렀다. 부지런히 지껄이던 남미가 입을 닫은 때문이다.

한참 후,

"전 가겠어요. 아주머닌 노시다 오세요."

남미는 이치윤에게는 인사도 하지 않고 찬희에게만 고개를 한 번 숙이더니 샐쭉해서 나가버린다.

찬희는 이치윤의 사람됨을 새삼스럽게 귀중히 여긴다. 뒷전에 밀쳐진 은경에게 말을 걸어준 것은 두말할 것도 없이 위축된 은경의 마음을 되살려 주려는 의도에서다.

은경도 그것을 알았다. 따뜻한 호의가 고마웠다.

그러나 남미의 입장에서 본다면 그럴 수 없는 모욕이 된다. 다 같은 젊은 처녀, 더군다나 어느 모로 보더라도 자기의 우월을 믿고 있는 남미였기에 불쾌감을 금할 수 없었던 것이다. 자기를 제쳐놓고 은경에게만 꽃을 갖다 달라는 말을 은근히 한 이치윤은 완전히 자기라는 존재를 무시했다고밖에 생각할 수 없었던 것이다.

"어머닌 퍽 순박한 사람인데 남미는 좀 까불어. 요즘 애들은 다 그렇겠지만…… 아버질 닮은 모양인지……."

찬희가 방 안 공기를 수습하려는 듯 말했다. 이내 샐쭉해져서 나가던 모습이 귀엽다면 귀엽고 소갈머리가 좁다면 좁다고 할 수 있다. 찬희는 그런 생각을 하며 싱긋이 웃는다.

이치윤은 아무 비판도 하지 않았다.

"이 비서, 그런데 골치 아픈 일이 또 생겼지 뭐예요?"

"……?"

"글쎄 부산서 시누이 님이 오셨구면."

"네?"

이 비서가 잔뜩 눈살을 찌푸린다.

"어젯밤에 오니까 글쎄, 아일 데리구 와 있잖아요."

"무슨 일루 왔어요?"

"글쎄, 그이 말루는 이혼했다면서 집에 있겠다는 것 아니에요?"

"야단났군요."

이 비서도 상애 때문에 골치를 앓은 모양이다.

"선생님께서 아십니까?"

"아직……."

3. 창변에서

이치윤이 퇴원한 이튿날 오전이었다.

응접실에서 전화벨이 요란스럽게 울려왔다. 은경은 길수하고 놀다가 급히 응접실로 쫓아가서 수화기를 들자 바로,

"김 의원 댁이죠?"

총알같이 목소리가 울려왔다. 여자의 음성이다.

"네. 그렇습니다."

"이치윤 씨 퇴원하셨죠?"

"네, 어제……."

은경은 총알같이 내리쏘는 목소리의 임자가 바로 병원에서 만났던 남미라는 것을 알아차렸다.

"좀 바꿔줘요!"

그쪽에서도 은경의 사투리 섞인 목소리를 모를 리 없건만 시

치미를 딱 떼고 마치 식모아이에게라도 하듯 명령을 한다.

은경은 은근히 화가 났다. 그래서,

"누구세요? 그쪽은……."

하고 물었다.

"대어만 주면 되잖아. 이 비서의 또 비서란 말씀인가? 호호호……."

은경인 줄 알고 일부러 그러는 모양이다. 은경의 목덜미가 빨개진다.

'안하무인이라도 유분수지. 망할 것!'

은경은 그러나 조용한 음성으로,

"지금 누워 계시는데요……."

"누워 있다구? 깨우면 되잖아?"

성난 목소리에다 반말이다.

"주무시는 게 아니고 아직 몸이 편찮으셔서 일어나질 못합니다."

또박또박하게 말을 끊으며 침착하게 도전한다.

"그건 그대의 견해! 그대 견해는 일없습니대이. 빨리 이치윤 씨한테 전화 받으라구 말해주어요."

남미는 경상도 사투리의 흉내까지 내며 의식적인 조롱이다.

은경은 전화를 그냥 끊어버리고 싶었다. 그러나 참는다.

"그럼 기다려보세요."

목소리가 절로 떨려 나왔다.

"네, 그러겠십니대이—."

여전한 조롱이다. 은경은 눈물이 울컥 솟았다.

이치윤의 방 앞에 섰을 때도 못나게 눈물이 솟았다.

"이 선생님."

문밖에서 불렀다.

"들어오세요."

은경은 방문을 열고 선 채,

"전화 왔어요."

얼굴이 벌게진 데다가 목소리마저 노엽게 튀어나왔다.

"어디서?"

이치윤은 은경의 얼굴을 유심히 바라본다.

"아마 병원으로…… 왔었던 그분인가 봐요."

이치윤은 얼른 생각이 나지 않는 모양이다.

"여자— 남미라고 하던 분인가 봐요."

은경은 서슴없이 조롱하던 남미의 말이 되살아나서 가슴이
뻐근했다. 자기도 모르게 눈물이 후두둑 떨어졌다.

이치윤은 불편하게 몸을 일으켰다. 그리고 은경을 쳐다본다.

"대체 뭐랬기에 그래요? 남미가 뭐랍디까?"

"아뇨."

"울긴…… 애기처럼…… 역시 울보군요."

빙그레 웃으며 은경의 어깨를 가볍게 친다. 그리고 머리를 쓸
어 넘기며 응접실로 걸어간다.

이치윤의 파자마 입은 뒷모습이 은경의 눈앞에서 흐리어진다. 그러나 어깨 위에 남은 그의 손의 감촉은 강했다.

응접실로 나가서 수화기를 든 이치윤은 기침을 한 번 한다.

"이 선생님이세요?"

"네. 그렇습니다. 무슨 말씀이라도 있으세요?"

"어마! 정말 무슨 말씀을 그렇게 하세요 섭섭하게……."

며칠 전에 병원에서 샐쭉해 가지고 나간 그 기분이 완전히 가셔진 모양으로 지극히 명랑하다.

"용건부터 말씀하세요."

냉랭한 목소리로 재촉한다.

"퇴원을 축하해 드리려고 전화 건 거예요."

이치윤은 쓰게 웃는다.

"그런데 전화받은 여자 도대체 건방져요. 누군진 몰라도 이 선생님이 누워 계시느니 어쩌니 하고 제 마음대로 거부하지 않겠어요? 이렇게 이 선생님께서 나와주셨는데 말예요."

이치윤은 얼굴을 찌푸린다. 은경인 줄 뻔히 알면서 누군지 몰라도 건방지다고 하는 남미의 심사가 불쾌하였다. 부르주아의 딸이라는 것을 코에다 걸고 항상 남을 무시하려 드는 그에겐 언제나 호감을 가질 수 없었던 이치윤이었다.

"퇴원한 것을 축하해 주시는 마음은 고맙게 받겠습니다만 아픈 사람을 끌어내는 것은 역시 예의가 아니겠지요."

은경을 두둔하며 슬쩍 까준다.

"죄송합니다. 호의가 악의로 되었다니 미안하군요."

"천만에."

"그보다 이 선생님? 언제쯤 밖에 나오시게 되나요?"

"글쎄, 한가한 몸이 아니니까 되도록 빨리 일어나도록 해야죠."

"그런데 이 선생님? 단순한 뜻에서만 아니구요. 사실은―."
하더니 남미는 무슨 까닭인지 까르르 웃었다.

"사실은 말예요. 어제 경란 언닐 만났거든요."

말을 끊었다. 이치윤의 감정을 살피려는 모양이다. 이치윤이
말이 없자 다시,

"그랬더니 경란 언닌 아무것도 모르고 있잖아요."

"아무것도 모른다―."

이치윤은 혼잣말처럼 흘렸다.

"아이, 선생님이 수술받으신 일 말예요. 선생님이 입원하고
계실 때 경란 언닌 여러 번 그 병원에 갔었대요. 동생이 입원했
었다나요? 그런데두 통 몰랐다는 거예요."

"알았음 어쩌겠다는 말입니까? 그런 얘기는 그만두는 게 좋
겠소."

"아, 아니, 잠깐만."

남미는 당황하며 전화를 끊어버리려는 이치윤을 말린다.

"언니가 말예요. 괴로우신가 봐요. 한번 만나드리세요."

"……."

"이 선생님을 상당히 생각하고 있는가 봐요. 영아가 보고 싶다고도 하더군요. 원체 자존심이 강한 사람이니까 참는 모양이지만…… 따지고 보면 이 선생님이 나빴어요. 생각이 고루하시잖아요? 한번 기회 만드세요, 네? 일부러 만드는 것 쑥스러우면 제가 우연을 만들어드리겠어요."

남미답지도 않게 점잖고 사려 깊은 말을 하고서 이치윤의 대답을 기다린다.

이치윤은 미간을 오싹 모으고 말을 하지 않았다. 그리고 전화를 탈가닥 끊어버리고 말았다.

방으로 돌아와 자리에 누우려고 하다가 이치윤은 밖을 바라본다.

은경이 길수를 업고 멍하니 하늘을 바라보고 서 있었다. 아이는 잠이 든 모양인데 데려다 눕힐 생각도 하지 않고 그리 서 있는 것이었다.

이치윤은 이상한 감이 들었다.

시골에서 처음 올라왔을 때는 겁먹은 눈으로 쳐다보는 가련한 소녀였다고 생각했는데 지금 그의 모습에는 형용할 수 없는 애상이 가득 차 있었다. 그것이 얼굴에다 미묘한 음영을 만들어주고 섬세한 곡선에 감겨든 슬픔이 퍽 성숙한 여자로 보이게 하였다. 햇볕에 그을린 얼굴도 도회지 바람에 말짱 가셔져 옥같이 살빛이 희어졌다.

"왜 그러구 서 있어요?"

창가에 걸터앉으며 물었다.

"어마!"

은경은 소스라쳐 놀란다. 시원한 눈동자는 푸른 하늘이라도 담겨진 듯 맑게 빛난다. 그리고 금세 이치윤을 바라보는 그의 얼굴에 생기가 넘친다.

"역시 이 층 방보다 여기가 아늑해서 좋군요."

아무 사심 없이 은경의 눈을 쳐다보며 이치윤이 말했다.

이치윤은 퇴원하자 찬희의 의견에 따라 지금껏 사용해 오던 이 층 방에 들지 않고 이 양지바른 온돌방에 있기로 했던 것이다.

"그렇지만 시끄럽죠?"

은경은 환하게 웃었다. 아까 이치윤 앞에서 울었던 생각을 하면 부끄럽지만 그 일에 대하여 아무 말도 물어보지 않는 것이 여간 고맙지가 않았다. 자기의 사투리 흉내를 내어 조롱했다고 울어버린 일을 안다면 얼마나 그가 웃으랴 싶었다. 그리고 지내 놓고 보니 그만한 일에 울어버린 것이 자기 자신에게도 여간 우스꽝스럽지가 않았던 것이다.

"시끄러울 것도 없어요. 누가 있어야지."

"그렇게 앉아 계셔도 괜찮아요?"

"너무 누워만 있어도 지루하군요. 사모님은 어디 가셨어요?"

"네. 고아원에 가신다고 하시면서……."

"좋은 분이오."

이치윤은 혼잣말처럼 말했다.

"……?"

"그분은 예수 안 믿어도 천당 갈 거예요."

빙그레 웃는다.

"왜요?"

"아, 예수쟁이들도 고아들에게 보내온 구제품을 팔아먹는데 사모님은 부지런히 자기 것을 갖다 바치니까 말입니다."

말이 없는 이치윤이 가벼운 기분으로 그렇게 말하는 것이 우습기도 하고 일면 찬희에 관한 미덕을 하나 더 안 것이 기뻐서 은경은 소리 내어 웃었다.

"사모님은 크리스마스나 추석 명절이 되면 고아원에 쫓아다니시느라구 쩔쩔매죠. 은경 씨도 아마 사모님 같은 형일 거요."

"아니에요, 전. 아주머니처럼 착하지 않아요."

얼굴을 붉힌다. 이치윤은 그 얼굴을 쳐다보며 따뜻한 미소를 보낸다.

"정말 아주머닌 착하세요. 진심으로 아주머닐 닮구 싶어요."

"하나만 닮지 말구……."

"하나만?"

"애기 못 낳는 것만 닮지 말구."

이번에는 은경이 그야말로 홍당무가 된다.

"아, 길수 어머니가!"

은경은 마침 좋은 기회였다는 듯 문간으로 쫓아간다.

어느새 은경은 이치윤의 메마른 감정을 축여주는 존재가 되어 있었다.

한밤중에 이치윤은 잠에서 깨었다. 그러나 꿈의 연속인 듯 몽롱한 의식으로 어둠을 더듬는다. 어두움만이 가슴 위를 내리누른다.

'무슨 꿈이 그따위냐!'

그는 후딱 일어나 커튼을 젖혔다. 푸른 달빛이 흔들리는 물결처럼 방 안으로 밀려들어 왔다.

"아아—."

무의식 속에 나온 신음이었나.

이치윤은 담배를 붙여 물고 창문을 열었다. 이번에는 싸늘한 바깥 공기가 몰려 들어온다. 창가에 걸터앉는다.

'낮에 남미한테서 그런 말을 들은 때문일까?'

얼굴을 쳐들고 담배 연기를 내어 뿜는다.

달빛이 쏟아지는 흰 이마 위에 그늘처럼 쭉 그어진 주름의 깊이, 그의 마음, 그의 괴로움의 표적이 아닐 수 없다.

그는 경란의 꿈을 꾼 것이다. 신혼 시절의 경란이었다. 언제나 즐겨 입던 크림색의 품이 넓은 원피스를 입고 있었다. 어딘지 알 수 없으나 아주 환상적인 숲속이었다. 영화 〈애인 줄리에트〉에 나오는 망각의 숲 같은 곳이었다. 경란은 이치윤과 팔을 끼고 거닐면서 드높은 목소리로 웃었다. 그러더니 별안간 이치

113

윤의 목을 안고,

"당신은 아무 데도 못 가요. 그렇지만 나는 어디든지 갈 수 있어요. 알겠어요? 당신에겐 내가 전부지만 나에겐 당신이 전부가 아니란 말예요."

하며 그 향긋한 얼굴을 어깨 위에 얹는 것이었다.

"그렇지만 당신이 비굴해지는 건 싫어요. 누구든 지나치게 집착을 하면 난 이내 싫어지구 징그러워요. 반대로 오만하구 냉정하면 나는 내 자존심 때문에 애정이 식어버리죠. 알겠어요? 알겠어요?"

경란은 이치윤의 얼굴에 볼을 비비는 것이었다.

이치윤은 손을 들어 목덜미를 쓸어본다. 경란의 부드러운 손이 지금도 목덜미에 감겨져 있는 듯한 착각이 들었던 것이다. 경란에 대한 강한 미련이 기름처럼 마음속에 번져나간다. 그러나 꿈속의 말이 하나하나 가슴에 울려왔다. 꿈에서 하던 말처럼 경란이란 여자의 성격을 나타낸 말이 달리 없었던 것이다. 그 사치스러운 교양과 감각과 이기심, 그것을 증오하면서도 그것에 끌려간 이치윤이었다.

'따지고 보면 이 선생님도 나빴어요.'

낮에 전화를 통하여 들려온 남미의 높은 목소리가 울려온다.

이치윤은 쓰게 웃는다.

경란에 대한 미련을 남미의 말로써 합리화시켜 보려는 자기의 심사가 서글펐던 것이다. 남미가 그런 말을 한다고 해서, 또 설령 경란과 만난다고 해서 돌아올 여자는 아니다.

꿈속의 말처럼 쫓아가면 달아날 여자요, 등을 보이면 그 역시 등을 보이고 말 그런 여자였기 때문이다. 경란과의 대결은 끝없는 경주이며 피곤한 정신의 방황일 수밖에 없다. 동시에 그것은 또한 영원한 미련으로 남을 것이며 삼 년 동안이나 그를 소유했어도 그 여자의 머리카락 한 오라기도 자기 것이 아니었다라는 아쉬움이 이치윤의 마음에서 사라지지는 않을 것이다.

이치윤은 피워 문 담배를 던졌다.

집 안은 괴괴하다. 달빛은 더욱 푸르게 수목 위에 흘러내린다.

경란과 결렬한 직접 원인은 양민梁民이라는 중년 사나이에게 있었다.

양민은 저명한 어느 무역회사의 전무였다. 미국에 가서 대학을 다니다 중퇴했다는 학력이 붙어 있는 만큼 어느 정도의 교양도 있고 돈도 있는 사나이였다. 사업가의 특유한 지방질의 형이 아닌 제법 날씬한 체구의 소유자였다.

명동에 있는 여수旅愁란 다방에서 우연히 그림을 하는 동무를 만나 양민을 소개받았을 때 경란은 지극히 무관심한 태도로 그를 대하였던 것이다. 무관심하다는 것은 본래 경란이 지니고 있는 하나의 자기 표시에 지나지 않았지만 그 무관심한 것에 양민은 매력을 느꼈던 모양이다.

나돌아 다니기를 좋아하는 경란은 그 후에도 동무와 같이 여러 번 양민을 만났다. 그리하여 어울려서 음악회니 영화니 하고 따라다녔던 것이다.

양민은 미국식으로 몹시 여자를 우대하였다. 특히 경란에 대하여는 정중하고 예절을 다한 호의를 보였다. 마치 프린세스를 대하듯—.

그러나 양민의 호의에 대하여 경란은 그다지 신경을 쓰지 않았다. 호의를 고맙게 생각지 않는 대신 경계를 표시하는 일도 없었다. 경란은 양민에게뿐만 아니라 누구와도 자유로운 교제를 하고 있었다. 결혼 전에도 그러했지만 결혼 후에도 그는 그의 생활 태도를 변경하지 않았다. 이치윤은 경란의 생활 태도에 상당한 불만을 품고 있었다. 그러나 그는 경란을 깊이 사랑했고 불만보다 애정이 강했으므로 생활은 지속되어 갔던 것이다.

양민의 경우가 다른 남자들하고 다른 것은 그에겐 돈이 있고 홀아비였다는 점일 거다. 그는 무역 관계로 자주 외국에 다녀왔고 그럴 때마다 경란에게 과분한 선물을 보내주었다. 경란은 그의 호의를 받는 것과 마찬가지로 무관심하게 선물을 받아들였다. 그러나 양민의 입장에서 본다면 경란은 확실히 신비스럽고 특유한 존재였었다. 도무지 경란이란 여자가 지닌 속셈을 알 수 없었다. 번번이 같이 다니면서도 오만한 그 얼굴에서 한 번도 교태를 느껴본 일이 없었다. 그러나 완전한 무방비 상태다. 그러면서도 어디를 한번 찔러보아야 될지 엄두가 나질 않았다. 말이 독신자지 여자 경험이 많고 또 그런 자유로운 향락을 위하여 쉽사리 결혼도 하지 않고 있는 양민이었다. 경란을 손아귀에 넣는 것만은 어려웠다. 기혼 여성이라는 조건 때문에 그랬던 것은 아니었다.

'하여간 기묘한 여자야.'

날이 갈수록 양민은 초조해지고 그의 말대로 경란의 기묘한 매력에 이끌려 갔다. 그가 이혼을 한다면 결혼을 해도 좋다는 단계까지 이르게 되었다.

이치윤이 김상국 씨의 선거를 위하여 지방으로 내려간 뒤 경란은 양민으로부터 어느 때보다 고가인 시계를 선물받았다. 다이아가 박힌 백금시계였다.

"어떻습니까? 마음에 드세요?"

"네. 마음에 꼭 들어요. 그러지 않아도 이런 것 하나 가지구 싶었는데…….."

"다행입니다."

"이렇게 선물하시는 것 양 선생님의 취미세요?"

"취미? 하하핫! 아무에게나 벌려놓는 취미는 아닙니다."

"그럼 저에게만 그러세요? 더욱 고맙군요."

경란은 천연스럽게 말하고 일어서는 것이었다.

김상국 씨의 선거를 치르고 집에 돌아온 이치윤은 몹시 피곤했으나 얼마 동안의 이별에서 온 그리움이 잠을 이루지 못하게 했다. 경란은 더욱 아름다워졌고 은어처럼 싱싱하였다.

경란을 포옹한 이치윤은 숨찬 목소리로,

"경란이, 보고 싶었다."

경란은 이치윤의 턱을 밀어내며 팔에 낀 시계를 끌러 경대 위에 놓는다. 경란의 소지품에 대하여 비교적 우둔한 편인 이치윤의 눈에도 그 시계가 퍽 고가의 것임을 알 수 있었다. 그러나 그는 아무런 의심도 하지 않았다. 친정어머니나 오빠에게 졸라서 산 거겠거니 생각했던 것이다.

이튿날 아침 이치윤은 거울 앞에서 면도를 하다가 어젯밤에 본 시계를 내려다보았다. 경란은 아직 자리에 누워 천장을 바라보고 있었다. 이치윤은 면도를 끝내고 시계를 들었다.

"이거 다이아 아냐?"

"다이아몬드예요."

"비싸겠는데?"

"적어도 십만 환은 될 거예요."

"누가 샀길래? 어머니가 사주지 않았어?"

"아니에요. 선물받은 거예요. 모양이 좋죠? 마음에 썩 들었어요."

"누구한테 받은 거야?"

이치윤은 그때까지도 무심하였다.

"미스터 양한테서요."

태연자약이다.

"뭐, 미스터 양?"

이치윤이 돌아본다.

"왜요. 받으면 안 되나요?"

오히려 의아한 표정이다. 이치윤의 얼굴에는 불쾌한 빛이 역력히 나타난다.

"무슨 까닭으로 받는 거야?"

"받는 데 무슨 까닭이 있어요?"

이치윤은 노기 띤 얼굴로 돌아앉았다.

"사고방식이 틀려먹었어!"

"주고 싶어서 주는 것을 받았는데 사고방식이 틀리긴 뭐가 틀려요?"

도리어 경란이 화를 낸다.

"왜 주고 싶으냐 말이야! 주고 싶은 데는 분명히 이유가 있을 게 아니야!"

"이유가 있건 말건 제가 알 바 없잖아요?"

"불순하다! 더러운 근성이야. 빨리 돌려주어."

"돌려주라구요? 호호호, 난 그런 어린애 장난 같은 짓 안 할 거예요. 돌려주면서 뭐라구 하죠? 우리 남편이 야단을 쳐서 안 되겠으니 돌려드립니다, 하구? 호호호, 유치해요."

경란은 목소리를 굴리며 웃었다.

이치윤은 그 웃음소리를 들었을 때 머리 위에 피가 모이는 것 같았다.

그는 경대 위에 놓인 시계를 들어 창밖으로 홱 내던졌다.

경란의 안색이 변한다.

"똑똑히 일러둔다. 이후 이런 일이 두 번 다시 있으면 우리는 갈라져야 한다."

이치윤은 흥분한 나머지 소리쳤다.

"거절이에요. 난 당신의 노예가 아니에요. 나는 나대로의 인격이 있구 행동의 자유가 있어요."

냉랭한 목소리로 항의한다.

"행동의 자유?"

"그렇죠. 행동의 자유가 있어요. 전 당신의 로보트가 아니에요. 당신의 아내인지는 몰라도 독립된 인간이에요. 결코 당신의 취미대로 뜯어고칠 수도 없어요. 아무도 그것은 못하는 일이에요."

이치윤을 빤히 쳐다보며 말한다.

"행동의 자유가 있다면, 그, 그럼 방종해도 괜찮단 말인가? 남편을 두고 연인을 따로 만들어도 용서받을 수 있단 말인가?"

이치윤은 흥분에 씨근덕거렸다.

"연인을 만들 단계까지 갔다면 구구하게 당신하구 살 것 같아요?"

냉소를 머금으며 내뱉는다. 경란의 냉소는 이치윤의 감정을 더욱 자극했다.

"사내들한테 물건을 받는 것은 창부가 하는 짓이다."

"창부? 내가 그 말을 용서할 것 같아요?"

경란의 얼굴이 무섭게 질린다. 그는 벌떡 일어나 앉았다.

"겁이 나서 물건을 받지 못하는 여자야말로 자기 내부에 창부적인 요소가 있다는 것을 시인하는 거예요. 비루하구 인색한 감정이야. 경멸해요! 경멸한단 말예요!"

이치윤은 분에 이기지 못하여 경란의 뺨을 갈겼다. 그러나 경란은,

"어떠한 힘도 날 지배하진 못해요!"

꼿꼿하게 얼굴을 쳐든다.

"건방지게!"

이치윤의 손이 다시 날았다.

이 소동에 식모가 들어왔다.

"저, 애기가…… 열이 몹시 나는군요……."

경란은 그 말은 들은 척하지도 않고 척척 옷을 걸치더니 핸드백을 들고 휙 나가버렸던 것이다.

이치윤은 그래도 경란이 돌아올 것이라 믿었고 자기의 폭력 행위가 나빴다고 뉘우치기도 했다. 그러나 경란은 오지 않았다. 오지 않을 뿐만 아니라 사람을 시켜 옷을 싹 쓸어가고 말았다.

이치윤은 굴욕을 참고 경란을 찾아갔다. 그러나 그를 못 만나고 돌아오는 길에서 양민과 같이 가는 경란의 뒷모습을 보았을 때 이치윤은 경란을 사랑하는 자기가 퍽 불행한 사나이라는 것을 깨달았다.

집으로 돌아온 그는 어린 영아를 시골에 있는 어머니에게 보내고 살림을 모두 정리한 뒤 김상국 씨 집으로 거처를 옮겨버렸

던 것이다.

그 후 경란이 양민하고 결혼했다는 말은 없었으나 다른 남자하고 같이 다닌다는 소문이 자자했다.

경란과의 불행한 종말은 이치윤의 성격을 변하게 했다. 본래 명랑한 편은 아니었어도 어느 장소에서나 명확한 자기의 의견을 말하고 활동이 민첩했던 그는 극도로 말이 없는 사람이 되었다. 그리고 모든 여자에 대한 혐오증이 병적으로 심해지고 여자를 보는 그의 눈에는 시니컬한 빛과 잔인한 그늘로써 채워졌다.

문제가 사소한 것은 아니었지만 단 한 번의 언쟁으로써 남편도 자식도 헌신짝처럼 버리고 나간 여자의 매몰진 마음은 이치윤에게 깊은 상처를 남겨놓았다. 그에 대한 애정이 강했던 만큼 그 상처는 아물지 않았다.

'이 선생님을 많이 생각하는 모양이에요. 원체 자존심이 강한 사람이니까 그러고 나오긴 했어도 영아 생각도 나구…….'

그 말이 귀찮을 지경으로 이치윤의 머릿속을 감돌았다.

'못났어! 내가 왜 이런 생각을 하구 있을까?'

이치윤은 커튼을 드리우고 자리에 누웠다. 잠이 오지 않았다. 응접실 쪽에서 기둥시계가 땡! 땡! 두 번을 친다. 경란의 얼굴을 털어버리듯 돌아눕는다.

차츰 엷어지는 햇살을 등허리에 받으며 이치윤은 뜰 아래에 놓인 벤치에 앉아 한가히 담배를 피우고 있었다. 오랫동안 병상에 있었던 그의 얼굴은 한층 창백하고 음영이 깊었다. 그러나 병고를 겪은 뒤에 오는 안정감이 그 모습 속에 있었다.

베란다 옆에 있는 창 밑에는 국화가 흐드러지게 피어 있었다. 가을 햇볕을 흠씬 받은 노오란 국화의 색채가 호사스럽고 강렬하다. 그 짙은 색채는 지금 푸르고 맑은 공간에 번져 나오고 있는 것이다.

'내일부턴 거리에 나가봐야지.'

어떠한 새로운 의욕이 치솟는다. 그러나 가을의 정취가 깊은 한적한 뜰 안에 핀 국화를 바라보는 이치윤은 겨울을 재촉하는 듯하여 그 화려한 꽃이 쓸쓸하게 느껴졌다.

"미스 송! 내 속치마 나려서 어디 두었지?"

복도를 왔다 갔다 하며 분주히 떠드는 상애의 목소리였다.

"아주머니 방에 걸어두었어요."

맑은 은경의 목소리도 들려온다. 며칠 전에 김상국 씨는 집에 들러 상애가 올라온 일을 알았다. 그러나 그는 방종한 누이동생을 외면했을 뿐 쓰다 달다는 말 한마디 없었다. 그것이 더 무서운 배척의 표시였건만 상애는 당장 나가라는 불벼락이 떨어지지 않는 것으로도 천만다행으로 여겨 조금도 풀이 죽지 않고 집 안을 활보하고 있는 것이다.

얼마 후 상애는 대단한 성장盛粧에다 찬희의 핸드백까지 얻어 걸치고 집 안에서 나타났다.

"어마! 미스터 리가 나와 있네? 이제 괜찮으신가요?"

하고 호들갑을 떨었다.

이치윤은 쓴 것을 머금은 듯한 얼굴로 상애를 바라본다.

"앓고 나더니 더 미남이 되셨네."

몸을 뒤틀듯 핸드백을 이리저리 돌리며 다가온다. 이치윤은 질색인 듯 벌려놓은 두 다리를 바싹 오므렸다.

"병원엔 한 번도 못 가 봬서 죄송해요. 글쎄, 언닌 미스 송만 데리구 나 몰래 살짝 가버리지 않겠어요? 못 가본 것 본의 아니었으니까 용서하세요?"

눈을 살짝 내리깐다. 그리고 이치윤이 앉은 벤치에 바싹 다가 앉는 것이다.

짙은 향수 냄새가 코를 푹 찌른다. 이치윤은 엉겁결에 비켜 앉는다.

"언제부터 밖에 나가세요?"

"글쎄, 내일부터 나갈까 싶습니다."

마지못하여 대답을 한다.

"그럼 병문안 못 간 죄로 영화 보여드리겠어요. 좋죠?"

입가에 묻어날 지경으로 루즈를 칠한 입술을 오물거린다. 이빨에도 번즐게 루즈가 묻어 있건민 그 자신은 알 바 없이 교태를 부리는 것이었다.

"영화 보여주시지 않아두 좋습니다. 병문안 못 오신 것 조금도 섭섭히 생각지 않으니까요."

"섭섭하지 않으셨다니 제가 섭섭해지는군요. 영화가 싫으시면 댄스홀로 갈까요?”

이치윤은 경계를 표시하며 좀 더 상애로부터 물러앉았다. 은경이 베란다에 나오는 때문이기도 했다.

“왜 그렇게 사양하세요? 여성이 먼저 초대하면 거절하는 게 아니에요. 에티켓도 모르셔.”

눈을 살짝 흘긴다. 남자를 다루는 말씨가 퍽 능숙하다.

다른 면에서는 거의 백치에 가까울 지경으로 신경이 둔한데 남자를 대할 때만 다람쥐처럼 민첩하다. 아마 그런 능숙한 말씨는 교양이나 지혜에서 오는 것이 아니라 본능적인 데서 오는, 자기 자신도 의식하지 못하는 기교인 것 같다.

이치윤은 멸시와 연민을 동시에 느끼며 아무 데서나 누구를 가릴 것 없이 창부의 냄새를 발산하는 여자를 물끄러미 쳐다본다.

지난봄만 하더라도 상애가 댄스 교사와 놀아났을 때 그 뒷수습을 하느라고 이치윤은 혼이 났다. 국회의원의 누이동생이라 무슨 국물이라도 있을까 하여 그 댄스 교사의 마누라가 공갈을 때리고 다니는 바람에 집안 망신이라 하여 김상국 씨가 이치윤에게 돈푼이나 주어서 뒷말이 없도록 하라고 했던 것이다. 그러나 상애는 댄스 교사는 뒷전으로 치고 이치윤에게 욕정에 찬 도발 행위까지 시도하다가 호되게 혼이 났다. 그러나 지금 상애는 그때의 일을 말끔히 잊어버린 듯 천연스럽게 웃고 있는 것이다.

“아주머니, 이거 잊으셨어요?”

은경이 빨아서 얌전하게 접은 손수건을 내어 민다.

"아—."

상애는 받아서 핸드백 속에 집어넣고 눈웃음을 치며,

"그럼 다녀오겠어요."

하며 걸어나간다. 길수는 엄마가 나가든 말든 아랑곳없이 은경의 손을 꽉 붙들고 있었다. 상애가 나가버리자,

"거게 앉으세요."

이치윤이 맞은편의 벤치에 앉는다.

"병원에 있을 때 은경 씨가 손수건 하나 사달라구 했죠?"

아까 내민 손수건을 보았을 때 이치윤은 손수건 하나만 사달라던 은경의 말이 생각났던 것이다.

"왜 하필 손수건을 사달라구 그랬어요?"

"제일 간단하고 언제나 쓰는 거니까요."

"손수건은 이별의 표시 아닙니까?"

이치윤은 무심히 말했다.

"이별……."

은경은 입 속으로 뇌어본다.

"아줌마, 쉬!"

얌전하게 안겨 있던 길수가 은경을 쳐다본다.

"그래, 아이 착해라."

은경은 길수의 바지를 벗겨 오줌을 누인 뒤 도로 바지를 입히며,

"길수는 참 착하구나!"

머리를 만져준다. 줄곧 바지에 오줌을 싸던 길수를 길들인 것이 몹시 기쁜 모양이다.

길수의 머리를 쓸어주다가 은경이 고개를 들었을 때 이치윤은 은경이를 가만히 쳐다보고 있었다. 눈에 슬픔이 꽉 차 있었다.

은경은 언젠가도 그런 슬픈 눈을 한 이치윤을 본 일이 있었다.

"시골에 아기가 있다죠?"

은경은 자신도 알지 못하는 사이에 그런 말을 물었다.

"아…… 네…… 누가 그럽니끼?"

"식모 아주머니가요."

이치윤은 눈을 돌렸다. 그리고 호주머니 속에서 담배를 꺼낸다.

이치윤은 외면한 채 정한 곳 없는 시선을 허공에다 띄우고 있었다.

"커피 끓여 올까요?"

어린애 말을 꺼낸 것이 실수였다고 은경은 생각하며 궁한 나머지 커피를 끓여 올까 보냐고 물은 것이다.

"아, 커피……."

이치윤은 얼굴을 돌렸다.

"네. 마시구 싶군요."

얼른 말을 덧붙인다.

은경은 길수를 벤치에 앉혀놓고 부엌으로 쫓아간다.

"아줌마! 앙!"

길수가 울음을 터뜨린다. 이치윤은 우는 아이를 말없이 바라만 본다. 말없이 바라보는 이치윤의 눈이 무서웠는지 길수는 더욱 소리 내어 운다.

은경이 아이의 일을 물었을 때 아닌 게 아니라 이치윤은 영아를 생각하고 있었다. 왜 하필 오늘에야 영아 생각이 났을까 싶었다. 그처럼 그는 오랫동안 영아를 생각한 일이 없었던 것이다. 얼마 후 은경은 쫓아와 우는 길수를 안으며,

"커피 올려놨어요."

하고 웃었다.

"은경 씨?"

"네?"

"그 애가 그렇게 귀엽습니까?"

"네, 귀여워요."

"남의 아인데 정이 들었어요?"

"아이들은 다 귀여워요. 좋아만 하면 이내 따르니까요."

"유치원이나 고아원의 원장님 했음 알맞겠소."

"전 그렇게 늙지 않았어요."

"늙은이들은 애정이 메말라서 못써요."

"그렇지만 누가 저더러 원장 하라나요?"

"의욕은 계시구먼."

"그런 것 생각해 본 일 없어요. 옛날엔 간호원이 되어보고 싶다고 생각했었지만……."

"간호원?"

"네. 전 나이팅게일을 아주 숭배했거든요."

이치윤은 은경이다운 희망이었다고 생각했다.

"역시 고아원이나 유치원 원장님의 소질이 있군."

"그런데 이젠 간호원 되고 싶지 않아요. 사람이 죽는 것 무서워요. 이 선생님이 수술받으실 때도 무시무시해서 혼났어요."

"꿈과 현실이 다르다는 얘기군요. 하긴, 모든 일이 다 그렇죠. 꿈과 현실이 같을 수 없시."

"정말 모든 일이 다 그럴까요?"

"그럼…… 인생에 있어서 인간이 하는 일의 송두리째가…… 꿈은 감미롭지만 현실이란 언제나 가혹하구 냉정한 것이오."

"그렇지만 가혹한 현실을 극복해 나가면 꿈이 실현되지 않을까요?"

심각해지니 경상도 악센트가 그대로 튀어나온다.

이치윤은 다소 놀라워하며 은경을 가만히 쳐다본다. 그러나 그는 이내 미소를 띠며,

"은경 씬 간호원이 되겠다는 꿈을 아주 쉽게 포기하지 않았어요?"

은경의 귀뿌리가 붉어진다.

"그건, 그건 공상 같은 거예요. 꼭 실현시키겠다는 꿈이 아니었어요. 그렇지만 꼭 실현해 보겠다는 꿈이 있으면……."

은경의 심한 경상도 악센트는 이치윤에게 이상한 쾌감을 주었다.

"꼭 실현시켜야 할 꿈이 있으면? 그럼 가혹한 현실을 극복하겠단 말인가요?"

"네."

"죽음이 무섭다구 하셨죠?"

"네."

"그런 죽음이 부닥쳤을 때도?"

"극복하겠다는 것은 죽음까지도 뛰어넘겠다는……."

"그야말로 꿈이군."

이치윤은 담배 연기를 푹 내어 뿜는다. 은경은 입을 꾹 다물어 버린다. 어딘지 강한 의지가 넘친다.

"대체 그렇게 대단한 꿈은 무슨 꿈입니까? 알구 싶군요."

이치윤은 또 웃었다. 어디까지나 은경을 소녀 취급하고 있다. 여학교의 선생님처럼, 은경은 여학교의 생도처럼 그렇게 대한다.

"아직은 없어요. 그렇지만 차차 생길 것 같은 예감이 들어요."

"그럼 그 꿈은 사람에 대한 꿈이군요."

은경은 귀뿌리가 다시 빨갛게 탄다.

"사람에 대하여 꿈을 가지는 것처럼 허망한 일은 없습니다.

돈이나 명예가 허망하다고 하지만 사람보다 허망하지는 않습니다."

"그렇다면 왜 사람은 살고 있을까요?"

"애정이 인생의 전분 줄 아십니까?"

은경은 대답을 하지 않음으로써 애정이 인생의 전부라는 말을 긍정한다.

"틀린 생각입니다. 그 생각이 확실하다면 할수록 실망은 클 것입니다."

"그럼 죽어야겠네요."

은경은 지극히 못마땅하다는 듯 입술을 쭝긋 내어 밀고 눈을 내리깔며 잠시 생각에 잠긴다.

"죽음이 무섭다구 하지 않았어요?"

이치윤은 아까 말을 되풀이한다. 그러나 이 철없는 아가씨에게 순수한 호감을 느낀다.

'얼굴보다 마음이 더 아름답다. 세상의 오욕을 모르는 이 소녀도 차츰 인생의 어둠을 알구 시들어지겠지.'

"아줌마 바빠!"

안겨서 조용히 놀던 길수가 은경을 쳐다보며 밥을 달라고 한다.

때마침 정오 사이렌이 뚜우! 하고 불었다.

은경과 이치윤은 소리를 내어 웃었다.

"길수의 위장은 시계보다 정확하군."

길수는 웃음소리에 놀라 울상이 된다.

"그래, 밥 줄게. 여기 울지 말고 앉아 있어."

밥을 준다는 말에 안심이나 된 듯 길수는 말뚱말뚱 이치윤을 쳐다본다. 부엌방에서 다리미질을 하고 있던 식모가 내다보며,

"벌써 점심? 차려드릴까요?"

"아니에요. 길수 먹이려고요. 그리고 이 비서님하고 전 커피 마셔요. 아주머닌 그대로 계세요."

은경은 국을 데워서 밥을 말고 커피포트를 들고 벤치로 돌아온다. 그리고 빨간 나일론 크로스가 씌워진 탁자 위에 커피잔을 놓고 커피를 붓는다.

이치윤은 커피를 마시고 은경은 길수에게 밥을 먹인다.

"커피 맛이 참 좋습니다. 작은 낙이지만 왜 그런지 사는 보람을 느끼는데요?"

"오늘은 왜 그렇게 말씀을 많이 하세요?"

"수다스러워 못쓰겠다는 말입니까?"

"아니에요. 참 좋아요. 이 선생님 말을 안 하시면 두려워요. 선생님의 마음을 어림할 수가 없어서……."

"어림할 수 없다……."

이치윤은 커피잔을 든 채 그 말을 되씹는다.

"사람의 마음은 알아서 뭣합니까? 자기 자신의 마음도 때론 종잡을 수 없어지는데……."

"그렇지만 사람을 대했을 때 상대방의 마음이 어떻게 움직이

는가 그걸 모르면 불안해요. 인상이 특수할 땐 더욱 그래요."

이치윤은 은경이 묘한 말을 한다고 생각하였다.

"은경 씨는 문학을 좋아하세요?"

"네, 좋아해요. 시골에 있을 때 오빠가 문학을 하겠다고 밤낮 책을 빌려왔었어요. 그래서 저도 오빠가 읽는 거라면 모조리 읽었어요."

"오빠가 문학을 하십니까?"

"이젠 그것도 다 집어던져 버렸어요. 오빤 문학 하는 것보다 인생을 예술화해야 한다는 거예요. 모험을 하고 돈을 벌고…… 오빤 아무래도 과대망상증에 걸렸나 봐요. 어떤 여성을 사랑해 가지고 칼부림까지 하고 결국 학교에서도 쫓겨나고 말았어요. 일본으로 밀항했다가 잡혀오고, 엉망이에요."

은경은 이치윤에게 무슨 말을 해도 상관없을 것 같아서 있는 대로 털어놓았다. 그러나 이치윤은 은경의 오빠에게 흥미를 느끼는 것보다 그런 말을 하는 은경에게 더 많은 흥미를 가지는 것이었다. 그는 피식 웃으며,

"은경 씨 역시 과대망상증에 걸려 있어요. 소설 같은 데서 본 세계를 동경하구 있는 것 아니에요? 낭만은 인간의 본질이겠지만 그것은 또한 살아야 하는 엄숙한 현실에 있어서 하나의 사치에 지나지 않을 때가 퍽 많아요."

"이 선생님의 말씀은 모순이에요. 낭만이 본질이라면 그건 꼭 있어야 하는 거지 왜 사치가 됩니까?"

다구지게 말한다.

"이거 문학도가 아니라서 언변이 부족했군요. 하하하─ 은경 씬 정말 보기보다 여간내기가 아닌데요?"

이치윤은 정말로 그렇게 생각하였다. 나이는 남미가 두세 살 위였지만 엄벙덤벙 시류를 쫓아가기 바쁜 그에 비하면 몹시 순진해 보이는 은경이 실상 더 튼튼한 자기의 바탕을 갖고 있었으며 훨씬 총명하다는 느낌이 드는 것이었다.

"은경 씬 무슨 책을 제일 애독하십니까?"

이치윤은 새삼스럽게 경의를 표하며 물어본다.

"여학교에 다닐 땐 괴테의 『젊은 베르테르의 슬픔』을 읽고 많이 울었어요. 그리고 헤르만 헤세, 그분 것이라면 시고 소설이고 다 좋아해요."

"흠! 낭만과 꿈의 모체는 바로 그곳이었군."

야유가 아니었다.

'경란의 교양이 겉치레라면 은경 씨의 독서는 그야말로 마음의 양식이었구나.'

이치윤은 자기도 모르게 은경을 경란에게 비기고 있었던 것이다. 그러나 이치윤은 이내 그러한 자기가 싫어졌다. 은경을 남미와 비교하고 또한 경란과도 비교해 본 자기의 계산적인 마음이 싫었던 것이다.

"은경 씬 공불 좀 더 해보는 게 어떨까?"

"아주머니가 명년에 학교 가라는군요."

"그래요?"

그때 뒤에서 발소리가 들려왔다.

"저, 누가 찾아왔는데……."

이치윤과 은경은 동시에 고개를 들었다. 그들은 너무 이야기에 열중하여 식모가 가까이 온 것도 문간에 손님이 찾아온 것도 모르고 있었던 것이다.

"손님 오셨어요."

식모는 되풀이 말하며 은경을 쳐다보았다.

"저한테요?"

은경은 자기 가슴을 가리키며 물어본다.

"그런가 봐요."

"어디서 왔을까?"

은경은 자기를 찾아올 사람이 있을 리 없다는 생각에서 불안함을 느꼈다.

"뭐, 시골에서 왔다던가?"

"어디 있어요?"

은경의 얼굴이 확 어두워진다. 민경이 찾아온 것이나 아닐까 싶었기 때문이다.

"문밖에 기다리구 있어요. 들어오라구 해두 영 안 들어오는군."

은경은 바삐 문 있는 쪽으로 쫓아가 문을 열었다.

그곳에는 초라한 군복을 입은 박지태가 우두커니 서 있었다.

"어마!"

박지태는 그동안 놀라우리만치 아름다워진 은경을 멍하니 쳐다보았다. 그리고 으리으리하게 큰 저택에 기가 질린 모양으로 말이 없다.

"어떻게 오셨어요?"

말을 해놓고 보니 쌀쌀하기 짝이 없는 것이 되고 말았다. 사실 은경은 반가움보다 곤란한 마음이 앞섰던 것이다.

"서울로 전속됐어."

은경은 마음속으로 그가 서울 오기 위하여 운동을 했구나 싶었다.

"하여간 들어오세요."

그러지 않으려고 하는데 자연히 냉담한 말씨가 되고 만다.

"안 들어가겠어."

"……."

"잠깐 은경이가 나와."

박지태는 일종의 열등감에서 목소리가 격해진다.

"나오기가 어려운가?"

"어디로요?"

"혜화동 로터리 건너편에 다방이 하나 있더군. 거기에서 기다리겠다."

하고는 획 돌아서서 걸어가 버린다.

"가겠어요!"

은경은 그렇게 돌아서는 박지태의 뒷모습에 말을 던지고 분주히 집으로 들어왔다.

은경이 돌아오자 이치윤은,

"누구 오셨어요?"

"네. 오빠, 오빠—."

"오빠가?"

"오빠 친구가요."

은경은 왜 자기가 허둥거리는지 알 수 없었다. 허둥거린다고 생각하니 더욱 당황해지고 그런 자기 자신이 싫어지기까지 했다.

"왜 가셨어? 들어오시게 하잖고?"

이번에는 식모의 말이었다.

"밖에서 기다리겠대요."

은경은 일부러 큰 소리로 말하였다.

이치윤이 주의 깊은 눈으로 은경을 바라본다. 은경도 그의 눈을 쳐다보았다.

그 순간 이상한 일치된 감정이 서로의 가슴속에 격류처럼 흐른다.

은경의 가슴은 뛰었다. 그는 방으로 쫓아와 옷을 갈아입고 거리에 나섰다. 거리에는 노란 낙엽이 무수히 떨어져 있었고 식료품 가게에는 빨간 감이 즐비하게 진열되어 있었다.

'벌써 서울 온 지 한 달이 지났구나.'

그러나 어느새 한 달이 지나가 버렸다는 감회보다 은경의 마음속에는 이치윤의 그 이상한 눈이 자꾸만 밟히는 것이었다.

그는 애써 이치윤의 눈을 뿌리치고 초라한 군복을 입고 문 앞에 우두커니 섰던 박지태를 생각하려고 했다. 고향을 떠나올 때에 전송 나와준 유일한 사람이 박지태였다. 어릴 때부터 친누이처럼 돌보아 준 사람도 박지태였다. 민경을 타락의 구렁에서 이끌어내려고 애쓰던 사람도 박지태였다.

그러나 의식적으로 불러일으키는 박지태에 대한 인식은 잠시 동안에 지나지 못하였다. 뿌리쳐도 이치윤의 눈만이 좇아왔다. 그리고 형용키 어려운 희열과 슬픔이 번갈아 가며 은경의 가슴을 뒤흔드는 것이었다. 로터리 건너편에 있는 백추白秋다방으로 들어갔을 때 박지태는 초조한 표정으로 창가에 앉아 있었다. 그는 들어서는 은경의 모습을 보자 얼굴이 활짝 펴진다.

"그간 별일 없었지요?"

자리에 앉으면서 아까 엉겁결에 못한 인사를 은경은 늦게나마 치르는 것이었다.

"나보다 은경은?"

박지태는 양미간을 바싹 모으며 복잡한 표정으로 은경을 바라보며 물었다.

"전 너무 지나치게 좋은 일만 있어서 어리둥절해요. 사투리 땜에 핀잔을 받기는 하지만……."

처음으로 은경은 옛날 그대로의 웃음을 띠었다.

"그래? 다행이구나."

박지태는 우울하게 말하였다.

"이제 시굴 가고 싶은 생각이 안 나겠다."

"가고 싶지는 않아요. 그렇지만 가끔 생각이 나서…… 오빠랑, 정이 안 들었지만 아버지 생각도 나구요."

"민경이 소식은 듣나?"

"며칠 전에 편지 왔었어요."

레지가 와서 뭘 할까 보냐고 묻는다.

"커피 둘—."

얼른 말하고 레지를 쫓아버린 뒤 박지태는,

"나한테도 민경이 편질 보냈더군. 부산에서……."

"부산에서?"

"응, 또 그 못난 작자가 그 여잘 찾아다니는 모양이야."

"그 여잘——."

은경의 눈에는 걱정보다 슬픔이 돈다. 한참 침묵이 흘렀다.

"그만하면 여자의 본색도 다 드러났을 텐데 미련을 갖는단 말이야. 보들레르가 검은 비너스란 창부를 사랑한 것처럼 민경이도 그런가 부지?"

하고 지태는 픽 웃었다.

"오빠 고독해서 부산 갔었을 거예요."

은경은 생각에 잠기며 말한다.

"부산에 나가봤댔자 더 큰 고독이 올 뿐이지. 민경이한텐 돈이 없어."

"돈?"

"돈이 있는 동안이라면 다소 고독은 면할 수 있겠지. 우선 그 여자가 만나줄 테니 말이야."

"그럴까요? 집에서 좀 더 오빨 이해해 주면…… 너무 집의 공기는 삭막해요. 오빠처럼 감정이 풍부한 사람에게는 질식하고 말 그런 곳이에요."

"어때, 은경이 오빠하구 교대해 보는 게?"

"교대?"

"은경이 시골로 가고 오빠가 서울 오구."

은경은 지태의 말이 가슴에 콱 박혀왔다.

며칠 전에 민경한테서 편지를 받았을 때 은경은 그다지 마음을 쓰지 않았다.

민경이 집안에서의 자기의 처지를 써 보내지 않았다 할지라도 능히 알고 있는 사실이기 때문이다.

그러나 지태로부터 부산에서 그 여자를 찾아다닌다는 말을 들었을 때 은경은 가슴이 뭉클해지도록 민경의 고독감이 자기에게로 왔던 것이다. 동시에 자기 자신만이 지나치게 혜택을 받은 것 같아서 마음이 언짢았던 것인데 박지태가 그렇게 말을 하니 더욱 자신을 돌아보지 않을 수 없었다.

"오빠가 서울 오시면, 그리고 제가 시골로 가고…… 그렇지만 저 혼자 마음대로 할 순 없어요. 아주머니 생각에 달려 있으니까 한번 말씀드려 보겠어요."

박지태는 묵묵히 듣고 있다가,

"말이 그렇지 실상 민경은 얌전하게 눈칠 살피며 있을 위인도 아니지. 성난 말처럼 멋대로 쏘다녀야 할 성격이니까."

이번에는 은경이 묵묵히 말이 없다.

박지태는 커피를 한 모금 마신 뒤,

"그 댁에 전화 있지?"

불쑥 물었다.

"네."

"몇 번이지?"

박지태는 수첩을 꺼내어 은경이 불러주는 전화번호를 기입하더니 안주머니 속에 넣고,

"바쁘나? 무슨 일을 해?"

"아무 일도 안 해요."

"그럼……."

"아주머니가 명년에 학교 갈 준비를 하라는군요."

"학교?"

학교에 가라니 참 다행이라는 표정이 아니다. 도리어 일종의 실망이 그의 얼굴을 스치는 것이었다. 그는 은경이 차츰 멀어져 가는 것을 느낀 것이다.

"부잣집 따님 같군."

한참 만에 은경이 입은 녹두색 바바리코트를 바라보며 말하였다.

"저한테 어울리지 않죠?"

민경의 일도 있고 하여 자격지심에서 한 말이었다.

"정말로, 정말로 어울리지 않는다. 은경은 차츰 서울 물이 들어가는군. 사는 세계가 우리하구 이제 달라져 간다."

흥분한 말투였다. 은경은 완연히 불쾌한 얼굴이 된다.

"뭐, 의복이 좀 좋아졌다고 해서 마음이 변하나요. 마치 허영심에 가득 찬 여자로 취급하시는군요."

"아니, 지금 그렇다는 게 아니라 차차 앞으로 그렇게 될지 모른다는 말이야."

"전 천년만년 가도 변하지 않아요."

은경은 얼굴이 벌게지면서 장담을 한다.

"제발 그렇게 되기를 빌구 싶다. 그런데 대학에 가면 무슨 과로 하지?"

"글쎄…… 영문과로 가고 싶어요."

"문학을 하려구?"

"아니에요. 저한테 소질이 있어야죠."

"그럼?"

"이공과 계통은 저에겐 어림도 없고 미술을 하고 싶지만 그건 돈이 많이 들고…… 아주머니하고 의논해 봐야 해요."

"할 말이 많았는데 만나니까 말이 다 없어졌다. 벌써 시간이 다 되었군."

지태는 시계를 보며 일어섰다. 그들은 거리로 나왔다.

4. 재회

김상국 씨가 어당의 모모 긴부들히고 어떤 회합이 있어 나가
는 것을 본 이치윤은 이상한 예감이 들어 불쾌하였다. 김상국
씨는 좀체 돈에 움직이는 사람이 아니라는 것을 이치윤은 누구
보다 믿고 있었다. 그것은 김상국 씨가 상당한 재산을 본래부
터 가지고 있었기 때문에, 또한 투철한 지성의 소유자는 아니었
어도 바탕이 선비요, 좋은 환경에서 너그럽게 자란 탓으로 돈
에 대하여 비천한 사람은 아니었다. 항상 시류에 뒤떨어진 듯하
고 확고한 주의 주장은 없었지만 그래도 오늘날까지 정치 생활
에 있어서, 특히 국회의원으로서 양심껏 처세하여 왔고 무소속
으로 일관해 온 사람이었다. 그러나 요즘 김상국 씨의 경제문제
가 순조롭지 못한 것을 비서인 이치윤만은 잘 알고 있었다. 이
치윤의 불안도 그것에서 비롯된 것이었다. 그는 그러한 좋지 않

은 예감을 버리기로 하고 지하실에 있는 국회 식당으로 점심을 먹으려고 내려갔다.

그는 아무 데나 빈자리에 털썩 주저앉았다. 어젯밤에 잠을 이루지 못한 탓인지 몹시 피곤하였다.

"이 선생님!"

듣던 목소리다. 고개를 들었을 때 남미가 방글방글 웃고 있었다. 그러나 남미 혼자만이 아니었다. 연한 보랏빛 울지로 폭이 넓게 지은 클래식한 코트를 걸친 여자가 옆에 앉아 있었다. 경란이었다.

이치윤의 양미간이 잠시 눈에 보일 정도로 떨렸다.

경란이도 어지간히 놀란 모양이었으나 이내 침착한 자세로 돌아가며 흰 장갑을 천천히 벗는 것이었다.

이치윤은 언젠가 남미로부터 전화를 받은 생각이 떠올랐다. 우연을 만들어주겠다는 말이 바로 이것이었구나 하고 생각하였다.

"이 선생님, 이리로 오세요."

이치윤이 움직일 기세가 없는 것을 보자 남미가 말을 걸었다.

'용렬하게 굴 필요는 없다. 구차스럽게 남이 되었다구 외면할 것까지야 있나.'

이치윤은 스스로 자기의 행동을 합리화시키면서 슬그머니 일어나 남미 옆으로 자리를 옮긴다.

"오래간만입니다."

경란에게 하는 말인지 또는 남미에게 하는 말인지 희미한 표정으로 인사를 한다. 그러나 그의 짧은 일별은 경란의 얼굴 위에 이는 표정을 전부 포착했다.

"정말 오래간만이에요. 이제 아주 괜찮으시죠? 어제 전화 걸었더니 경상도 양께서 밖에 나다니신다구요?"

이치윤은 은경을 야유하는 남미의 말이 심히 마음에 거슬렸다. 그러나 태연하게,

"밖에 나온 지 일주일쯤 됩니다. 뭐 시키셨어요?"

"네, 지금 막……."

이치윤은 웨이터를 불러 오트밀과 에그프라이를 주문한다.

"좋은 것 시키세요. 제가 점심 사는 거예요."

이치윤은 눈을 들어 남미를 쳐다본다. 건방지다고 생각하였다.

"사회인이 학생 사주는 것 먹어서 쓰겠어요? 소화가 잘 안 되어 일부러 그걸 시켰으니 걱정 마십시오."

"학생이라구요? 얕잡아 보시는군요. 저한테도 돈 있어요."

"그야 물론이죠. 부잣집 따님인데…… 그러나 요다음 취직하셔서 월급 타시거들랑 톡톡히 한턱내세요."

"왜요? 지금 제가 사는 것 잡수시면 체할까 봐요? 모처럼 병이 완쾌된 축하로 한턱하려는 판인데."

이치윤은 쓸쓸하게 웃기만 한다. 웃으면서도 철부지한 남미를 상대로 실없는 말을 주고받는 자기 자신이 서글프기도 하였다.

경란은 그들의 대화를 거의 듣지 않는 것 같았다. 출입구에다 눈을 박은 채 유유히 담배를 피우고 있었다. 담배를 낀 손이 백어白魚처럼 희고 나긋나긋하다. 보기 좋게 기른 손톱에는 새빨간 매니큐어를 칠하고 있었다. 손이 희기 때문에 손톱이 더욱 붉고 선명하다. 그러나 담배를 피우는 모습이나 핏빛 같은 손톱이 조금도 천하게 보이지는 않았다.

웨이터가 음식을 날라 왔다. 웨이터는 단골인 이치윤을 보고 씩 웃었다.

'대단한 미인들을 대접하시는군요' 하는 그런 따위의 웃음이다. 경란은 담배를 던지고 냅킨을 무릎 위에 깔면서 처음으로 이치윤의 창백한 이마를 힐끗 쳐다보았다.

이치윤은 경란의 눈을 이마 위에 느꼈다. 그러나 얼굴을 들지 않고 음식을 입에 떠 넣었다.

"언닌 왜 통 말씀 안 하세요? 꾸어다 놓은 보릿자루처럼."

"말하구 싶어 하는 남미에게 기회를 주기 위하여."

처음으로 입을 떼었다. 도무지 시시한 일이 아니냐는 뜻이 충분히 내포돼 있었다.

이치윤의 자존심은 그 냉랭한 목소리로 하여 심한 상처를 받았다. 그러나 그는 태연하게 포크를 놀리며 에그프라이를 먹는다. 만일 자기가 어떤 감정의 변화를 보인다면 경란은 이내 냉소를 띨 것이기 때문이다.

"이 선생님? 오빠가 모레 온다는데 비행장에 안 나가시겠어요?"

"글쎄, 틈이 있을까요?"

"틈이라는 건 언제나 만들면 있는 것 아니에요? 오빠 이 선생님의 친구 아니세요?"

"되도록이면 나가보겠습니다."

"언닌?"

"난 안 가."

"왜요?"

"비행장에 즐비하게 서 있는 것 꼴불견이더라."

이치윤을 쏘아주는 제이탄第二彈이었다.

이치윤이 남미의 오빠 남식을 위하여 되도록이면 나가보겠다는 말에 대한 야유이기도 했지만 김상국 씨의 비서인 관계로 비행장에 가끔 나가게 되는 이치윤의 직업에 대한 야유이기도 했다.

이치윤은 두 번째 불쾌함을 참았다. 일면 경란의 그러한 태도의 속마음을 알 만하기 때문이기도 했다.

경란은 고의적으로 이 식당에 온 듯한 인상을 이치윤에게 주기 싫었던 것이다.

죽어도 자기는 비굴하게 굴 그런 여자가 아니라는 시위이기도 했다.

"ㅎㅎㅎ……."

남미는 재미가 있었던 것이다. 두 사람의 심리의 왕래를 알고 있는 때문이다.

두 사람이 각기 다른 방법으로 복잡한 마음을 커버하려고 노력하고 있는 것이 우스웠던 것이다.

"그럼 언닌 평생 비행장엔 안 나가시겠네요."

"왜 안 나가? 내가 외국 갈 때는 나가야지. 나는 남을 위해 비행장에 안 나가지만 나를 위해서 나와주는 것은 상관없다."

경란은 웃지도 않고 천연스럽게 말하였다.

"언닌 정말 지독한 에고이스트야. 자기 것은 주지 않고 남의 것만 빼앗자는 거군요."

"사람은 누구나 다 에고이스트지. 다만 자신이 없는 사람은 그것을 감출 뿐이야. 비겁하게 말이야."

하더니 경란은 냉수 컵을 들고 쭉 들이켰다.

"자신이야 누구나 다 갖구 있죠. 자신 없는 사람이 어디 있수? 다 자기 잘난 맛에 산다잖아요?"

경란은 오만하게 고개를 쳐들었다.

"하나님은 결코 공산주의자는 아니란다."

그 말은 두말할 것도 없이 자신 있는 사람, 다시 말하면 용모나 기타 선천적인 면에서 뛰어난 사람은 그다지 흔치 않다는 자부심에서 나온 말이다.

경란과 부지런히 지껄이고 있던 남미는 이치윤에게 시선을 돌린다.

"이 선생님?"

이치윤은 냅킨으로 입을 닦으며 무슨 말인지 할 말이 있으면 해보라는 듯 남미를 쳐다본다.

"거 미스 송이라던가? 왜 그 경상도 양 말이에요."

"그래서요."

냉랭하게 말을 재촉한다.

"얼굴은 만만하게 생겼는데 영 촌스럽죠?"

"그야 시골에 살게 되면 누구나 다 촌스럽죠."

"천만에, 지역을 논하지 맙시다. 외모의 얘기가 아니구 받아들이는 감정이 촌스럽다는 거예요."

"천만에."

이치윤은 남미의 빛을 그대로 흉내 내어 차갑게 웃었다.

"미스 송의 지성이나 감성은 나이보다, 서울의 아가씨들보다 훨씬 높습니다. 공연히 괄시하다가 큰코다칩니다."

"어마, 이 선생님 열이 대단하네요?"

남미는 이내 샐쭉해져서 눈을 내리깐다. 경란의 눈이 순간 번득였다.

"열?"

이치윤이 반문하는데 남미의 화살은 찬희에게 돌아가는 모양이다.

"아주머니두 정말 할 일이 없는가 봐. 그까짓 어중이떠중이 끌어들이지 말구 그 돈으로 멋있게 한번 놀아보지, 정말 돈이 아깝다. 그리구 또 경상도 양을 아주머닌 공부시킨다죠? 어머니보구 그러더라는데요?"

그게 사실이냐고 따지는 어조다.

"어중이떠중이가 뭡니까? 그야말로 미스 송은 그 부인한텐 썩 잘 어울리는 사람입니다. 두 사람의 정신이 맞아요."

"얌전하단 말씀이군요? 매력 없어요. 하긴 얌전한 강아지가 부뚜막에 오줌 싼다구 말괄량이보담 더 추한 짓을 해요. 그 아주머니도 밤낮 그 윤 변호사란 미남하구 같이 다닌다던데요?"

이치윤은 얼굴이 벌게진다. 노한 것이다. 경란의 얼굴도 살짝 변했다.

"미스 김은 남성하구 같이 안 다닙니까?"

"왜 안 다녀요? 그렇지만 그건 다 친구예요."

"그 부인에게도 윤 변호사는 친구죠. 아니, 재산관리인이죠."

이치윤은 말할 수 없이 불쾌하였다. 그러나 이내 남미를 상대하여 흥분을 하는 자기가 우스워서 담배를 댕겨 물며 경란의 눈을 똑바로 쳐다본다.

두 개성이 강하게 부딪친다. 서로가 다 끈덕진 미련을 품고 있으면서도 생활 감정과 인생에의 시정이 통하지 못하는 두 사람이었다.

이치윤은 일어섰다. 계산을 치르고 그들을 돌아다보며,

"그럼 먼저 나가보겠습니다."

하고 고개를 숙였다.

경란의 증오와 패배에 찬 눈이 이치윤을 쏘았다. 그러나 이내 냉랭한 표정으로 돌아가고 만다.

남미가 뒤에서 뭐라고 말을 하는 것 같았으나 이치윤은 걸음을 빨리하여 나오고 말았다.

거리에 나왔을 때 이치윤은 경란과 헤어진 후 처음 대면하는 동안 단 한마디도 영아에 대한 말을 하지 않았던 것을 생각하였다. 하기야 직접 그와 한마디의 말도 교환한 일은 없지만.

'우린 언젠가 만난 일이 있었던가? 전혀, 전혀 알지 못한 초면의 사람 같았지. 전에 그 여자는 정말로 내 아내였으며 영아라는 내 딸을 낳아준 여자였을까?'

이치윤은 자기 자신에게도 설명할 수 없는 감정에 휩싸이며 길을 걷는다.

바람에 바바리코트가 펄럭거린다. 차가운 가을바람이다. 그러나 더욱 차가운 것은 남녀가 서로 사랑했던 과거의 애정에 대한 추억이었다.

'부부라는 건 돌아누우면 남이야. 다 허망한 일이지.'

젊어서부터 남편에게 배반을 당한 어느 먼 족간 아주머니의 말이 훅 떠올랐다.

"이 군!"

누가 어깨를 툭 친다.

"넋 빠진 사람처럼 어딜 가는 거야?"

대학시절의 친구인 황기수黃琦洙가 혈색이 좋은 얼굴에 웃음을 띠고 서 있었다. 그는 K신문사의 정치부 기자였다.

물끄러미 황기수를 바라보던 이치윤이,

"나 술 살까?"

"대낮부터 무슨 술이야?"

"자넬 보니 별안간 술 생각이 나는구먼."

"거짓말 마라. 생각보다 마음이 울적한 모양 아냐?"

"아무려면 어떻나? 술 사주겠다는데. 기사 마감은 지났지?"

"응, 기어코 소원이라면 가도 좋아."

"생색내지 말어. 귀하신 시간 내어주신단 말씀인가?"

"자네두 비서 노릇하더니 기자 다루는 솜씨가 제법이야. 그거는 그거구, 수술했다며?"

"응."

"바빠서 못 가봐 미안하네."

두 사람은 명동으로 나가 바로 들어갔다. 시간이 일러 별로 손님은 없었다. 술잔이 거듭될수록 이치윤은 말수가 적어졌다.

"이봐, 치윤이."

여급하고 농지거리를 하던 황기수가 새삼스럽게 이치윤을 불렀다.

"자네두 ㄱ 영감 꽁무니만 띠리다니지 밀구 일씨감치 하직하는 게 어떨꼬?"

"왜?"

"왜라니? 이유는 자네 자신이 더 잘 알구 있을 텐데? 요즘 말이 많더라. 그 영감도 무던히 무소속 의석을 지켜왔었지. 무의미하기 짝이 없었지만서도 이제 그것도 신물이 난 모양이지."

"그 말뜻 잘 모르겠는걸."

"능청 부리지 마. 충복 노릇 이제 그만하구 자네도 처사를 바꾸어."

황기수는 의미심장한 얼굴이다.

황기수는 이치윤을 흘깃 쳐다보다가 술을 훅 들이켠다. 술잔을 거칠게 탁 놓는다.

"앞으로 얼마 안 남았네."

"……?"

"자유당 말야. 얼마 안 남았어. 알겠나?"

"…….."

"진퇴를 명백히 하란 말이야. 김상국 의원이 그쪽으로 넘어감으로써 자네한테 국물이 일억 환쯤 생긴다면 별문제지만 말야. 그럼 평생 놀구먹지 않겠어? 그럴 리는 없구……."

황기수의 우정을 모르는 바 아니다. 그러나 이치윤은 왜 그런지 그 화제에 흥미를 느낄 수 없었다. 김상국 씨의 동향을 벌써 기자들이 먼저 눈치챈 데 대하여도 그러했다. 아까 김상국 씨가 모모 여당 간부들과 같이 나갈 때 느낀 불안도 다시 되살아나지 않았다.

"낡았어. 김 의원 말야. 어차피 무소속이건 여당이건 간에 낡아서 쓸모없는 사람이야. 자네 같은 유능한 인간이 의리다 뭐다 하구 쓸모없는 돌대가리들의 꼭두각시 노릇을 한다는 게 될 말인가? 대낮부터 술 마시자는 자네 심정도 알 만하네만, 앞으로 얼마 남지도 않았는데 공연히 정치 바람일랑 타지 말게."

황기수는 이치윤의 얼굴을 살피다가 다시 술잔을 들었다.

"그래, 요즘은 혼자 있나?"

슬쩍 화제를 돌려버린다.

"그런가 부지."

황기수가 씩 웃는다.

"연애를 하게."

"지긋지긋하다."

"몹시 디었군."

하며 시계를 본다.

"바쁘나?"

"좀 가봐야겠어."

황기수는 호주머니를 더듬는다.

"왜 이래. 술값 낸다는 건가?"

"응, 입원했을 때 못 가본 죄로."

"그만두게. 기자의 술 얻어먹으면 후환이 두렵다."

"기자가 내는 것 아냐. 친구가 내는 거시."

황기수는 기어이 술값을 치르고 말았다. 바 앞에서 황기수와 헤어지고 시공관 앞으로 나섰을 때 어느새 황혼이 길 위에 깔려 있었고 불빛이 포도 위에 번져 나오고 있었다.

명동에의 출근은 이제부터 시작이라는 듯 거리에는 남녀의 모습들이 넘쳐흐르고 바와 다방에도 손님들이 흥청거리고 있었다. 시공관 어구를 돌아 나왔을 때 이치윤 옆을 스쳐가던 여자가 이치윤을 보고 빙글 웃으며 고개를 숙였다. 그러나 이치윤은 멍한 눈으로 지나쳐버렸다. 지내놓고 생각하니 다람쥐처럼 민첩하게 생긴 그 여자가 바로 양장점을 경영하고 있는 경란의 친구 김리혜인 것을 깨달았다. 이치윤은 곧장 집으로 돌아갈까 생각하다가 노점에 펼쳐져 있는 손수건을 보고 잠시 걸음을 멈추었다. 은경의 생각을 한 것이다. 그는 길을 횡단하여 미도파로 걸음을 옮겼다. 그는 점포마다 즐비하게 널려 있는 손수건은 거들떠보지도 않고 화장품 진열장만 열심히 들여다본다. 술기가 돌아 그런지 이치윤은 은경의 선물을 고르고 있는 동안 무척 즐거운 생각이 들었다.

마침내 이치윤은 빨간 바탕에 큐피드의 상像이 박혀 있는 콤팩트를 사고 말았다.

술기운 때문에 그런 새빨간 것이 좋았는지도 모른다. 아무튼 낮에 경란으로부터 받은 쓰라림이 말끔히 가셔진 것은 아니었지만 은경을 위하여 물건을 사고 하는 동안 얼마간 그 쓰라림이 무마된 것을 느꼈다.

혜화동 언덕길을 올라갔을 때 이치윤은 어둠을 휘젓고 가는 자기 자신이 몹시 허황한 것 같았다.

'참 오래간만에 마셨구나.'

집 앞에 왔을 때 뜰에서 개가 짖었다. 초인종을 누르니 식모가 이내 나왔다.

"일찍 들어오셨네요. 영감님은 작은댁이에요?"

"아마 그럴 겁니다."

응접실 앞에 왔을 때 맑은 피아노 소리가 들린다.

'누가 왔나?'

찬희의 서투른 솜씨가 아니었기 때문이다. 이치윤은 그냥 지나쳐버리려다가 유리창 너머로 은경의 뒷모습이 보여 발을 멈추었다.

은경은 이치윤이 바라보고 섰는 것도 모르고 열심히 피아노를 치고 있었다. 이치윤은 응접실 문을 열고 들어섰다.

피아노가 뚝 끊기면서 은경이 화다닥 일어섰다.

"왜 그리 놀라세요?"

흰 반회장저고리에 남색 꼬리치마를 입은 은경의 아름다운 모습을 바라보며 이치윤이 말했다.

"갑자기 들어오시니까."

은경은 정말 당황한 것 같았다.

"갑자기 들어온 게 아니구 은경 씨가 너무 피아노에 열중되어 그런 거죠. 은경 씨가 피아노 치는 줄은 정말 몰랐는데요?"

은경은 이치윤을 올려다본다.

"아주머니보담 잘 칩니다. 정말 아주머닌 서툴러요. 취미는 좋으신데……."

"아무도 없길래 살짝 해본다는 게 그만 들켰군요."

“시골서 배웠어요?”

이치윤은 은경이 뒤에서 손을 뻗쳐 피아노의 건반을 몇 개 눌러본다.

술 냄새가 은경의 얼굴 위에 확 끼친다. 은경은 당황하여 얼굴을 앞으로 수그리며,

“올갠 타던 솜씬걸요. 피아노는 몇 번 만지지도 않았어요.”

이치윤은 곱게 다듬은 저고리 위에 전등빛이 미끄러지고 있는 것을 잠시 내려다본다. 이상한 현기증이 인다.

‘술을 마신 탓일까?’

이치윤은 은경의 양어깨를 눌러 잡고 싶은 충동을 누르며 물러섰다.

“선생님, 약주 잡수셨나요?”

은경이 물러선 이치윤 돌아본다. 눈에 눈물이 고인 듯도 하고 열기가 있는 듯도 했다.

“술 냄새가 납니까?”

“……”

“얼굴이 붉습니까?”

“창백해요.”

“술 좀 마셨어요.”

이치윤은 창 밑에 놓인 소파에 털썩 주저앉으며 다급하게 담배를 꺼내어 불을 붙인다. 그리고 한숨처럼 담배 연기를 푹 뿜어낸다.

"괴로워하시면서 왜 술을 마시세요?"

은경은 발끝으로 마룻바닥에 원을 그리며 묻는다.

"괴로우면서? 천만에. 난 술이 들어가면 유쾌해지는 편입니다. 하하하."

이치윤은 헛소리 치듯 말하더니 크게 웃었다. 그 웃음소리는 흰 벽에 부딪쳐 은경의 귀에 무거운 여음을 남겨주었다.

"—노래라도 흥얼거리구 싶어요. 누구에게든지 사랑하는 사람에게 선물도 사가지구 가구 싶어요. 아, 참 깜박 잊고 있었군. 은경 씨한테 근사한 선물을 사가지구 왔었는데……."

이치윤은 갑자기 생각이 내킨 듯 호주머니 속에 손을 밀어 넣는다. 그리고 포장된 상자를 하나 꺼내어 피아노 위에 탁 놓았다.

"은경 씨가 원하던 손수건 못 사 왔어요. 약속이 틀리지만."

은경은 의아하게 이치윤을 쳐다본다. 술에 취해서 횡설수설하는 것도 이상하였지만 사랑하는 사람에게 선물을 사가지고 가고 싶다는 말이 누구에게 주어지는 말인지 그것이 궁금하였던 것이다.

'부인 생각을 하나 보다.'

은경은 이치윤의 허황한 태도에서 그 말은 결코 자기에게 주어진 것이 아님을 깨달았다.

"왜 쳐다보세요? 뭐가 잘못된 것 있어요?"

"아, 아니에요. 그런 것 잊어버리시지 않고……."

은경은 피아노 위에 오두머니 놓인 상자를 쳐다보며 혼잣말처럼 중얼거린다.

이치윤은 다시 담배 연기를 푹 뿜어낸다. 연기 속에 은경의 모습이 아련하게 흔들린다.

"춘향 아가씨 같군요. 이 댁 사모님의 취미신가요?"

"아주머니 옷이에요. 이제 못 입으시겠다고 다시 지어주셨어요."

은경은 가라앉은 목소리로 말을 하며 소매를 들어본다.

"비위생적인데요."

"네?"

"아, 아무것도 아닙니다."

이치윤은 황급히 얼버무린다.

순간적으로 뇌까린 말이 얼마나 이 순결한 소녀를 모독한 것인지 이치윤은 자기 자신에 대하여 심한 혐오감을 느꼈다.

그는 얼굴을 찌푸린 채 담배를 창밖에 던졌다.

은경이 그 말의 뜻을 몰랐던 것이 얼마나 다행이었는지 모른다. 여자의 아름다움이 남자에게 있어 비위생적이란 것은 두말할 것도 없이 욕정적인 것을 의미하기 때문이다.

이치윤은 일어서서 라디오의 다이얼을 돌린다.

"은경 씬 춤추세요?"

"못 추어요."

"가르쳐드릴까?"

"싫어요. 영어나 가르쳐주세요."

"영어! 오라잇! 가르쳐드리죠."

조용한 음악이 흘러나온다. 창밖에서는 나뭇잎이 흔들리고 있다.

"어마, 여기서들 뭘 하세요?"

언제 왔는지 상애가 도어를 잡고 머리를 디밀었다. 은경은 아까처럼 후다닥 자리에서 일어섰다.

"아주 정다워 보이는데요? 언닌 아직 안 오셨나?"

"아직."

은경이 낮은 목소리로 대답한다.

"언닌 밤낮 어딜 혼자서 싸돌아다닐까?"

'흥! 누가 할 말인지……'

이치윤은 마음속으로 중얼거렸다.

"아주머닌 고아원 낙성식에 가셨어요. 늦게 오시겠다고 말씀하셨어요."

은경은 사유를 설명한다.

"길수 엄마는 밤낮 어딜 다니시죠?"

이치윤이 슬쩍 묻는다.

"아이, 길수 엄마라 부르지 마세요. 늙은 것 같아 싫어요. 상애 씨하고 불러야지. 내가 다니는 건 말예요. 취직하려구요. 오빠나 언니가 좀 도와주면 될 텐데 도무지 날 미워하니까."

이치윤은 어이없게 바라본다. 그러나 이내 좀 놀려주고 싶은 생각이 든다.

"취직을 하면 어디에 하세요?"

"글쎄, 무역회사 같은 데 했음 좋겠어. 일도 편하구 보수도 많지 않아요? 내 동무가 하나 무역회사에 다니는데 노다지판이던데요?"

세정 모르는 이 여자를 놀려먹을 흥미마저 잃은 이치윤은 그만 입을 다물고 말았다.

창가에 놓인 새장에는 앵무새가 눈을 지레 감고 있었다. 무슨 생각을 하는지 은경이 그것을 바라보고 앉아 있었다.

"이 선생님 저녁……."

은경이 고개를 돌리며 말을 하다 말고 상애를 쳐다본다.

"아주머니도……."

은경은 묘하게 당황한다.

"밖에서 먹었어."

"저도 생각이 없군요."

이치윤도 상애 말에 좇았다.

"그보다 차나 좀 끓여와요. 추워 죽겠어. 벌써 겨울이 오나부지?"

상애는 이치윤 옆에 가서 앉으며 머리를 만지작거리고 핸드백을 열어 거울을 들여다본다.

은경은 잠자코 일어서서 나간다. 은경이 나가는 동시에 상애는 이치윤 옆으로 바싹 다가앉는다. 이치윤은 술이 깨는 것 같았다.

그는 벌떡 일어났다.

"어디 가세요?"

"저는 차 생각이 없는데요."

"아이, 그러지 마세요."

상애는 이치윤 앞을 막아서서 양손으로 이치윤의 어깨를 누른다. 이치윤은 엉겁결에 그를 피하느라고 소파에 주저앉고 말았다.

"어쩌면 그래요? 너무 무뚝뚝하잖아요? 미스 송한텐 친절하면서."

이치윤은 쓴 것을 머금은 듯 상애를 올려다보다가 숨이 막힐 듯 풍겨오는 향수 냄새를 피하여 고개를 돌린다.

"남자들은 다 여자 앞에서 바보가 되는 거예요. 미스터 리도 바보가 되구 싶지 않으세요?"

상애는 이치윤 옆에 도로 주저앉았다. 그리고 하품을 크게 하며,

"아아, 졸려. 어젯밤에 너무 춤을 추었나 봐. 호호호……."

상애는 무슨 생각에선지 혼자 깔깔거리고 웃는다.

"정말 남자들은 다 바보야. 미친놈들처럼 막 쫓아오지 않아요? 눈만 한번 흘겨도 살려달라고 쫓아오는걸. 미스터 리는 안그래요? 여자를 쫓아간 일 없으세요?"

"길수 엄마가 바보지요. 남자들이 바본가요?"

이치윤은 뭉뭉하게 풍겨오는 상애의 에로틱한 말에 현기를

느끼며 담배를 꺼내었다. 방어 태세인 것이다.

"천만의 말씀. 내가 바보라구요? 미스터 리는 아직 세상을 몰라 하는 소리. 그리구 제발 길수 엄마라 하지 말래두."

"아주 훌륭하게 세상을 아시는군."

"그럼요. 나만치 남자의 세계를 아는 사람도 드물 거예요."

이치윤은 지치고 말았다.

이치윤은 정말 상애의 짙은 향취에 골치가 아팠다. 빨리 은경이 와주었으면 싶었다.

창밖에서 가랑잎 떨어지는 소리가 우스스 들려온다.

"내 말 듣구 있어요?"

"네?"

이치윤은 담뱃재가 무릎 위에 떨어지는 것을 보고 얼른 재떨이에 꽁초를 던져버린다.

상애는 그동안 혼자서 줄곧 지껄이고 있었던 모양이다.

"아이, 밉살스러워라. 딴전만 피우고 있었네."

하며 이치윤의 무릎을 꼬집는다.

이치윤은 매끄럽게 감겨드는 여자의 손을 매정스럽게 착 뿌리치며 상애를 노려본다. 그러나 상애는 여전히 뱅글뱅글 웃는다.

"어마, 이건 또 뭐야?"

상애의 팔이 쑥 뻗더니 피아노 위에 놓인 상자를 냉큼 집는다.

"이게 뭐야."

다시 한번 뇌더니 서슴없이 포장지를 와싹 찢는다.

"인 주세요!"

화가 난 이치윤은 상애로부터 우악스럽게 물건을 빼앗는다.

"누가 먹어버릴까 봐 그러세요? 어디 구경이나 합시다."

상애는 그것을 빼앗으려고 암짐승처럼 달려들었으나 이치윤은 한 손으로 상애의 어깨를 떠밀어 버리고 방에서 나와버렸다.

부엌으로 갔다. 식모는 부엌 마루에 앉아 저녁을 먹고 있었고 은경은 부엌 바닥에 쭈그리고 앉아 있었다. 몹시 체구가 작아 보인다. 그리고 가련해 보인다.

은경은 두 손을 무릎 위에 깍지 낀 채 이치윤을 올려다보며 빙긋 웃었다. 식모가 뭐라고 말을 하는 모양이다. 그러나 이치윤은 불빛을 받아 빨간 은경의 얼굴 위에 피는 미소를 응시한다. 그는 콤팩트를 주려고 쫓아 나왔던 것이다.

"다 됐어요. 냄새 좋죠?"

부엌 안에 배어 나오는 커피 냄새를 은경은 마치 강아지처럼, 흠흠 하고 코를 불며 맡는다.

"은경 씨, 난 커피 이 층으로 갖다주시겠어요?"

"왜요?"

"혼자 마시구 싶어서……."

은경은 의아하게 쳐다보았으나 이내 그가 상애를 싫어하는 때문이라는 것을 알았다.

이치윤은 식모하고 몇 마디 말을 주고받다가 나가버렸다. 얼마 후 층계 밟는 소리가 삐걱삐걱 나더니 집 안은 곧 깜깜한 속에 가라앉고 커피가 꿀떡거리는 소리만 들려왔다.

은경은 다 끓여진 커피를 찻잔에 부어 우선 상애 몫을 가지고 응접실로 나갔다. 그러나 상애는 응접실에 있지 않았다.

"미스 송! 나 여기야!"

안방에서 상애의 목소리가 들려왔다. 되돌아서서 안방의 문을 열어보니 상애는 외출복을 홀랑 벗어 던지고 속치마 바람으로 길수가 자는 아랫목에 배를 깔고 누워 있었다.

"여기 놓아줘."

머리맡에 손가락질을 한다. 그는 배를 깐 채 커피잔을 들고,

"이 비서 이 층에 갔어?"

"그런가 봐요."

"쳇! 건방지게 굴어!"

은경은 혀 차는 소리를 들으며 문을 닫고 나왔다.

상애에 대한 식모의 불평을 들으며 은경은 또다시 찻잔을 들고 이 층으로 올라갔다.

이치윤은 창문 앞에 뒷모습을 보이고 우두커니 서 있었다. 잿빛 양복을 입은 날씬한 뒷모습을 은경은 한참 바라보았으나 그는 돌아서지 않았다.

혼자서 마시고 싶다는 말을 생각하며 조용히 커피잔을 탁자 위에 놓고 돌아섰다.

"은경 씨!"

역시 돌아선 채 부른다.

"네?"

"내려가지 마세요."

도어를 열다 말고 은경은 머문다. 이치윤은 돌아섰다. 두 시선이 오랫동안 합쳐진 채 움직이지 않았다. 이치윤의 얼굴은 어느 때보다 창백하였다.

그는 성큼성큼 걸어와 은경을 방 안으로 밀어 넣고 열려진 도어를 닫았다. 그리고 도어에 등을 붙이고 은경을 말없이 쳐다본다.

은경의 눈에 확 공포가 끼친다. 팔을 뻗어 은경을 거칠게 잡아끈다. 서로 입이 붙은 것처럼 말이 없고 은경의 공포에 찬 눈은 이치윤의 눈을 좇는다.

"보지 말아요."

이치윤은 은경의 커다란 눈 위에 얼굴을 덮었다. 술 냄새가 섞인 뜨거운 입김을 은경은 들이마신다.

"사랑한다구 말하고 싶어……."

이치윤은 은경의 허리를 졸랐다.

그러나 오랜 포옹을 풀었을 때 이치윤의 이마 위에 쏟아지는 두 줄기―눈이었다. 경란의 눈이었다. 이치윤은 그 눈을 피하려고 눈을 감았다. 다시 눈을 떴다. 이번에는 은경의 눈이었다. 공포에 질린 움직이지 않는 눈이었다.

은경의 공포는 이내 이치윤에게로 옮겨졌다.

"은경 씨, 용서하세요."

"⋯⋯."

"용서하세요."

은경은 말뚝처럼 서 있었다.

"왜 말을 안 해요? 무책임하고 야만스럽다구 욕을 하세요."

"저는, 저는 이 선생님을 좋아했어요."

헛소리처럼 중얼거렸다. 눈에서 공포는 사라졌으나 공포 뒤에 오는 놀라움이 열熱처럼 떠돌고 있었다. 이치윤은 얼굴을 이지러뜨리며 쓰러지듯 침대 위에 앉는다.

"내 반쪽을 은경 씨는 좋아하지 않을 겁니다. 내 마음속에서 그 여자는 시리지지 않았어요. 나도 모르겠어요. 왜 이런 짓을 했는지. 사랑한다구 말하구 싶어요."

은경은 문을 열고 나갔다. 층계를 밟는 소리를 들으며 이치윤은 침대에 벌렁 나자빠지고 말았다.

'그 말이 왜 필요했어? 잔인한 짓을. 잔인한⋯⋯ 아아.'

얼마 동안이 지났는지 층계를 밟는 소리가 들려왔다.

'은경일까?'

이치윤은 애처로움이 마음에 사무쳤다. 그러나 은경은 아니었고 식모였다.

"전화 왔어요."

"어디서요?"

이치윤은 실망하며 되묻는다.

"모르겠어요."

이치윤은 일어나 식모를 따라 내려갔다. 수화기를 들고,

"누구세요?"

"저예요."

경란의 목소리였다. 이치윤은 전화를 쟁강 끊어버리고 말았다.

낮부터 하늘은 찌푸리고 있더니 저녁이 되자 기어코 비를 뿌리기 시작하였다. 바싹 날이 조여들 모양이다.

따스한 방에 저녁상을 앞에 놓고 찬희의 식구들이 저녁을 먹고 있었다.

"길수 엄만 어제 나가서 아직 안 들어왔나?"

찬희가 은경에게 묻는다.

"네."

한참 동안 말이 끊겨졌다. 골치 아프다는 심정이 오간다.

"이 비서는 대구 갔다 오는 길에 집에 들르지 않구……."

"잠깐 들렀습니다."

이 비서의 대답이다.

"그래요? 모두 편안하세요? 아기두!"

"별일 없더군요."

이치윤은 은경과의 그 일이 있은 다음 날 김상국 씨를 따라 대구를 내려갔다가 오늘 서울로 돌아온 것이다. 그러니 은경하

고는 거북한 대면이 아닐 수 없었다.

"요즘 그인 왜 그리 바빠요?"

그이라는 것은 김상국 씨를 가리키는 말이다.

"글쎄……."

"자유당에 들어간다는 소문이 있던데 그게 정말이에요?"

찬희는 남의 집의 일처럼 물어본다.

이치윤은 긍정도 부정도 하지 않고 밥을 먹는다.

"뒤늦게 무슨 꼴이람."

"아직 결정된 건 아닙니다."

"아직 결정되지 않았다는 것은 그런 소문이 빈말 아니라는 거군요."

"유혹을 당하는 모양입니다."

우울한 표정이다.

"하긴, 나야 생활이 다르니까 간섭할 처지도 못 되지만……."

그렇게 말하는 찬희는 괴로움을 씹듯 밥을 씹어 삼킨다.

"참, 김 사장 아드님 온 건 이 비서 알아요?"

마침 생각이 내킨 듯 찬희가 말했다.

"네. 남미 씨가 일전에 그럽디다. 온다구요. 전 대구 갔기 때문에 비행장에 못 나갔죠."

"아참, 나도 남밀 만났었지. 뭐 영아 엄마하구 같이 점심을 했다구요?"

반사적으로 이치윤의 눈이 은경에게로 간다.

은경의 하얀 이마가 보일 뿐이다.

"우연히 식당에서 만났어요."

"그런데 오늘 김 사장 부인한테서 전화가 왔구먼요. 내일 저녁이나 같이하자구 하면서…… 그리구 이 비서하고 같이 오라는군요. 내일 저녁때 틈이 있겠어요?"

"글쎄……."

"웬만하면 가십시다. 아드님이 왔다구 청하는 거니까. 은경이도 가구."

"제가요?"

은경은 놀란 듯 고개를 들었다.

"내가 하도 은경이 자랑을 했더니 한번 보고 싶대. 호호호……."

"전 싫어요."

"왜?"

은경은 남미가 전화에서 사투리 흉내를 내던 생각을 하며 얼굴이 붉어진다.

"요즘 은경은 자꾸 사람을 낯설어해서 못쓰겠구나. 처음엔 안 그렇더니 점점 소심해지는 것 아냐? 그런 데두 더러 가보구 사람 대하는 법도 알구 좀 세련이 되어야지. 이 비서가 좀 권해 봐요."

찬희는 은경을 무척 자랑하고 싶은 눈치다.

이 비서는 눈이 부신 듯 은경이를 쳐다본다.

은경은 이치윤을 쳐다보았다.

"같이 가시죠."

글쎄요, 하던 이치윤은 어느새 가기로 결정하였는지 그렇게 말이 나왔다.

은경의 대답은 없었으나 그의 태도는 가는 것으로 간주되었다.

"그럼 내일 시간을 약속하고 밖에서 만나기로 합시다. 길수 엄마만 두고 나가기가 거북하니……."

"국회 옆에 있는 향안다방에서 만날까요?"

"그럽시다. 여섯 시에!"

저녁이 끝났어도 이런저런 잡담이 계속되다가 이치윤은 이 층으로 가고 은경은 자기 방으로 돌아왔다.

은경은 영아 엄마하고 저녁을 같이했다는 찬희의 말이 마음에서 떠나지 않았다. 그날 밤 이치윤이 술에 취하여 돌아온 것도 그 때문이라 생각하니 견딜 수 없이 슬펐다.

책상 위에 턱을 고인다.

'아무래도 좋아. 내가 사랑하면 그만 아냐? 이 선생님이 어떤 분이건 어떤 조건이 있건 난 그분을 사랑해. 사랑하고말고…….'

눈물이 푹 솟는다. 책상 위에 엎드렸다. 내키는 대로 울음을 내버려두었다.

'―처음엔 안 그렇더니 사람을 낯설어하구 점점 소심해지니―.'

찬희의 말이 또다시 떠올랐다.

'모두 이 선생님 때문이에요. 아주머니, 전 서울이 무섭지 않아요. 남미라는 사람도 무섭지 않아요. 이 으리으리한 집도 무섭지 않아요. 모두 이 선생님 때문이에요.'

"은경 씨?"

은경은 후딱 얼굴을 쳐들었다. 이치윤의 목소리다.

"들어가도 좋습니까?"

은경은 얼른 눈물을 닦았다.

"네."

이치윤은 문을 열었다. 어두운 낯빛이었다. 그는 들어와서 앉았다. 한동안 말이 없다. 은경은 쓸데없이 책상만 만지작거린다.

"내일 가시죠?"

"선생님이 가시면……."

은경은 얼굴을 숙인 채 대답한다. 그러나 이내 얼굴을 들고 빙긋이 웃었다.

"왜 웃었죠?"

눈물 자국이 남아 있는데 웃음을 보이는 은경이 말할 수 없이 애처롭게 느껴졌다. 이치윤은 눈을 돌리며,

"대구로 내려가기 전 사과를 할려고 했는데 시간 여유가 없어서……."

은경의 얼굴에서 웃음이 사라진다.

"그날은 술에 취해서…… 실례를 한 것 같습니다. 용서하세요."

"술 때문에 그러셨어요?"

"……."

이치윤은 방금 눈물이 넘쳐 나올 것 같은 은경의 눈을 바라본다. 은경은 침을 꿀꺽 삼킨다. 그럼으로써 눈물도 삼켜버린다.

"은경 씨는 나를 나쁜 놈이라 생각지 않습니까?"

은경은 고개를 끄덕인다.

"나는 때가 묻어버린 인간입니다. 소박한 꿈을 잃은 사람입니다. 은경 씨를 사랑한다고 말하구 싶어요. 그러나 그것은 은경 씨의 순결에 대한 모독이 될 겁니다."

이치윤은 자기가 경란을 잊지 않으면서 은경에게로 향하는 마음에 깊은 가책을 느낀다.

"내일 꼭 가세요. 나를 용서하는 뜻으로—."

이치윤은 일전에 주지 못했던 콤팩트를 놓고 조용히 나가버린다.

이튿날 아침부터 찬희는 자기가 초대받아 가는 것은 뒷전으로 하고 은경에게 목욕을 하라는 둥 미장원에 가자는 둥 마치 딸을 선뵈러 나가는 어머니처럼 서둘렀다.

처음에 은경은 따라갈 생각을 하면서도 남미의 얼굴이 떠올라 어쩐지 마음이 무거웠던 것이다. 그러나 차츰 찬희의 서두는 품에 쏠리어 기분이 동했다. 추석날 고운 옷을 입고 외갓집에 가는 아이의 마음처럼 설레기조차 했다.

찬희는 몇 번이나 시계를 보다가 마침내 은경을 데리고 집을 나섰다. 찬희는 다듬은 옥색 양단 두루마기에 흰 털실로 짠 목도리를 두르고 있었다. 은경은 회색 바닥에 붉은 점이 있는 아주 참신한 디자인의 코트를 입고 있었다. 노오란 머플러가 부드러운 머리칼과 같이 이따금 바람에 나풀거린다.

찬희는 썩 만족한 표정으로 은경을 몇 번이나 쳐다보곤 했다. 은경은 찬희의 눈길을 의식할 때마다 마음이 흐뭇해지는 것을 느꼈다. 은경 자신도 오늘은 자기가 썩 예쁘고 멋이 있다는 것을 자각하고 있었다. 그러한 자각은 이치윤을 만나러 간다는 것과 그와 같이 남미 집으로 간다는 사실과 아울러 만족과 기쁨을 주었다. 남미에 대한 불안과 억압은 어느새 말끔히 은경의 가슴에서 지워지고 없었다.

바깥의 날씨는 몹시 쌀쌀하였다. 어제 비가 온 때문이다. 그러나 공기는 산뜻하고 맑았다. 하늘은 높고 푸르기만 했다.

국회 옆에 있는 향안다방에 들어갔을 때 이치윤은 먼저 와서 기다리고 있었다. 그러나 뜻밖에도 김상국 씨하고 같이 앉아 있는 것이었다.

찬희는 의외란 듯,

"웬일이세요?"

"김 사장 댁에 간다면서요?"

찬희의 묻는 말에 대답은 하지 않고 도리어 그쪽에서 묻는다.

"당신도 가세요."

그러나 굳이 가자는 표정은 아니다.

김상국 씨는 아무 말도 하지 않고 은경에게 시선을 돌렸다.

"은경이는 많이 달라졌구나."

예뻐졌다는 뜻이다.

한집에 살면서도 김상국 씨는 집에 들르는 일이 드물었고 어쩌다가 오는 일이 있어도 밤늦게 오는 것이 일쑤이니 별로 얼굴이 마주친 일이 없다.

은경은 김상국 씨의 눈길이 부드럽다고 생각하면서도 늘 만날 때마다 생소한 느낌을 갖는다.

김상국 씨는 말없이 한참 동안 담배를 피우다가 일어섰다.

"볼일이 있어 먼저 나가봐야겠소. 가거든 김 사장한테 내가 안부 전하더라구 해요. 그리구 이 군, 자네는 내일 거기에 한번 가보게."

김상국 씨는 따라 일어서는 은경에게 고갯짓을 하고 천천히 걸어 나간다. 그는 모처럼 밖에서 만난 찬희에게 차 한잔도 권하지 않고 나가는 것이었다. 새삼스러운 일은 아니었으나 찬희는 다방을 나서는 남편의 뒷모습을 쓸쓸하게 바라본다. 아무래도 멀어져 가는 사람일 수밖에 없었다.

"커피로 할까요?"

이치윤이 그런 공기를 알고 얼른 말을 걸었다.

"아무거나 하겠어요."

이치윤의 눈은 은경에게 옮겨진다. 뭘 하겠느냐고 묻는 눈이었으나 복잡한 정감이 서려 있었다.

"전 홍차를 하겠어요."

이치윤은 레지를 불러 홍차 두 잔을 주문하였다.

다방 안에는 푸른 불빛이 물결처럼 흐르고 전축에서 번져 나
오는 탱고가 몹시 사람의 관능을 흔들어준다.

차를 마시면서 각기 생각에 잠겨 있다가 이치윤이 시계를
본다.

"가보실까요?"

"가십시다."

찬희가 일어섰다.

거리에 나왔을 때 무수한 헤드라이트가 줄을 지어 넓은 가로
를 달리고 있었다. 가로수의 마른 가장이가 바람에 운다.

"날씨가 꽤 춥죠?"

찬희가 숄을 밀어 올리며 말했다.

"이제 겨울인걸요."

이치윤의 대답이다.

"아직 기분은 가을만 같은데 또 한 해가 가는군."

퍽 감상적인 목소리다.

그들이 안국동에 있는 김 사장 댁에 갔을 때 집 안은 대낮처
럼 불이 환하게 켜져 있었고 사람들의 그림자가 유리창에 흔들
리고 있었다. 김상국 씨의 저택에 못지않은 큰 저택이다. 뜰은
다소 좁았지만 건물은 오히려 더 큰 것 같았다.

"아이, 어서들 오세요."

김 사장 부인이 쫓아 나왔다. 그리고 정답게 찬희의 손을 잡아끌었다.

"남식아! 이 애— 이치윤 씨가 오셨다!"

안을 향하여 아들을 부르기도 한다. 그들이 미처 현관에서 올라서기도 전에 남식이 나타났다. 흰색 싱글에다 노랑색과 갈색이 가로질러진 대담한 넥타이를 매고 있었다.

"아아, 치윤이!"

소년처럼 환성을 올렸다. 이치윤은 조용히 손을 내어 밀며,

"비행장에 가지 못해서 미안하네. 대구에 좀 갔었지."

이치윤은 몇 해 만에 만나는 친구건만 침착한 태도로 말했다. 그와 반대로 남식은 미국식으로 이치윤을 얼싸안을 듯하며 반가워한다. 미국풍이 몸에 깊이 배어 있다. 그러나 밉잖게 생겼다.

"아주머니두 그간 안녕하셨어요?"

이치윤의 팔을 놓아주고 이번에는 찬희에게 밝은 웃음의 얼굴을 보낸다.

"고생하셨죠?"

"뭘요. 넓은 천지에서 마음대로 살았습니다."

하고는 찬희 옆에 서서 자기를 이상스럽게 바라보고 있는 은경에게 눈을 보낸다. 몇 번 눈을 깜박이다가 이치윤에게 눈을 옮긴다. 누구냐고 묻는 표정이다.

"내 조카딸입니다. 많이 지도해 주어야겠어요."

찬희가 웃으며 말했다.

"네? 그러세요?"

남식은 좀 어리둥절하다가 이내 빙긋 웃으며,

"저, 김남식입니다."

하고 손을 쑥 내어 민다. 은경은 몹시 당황한 모양이다. 그러나 엉겁결에 손을 들어 악수에 응한다. 그러더니 무엇에 놀란 듯 몸을 움칠하고 이치윤을 쳐다본다. 이치윤은 미소를 띠고 있었다. 김 사장 부인도 찬희도 웃고 있었다.

은경은 눈물이 글썽해지도록 얼굴을 붉혔다.

"김 의원 댁이 밤낮 자랑이 늘어졌는데, 과연……."

김 사장 부인은 잡심 없이 말했다.

"자, 들어가십시다."

남식은 여자들을 앞세웠다.

남식은 이치윤과 어깨를 나란히 하고 여성들 뒤를 따랐다.

"신선한 실과 같은 맵시다."

은경의 뒷모습에 눈을 주며 남식이 말했다.

"신성불가침이야."

"치윤의 권한 안인가?"

이치윤이 고개를 돌리며 남식을 쳐다본다. 남식의 눈에는 호기심이 역력하다.

"허튼소리 하지 마."

강력하게 부정한다.

"나 얘기 다 들었지."

"무슨 얘기?"

"경란하구 헤어졌다며?"

"……."

"완전한 종말인가?"

"……."

"치윤에게는 맞지 않는 여자야. 고관의 첩이나 되어 살 여자지."

덮어놓고 깎아내린다. 이치윤은 불쾌하게 얼굴을 찌푸린다.

"그런 이야기 그만두지."

그만두라 할 것도 없이 그들은 방 안에 들어섬으로써 일단 말이 중단되었다.

방은 굉장히 넓었다. 방 안에는 벌써 몇 쌍의 젊은 남녀들이 각기 포즈를 취하고 앉아 있었다. 남미가 이치윤을 보자 쪼르르 달려왔다.

"이 선생님 오셨군요."

상글상글 웃는다. 이치윤은 선착先着한 사람들하고 친면이 있는 모양으로 말을 주고받는다.

찬희는 김 사장 부인과 같이 소파에 앉아 있었다. 은경도 눈에 띄지 않게 가만가만 방 안을 둘러본다. 호화로웠으나 실내장치는 찬희의 집보다 떨어진다고 생각하였다.

"이거 잘못 온 거 아니우?"

찬희의 웃음의 말이다.

"왜?"

"모두 팔팔하게 젊은 양반들만 와 있으니 이런 노친네가 끼면 멋이 없지 않을까요?"

"걱정도 팔자지. 노친네라니 그게 될 말이우? 아직은 실망하지 않아도 돼요."

"오십 고개를 바라보는데 젊은이들 앞에서 이야기가 돼요? 망각으로 흘러가는 강물 아니겠어요. 호호호……."

농담 속에 진담이 숨은 말이다.

"노친네가 소녀 같은 소릴 하네. 하긴 젊은 것들만 놀겠다 하지 않겠소? 화가 났지. 벌써 난 밀려나지 않는다구 야단을 쳤죠. 가만히 계세요. 우리 축들도 올 테니 기죽이지 말구."

"흥! 화가 나서 그러는 게 아니구 아들 자랑이 하고 싶어 그런 게 아니에요?"

"말 마슈. 머리 골치가 아파요. 밤낮 돈주머니 털어가는 놈팡이 같은 자식이 무슨 자랑이 되나요?"

"어머니 입으로 그렇게 나팔을 불고 다녀서야 어디 며느리 데리구 오겠수?"

"하기야 놀기를 좋아해서 그렇지. 애야 마음이 곱죠. 마음이 고와서 돈을 잘 쓰는 건지."

"놀기 좋아하는 거야 어머니 닮았지. 모전자전인가? 호호호……."

"이거 정말 이러기예요? 혹시 며느리가 될지도 모르는 초면의 처녀 앞에서 사람 망신시켜도 유분수지. 호호호……."

김 사장 부인은 은경을 바라보며 거침없이 웃어젖힌다. 찬희도 따라 웃고 은경도 미소를 짓는다. 중년 여인들의 허물없이 주고받는 농담에 은경의 긴장한 마음이 펴진다.

은경은 남미하고는 전혀 다른 어머니라 생각하였다.

나이에 어울리지 않는 화려한 옷을 비대한 몸에 감고 있었고 화장도 어지간히 짙었지만 어딘지 모르게 인간성이 따스하게 풍겨온다고 생각하였다. 며느리가 될지도 모르는 처녀 앞에서 그러지 말라고 하던 농담도 과히 귀에 거슬리지 않았다.

"여보시오, 김 의원 댁. 정 그렇게 열등감을 느끼신다면 우리 노친네들은 안방으로 물러갈까요? 우리 편 군사가 와서 어울릴 때까지."

"그럴까?"

선뜻 대답을 하고서 은경을 쳐다본다.

혼자 낯선 곳에 두고 가기가 안돼서다. 그러나 마침 저쪽에서 이야기를 하고 있던 이치윤이 성큼성큼 걸어왔다.

"은경이는 이 비서하구 여기 있어."

은경이 이 비서와 찬희를 번갈아 보는데 찬희는 김 사장 부인을 따라 나간다.

찬희가 앉았던 자리에 이치윤은 주저앉는다. 그리고 탁자 위에 놓인 코카콜라를 컵에다 부어 은경에게 건넨다.

"어떻습니까? 감상이."

"화려합니다."

은경은 구경하는 기분으로 자기의 어색한 존재를 커버하리라 생각하고 있었다.

"제법 영화에서 보는 외국의 살롱 풍경 같죠?"

이치윤은 형형색색의 유행을 좇는 여자들의 복장을 바라보며 비꼬아 준다.

"모두 참 멋이 있어요."

"멋? 겉멋만 들었지. 머리는 깡통이오."

은경은 가시 돋친 이치윤의 말에 이상한 쾌감을 느꼈다.

은경은 코카콜라를 한 모금 마시고 남미가 있는 쪽을 바라보았다. 남식하고 이야기를 주고받고 있었다. 가끔 은경이 있는 쪽을 남식이 돌아보기도 한다.

"모두 여학사님들이구 여대생이오. 그들의 목에 건 목걸이 정도의 가치는 있는 간판이지."

"그렇게 욕하시면 안 돼요."

은경은 희미하게 웃는다. 은경은 왜 그런지 이치윤의 말속에서 그의 부인에 대한 악의를 느꼈다. 그러나 은경은 이내 무엇에 두들겨 맞은 듯한 충격을 느꼈다.

'내 반쪽을 은경 씨는 좋아하지 않을 겁니다. 내 마음속에서 그 여자는 사라지지 않았어요!'

그 말이 콱 가슴에 박혀든다.

"─은경 씬 대학이구 뭐구 그만두세요. 차라리 간다면 보육과나 가시지."

은경은 그 말을 들으면서 그의 부인과 자기를 견주고 있었던 자기 자신을 슬프게 생각하였다.

남식이 크게 웃으며 이쪽으로 걸어온다. 그리고 그의 어머니가 앉았다 나간 자리에 텁썩 주저앉는다.

"은경 씨라 하시죠?"

대뜸 말을 걸었다. 은경이 대답을 못하는데 뒤쫓아,

"멕시코 양이 그러더군요."

"……."

"하하하, 모르시는군. 멕시코 양을. 제 누이동생의 닉네임입니다. 남미 아닙니까? 남미에 멕시코가 있죠?"

이치윤과 은경이 같이 웃는다. 말이 우습기도 하거니와 남식의 여러 가지 투가 재미스럽다.

남식은 담배를 꽂아 물고 이치윤에게도 권했다.

"한국에 돌아와서 제일 실망한 건 여자야."

라이터를 켜주면서 남식이 말한다.

"여자에게만 실망을 했으니 무척 다행이군."

"그야 모든 것에 실망하려면 한이 없지. 그러나 특히 여자, 젊은 놈들한텐 가장 귀중한 여자에게 느끼는 실망은 컸었지."
하고 얼굴을 은경에게 돌리며 빙긋 웃는다.

"은경 씨! 은경 씬 듣지 마세요."

남식은 오랫동안 사귀어온 사람처럼 자연스럽게 친근한 목소리로 말을 했다. 윤곽이 뚜렷하고 양어깨가 쩍 벌어져 무슨 운동선수만 같은 기분을 주는데 와일드하지 않고 오히려 부드럽고 다정스럽다.

'이분은 어머니를 닮았나 봐.'

은경은 아까 그의 어머니가 놈팡이 자식이라 하던 말을 생각하며 미소를 짓는다.

"도무지 여자들의 모습이 퇴폐적이란 말이야. 그것두 한땐 좋았지. 그러나 이젠 신물이 났다. 청신하고 싱싱한 맛이 없어. 망국의 징조야. 옷이랑 화장이 넝마처럼 더덕더덕 붙어 있어 보는 사람의 마음이 무거워진다. 부지런히 유행을 좇느라구 기를 쓰는 모양이지만 겉멋만 가지고 되나, 감각이 살아 있어야지."

"자네 여성관이 변하지 않기를 빌겠다. 그것 하나만으로도 미국 다녀온 소득일세."

"이 자식, 깎아내리지 말어."

남식은 주먹을 쥐는 시늉을 했으나 이내 밝은 웃음을 웃었다. 이치윤도 가벼운 마음으로 웃는다. 남식은 웃음을 거두지 않는 그대로의 얼굴을 은경에게 돌리며,

"은경 씨? 그러나 은경 씨는 예외입니다."

"영광으로 아세요."

이치윤이 놀려준다. 은경은 싫지 않았다. 아니, 기분이 썩 좋

186

았다.

일면 저쪽에 있는 여자들은 그들의 험담을 하고 있는 것도 모르고 그들 자신의 이야기에 열중되어 간혹 웃음을 터뜨리기도 한다. 어쩌면 그쪽에서도 이쪽의 흉을 보고 있었는지 모른다.

얼마 후 남미는 그곳 남자 친구들을 버리고 이쪽으로 왔다.

은실로 수놓은 화려한 드레스를 입고 있었다. 귀걸이가 흔들린다. 깜찍스럽다.

"오빠, 대체 오늘 밤의 여왕이 누구길래 이러구 있어요?"

아까 남식하고 무슨 협정을 했는지 말씨가 부드럽고 은경에게 노골적인 적의를 표시하지는 않았다.

"그야 난언코 은경 씨지."

남미가 픽 웃는다.

"오늘 밤은 오빠를 위하여 오빠의 의사를 존중해 드리죠."

남미는 이치윤을 슬쩍 쳐다보았다. 그리고 이치윤과 마주 앉는다.

"빨리들 하지 않구 뭘 할까? 일찌감치 저녁을 끝내야 놀지 않겠수?"

"배가 고파야 요리 맛이 나는 법이야. 어머니의 계산에 속한 일이지."

"햇! 어머니가 그렇게 델리키트하면 제법이게?"

그러자 마침 저녁 준비가 다 되었으니 식당으로 들어오라는 전갈이 왔다.

남식과 남미는 주인답게 일어서서 그들의 친구들을 식당에 몰아넣고 일면 안방에서는 노틀이들이 어슬렁어슬렁 걸어 나왔다.

얼굴이 까무스름한 김 사장이 그의 회사 몇몇 간부들과 웃으며 식당으로 들어왔다.

식사는 비교적 조용한 분위기 속에서 시작되었다. 중년들과 젊은 사람들의 합석이라 자연 서로가 조심을 했는지도 모른다.

은경은 찬희 옆에 앉아 학교에서 배운 예법대로 음식을 먹었지만 여간 거북하지가 않았다. 이러한 회식이나 모임은 난생처음이다.

각기 나직나직 이야기를 주고받으며 음식을 먹고 있었다. 남식은 남미 옆에 앉아 무슨 말인지 소근거리고 있었다. 식사가 끝나자 모두 홀에 나왔다. 벌써 전축이 울리고 있었다. 실내의 조명도 붉은빛으로 바뀌어져 있었다.

일단 자리에 앉아 모두들 티를 마신다.

한참 후 몇 쌍이 일어섰다. 스텝을 밟으며 나간다. 남식도 담배를 던지고 일어섰다.

"은경 씨."

하고 고개를 숙인다. 은경은 말끄러미 그를 쳐다볼 뿐이다.

"은경 씨는 춤 모르는걸."

옆에 있던 이치윤이 대신 말을 해준다.

"네? 모르세요?"

은경은 무안을 당한 사람처럼 도움을 청하듯 이치윤에게 눈을 옮긴다. 남식은 실망을 나타내고 이번에는 찬희 옆으로 갔다.

"아주머니."

찬희는 좀 주척거리다가 일어서서 남식 어깨 위에 손을 얹는다.

남미는 어느새 그의 남자 친구와 같이 돌고 있었다.

은경은 난생처음 보는 광경에 눈이 더욱 크게 벌어진다. 특히 김 사장 부인의 비대한 몸이 가볍게 돌아가는 데는 신기한 감을 가지지 않을 수가 없었다.

이치윤은 탁자 위에 놓인 술을 부어 마신다.

"선생님은 왜 안 추세요?"

"흥미 없어요."

"저는 굉장하게 느껴지는데……."

"이런 것 처음 보세요?"

"네."

"은경 씨도 배우세요."

"뉘한테 배워요?"

"교습소에 가야 되겠지만, 내가 가르쳐드릴까요?"

"그럼 영어도 춤도, 호호……."

은경은 주변에서 빙빙 돌고 있는 음악이 신나게 울려오니 마치 설날처럼 즐거웠다. 비록 구경만 하는 처지이기는 해도.

"그렇지만 좀 이상해요."

은경은 춤추는 사람에게 눈을 준다.

"왜요?"

"뭔지 이상하고…… 보긴 좋지만."

"보기가 좋다고 생각하면 됐어요. 흉하다구 생각하면 탈이지요."

흉하다고 생각하면 사고가 생긴다고 말하려다가 이치윤은 탈이라는 말을 쓰고 말았다. 결국 설명의 부족이다.

"아주머니도 참 잘 추시네요."

"고상하죠."

"정말 귀부인처럼 우아해요."

"더군다나 남식은 댄스의 명수니까 리드를 잘하는군."

남미가 이치윤 앞을 지나간다. 그는 남자의 어깨 너머로,

"왜 춤 안 추세요? 구경하러 오셨어요?"

파트너를 무시하고 얄미운 목소리를 이치윤에게 던진다. 이치윤은 쑥스레하게 웃을 뿐이다.

곡이 멎었다. 모두 웃으며 자리에 앉는다. 잠시 휴식한 뒤 다시 음악이 울리기 시작하였다.

"이 선생님, 추세요."

남미가 대담하게 손을 뻗쳤다. 이치윤이 일어서서 남미의 허리에 팔을 감았다.

은경의 마음은 이상하게 흔들렸다. 옆에 남식이 앉아서 자꾸

이야기를 시키는 것이었으나 은경의 눈은 이치윤에게만 쏠리는 것이었다.

'나도 춤을 배울걸……'

은경은 애써 냉정하려고 했으나 마음 밑바닥에 질투의 염이 지글지글 끓었다.

"은경 씨 춤 배워드릴게요. 일어서세요. 따라만 하세요."

남식은 억지로 은경을 잡아 일으켰다. 은경은 자기도 모르게 끌려 나갔다.

"따라만 오세요."

남식은 부드럽게 스텝을 밟았다. 그러나 은경은 뭐가 뭔지 알 수 없었다. 자꾸만 발이 엇갈리고 가슴이 답답해질 뿐이다.

"자아, 천천히…… 이렇게……."

남식은 어디까지나 너그럽다.

"음악을 아니까 쉬워요."

"전, 전 못하겠어요."

은경은 남식에게 잡힌 손을 뽑았다. 그러나 남식은 놓아주지 않았다. 도리어 꼭 잡는다.

"학교에 나가세요?"

"아니."

"집에만 계세요?"

"네."

"놀러 가도 되죠? 그럼 댄스 가르쳐드리겠습니다."

"이 선생님한테 배우겠어요."

"아, 그래요? 그럼 놀러 가는 것 괜찮죠?"

"저의 집이 아니에요."

"그렇지만 아주머니하구 친하거든요."

일면 남미는 이치윤에게 몸을 착 맡기고 능란하게 돌아가면서,

"선생님?"

하고 속삭이듯 부른다.

"왜 그러십니까?"

"그 시굴 아가씰 꽤 좋아하는 모양이죠?"

"네. 좋은 소녀입니다."

"경란 언닐 오라 할 걸 잘못했어. 오빠가 싫다구 해서 그만두었는데……."

"오라 해두 안 올 겁니다. 자존심을 빼놓으면 그 여자에게 뭐가 남습니까?"

"어마, 왜 그리 변하셨어요? 이제 연연하시지 않나 봐?"

"잡담 그만두십시오. 발등 밟겠습니다."

"아이참, 기가 막혀. 야아빠졌어요. 이 선생님은 주먹 속에서 빠져나가는 물 같아요."

"표현이 그만이군요. 그건 남미 씨 자신의 얘기가 아닙니까?"

"선생님."

"……."

"왜 그런지 미워요."

"제가요?"

"아니, 저 시굴 아가씨가. 경란 언니한텐 질투를 느낀 일이 없는데 왜 그럴까요. 선생님은 그 아가씨 좋아하세요?"

"아까 묻지 않았습니까?"

"정말 곤란하겠네요."

"왜요?"

"이번에도 오빠하구 겨누게 되지 않아요? 그렇다면 약간……오빠 그 아가씨한테 첫눈으로 반해버렸나 봐요."

첫눈에 반해버렸다는 남미의 어감이 말할 수 없이 불쾌하였다. 이치윤은 남미를 그냥 확 밀어뜨리고 싶은 충동까지 느꼈다.

'내가 남식한테 질투를 하나?'

이치윤은 남식과 자기를 견주어보고 있는 자신을 발견하고 적이 놀란다.

"오빠 돌진형이니까 앞으로의 전망이 흥미진진해요."
하고 남미는 슬쩍 이치윤의 기색을 살핀다. 이치윤은 거칠게 남미를 리드하며 사람 속으로 끌어들인다.

춤이 끝나고 자리에 돌아왔을 때 은경은 손수건을 꺼내어 이마에 밴 땀을 닦고 있다가 그 열기 띤 눈으로 이치윤을 쳐다보았다.

열 시가 다 될 무렵 찬희는 갈 차비를 차리고 일어섰다. 이치윤과 은경도 따라 일어섰다.

"왜 이러시우?"

김 사장 부인이 만류하며 찬희의 치맛자락을 잡았다.

"생과부가 밤늦게까지 이러구 있음 큰일 난다우."

"아따! 호위병이 둘이나 따랐는데 호랑이가 물어갈까 봐? 걱정 말구 더 놀다 가요."

"가야 해요. 혹시 우리 영감님이 날 기다리구 있는지도 모르잖아요?"

찬희는 우스개로 돌리며 두루마기를 입는다.

"맞바람이 나야 바람이 자는 법이오. 남자들은 아내가 너무 정숙해도 매력이 없다는데. 그래서 김 의원 댁은 손핼 보는 것 아니우?"

"누가 알아요? 연앨 하는지, 호호호……."

찬희는 공허한 웃음을 웃으며 은경을 돌아본다.

"인제 가지. 응?"

"네."

찬희는 도로 김 사장 부인에게 얼굴을 돌리며,

"모두 재미나게 노는 모양인데 인사 안 하구 그냥 가겠어요."

"고집두…… 할 수 없군. 돌아가야 독수공방인데 서둘기는 원……."

남식이 춤을 추다가 나가는 찬희 일행을 재빨리 보았다. 그는 가볍게 스텝을 밟아 의자 옆에까지 와서 여자를 놓아주자 급히 복도를 달려온다.

"치윤이!"

"어……."

"왜 벌써들 가는 거야?"

하고 이치윤의 손목을 잡았다.

"자네처럼 밤을 새가며 놀 팔자가 되나. 바빠서 가야겠다."

남식의 손을 슬그머니 뿌리친다.

"이거 섭섭한데?"

"영이별인가? 섭섭하긴……."

"할 수 없지. 그럼 내가 집까지 바래다주지."

남식은 그들보다 앞서 뜰로 쫓아 내려가더니 차고에서 자가용을 몰고 나왔다.

그리고 자동차에서 훌쩍 뛰어내린다.

"아주머니, 타세요."

"괜찮아요. 우린 밖에서 자동차 잡겠어요. 그보다 들어가 노세요."

찬희가 사양을 하자 이치윤도,

"들어가게. 주인공이 없어지면 되나?"

그러나 남식은 억지로 여자들을 밀어 올렸다. 하는 수 없이 이치윤도 올라탔다.

"어머니, 갔다 오겠어요."

김 사장 부인은 다소 어리둥절한 표정이었으나 손을 흔들어

보였다.

"운전을 썩 잘하는군그래."

이치윤은 다소 부러운 듯 말했다.

자동차는 아스팔트 길을 미끄러져 창경원 뒷담을 낀 거리로
나갔다.

5. 일요일마다

은경은 식모가 빨아놓은 빨래를 줄에다 널고 있었다. 우물가에는 벌써 살얼음이 얼었고 빨래를 만지는 손끝이 차갑다. 그러나 양지바른 뜰에는 햇빛이 함빡 쏟아져 있었다.

은경은 콧노래를 부른다. 왜 그리 즐거운지 알 수 없었다.

'이 선생님이 온종일 계시니까.'

하고 혼자 남몰래 웃는다. 오늘은 일요일이었다. 그래서 이치윤은 집에서 휴식을 취하고 있는 것이다.

은경이 콧노래를 부르며 빨래를 널고 있는데,

"은경 씨!"

하고 이치윤이 창문을 열고 부른다.

"네?"

"전화 왔어요."

"저한테요?"

"그런 모양입니다."

은경은 이상하다고 생각하며 응접실로 쫓아갔다.

수화기를 들었다.

"여보세요?"

"아, 은경이야? 나 지태다."

"웬일이세요?"

"시굴서 기별이 왔는데 좀 만날 수 없을까?"

"무슨 기별이에요?"

은경은 직감적으로 오빠의 일이라 생각하며 황급히 다잡
았다.

"민경이 문젠데…… 아무튼 좀 만나야겠는데…….."

"이리루 오실 수 없어요?"

"그리루? 거북해서 싫다. 은경이가 나와."

"어디로 갈까요?"

"알기 쉽게 동화백화점 지하실에 있는 다방으로 나와. 지금
세 신데 네 시 반까지 기다리겠다. 그럼."

지태는 전화를 끊어버렸다.

은경은 손톱을 깨물며 우두커니 한자리에 서 있었다. 지금까
지 명랑하였던 기분이 일시에 무너지고 불안과 회오가 가슴을
짓눌렀다.

'난 오빠를 아주, 아주 잊어버리구 있었어. 나 혼자만 행복하

면 그만이란 말인가?'

"왜 그러구 있어요?"

은경이 놀라며 고개를 들었다. 이치윤이 미간을 찌푸리고 은경을 바라보고 있었다.

"걱정이 생겼어요."

"무슨 걱정?

"오빠, 오빠의 일예요."

"전화 건 사람이 누군데?"

이치윤은 궁금한 듯 물었다.

"오빠의 친구예요."

"언젠가 찾아온 사람?"

"네."

은경은 응접실로 나오면서,

"만나러 가봐야겠어요."

하고 종종걸음으로 자기 방으로 쫓아간다.

이치윤은 우두커니 은경의 뒷모습을 바라본다.

얼마 후 은경은 외투를 걸치고 나왔다. 시골서 가지고 온 외투다. 모양이 우스웠다.

우두커니 서 있던 이치윤이,

"왜 그걸 입구 가세요?"

"그만 이거 입구 싶어서요."

은경은 자세한 설명을 하지 않았다. 그로서는 박지태가 부잣집 딸 같다고 한 말을 잊을 수 없었다. 그리고 또한 자기만이 잘 입고 있는 것이 미안하기도 했고 그들 옛날의 인연한 사람들을 배반한 듯한 기분도 없지 않아 일부러 낡고 볼품없는 외투를 입고 나선 것이었다.

은경은 이치윤에게 빨리 다녀오겠노라 하고 집을 나섰다. 바삐 걸어가야겠다고 생각하면서도 걸음이 자꾸 뒤진다. 어떤 자책감과 박지태에 대한 미묘한 감정이 엇갈리는 때문이다.

'너무 오랫동안 오빠를 잊어버리고 있었다.'

은경은 그 말을 여러 번 마음속에서 되풀이하였다.

동화백화점 지하실에 있는 다방 문을 밀고 들어섰다. 박지태는 꾸겨진 모자를 테이블 위에 올려놓고 우울한, 그러나 어떤 생각에 골몰하는 표정으로 앉아 있었다. 은경은 말없이 마주 앉는다.

"빨리 왔군."

"곧 나왔어요."

박지태는 은경을 위하여 커피를 시켰다.

"시굴 갔다 오셨어요?"

"음."

"오빠, 만나셨어요?"

"음."

박지태는 내키지 않는 대답을 했다. 그러니 은경의 마음은 한층 불안해지는 것이다.

"무슨 사고라도…… 오빠가……."

"사고를 일으킨 것은 아니지만 앓고 있더군."

"어디서? 집에서?"

"아니, 부산서."

"부산서?"

반문을 한다. 지태는 대답이 없다. 은경도 멍하니 유리창을 바라본다. 오죽하면 집에 가지 않고 객지에서 혼자 앓고 있을까 하는 생각 때문에 은경의 눈앞이 순간 흐리어졌다.

"많이 아픈가요?"

은경은 깜깜하고 아무것도 보이지 않는 창문을 바라본 채 묻는다.

"폐결핵인 모양이야."

"네?"

은경은 목을 비틀듯 돌리며 박지태를 쳐다보았다.

"뭐, 걱정할 것 없어. 요즘은 약이 좋으니까."

그렇게 말하기는 했어도, 그의 내심은 그렇지 않은 모양이다.

"그럼 부산에…… 누구누구 집에 있어요?"

"그 여자 집에."

"그 여자 집?"

은경은 다시 한번 놀란다.

"우린 그 여자를 오해하구 있었던 모양이야. 민경이가 하는 말을 짐작해 보니, 아마도 그 여잔 댄스홀에 나가서 그들의 생활비를 대는가 봐."

은경은 할 말이 없었다.

"늘 생활비를 대주던 남자가 있었는데 민경과의 관계를 알구 끊어버렸다는 거야. 그러니 약인들 제대로 쓰겠느냐 말이다."

박지태는 아까 약이 좀 좋으니까 걱정할 것 없다는 말을 뒤집었다. 무의식중에 한 말이었다.

"민경이는 은경이한테 가거든 아예 그런 말 하지 말라고 했었지만 동기간인데 어떻게 그냥 있을 수 있어? 걱정을 하더라도 남보다야 낫지 않겠어?"

"아버진 모르시는가요?"

"몇 번인가 편지도 하구 또 가서 사정을 얘기했지만 그런 못된 여자에 걸려들어 신셀 망친 놈이니 죽어도 원통할 것 없다구 딱 잡아떼는 거야. 하긴 집안의 형편도 뭣하지 않아? 뭐 있어야."

은경은 한숨을 푹 내쉰다.

은경은 한동안 말없이 앉았다가,

"제가 어떻게 했음 좋을까요?"

답답한 나머지 한 말이었다.

"은경이가 어떻게 하겠나?"

"취직을 할까?"

은경은 혼자 중얼거린다.

"취직? 그게 쉬운가?"

"하려면 할 수 있을 것 같아요."

은경은 남식과 김 사장 부인의 얼굴을 번갈아 생각해 봤다. 떼를 쓰면 그들의 회사에 취직을 시켜줄 것 같은 생각이 들었던 것이다.

'아주머니가 야단치실 거야. 그렇지만 이 이상 아주머니에게 신세 질 수는 없잖아? 어떻게 오빠의 얘기를 한담? 안 되지.'

은경은 머릿속에는 여러 가지 방법과 판단이 엇갈려 돌아갔다.

"커피나 마셔. 다 식겠다."

은경은 커피를 들었다. 지태도 담배를 재떨이에 눌러 끄고 커피잔을 들었다.

"아까 전화받던 사람 누구지?"

"네?"

은경은 자기 생각에 골몰하여 지태의 물음을 잘 듣지 못했다.

"아까 전화받던 사람······."

"아아— 아저씨 비서예요."

은경은 자기 자신도 모르게 얼굴이 붉어졌다. 지태는 은경의 얼굴에 이는 표정을 놓치지 않을 듯이 그의 얼굴을 주시한다. 그럴수록 은경은 감정이 더 흐트러지고 마는 것이었다.

"누구냐구 자꾸 따지던데?"

하고 눈을 돌린다. 초조한 빛이 역력하다. 그는 뒤이어,

"목소리가 좋더군."

"사람도 좋아요."

은경은 입에서 무의식중에 말이 나왔다.

박지태가 홱 얼굴을 돌렸다. 그는 이상한 것을 예감한 것이다. 그러나 아무 말도 하지 않았다.

"일요일이라도 갈 데가 있어야지. 어때? 영화나 보러 갈까?"

박지태는 자신의 감정을 애써 누르며 아무렇지도 않게 물었다.

"아주머니도 안 계시고……."

은경이 꽁무니를 빼니까,

"그 비서라는 양반이 있잖아?"

다소 성난 목소리로 힐책하듯 말했다.

"그렇지만……."

"부대에 들어가면 오래 못 나올 텐데 영화라도 보구 가야 체념을 하지."

이번에는 약하디약한 목소리였다. 은경은 더 이상 거절할 수가 없었다. 그리고 그를 위하여 영화를 같이 보아주는 일이 뭐가 그리 대단하랴 싶기도 했다.

"그럼 가세요."

은경은 박지태의 패배감을 잠재워줄 양으로 슬그머니 웃는다.

박지태는 테이블 위에 놓인 모자를 들고 찻값을 치른 뒤 급히 걸어 나왔다.

206

"여기서 D극장이 가깝겠지."

하고 은경의 얼굴을 들여다보았다. 무슨 영화가 상영되건 그것에는 별로 관심이 없는 모양이다.

"D극장에 가시게요?"

"은경이 가구 싶은 데로 가지."

"그럼 D극장에 가세요."

은경은 자연스럽게 행동하는 것이나 역시 어딘지 자꾸 주적거려지는 것이었다.

마산을 떠날 때 박지태로부터 고백을 듣지 않았던들 그러한 어색함을 느끼지는 않았을 것이다.

D극장에 이르렀을 때다. 박지태가 표를 사는 동안 은경이 멍하니 거리를 바라보고 있는데 누가 어깨를 탁 쳤다.

은경은 소스라쳐 놀라며 돌아보았다. 굵은 털실로 짠 갈색 스웨터에 노르스름한 바바리코트를 걸친 남식이 입에 담배를 문 채 빙그레 웃고 서 있었다.

"웬일이세요?"

은경은 몹시 당황한다. 반사적으로 매표구 앞에 서 있는 박지태의 초라한 군복 차림의 뒷모습을 쳐다본다.

"누구하구 같이 오셨어요?"

남식은 담배를 뽑아 담뱃재를 털었다.

"저 오빠, 오빠의……."

"네? 오빠하구 오셨어요?"

"아니, 오빠 친, 친구예요."

그러자 표를 산 지태가 다가왔다. 그는 남식을 보고 잠시 주춤하다가 심한 적의를 표시하며 쳐다본다.

그러나 남식은 싱글벙글 웃으며 하는 말이,

"구경 끝나면 바로 댁으로 가세요?"

"네."

"치윤인 집에 있어요?"

"집에 계세요."

"그럼 영화 끝나면 저하구 같이 가실까요?"

박지태의 존재를 완전히 무시하는 태도다. 은경이 망설인다.

"치윤일 좀 만나봐야겠어요. 그날 그러구 난 뒤 통 만날 기회가 없어서. 은경 씨, 그럼 같이 꼭 가셔야 합니다."

남식은 말을 마치자 그를 기다리고 서 있는 화려한 옷차림의 여자 곁으로 성큼성큼 걸어갔다.

박지태는 아주 불쾌한 표정으로 앞서 영화관으로 들어갔다.

은경도 왜 그런지 마음이 무겁고 우울하였다. 다방에서 그만 거절하고 집으로 돌아갈 것을 그랬다고 후회도 했다. 그리고 박지태가 자기에게 그런 고백을 하지 않았던들 오빠를 대하듯 얼마나 마음이 가벼웠을까 하는 생각을 여러 번 되풀이도 했다.

안내원이 가리켜주는 좌석에 앉았다. 자연히 말은 끊어지고 말았다. 지태는 나직이 한숨을 짓더니,

"지금 그 남자는 누구야?"

물어보지 않고는 견딜 수 없었던 모양이다.

"아주머니하고 아주 친한 분의 아드님이에요."

"……."

"그분의 아버진 어느 큰 회사의 사장인가 봐요. 그래서 거기
취직을 해볼까 싶어요."

은경은 가만히 어색한 공기를 마시고 있느니보다 차라리 이
야기를 하는 편이 좋겠다는 생각에서 말을 이었다. 그러나 박지
태는 아무 대답도 하지 않았다.

"떼를 쓰면 될 것 같은 기분이 들어요."

"그 남자는 무얼 하는데?"

"얼마 전에 미국에서 공부하다가 돌아오셨어요."

"흥! 미국? 미국만 갔다 오면 대순가?"

박지태는 자기 자신도 억제할 수 없는 열등감과 질투심에서
말을 내뱉고 말았다.

"어마―누가 뭐랬어요?"

은경은 불쾌하였다. 갑자기 박지태라는 사람이 가진 인간성
이 졸렬하게 느껴졌다. 자신을 못 가지는 데서 오는 편협함이
말할 수 없이 싫기도 하였다.

"그런 남자와 교제하면 허영밖에 더 늘겠어?"

결국 자기 학대밖에 되지 못할 말을 박지태는 참을성 없이 뇌
까리는 것이었다.

두 사람은 서로 빗나간 감정을 안고 영화를 보는 것이니 영화

를 즐기는 기분이 될 리가 만무하다.

은경은 민경의 일만 생각하여도 안일하게 영화를 볼 기분이 아닌데 박지태의 지나친 감정의 노출이 더욱 그의 마음을 휘저어 놓고 말았다.

은경은 영화를 보는 것이 도리어 고행을 치르는 것만 같은 기분이 되었다.

남식의 개방적인 후의는 어느 의미로는 부담 없이 받아들여지는 양성적인 것이었다. 그러나 박지태의 어떤 감정은 소박하다. 잘 알지는 못해도 서로의 생활이 동떨어진 현재로서는 미묘한 음성으로 변해가는 것을 은경은 느꼈다.

영화는 아주 열정적인 러브신을 전개하였다. 은경은 그런 장면을 박지태와 더불어 본다는 것이 싫어서 눈을 감아버렸다. 얼굴 위에 박지태의 입김이 걸린다. 은경은 자기 자신도 예기치 못한 혐오감에서 몸을 비스듬히 꾸부리고 말았다.

그러한 은경의 태도는 박지태에게 심한 모욕이 되었다. 그의 마음은 노여움에 가득 찼다. 서울이라는 곳이 저주스러웠고 은경을 이끌어 올린 김상국 씨 부인에 대하여도 말할 수 없는 증오를 느끼는 것이었다.

그는 은경이 서울에만 오지 않았던들 반드시 자기 사람이 되었을 것이란 생각을 가지고 있었다.

은경과 마찬가지로 지태도 그러한 고민으로 하여 조금도 영화에 흥미를 느낄 수 없었다. 고통에 찬 시간이 아닐 수 없었다.

그는 은경을 놓치지 않기 위해 어디로 끌고 가서 범해 버린다면 별수 없이 그녀는 자기 것이 될 거 아닌가 하는 생각도 했다. 그러나 그러한 생각은 허망하기 짝이 없는 것이다. 박지태 스스로 자학하는 것 이외 아무것도 아니었다.

　박지태는 자기도 모르게 한숨을 푹 내쉬었다.

　마침 영화는 라스트신으로 들어가고 벨이 지르릉 하고 머리를 잘라 젖히듯 울려왔다.

　재빨리 일어서는 은경을 박지태는 덥석 잡았다. 아까 같이 가자던 남식의 말이 퍼뜩 떠오른 때문이다.

　"저녁이나 같이하자."

　"안 돼요."

　은경은 매몰스럽게 박지태의 손을 착 뿌리친다. 그러고는 고개를 푹 수그렸다.

　박지태의 얼굴이 하얗게 변한다. 그러나 그는 과격한 말이 튀어나오려는 입을 꾹 다물고 호주머니를 뒤져 담배를 꺼내더니 떨리는 손으로 불을 당긴다.

　"전, 집에 있을 때하고 달라요. 더군다나 오늘은 아주머니도 안 계신데 혼자 나와서……."

　은경은 지나친 자기의 행동이 뉘우쳐진 듯 고개를 숙인 채 어물어물 말을 한다.

　극장 밖으로 나왔다. 남식이 기다리고 있었다. 같이 온 여자는 먼저 보냈는지 호주머니에 손을 넣은 채 혼자 서 있었다.

"그럼, 전 가보겠어요. 그리고 오빠한텐 제가 편지하겠어요."

은경은 말을 잔둥잔둥 자르듯 했다.

박지태는 남식이 택시를 잡아 은경을 올려 태우는 광경을 노여움과 실망에 가득 찬 눈으로 바라보다가 자동차가 시야에서 사라진 뒤 뚜벅뚜벅 포도를 밟으며 반대 방향으로 걸어간다.

은경과 남식을 태운 자동차는 D극장 앞을 미끄러져 나갔다. 불빛이 교차하는 거리에는 그칠 줄 모르는 자동차의 장사진이다.

밤은 환락과 비애의 두 극한을 그으며 포도 위에 내리깔리는 것이었다.

"용케 만났군요. 그러지 않아도 한번 놀러 가려고 했었는데."

남식은 고개를 돌려 은경을 쳐다보며 말하였다.

은경은 얌전을 빼는 듯한 모습으로 운전수의 뒤통수를 바라보고 있었다.

박지태를 따돌리기 위하여 엉겁결에 남식을 따라 자동차에 오르기는 했으나 뒤에서 지켜보고 서 있던 박지태의 모습이 아무래도 계적지근하게 마음속에 남는다.

"영화를 본 감상이 어떠세요?"

"영화요?"

은경은 고개를 돌린다. 사실 그는 영화에 대하여 아무런 감상도 없었다. 차분하게 영화를 즐기지 못한 때문이다.

"좋습디까?"

남식은 거푸 묻는다.

"글쎄요……."

"여성이 볼 영화는 아니더군요. 율 브린너 그 녀석의 매력은 그야말로 여성을 뇌쇄시켰습니다. 우리 남성들은 기필코 애인을 그 녀석의 영화에는 동반치 말아야지. 하하하……."

영화는 율 브린너가 주연하는 〈여로旅路〉였던 것이다.

"은경 씨는 그를 좋아하세요?"

"네?"

혼돈된 생각에 잠겨 있던 은경은 남식이 박지태를 가리켜 한 말인지 또는 율 브린너를 가리켜 한 말인지 잘 분별이 되지 않아 남식을 의아하게 쳐다보았다.

"율 브린너 같은 야성적인 사나이를 좋아하느냐구요."

"좋아하지 않아요."

"오우? 그래요? 그럼 영화 보는 동안 나는 공연히 질투를 했군요. 하하……."

자동차는 어느새 혜화동까지 왔다.

"운전수 양반, 의정부까지 다녀옵시다. 신나게 좀 달리시오."
하고 남식은 은경에게,

"괜찮죠? 잠시 드라이브하는 것."

"빨리 가야 하는데요."

자동차는 혜화동을 지나 성북동으로 접어들었다. 은경은 상

반신을 일으키며,

"아주머니가 야단하셔요. 내려주세요."

"잠시 돌아올 텐데 뭘 그러세요?"

남식이 은경을 끌어다 시트에 앉힌다. 은경은 불안한 듯 남식의 얼굴과 차창 밖 풍경을 번갈아 본다.

"은경 씨는 좀 우울한 것 같애. 한 바퀴 획 돌아오면 풀립니다. 기분을 내세요. 아주머니한텐 제가 적당히 변명해 드리죠."

남식의 얼굴은 어디까지나 밝고 유쾌하게만 보였다. 그 얼굴을 보고 있노라니 자연 은경도 마음이 풀어지는 것 같고 지나치게 경계를 표시한 것이 좀 민망스럽기도 했다. 그리고 은경은 서울의 지리를 잘 모르기 때문에 의정부가 서울의 어느 변두리라고 생각하고 있었기 때문에 그것에 대하여는 전혀 안심을 하고 있었던 것이다. 어느새 자동차는 미아리 고개를 넘었다. 차츰 인가가 드물어진다. 하얀 길과 양편 가로수가 헤드라이트에 비쳐 계속될 뿐이다.

"이렇게 멀리 가세요."

은경은 다소 불안한 마음에서 남식을 쳐다보며 물었다.

"곧 돌아옵니다. 걱정 마세요. 그렇게 조바심을 내면 시간의 허비가 됩니다. 능력껏 즐겨봐야죠."

남식은 나무라듯 말했다. 그리고 운전수에게,

"좀 더 스피드를 낼 수 없어요? 걸려들 염려도 없지 않소."

자동차는 속력을 내기 시작하였다.

헤드라이트가 비치는 하얀 가로가 제지공장에서 뽑아내는 종이처럼 자동차 바퀴 밑으로 말려들어 가고 가로수는 획획 달아난다.

"스피드의 쾌감이란 현대인의 가장 큰 오락일 거예요. 재미나지 않으세요?"

남식은 속도 속에 몸을 맡기고 은경에게 물었다.

"재미는 나지만 무서워요."

은경은 상쾌하게 달리는 속도 속에서 자기도 모르게 남식의 화제에 이끌려 간다.

"무섭다는 것은 스릴입니다. 경기 중에서도 오토레이스처럼 신나는 것은 없어요. 기가 막히는 스릴을 느끼거든요."

"오토레이스라는 것, 그거 오토바이 경기 말이죠?"

"보신 일 있으세요?"

"본 일 없어요. 그렇지만 뉴스에서 봤죠."

"어떻습니까? 신나죠?"

"신나지만 역시 아슬아슬하고 겁이 나요."

은경은 어느새 박지태의 우울한 얼굴을 잊어버리고 있었다. 민경의 일도 잊어버리고 있었다.

"한국엔 확실히 건강한 오락이 없어. 기껏 한다는 게 **빽빽**하게 좁은 홀에서 팔꿈치를 부딪치며 춤을 추는 것 아니면 당구나 치구 다방에 앉아 온종일을 보내구. 사랑을 고백하는 장소도 그런 곳이자니 기분이 잡치지요. 미국에선 젊은 사람들이 너무

갈 곳이 많아 오히려 어리둥절할 지경인데…….”

“그렇지만 한국 사람은 누구나가 다 자동차를 갖고 있질 않거든요.”

은경의 항의하는 어조다.

“그건 그렇겠지만 그보다 습성이죠. 모두 제자리걸음을 하는 것으로 안심하려 드는 습성 때문입니다.”

“미국 같은 나라는 부자지만 우린 가난하니까 할 수 없어요.”

“스스로가 가난하게 만들고 있잖아요. 가난 타령은 그야말로 지긋지긋해요. 모든 결과를 가난에만 밀어버린다는 것은 좀 어떨까요?”

“선생님은 부자니까 그러시지만 가난한 사람은 가난하다고밖에 더 할 말이 있겠어요?”

“이거 공격이십니까? 그만둡시다. 흥취를 잃어버립니다.”

“공격하는 게 아니에요.”

자동차는 무한히 달리고 있었다.

“의정부는 멀어요?”

은경은 또다시 불안을 느꼈으나 표시할 수가 없어 의정부가 머냐고 묻는다.

“속력을 내면 드라이브 코스로선 꼭 알맞죠. 요다음 일요일에는 아버지 차로 은경 씰 모시죠.”

“그렇게 밤낮 틈이 있으세요?”

“놀기 위한 틈은 아낌없이 만들어야죠.”

"그럼 요다음엔 이 선생님하고 같이 가세요."

"이거 실망인데요?"

남식이 껄껄 웃는다.

의정부에 다다랐을 때 운전수는,

"내리시나요?"

"아니, 바로 돌려요."

하고 남식은 시계를 보았다. 은경은 적이 안심이 되었다.

"운전수 양반, 빨리, 올 때보다 좀 더 빨리 달립시다. 혜화동까지."

안심을 하기는 했으나 은경은 자기가 무척 대담한 짓을 저지른 것 같아 얼굴이 달아올랐다. 찬희나 이 비서가 어떻게 생각할지 걱정이다.

그러나 남식은 알 바 없다. 지극히 태평으로 혼자 기분이 나서 노래를 흥얼거리는가 하면 은경에게 말을 걸기도 하고 심지어 운전수를 악의 없이 놀려주기도 한다.

은경은 남식이 하는 짓이 우습기도 하고 재미나기도 하고 자기 자신도 모르게 어느새 명랑해지고 말았다.

혜화동에 도착하여 자동차는 다시 꾸부러져 김상국 씨 집 앞에까지 왔다.

남식은 찻삯을 치르고 은경의 손을 잡고 내리게 하였다. 은경은 이성에게 손을 잡혔다는 감각이 조금도 없었다. 그처럼 남식의 태도가 자연스럽고 아무 거리낌 없는 것이었다.

집으로 들어서니 우선 식모가,

"아이구, 어디 가셨어요? 이 비서가 막 걱정을 하던데……."

"아주머니는? 아직……."

"네. 아직 안 들어오셨어요. 길수 엄마만……."

"제가 채 갔었죠. 하하핫……."

남식이 은경이 어깨 너머에서 웃었다. 은경도 따라 웃는다.

"이 선생님은 이 층에 계세요? 김 선생님이 오셨는데……."

"아니, 마루방에 계세요."

식모는 응접실을 마루방이라 했다.

그들이 현관문을 들어서기 전에 응접실 문이 먼저 열리더니 이치윤이 얼굴을 내밀었다.

"늦었군요? 걱정했습니다."

"김 선생님하구 같이 왔어요."

은경이 남식을 돌아본다.

"아! 웬일이야?"

"은경 씨를 납치해 갔다가 차마 영영 그럴 순 없고 이렇게 도로 모시고 왔다네."

남식이 하도 천연스레 말을 하니 이치윤의 이상해진 마음두 자연 가라앉았다.

그는 문을 활짝 열어주며,

"들어와 놀다 가게."

"물론이지. 놀다 가려고 왔는데…… 사실은 여기 놀러 오던 길에 그만 코스를 바꾸어 드라이브를 했지.”

“드라이브?”

하고 이치윤은 은경을 잠시 쳐다본다.

“응. 의정부까지 신나게 달렸지. 오래간만에 마음이 개운해.”

“이 선생님, 요다음엔 인천까지 가시겠대요. 이 선생님이랑 모두…….”

은경이 말을 디밀었다.

“사실은 은경 씨하구 둘만 가구 싶은데 은경 씨의 간청이니 그렇게 하기루 했지.”

남식은 응접실의 소파에 비스듬히 드러눕듯 하고 은경과 이치윤의 얼굴을 번갈아 보았다.

이치윤은 별로 표정 없는 얼굴을 은경에게 돌리며,

“오빠한테 무슨 일이 생겼던가요?”

은경이 소스라치듯 움칠하며 이치윤을 쳐다보다가 별안간 얼굴을 찡그리며,

“앓으신대요.”

“위급하지는 않답디까?”

“그렇지는 않지만 사정이 퍽 복잡하게 되었어요.”

남식의 경쾌하고 명랑한 데 자기도 모르게 끌려 의정부로 드라이브까지 하고 돌아온 은경은 이치윤의 물음에 그만 풀이 확 꺾이고 말았다. 걱정과 자기 자신에 대한 미움이 고개를 쳐들었다.

이치윤은 남식이 있는 때문인지 그 이상 묻지 않았다. 남식도 그들의 대화에는 자기가 관여할 바 아니라 생각했음인지 극히 냉담한 태도로 앉아 있다가 팔을 쑥 뻗어 라디오의 다이얼을 돌린다. 선전적인 타악기의 리듬이 흘러나온다. 남식은 휘파람을 획! 획! 분다. 난로의 열기로 하여 볼이 불그레하다.

"아, 덥다!"

남식은 난로 옆에서 비켜 앉으며 바바리코트를 벗어 소파에 걸친다. 굵은 털실로 엮은 갈색 스웨터가 떡 벌어진 양어깨에 찰싹 달라붙어 무척 남성적이면서도 충만된 젊음이 넘쳐 보인다.

"이 집에는 술이 없나?"

"사 올까?"

이치윤이 쳐다본다.

"출출한데? 마구 달려서 그런가?"

"자네가 운전했었나?"

"아니, 택시를 몰았지. 기분 좋더라. 요다음엔 인천 가보자."

"틈이 있으면 가지."

이치윤은 시시하게 대답한다.

"그놈의 틈 있으면 하는 따위의 말은 집어치워. 사람 사는데 일만 하다가 죽으란 법 없잖아?"

이치윤이 픽 웃는다.

"배설과 공급이 적당하여야 성장이 순조로운 법이야, 안 그래?"

　남식은 은경을 슬쩍 쳐다본다. 동의를 구하는 표정이다.

　"흥. 자넨 그 어느 편이야? 배설이 많은 편 아닌가?"

　"그렇지도 않다. 자네 인식이 글러. 일이란 적확하게 하는 거지 바쁘게 하는 건 아니거든."

　남식은 그렇게 말하고 싱긋 웃었다. 자신 있게 하는 말이 아니기 때문이다.

　"자네 말을 충고로 삼기로 하구 술이나 하자. 나 식모님한테 가서 부탁하고 오지."

　이치윤은 문을 밀고 나갔다.

　"무슨 걱정된 일이라도 있어요?"

　아까 치윤과 주고받던 말을 생각했음인지 남식이 은경에 물었다.

　"네?"

　은경은 생각에 잠겨 있다가 고개를 들었다.

　"근심스러워 보이는군요."

　은경은 대답이 없다가,

　"선생님? 저 취직 좀 시켜주세요."

　풀쑥 말을 했다.

　"왜?"

　"놀기가 심심해서요."

　은경은 딱한 사정을 말하기가 싫어서 그렇게 대답하였다.

"놀기를 싫어하는 은경 씨의 사상은 이치윤과 통하는군."

남식은 어디까지나 은경의 말을 대수롭게 여기지 않는 모양이다. 그는 은경의 부탁에는 아무런 대답도 하지 않고 그저 싱글벙글 웃을 뿐이니 은경은 공연히 무안한 생각이 들었다.

'풍족하게 마음대로 사는 분이니까…… 그러니까 어려운 것을 모르는 거야. 내가 공연히 말을 했지.'

"어! 비가 쏟아지는군. 웬일이야, 겨울이 다 되려고 하는데?"

남식은 라디오를 끄고 창밖을 내다본다. 이치윤이 들어왔다.

"비가 오는 모양이지?"

이치윤도 남식 옆에 서서 창밖을 바라본다.

"이 비가 오고 나면 아주 날씨가 바싹 조여들걸? 눈이 와야 할 계절인데 무슨 비람."

그렇게 중얼거리며 남식은 도로 소파에 와 앉았다.

얼마 후 식모가 양주 한 병에다 콩 한 접시, 그리고 코카콜라를 가지고 들어왔다.

우두커니 앉아 있던 은경이 당황하며 일어선다.

"제가 거들어드릴걸……."

하며 식모한테서 술병과 접시를 받아 테이블 위에 놓는다.

이치윤이 술병을 들어 컵에다 술을 붓고 은경에게는 코카콜라를 부어준다.

남식이 잔을 쳐들며,

"송은경 양의 아름다움을 위하여."

하고 껄껄 웃었다.

이치윤은 잠자코 마신다. 비는 마구 들창을 두들긴다.

"비 오는 밤에 이렇게 오붓한 기분으로 술 마시는 것 나쁘지 않아."

"자네도 이제 철이 드는 모양이지?"

이치윤이 핀잔을 준다.

"이 사람아, 올 크리스마스가 지나면 아홉이 아닌가."

"벌써 그렇게 됐나?"

"자네 역시 그럴 테지."

이치윤은 대답 없이 술잔을 들이켰다.

은성은 코카콜라를 조금씩 마시며 앉아 있었다.

"그런데 나 자네하구 얘기 좀 해야겠어."

이치윤이 얼굴을 들고 남식을 쳐다본다.

"나도 이제 일을 좀 시작해야 하지 않겠어?"

"늦은 감이 있지만 찬성이다."

"아버진 회사에 자리를 하나 내어줄지도 몰라. 그러나 그건 아예 취미가 없구 학교 같은 데 가서 얽매이기는 더욱 싫구…… 한 가지 계획이 있는데, 그게 정확하게 들어맞아야 한단 말이야."

"무슨 계획인데?"

"출판업 말이야."

"그건 안 돼."

이치윤은 즉석에서 반대를 한다.

"왜?"

"지금 한국에선 어렵다. 손해를 볼 셈치고 대중에게 봉사하는 각오가 없인 안 된다."

"손해는 각오하는 바이다. 내가 그런 실정을 모르고 덤빈 줄 아나?"

남식의 표정이 퍽 성실한 사람으로 변했다. 껄껄 하고 웃어넘기던 것하고 아주 딴판이다.

"미국이나 일본하고 사정이 다르다. 승산이 없는 장기투자에 이겨낼 사람은 없다. 지금 한국에는 유명무실의 출판사가 많기도 하거니와 넘어지는 것도 부지기수니, 이건 정확한 일도 못 되거니와 일확천금의 모험일 수도 없지."

이치윤은 퍽 냉정한 태도로 현실을 말한다.

"야, 깔보지 마. 날 너무 세정 모르는 놈으로 취급하지 말란 말이야. 더욱이 숙녀 앞에서."

"현실을 있는 대로 말했을 뿐이다."

"나도 현실을 보구 한 말이야. 놀고 다니는 것 같지만 놀고 다닌다는 게 퍽 중요하거든. 보는 눈이 살찐단 말이다."

남식은 은근히 이치윤의 융통성 없는 성질을 힐난한다. 그러나 씩 웃음으로써 굵직한 선을 나타낸다.

"그래, 내 이야기 한번 들어보게."

남식은 이치윤 옆으로 바싹 다가앉는다.

"손해 볼 건 뻔하단 말이야. 일 년 동안 소롯이 돈이 뿌려지는 것도 알구 있지. 그러나 그다음부터 이익은 없어도 손핸 안 간다는 것, 계산했단 이야기야."

"그렇담, 이야기는 달라지지."

이치윤은 대수롭지 않게 넘겨버리려던 남식과의 대화에 자세를 고치고 그를 바라본다.

"우리 집 대장은 말이야, 거 형편없는 돌대가리지. 자네도 알다시피. 그러나 아들놈을 빈들빈들 놀리는 데는 취미가 없단 말이야. 손핸 보더라도 일을 시켜보겠다는…… 마…… 이 말이지. 물론 자기 회사에 있어 주길 바라는지도 몰라. 그러나 약아빠졌으니까 날 경계할지도 모르는 일이거든. 대장은 교육도 별로 없는 순 장사꾼 출신이지만 경험이 많아 일본 놈 같은 데가 있어. 도리어 그의 생각으론 내가 무슨 간부 자리에 앉아 새파란 애숭이가 의자나 빙빙 돌리구 도장이나 찍어주구 또 요정에나 드나드는 것보담 내가 단독으로 일을 해보는 것을 바라는지도 모른단 말이야. 실패를 하구 빈털터리가 되더라도 경험은 남을 거란 계산이지. 하기야 출자의 액수에 따라 좌우되겠지만 많이 줄 리는 만무해. 그러나 돈 천만 환쯤이야 밀져줄 테지. 그 돈으루 일거리를 사는 거야. 알겠나?"

남식은 술잔에다 물을 섞지 않고 코카콜라를 부어 입이 마르는지 죽 들이켠다.

이치윤은 술잔을 든 채 난로를 바라보고 있었다.

“그럼, 왜 하필 밑지는 장사를 하려는 건가?”

“이 사람이 소 귀에 경 읽기군. 아까 말을 하지 않았나. 일 년 만 때려 넣으면 밑지지는 않는다구.”

“그렇다구 해서 일 년 후이면 돈이 쏟아지는 것도 아니지.”

“하하하…….”

남식은 덮어놓고 한참 동안 웃다가,

“말하기는 쑥스럽다만 좋은 일 하자는 거지. 좋은 책 내구 밑 안 지면 그거 번 것 아닌가? 말하자면 부잣집 아들놈의 선심이 라구 그렇게 생각하면 되는 거야.”

“그래, 나한테 협력을 바라나?”

이치윤은 여전히 난로를 바라본 채 묻는다.

“물론이지.”

“생각해 볼 일이다.”

이치윤의 마음은 다분히 움직이는 모양이었다. 남식이 만족 스럽게 이치윤을 보며 웃는다.

“아, 늦었군. 슬슬 가볼까?”

남식은 소파에 걸쳐놓은 바바리코트를 들었다.

“은경 씨, 다음 일요일 인천 가시죠? 취직하시겠다구 했는 데 뭣하면 이치윤 전무님의 비서로 채용해도 좋습니다. 하 하하…….”

“일천만 환짜리 회사의 비서라…… 그까짓 되지 못한 소리 하 지도 말아.”

"이 꽁생원은 언제나 액면대로 말을 받으니 탈이란 말이야. 사람이 허튼 데가 있어야 공것도 더러 얻는 법인데 틀렸어, 틀려."

시덥잖은 농을 주고받으며 남식이 나가려고 했을 때 문밖에서 클랙슨이 울렸다.

"아주머니가 오시나 봐요."

은경이 귀를 기울인다. 그러나 클랙슨 소리는 집 앞을 지나가고 말았다.

"웬일일까요? 아주머니가?"

은경은 걱정스러운 눈으로 이치윤을 올려다본다.

"비가 오니까 아마 멎어지기를 기다리는 모양이죠?"

이치윤은 아무렇지도 않게 대답하였다.

현관문을 열고 나섰다.

"어, 비가 멎은 모양이군."

남식이 얼굴을 쳐들고 하늘을 올려다본다. 빗방울이 한두 방울 술기 어린 얼굴 위에 떨어졌다.

뜰을 지나 철문 앞에까지 와서 남식을 내어보내며,

"자동차가 있겠나?"

이치윤이 길 건너편을 바라보며 말하였다.

"걱정 말어. 로터리까지 가서 버스라도 타고 가지. 밤늦게 손님 없는 버스 전등은 가물거리고 가랑비 나리는 밤. 얼근히 술에 취했겠다, 유감해서 좋지 않으냐! 자넨 들어가게. 그럼 은경 씨, 요다음 또 만납시다.”

남식은 바바리코트의 깃을 세우며 터덜터덜 걸어간다.

이치윤은 손에 들었던 담배를 휙 던진다. 어둠 속에 불꽃이 튀었다.

“들어갑시다.”

은경의 등을 민다. 그들은 마른 가지가 밋밋한 은행나무 사이를 걸었다.

“불쾌하세요?”

은경의 말에 이치윤이 걸음을 멈춘다. 술 냄새와 더불어 이치윤의 체취가 흐느껴지도록 은경의 얼굴 위에 흘러왔다.

“왜요?”

어둠 속에서 나지막한 목소리가 울려왔다.

“우울한 표정이었어요.”

“남식이 너무 명랑하니까 상대적으로 그렇게 보인 거죠.”

“그럼 아무렇지도 않으셨군요.”

“질투를 했소!”

이치윤은 돌연 은경의 손을 꽉 잡았다.

“음!”

은경은 소리를 황급히 입 속에 밀어 넣었다. 손의 뼈가 이지러지는 것만 같았던 것이다.

“뉘한테?”

은경은 흥분하여 묻는다.

남식을 두고 한 말임이 너무나 분명했다. 그러나 무의식중에 그렇게 묻고 있었던 것이다.

"막연히…… 오빠 친구라던 사람일까? 남식일까?"

이치윤은 자신을 비웃듯 나직이 소리 내어 웃었다.

"전 그런 사람, 그런 사람 좋아— 아니, 사랑하지 않아요."

심하게 말을 더듬었다. 선생님만을 생각한다고 말하려 했으나 그 말은 입 안에서 꺼져버리고 마음속에서만이 절실히 지껄여지고 있었던 것이다.

이치윤은 은경의 팔을 우악스럽게 낚아채면서 은경의 어깨를 와락 안았다.

술 냄새가 은경의 얼굴 위에 쏟아진다.

동시에 불덩어리처럼 뜨거운 입술이 은경의 숨을 막았다.

이치윤의 굳어버린 듯한 몸이 심하게 전율한다. 전율을 느꼈다.

"침실로 끌고 가구 싶다!"

이치윤은 신음하듯 이빨 사이로 말을 밀어내더니 은경을 확 떠밀어 버린다.

은경은 휘청거리며 은행나무에 겨우 몸을 기대었다.

이치윤의 눈이 어둠 속에서 은경의 얼굴을 쏘아본다.

"술만 잡수면 이러는군요."

"술만 먹으면 은경이 여자로 보여."

이번에는 은경이 이치윤을 쏘아본다.

"불순한 이 감정을 애정이라 하기 부끄러워."

이치윤은 머리를 쓸어 올린다. 하얀 이빨이 번득였다. 자조의 웃음을 띤 것이다.

은경은 고개를 돌리며,

"밤낮 술만 잡수세요."

"왜?"

"불순한 애정이라도 받고 싶어요."

그간 멎었던 비가 싸아! 하고 쏟아진다.

이치윤은 은경을 다시 포옹했다.

"아니야. 은경이, 나는 여자를 경멸하고 싶었던 거요. 사랑한다는 게 두려워."

비는 더욱 기승스럽게 쏟아졌다. 빗물이 흘러내리는 얼굴, 그 차가운 얼굴을 안고 이치윤은 깊은 한숨을 내쉬었다.

"들어가요."

이치윤은 은경의 손을 꼭 쥐고 달음질친다.

현관에 들어섰을 때 그들의 얼굴에서는 빗방울이 뚝뚝 떨어졌다. 그들은 서로 마주 쳐다보았다.

오랫동안 그렇게 마주 쳐다보았다.

"은경이 그럼, 잘 자요."

이치윤은 은경의 흐트러진 머리를 쓸어넘겨 주었다.

"선생님도……."

이치윤은 돌아섰다. 층계 있는 쪽으로 걸어간다. 층계에다 한 발을 올려놓았을 때 그는 돌아보았다. 은경은 섰던 그 자리에 우두커니 서 있었다.

이치윤은 벽을 한 손으로 짚으며 전신을 부르르 떨었다. 얼굴이 일그러진다. 뒤쫓아와서 은경의 팔을 덥석 잡을 기세다. 그러나 그는 양미간을 깊숙이 모으며 얼굴을 돌리고 층계를 삐걱삐걱 밟으며 올라갔다.

이치윤의 모습이 사라지자 은경은 응접실로 들어갔다. 술잔이랑 술병이 널려진 것도 치울 생각을 하지 않고 우두커니 앉아서 맞은편 흰 벽을 멍하니 쳐다본다.

이치윤의 체취가 강하게 엄습해 온다. 층계를 밟다가 돌아보던 깊숙한 얼굴이 커다랗게 흰 벽에 나타난다.

집 안은 괴괴하다. 식모도 잠든 모양이다. 며칠을 밖에서 지내고 돌아온 상애는 초저녁부터 곯아떨어졌는지 얼씬하지도 않았다.

'웬일일까? 아주머니가 안 돌아오신다.'

은경은 일어서서 널려진 테이블을 치우고 자기 방으로 돌아왔다.

책상 위에 팔을 고이고 앉았다. 역시 눈앞에 보이는 것은 흰 벽이다. 그 벽 위에 이치윤의 깊숙한 얼굴이 나타난다.

'그분도 잠이 안 올 거야. 나처럼 이렇게 책상 앞에 앉았을까? 아니면 담배를 피우고 있을까?'

은경은 자기 자신도 모르는 사이에 은은한 미소가 얼굴 위에 퍼져나갔다.

열두 시가 지났을 때 은경은 찬희 걱정을 하다가 자리에 들었다. 사지를 쭉 뻗고 무한히 넓어 보이고 찬란해 보이는 내일을 생각하며 잠이 들었다.

아침에 일어나 밖에 나갔을 때 상애가,

"언니 안 들어왔지?"

"웬일일까요?"

은경이 근심스럽게 상애를 쳐다보았다.

"늦바람이 났나 봐."

상애는 재미난 듯 깔깔거리고 웃었다.

열 시가 지났을 때다. 응접실의 전화벨이 요란스럽게 울렸다. 은경은 상애가 어질러놓고 나간 방을 치우다가 급히 쫓아가 수화기를 들었다.

"여보세요?"

"은경이냐?"

찬희였다.

"어마! 아주머니세요?"

"응."

"걱정했어요."

"비가 오길래 친구 집에서 잤다. 별일 없었니?"

"네. 별일은 없었어요."

"아저씨, 들어오셨니?"

232

"아뇨."

"이 비서랑 모두 나갔니?"

"네."

"길수 엄만?"

"어젯밤에 들어오셨다가 아침에 또 나가셨어요."

"나 그럼 곧 가겠다. 걱정을 시켜 안됐구나."

찬희는 전화를 끊었다. 은경은 적이 안심을 했다. 그리고 찬희가 돌아오기까지 집 안을 말끔히 치워두려고 서둘렀다. 대강 집 안 소제가 끝나자 은경은 목욕탕에 불을 지펴놓고 깨끗이 빤 수건과 비누를 준비하여, 찬희가 돌아오면 당장 불편하지 않게 모든 것을 세밀히 갖추어 놓았다. 그는 일단 일이 끝났으므로 길수를 데리고 뜰에 나와서 한터와 베시에게 솔질을 하고 있었다.

"길수야? 한터 무섭지?"

은경은 한터의 꼬리를 털어주며 길수를 보며 웃는다.

"안 무서워……."

"그래? 참 장하구나? 한터가 어떻게 짖지?"

"왕! 왕! 하고 짖어."

"어마나! 참 흉내도 잘 낸다? 그럼 참새는?"

"쨱! 쨱! 하구 울어."

"야 참, 길수는 잘도 아네. 요즘은 쉬—도 잘하고, 아이 착해라."

은경은 길수의 머리를 쓰다듬어준다. 한터와 베시가 벌떡 일어선다. 귀가 쫑긋해지더니 꼬리를 흔든다.

"아주머니 오셨나 봐."

은경은 문 있는 쪽으로 쫓아갔다. 찬희가 우두커니 서 있었다. 은경이 문을 열어주었다. 찬희는 피곤한 낯빛으로 아무 말 없이 들어왔다.

"걱정했어요."

은경은 전화에서 한 말을 되풀이하였다. 찬희는 좋아서 덤벼드는 개들을 밀어내며,

"자동차에 치여 죽었을까 봐?"

냅다 던지듯 말하였다. 어떻게 들으면 자동차에라도 치여 죽었으면 좋겠다는 뜻도 있는 듯싶다.

"아이, 기분 나쁘게. 왜 그런 말씀을 하세요?"

그러나 찬희는 아무 대답도 없이 현관을 지나 곧장 방 앞에 가더니 몹시 쓸쓸한 인상을 주는 뒷모습을 보이며 방 안으로 들어가 버린다.

'기분이 좋지 않으신가 봐?'

은경은 찬희를 뒤쫓아갈 수 없는 이상한 거리감을 느꼈다. 그래서 부엌으로 와가지고 별로 할 일도 없는데 얼쩡거리다가 목욕물을 데워놓은 생각이 나서 찬희 방으로 쫓아갔다.

"아주머니, 목욕물……"

문을 열고 은경이 말을 하다 당황한다.

찬희는 거의 실신한 사람처럼 앉아 있었던 것이다.

찬희는 고개를 돌렸다. 그리고 은경을 물끄러미 쳐다보았다.

"아아, 목욕물을 데웠니."

찬희는 한참 만에 힘없이 뇌었다.

"네."

"피곤해서 그만둘까 부다…… 나 좀 자야겠어."

"이불 깔아드릴까요?"

"아니, 내가 하겠다."

은경은 방문을 닫아주고 나간다. 은경이 나간 뒤에도 찬희는 우두커니 앉아 있었다.

'자꾸 늪 속으로 빠져들어 가는 것만 같구나.'

찬희는 양손으로 얼굴을 감쌌다. 아무 고통도 일지 않았다. 다만 시야에 넓은, 그리고 깊은 공허가 번져갈 뿐이다. 그는 머리를 쓸어 넘기며 일어서서 자리를 깔았다. 두루마기만 벗어 옷걸이에 걸쳐놓고 또다시 우두커니 앉았다가 이불을 젖히고 자리에 들었다.

이마 위에 한 팔을 얹고 눈을 감았으나 잠은 오지 않았다.

머리맡에서 전화가 요란스레 울린다. 찬희는 드러누운 채 팔을 뻗어 수화기를 들었다.

"누구시죠?"

"아, 찬희 씨!"

윤 변호사였다.

"윤 선생님이세요?"

"네. 그렇습니다."

극히 사무적인 목소리다. 하룻밤을 같이하고 마지막의 선을 넘은 그런 상대자치고는 너무나도 정중한 말씨가 아닐 수 없었다.

"왜 전화는 거셨죠?"

윤 변호사 이상으로 냉랭한 찬희의 목소리다.

"아무 일 없었던가요?"

"아무 일 없었어요. 있어도 상관 있나요?"

"신경질은 그만 내시구……."

"전화 건 용건이나 말씀하세요."

"별 용건 없습니다. 걱정이 돼서 걸어본 겁니다."

"걱정……."

찬희는 서글픈 웃음을 띤다.

"지금 뭘 하세요?"

"이불 깔구 자려는 판이에요."

"그럼 내일쯤 또 전활 걸겠습니다."

윤 변호사는 전화를 끊었다. 찬희도 팔을 뻗어 수화기를 던지듯 놓았다.

"흐—흠……."

참말 어처구니없는 일이었다.

어둠침침한 티룸에서 우울한 나머지 위스키티를 몇 잔 했기로서니 그만한 주기로써 실수를 했다고 볼 수는 없다.

윤 변호사에게 유혹을 당했다고는 더욱 생각할 수 없었다. 그 행위는 어디까지나 합의적인 것이기 때문이다. 그러나 그것은 애정도 별로 없는 단순한 육체적인 욕망이었을 뿐이다.

"흐—흠……."

찬희는 돌아누웠다.

육체의 교섭이 있었음에도 불구하고 그 사나이에 대한 그리움이 없는 것이 이상하였다. 그와 마찬가지로 남편이나 사회도덕에 대한 죄의식이 조금도 없는 것이 이상하였다.

'나도 상애와 꼭 같은 그런 여자였을까?'

찬희는 자신에게 대하여 의심을 갖는 동시에 이상한 웃음이 치밀었다. 웃음은 울음으로 변하였다. 실컷 울었다. 그렇게 울고 나니 다소 마음이 개운하였다.

'아니, 나는 외로웠을 뿐이야. 조금도 즐겁지 않았어.'

은경은 요즘 찬희의 태도가 이상하다고 생각하였으나 그런대로 어느새 일주일이 후딱 지나가고 말았다.

변한 일이 있다면 부산에서 상애의 남편이 올라와 길수를 데리고 간 일이었다. 머저리 같은 남편은 김상국 씨의 위명威名이 두려웠던지 놀라난 상애에게 끽소리도 못 하고 내려가 버렸던 것이다.

일요일 아침은 다시 돌아왔다.

찬희는 전화를 받은 뒤 급히 외출 준비를 하고 나섰다.

"아주머니 나가세요?"

은경이 뒤쫓아갔을 때 찬희는 우울한 얼굴로 은경을 돌아다
보았다.

"늦어지더라도 기다리지 말어."

"네. 오늘 저 이 선생님하고 김남식 씨하고 인천 가기로 했
는데……."

"그래? 그럼 잘 놀다 와."

그렇게 말하고 찬희는 훌쩍 나가버렸다.

열한 시가 지났을 때 남식은 그의 아버지의 자가용을 몰고 나
타났다. 은경은 이 층으로 쫓아 올라가며,

"이 선생님! 김 선생님 오셨어요."

하고 이치윤을 불렀다. 그러나 아무 소리도 없었다.

은경이 서두르며 도어를 밀었을 때 이치윤은 책상 앞에 앉아
책을 읽고 있다가 고개를 들었다.

"김 선생님 오셨어요."

"아, 네."

퍽 거리감을 느끼게 하는, 차분히 가라앉은 목소리다.

"안 가세요?"

"가죠."

이치윤은 부시시 일어서며 머리를 쓸어 넘겼다.

"내려오세요. 네?"

은경은 들뜬 기분으로 그렇게 말하고 이 층에서 급히 내려왔다.

남식은 뜰 안에 차를 몰아 들여놓고 운전대에 앉은 채 담배를 피우며 그들이 나오기를 기다리다가 은경을 보자,

"안녕하셨어요? 미스 송."

먼젓번보다 더 가볍고 밝은 목소리를 질렀다.

"여전해요."

은경도 마음 놓고 생긋 웃는다.

"미스터 리 뭐 합니까?"

"이제 곧 내려오세요."

"날씨가 좋죠?"

"네. 쌀쌀하지만 하늘이 맑아요."

"은경 씨의 눈동자같이 맑군요."

남식은 차창에서 머리를 내어 밀고 하늘을 올려다보며 웃는다.

"괜히 놀리지 마세요."

은경이 사양 비슷하게 말을 한다.

"저쪽 아가씨들 같음 대단히 고맙다구 할 텐데……."

저쪽이란 미국을 뜻한다.

"그야말로 그쪽 사람들은 눈이 푸르니까요. 호호호……."

"하하핫……."

둘은 목소리를 합하고 상쾌하게 웃는다.

"멕시코 양이 오겠다는 걸 따돌려 놓고 왔죠."

"같이 오시지 않고 왜 그래 오셨어요?"

"아름다운 동성으로 하여 패배의 고배를 마시지 않게 오라비 된 도리로서 깊이 사려한 결과였습니다."

"아이, 정말 그러지 마세요."

"왜 이 친구 이렇게 꾸물럭거리나?"

남식이 이 층을 올려다본다. 그러나 기다리는 이치윤은 나오지 않고 상애가 살랑살랑 걸어 나오다가 호화판인 자가용을 보고 눈이 둥그레진다.

푸른빛 바지에 눈빛처럼 흰 털 셔츠를 입은 남식이 한 손으로 핸들을 잡은 채 멋있는 포즈로 담배를 피우며 슬쩍 상애를 쳐다본다.

"미스 송, 웬일이야?"

상애도 남식을 슬금슬금 쳐다보며 은경에게 묻는다.

"저어……."

은경은 입장이 난처하였다. 인천 간다고 하면 보나 마나 자기도 가겠노라 하고 먼저 나설 위인이기 때문이다.

남식은 담배를 던지고 은경에게 그 여자가 대체 누구냐고 묻는 표정을 보낸다. 그러나 상애가 먼저,

"누구야?"

하고 은경을 쿡 찔렀다.

"저어……."

은경이 또다시 머뭇거리니까 남식이 얼굴을 쑥 내어 밀며,

"전 김남식이란 사나입니다."

스스로 소개를 하고 빙긋 웃는다. 어지간히 심장이 센 상애도 이 당돌한 손님 앞엔 눈을 껌벅껌벅한다.

"이분은 이 댁 아주머니의 시누이님……."

은경이 말을 끝내기도 전에,

"저는 김상애라구 해요. 처음 뵙겠습니다."

하고 상글거린다.

"아, 그러세요? 종씨군요."

맘씨만은 퍽이나 상냥스러웠으나 상애의 교태에는 약간 질리는 모양이다.

"이 작자가 뭘 하는 거야?"

남식은 또다시 이 층을 올려다본다.

"참, 이 자동차 멋있네요. 손수 운전을 하시나요?"

상애가 코발트빛 자동차를 만져보면서 남식을 본다.

"네. 바로 제가 이 자동차의 운전수죠."

가볍게 살짝 물리치듯 말하였다.

여자를 많이 사귀어온 남식의 눈에는 상애가 가진 본성을 쉽사리 찾아낼 수 있었던 것이다.

"아! 이 선생님 오세요."

은경이 소리치자 남식과 상애의 눈이 현관 쪽으로 쏠린다.

이치윤은 코트를 입고 하늘을 한 번 올려다보며 성큼성큼 걸

어 나왔다.

"그간 별일 없었나?"

"응."

남식이 대답하고 상애를 슬쩍 쳐다본다.

'이 여자를 어떻게 처분한담.'

이치윤은 비로소 상애의 존재를 깨닫고 눈살을 찌푸린다.

"자, 그럼 미스 송하고 자네는 뒤에 타게."

상애는 당연히 자기도 타야 할 사람이라고 착각했음인지 뻗치고 서 있었다.

"부인께서는 어디까지 가시죠? 같이 모셔다 드리죠."

남식이 정중하게 말을 하자 상애는 썩 기분이 좋은 듯 상글 웃었다.

"전 미도파까지 뭐 좀 사러 갈려고 했는데, 그렇지만 모두들 어딜 가세요?"

"우리도 미도파 앞에까지 갑니다."

천연스럽게 말을 한다.

"자아, 타십시오. 제 옆에 앉으세요."

자기 옆에 앉으라는 말은 듣던 중 반가운 소리란 듯 상애는 성큼 올라타며 납죽하게 남식 옆에 앉아 남식의 얼굴을 올려다본다.

남식은 곁눈질을 하며 자동차를 뒤로 물리더니 서서히 뜰을 지나 거리로 나왔다. 남식은 휘파람을 불면서 연신 상애를 곁눈

질해 본다.

상애도 역시 곁눈질하며 남식을 보다가 둘의 눈이 부딪친다.

"하하하……."

"호호호……."

둘은 까닭 없이 웃었다. 뒤에 앉아 있던 은경과 이치윤이 어리둥절하며 서로 마주 보다가 그들 역시 이유 없는 미소를 짓는다. 자동차는 안국동 거리를 신나게 달린다.

"참, 운전을 잘하셔. 어쩌면!"

"그래요? 이 기술 땜에 밥은 굶지 않는답니다."

남식은 능청을 부린다.

"아이, 거짓말 마세요. 자가용이죠? 영화배우처럼 이렇게 멋쟁이 운전수가 한국에 있을 턱이 있나요?"

"정말입니까?"

"왜 거짓말을 해요. 말론 브란도 같기도 하구 폴 뉴먼 같기도 해요."

"하하하. 이거 무상의 영광입니다. 아름다운 숙녀께 신분에 넘치는 찬사를 들으니……."

"호호호……."

상애는 제멋에 겨워 웃어젖힌다.

"프러포즈는 백발백중이겠는걸?"

남식이 중얼거리는 백미러 속의 이치윤이 쓴웃음을 머금고 있었다.

"지금, 선생님은 어디 계시죠?"

상애는 기름 냄새가 푹 풍겨오는 머리칼이 남식의 얼굴에 닿을 정도로 얼굴을 바싹 들이대었다.

"하늘 아래 있지 않습니까? 보시다시피."

"아이참. 직장이 어디냐 말예요."

"서비스 공장에 가면 알아요."

"절 놀리시나요?"

"무슨 말씀. 그럴 리가 있겠습니까?"

그런 실없는 농을 주고받는 동안 어느새 자동차는 미도파 앞에서 머물렀다.

"자, 부인. 여기가 미도파 앞입니다."

남식은 정중히 말하고 자동차의 도어를 열었다.

상애는 다 같이 내리는 줄만 알고 먼저 내렸으나 남식은 도어를 닫기가 바쁘게 핸들을 돌렸다.

상애는 닭 쫓던 개처럼 멍하니 멀어져 가는 자동차를 바라본다.

"머리의 심지가 좀 돌았지 않았어? 저 여자 말야."

"골칫덩어리디."

이치윤이 내뱉듯 말하였다.

"김상국 씨는 선빈데 누이동생은 왜 그 모양인고."

"같은 피를 받았다구 반드시 같으란 법이 있나?"

"그야 그렇지만 저 정도면 일종의 백치 아닐까? 게다가 섹스를 풍긴단 말야."

"취미가 나쁘세요."

여태 가만히 듣고만 있던 은경이 풀쑥 말을 했다.

"왜요?"

남식이 돌아본다.

"여성의 욕을 하는 것 좋지 않아요. 뒷구멍에서…… 아주 친절히 해드리구서 돌아서서 욕을 하세요?"

"야, 이거 호되게 맞는군요. 그렇지만 뒷구멍에서도 결코 은경 씨 욕은 안 합니다."

"누가 알아요?"

"다른 여자들은 여자들 욕을 하면 쾌감을 느끼는 모양인데 은경 씨는 그렇지 않으신가요?"

"그만두세요."

은경은 이치윤의 얼굴을 보았다. 이치윤은 팔짱을 끼고 묵묵히 앉아 있었다.

은경은 남식의 언동이 언제나 노골적이며 거칠었으나 액면 그대로 악의적인 것으로 받아들여지지는 않았다. 동시에 자기 자신의 기분도 가볍고 자유스럽게 되고 또 말도 거침없이 나왔다.

그러나 이치윤에게는 어려운 마음이 항상 가셔지지 않았다. 조심스러웠고 가슴이 아프도록 그리워하는 마음은 그를 언제나 주척거리게 하였다.

경인가로의 미끈한 아스팔트를 자동차는 쾌속으로 달리고 있었다.

그렇게 청명하던 날씨가 갑자기 흐려진다. 너무나 그것이 급속한 것이어서 이상한 느낌을 준다.

"왜 이렇게 변덕이야?"

남식은 핸들을 잡은 채 중얼거렸다.

오류동을 지날 무렵,

"어! 눈이 오는군."

남식이 소리쳤다.

유리창에 한두 송이 눈이 날아들었다.

"야아! 멋있는데? 첫눈을 보며 달리는 맛이 그만이겠다."

"첫눈이군."

이치윤도 나직이 뇌었다.

"첫눈이 내릴 때는 어딜 가는지 아나?"

"가기는 어딜 가?"

남식은 뒤를 돌아보며 한 번씩 웃더니,

"첫눈이 내릴 때는 애인을 찾아가는 거야."

"거참 낭만적이군그래."

이치윤은 은경을 외면하며 담배를 꺼내어 붙여 문다.

은경은 얼굴을 붉힌다.

그는 눈을 바라보며 공상을 하고 있었던 것이다.

하얀 눈을 밟으며 이치윤과 같이 어디를 한없이 걷고 있는 공상이었다.

두 사람의 발자국이 연방 내리는 눈에 지워질 것이고 이치윤은 자기가 두른 빨간 머플러 위에 쌓인 눈을 털어줄 것이다.

"참 멋대로 만들어 붙인 말이지. 연애라는 건 최면술이다. 눈도 낭만이구 달도 낭만이구, 구질구질 내리는 장마도 낭만이거든? 그게 한국식 연애의 서정이야. 하긴, 요즘은 그렇지도 않더군. 연애라는 건 다이내믹한 거라야지."

남식은 핸들을 잡은 손에 힘을 주어 커브를 돌았다.

은경은 자기의 공상을 남식이 들여다본 것만 같아 다시 얼굴이 붉어졌다. 얼마 후 그들은 인천에 들어갔다.

자동차의 스피드를 낮추면서 시내에 들어간 남식은 어느 요릿집 뜰로 자동차를 들이밀었다.

"점심이나 해야지. 이 집 음식이 좋아."

하더니 먼저 자동차에서 내렸다.

"잽싸기도 하군. 돌아온 지가 언젠데 벌써 이런 곳을 다 아나?"

이치윤은 내리는 은경의 손을 잡아주며 말하였다.

"일요일마다 변두리 탐방이지. 그동안에 한 나의 업적이란 것을 알아두어야 해."

"대단한 업적이다."

"그럼? 고물상을 뒤지다 보면 뜻밖에 쓸모 있는 물건이 나오는 일이 있지. 그와 마찬가지로 이렇게 돌아다니다 보면 한국에도 쓸모 있는 구석이 있거든."

"그 쓸모 있는 구석이 바로 이 요릿집이란 말이지?"

"그럴 수도 있지. 요리 맛이 좋으면 쓸모 있는 집이 아닌가?"

남식은 어리벙벙해서 서 있는 은경의 팔을 잡아끌고 안으로 들어갔다.

요릿집 마담이 알은체하며 쫓아 나왔다.

"어마! 또 오셨군요."

"날 어떻게 기억해요?"

"기억하지 않구요."

"저 자가용 때문에?"

남식은 뜰에 있는 자동차를 돌아다보며 슬쩍 웃는다.

"아니에요. 먼젓번에 같이 오신 분이 하도 미인이라서요."

"여보 마담, 당신 에티켓을 모르는구려. 남의 밀회를 그렇게 함부로 폭로해서야, 하하핫……."

이치윤과 은경도 따라 웃었다.

조용한 방으로 찾아 들어간 남식은 음식을 주문하고 비스듬히 몸을 누이면서,

"이봐 치윤이, 요즘 김상국 씨의 위치가 묘하다며?"

"……."

"일찌감치 보따리 싸는 게 어때?"

"너로선 꽤 유치한 말을 하는군그래."

"왜?"

"난 월급 받아먹구 일해 주는 비서 아니냐 말이다. 내 주장과 주관이 정치에 반영된단 말인가?"

"하긴 그렇지. 그러나 자네 같은 사람이라면 지금 말한 그대로의 심정은 아닐걸?"

이치윤은 오랫동안 말이 없다가,

"김 의원이 이런 말을 했었지. 어디 학교에라도 취직하지 않겠느냐구. 그렇게 하겠다면 알선해 주겠다는 거야."

"흥?"

이치윤은 상머리를 내려다보던 눈을 들고,

"어차피 마찬가지 아냐? 훈장이건 비서건 말이야. 사회기구가 변혁되지 않는 이상은."

"그러나 훈장보다 비서, 특히 여당 정치가의 비서는 때가 온다면 맞는 바람이 세거든."

"때가 오리라 생각하는가?"

"반드시……."

"그럼 자네 말은 때를 위하여 도피하란 말이지?"

"그렇지. 난 자네의 결벽보담은 실질을 찾는 편이니까."

"때가 오면 자네 아버님은?"

"그야 맞아야지. 애비는 애비, 자식은 자식 아니냐?"

"많이 변했군."

"부자 나라에 가서 그 속을 들여다보았기 때문에. 외형의 영향이란 별것 아니야. 내 생활 태도는 여전히 아메리카나이스지만 말이야."

그러자 음식이 들어왔다.

이치윤과 남식은 먼저 술을 마셨다. 마시면서 여러 가지 현실적 문제로부터 구체적인 출판업에 대한 계획과 의견을 교환하고 있었다.

은경은 싱싱한 굴이 맛있어 그것만 집어 먹으며 그들의 이야기에 귀를 기울인다.

남식은 은경의 젓가락이 굴 접시에 가자 그 굴 접시를 은경 앞으로 옮겨놓으며,

"바닷가에서 사셨기에 굴에 향수를 느끼는 모양인데?"

은경은 보기보다 남식이 퍽 세밀하고 델리키트한 사람이라 생각하였다. 아닌 게 아니라 은경은 굴을 먹으면서 고향 생각을 하고 있었다.

밥이 들어왔다. 생선찜도 들어왔다. 남식은 술잔을 밀어내고 숟가락을 들었다. 이치윤은 비교적 소식인 편이었으나, 남식은 퍽 식성이 좋은 모양으로 밥그릇이 이내 비었다.

요릿집에서 점심을 먹고 난 뒤 그들은 인천 시내를 돌아 부둣가로 니웠다.

감질나게 눈이 조금씩 팔랑거리다가 날씨는 이내 개고 말았다.

"바다가 더러워요. 물빛이 푸르지 않네요?"

은경은 고향의 푸른 바다를 생각하였다.

"바다는 동해안이 아름답죠."

남식의 말에 은경은,

"아니에요. 바다는 남쪽이 더 아름다워요."

"은경 씬 동해안에 가보셨소?"

은경은 픽 웃어버린다. 가본 일이 없었던 것이다.

"인천에는 화교들이 판을 친다지?"

이치윤은 화물선과 어선들이 정박한 부두를 멍하니 바라보고 있다가,

"그렇다나 봐."

"왜 그리 맥 빠진 소리 하구 있어."

"자신이 없다. 목표도 없구 저 너절한 항구와 불그죽죽한 바다를 보고 있으니 말이야."

"잔말 말구 서울 가면 우리 일이나 시작하도록 해."

"세계가 지닌 착잡한 기구나 혹은 운명적인 것 생각하다간 아무것도 못 하구 만다. 자아, 이제 서울로 한눈도 팔지 말고 달리자."

남식은 저만큼 세워놓은 자동차에 먼저 가서 올라탔다. 서울로 돌아온 남식은 은경과 이치윤을 집에까지 데려다주고 요다음 일요일에 또 오겠다는 말을 남긴 채 가버렸다. 그날 밤도 웬일인지 찬희는 돌아오지 않았다.

은경은 이치윤과 늦게까지 이야기를 하며 찬희를 기다렸으나 끝내 오지 않았고 전화 연락도 없었다.

"아주머닌 참 안됐어요."

"왜요?"

"살아가는 목표가 없지 않아요? 이렇게 호화로운 생활이면 뭘 해요?"

"체념을 해야지. 사람이 이 세상에 나서 죽는 날까지 행복할 순 없잖아요."

"그렇지만 나이 들어서 외로워진다는 건 비참해요."

"누구나 나이 들면 다 비참해집니다."

"우리들도?"

"그럼."

"그렇다면 산다는 게 너무 허무하지 않아요?"

"허무하다는 것을 느낄 동안엔 그래도 아직 여유가 있는 거죠."

"그럼 전 여유가 없는 걸까요? 전 조금도 허무하지 않아요. 모든 것이 신기스럽고, 그리고 행복해요."

"살아가는 동안 몇 번쯤이야 그런 시기도 있겠죠."

"그럼 지금 선생님은?"

"허무히디기보다 기력이 없어졌어요."

"왜 그런 말씀을 하세요?"

"사실대로 할 수밖에 없지 않습니까?"

"저의 힘은 아무것도 아니군요? 선생님한테 있어서……."

"……."

은경은 라디오의 다이얼을 돌렸다.

"저, 춤 가르쳐주세요."

은경은 아주 대담하게 일어섰다.

그러나 이치윤은 픽 웃으며,

"아무 음악이나 되는 줄 아세요? 스텝도 밟을 줄 모르면서?"

이치윤은 라디오를 꺼버리고 은경의 어깨 위에 손을 얹으며,

"자, 이제 돌아가 잡시다. 세상 모르는 아가씨."

하고 은경을 내려다본다.

6. 배신

크리스마스도 지나가고 성초의 들뜬 기분도 가셔지니 찬회의 넓은 집 안은 한층 쓸쓸하여졌다.

밤중에 이치윤 침실로 올라갔던 상애가 심한 무안을 당하고 내려오더니 그래도 얼마간의 부끄러움이 남아 있었던지 며칠 동안 집에 들어오지 않았다.

찬희는 찬희대로 마음에 이는 바람 때문인지 사람이 변한 듯 집안 살림에는 무관심하고 오늘도 일요일인데 아침부터 외출이다.

은경과 이치윤은 식모가 구워다 준 인절미를 먹으며 따뜻한 온돌방에 앉아 이야기를 하고 있었다.

며칠 후에는 이치윤이 다른 하숙으로 옮겨가게 되어 있다. 남식과 같이 일을 하기로 작정한 그는 김상국 씨에게 그 뜻을 말

하였던 것이다. 김상국 씨는,

"섭섭하지만 밤낮 내 일만 보아달랄 수도 없구……."

말끝이 흐렸으나 결국 승낙한 셈이다. 은경은 조만간 그렇게
되리라는 것을 알고 있었지만 막상 그렇게 결심이 되고 숙소도
옮기게 된다니 여간 허전하지가 않았다. 은경도 남식이 일을 시
작하면 나와보라는 언질이 있기는 했으나 조석으로 대하던 이
치윤이 거처를 옮겨간다는 것이 섭섭하기 그지없다. 왜 그런지
멀어질 것만 같았다.

"일자리를 옮겼다구 거처까지 옮길 필요는 없잖아요? 우리끼
리 있기엔 집이 넓어서 쓸쓸한데 그냥 계세요."

찬희도 그렇게 만류하였으나 그 말을 들을 이치윤도 아니다.

찬희는 처음 그 말을 들었을 때 매우 서운해하는 표정이었으
나 군이 말리지는 않았다. 이치윤이 거처를 옮긴다는 문제가 찬
희에게 그다지 절실한 일이 아니었기 때문이다.

찬희는 일종의 자기분열에 빠져 있었다. 그곳에서 빠져나오
지 못하고 방황하는 자신을 거의 내버려두고 있는 상태였으니
주변에 일어난 변동 같은 것이 그에게 중요한 일은 못 되었던
것이다.

"사무실이 넓어요?"

은경은 묻는다.

"김 군 아버님 회사의 방 한 칸인걸요."

"잡지를 하게 된다죠?"

"월간잡지를 내면서 단행본도 낼 계획입니다."

"그럼 전 기자가 되나요?"

"기자가 되고 싶습니까?"

"되고 싶다기보다 전 무슨 일이라도 해보아야겠어요."

"고될 거요. 발바닥이 부르트고 신발이 지탱키 어려울 거요."

"왜요?"

"원고 받으러 돌아다닐려면……."

"기자는 기사 쓰는 것 아니에요?"

"자신 있어요? 기사 쓰는 것?"

"자신 없어요."

"그럼 할 수 없죠. 원고나 받으리 다녀야지."

"그것도 괜찮아요. 얼마나 일자리 얻기가 어려운데요? 고마운 일 아니에요?"

"오빠 병세는 좀 어떠세요?"

"어려운가 봐요."

은경의 얼굴이 갑자기 어두워진다.

그간 적은 돈이나마 보내주고 취직이 될 테니 치료비 걱정은 말라는 편지도 띄웠건만 들려오는 소식은 비관적인 것이었다.

식모가 방문을 열었다. 걱정스러운 눈으로 은경을 쳐다보며 종이쪽지를 하나 건네주었다. 은경의 얼굴빛이 확 변한다.

자기에게 온 전보였던 것이다.

은경의 손에서 전보용지가 떨어졌다. 눈앞이 캄캄했다. 이치윤이 은경의 어깨를 잡았다. 은경은 이치윤의 가슴 위에 얼굴을 묻었다. 흐느껴 운다.

"울면 되나? 빨리 내려가야죠."

"가엾은 오빠! 아아, 어떡하면 좋아요? 선생님!"

"운명에 맡길 수밖에……."

은경은 그냥 푹푹 울기만 한다.

"자, 울고만 있음 어떡해? 견뎌야지."

"돈, 돈이 없어 약도, 약도 못 먹구, 아아, 오빠!"

"그러지 말구 빨리 내려갈 준비나 해요."

이치윤은 은경을 밀어내고 응접실로 나와 수화기를 들었다. 찬희에게 기별을 해서 은경을 내려보내야겠다 생각한 것이다.

"여보세요? 윤 변호사 사무실인가요?"

"네, 그렇습니다."

"윤 선생님 계십니까?"

"일요일이라ㅣ나오시지 않았습니다."

"거처 연락이 있겠죠."

"무슨 일이신데요?"

"좀 상의할 일이 있어서……."

"오늘은 멀리 가신 모양인데요."

"그래요?"

이치윤은 전화를 끊었다.

이치윤은 푹 한숨을 내쉰다. 찬희와 같이 그 멀다는 곳으로 간 것을 짐작한다.

'정말 골치 아프게 일들이 되어간다.'

이치윤이 돌아왔을 때 은경은 울며불며 짐을 챙기고 있었다.

이치윤은 그 모습을 한참 동안 바라보다가 이 층으로 올라왔다. 벗어놓은 양복 주머니를 모조리 털었다. 모두 합치니 이만 환가량 된다. 그는 책상 서랍에서 봉투를 꺼내어 돈을 넣어가지고 아래층으로 내려왔다.

은경은 간단히 짐을 꾸려놓고 멍하니 앉아 있었다.

이치윤은 시계를 들여다본다.

"저녁차로 가야지. 그동안에 아주머니 돌아올지도……."

"만일 안 오시면?"

"그럼, 그냥 내려가야지. 내가 말하겠어요."

"차비도……."

은경은 풀이 죽어서 말했다. 그만한 돈이 없는 자기 자신이 부끄러웠다. 항상 얼마간의 비상금을 지니고 다니는 은경이었으나 이번만은 모조리 털어서 민경에게 보내버렸으니 사정이 딱했다.

"왜 그런 걱정을 해요? 이 으리으리한 저택의 지붕 밑에서."

이치윤은 빙긋이 웃는다. 은경의 마음을 가볍게 하기 위하여

한 말인 모양이다.

차 시간이 거의 다 될 무렵에도 찬희는 돌아오지 않았다.

"자, 이제 갑시다."

이치윤은 옷가지를 챙겨 넣은 은경의 트렁크를 들었다.

서울역으로 나갔을 때는 사방이 벌써 어둑어둑했다.

이치윤은 은경을 대합실 의자에 앉으라 하고 자기는 매표구로 쫓아갔다.

희미한 불빛이 대합실에 웅성거리고 있는 사람들의 두꺼운 외투에 비춰진다.

은경은 이치윤의 뒷모습을 바라보다가 눈을 돌렸다.

날씬한 여자가 쑥 들어선다. 모든 시선을 의식하듯 그는 고개를 오만하게 쳐들고 걸어온다.

은경의 동공이 크게 벌어진다.

경란이었다.

어디로 여행을 떠나는 모양이다.

"뭘 멍청히 그러고 있어요?"

바로 옆에서 이치윤의 목소리가 울려왔다.

"아, 저……."

은경은 경란으로부터 황급히 눈을 돌렸다.

이치윤은 경란이 대합실로 들어온 것을 아직 모르는 모양이다.

"개찰할려면 아직 오 분."

하며 시계를 들여다본다.

"춥지 않아요?"

이치윤은 은경의 얼굴을 내려다보며 묻는다.

"춥지 않아요."

은경의 가슴은 두근거렸다. 그는 자기도 모르게 경란이 있는 곳으로 눈을 보내었다.

경란은 학생처럼 보이는 청년 한 사람과 이야기를 하고 서 있었다.

그 청년은 경란과 비슷한 얼굴이었다.

경란은 청년과 이야기를 하다가 얼굴을 돌렸다. 이치윤의 옆얼굴로 시선이 모여진다. 순간 그의 입가에 이상한 웃음이 떠돈다.

"내려가면 언제쯤 오시겠어요?"

"그, 글쎄, 가봐야죠."

은경은 당황하며 경란으로부터 시선을 돌렸다.

"빨리 오세요. 왜 그런지 은경 씨 오빠는 괜찮아질 것 같습니다."

"그럴까요. 그랬음 얼마나……."

"나도 하숙으로 옮기고 일도 곧 시작할 모양이니……."

은경의 눈은 무엇에 끌리는 듯 다시 경란에게로 갔다. 경란의 눈과 마주친다. 별안간 가슴이 뛰고 얼굴이 확 달아올랐다.

은경의 태도를 수상쩍게 생각한 이치윤이 고개를 슬그머니 돌린다. 순간 그의 눈 밑의 근육이 잘게 경련을 일으켰다. 경란은 턱을 쳐들듯 하며 이치윤에게 눈인사를 보냈다. 이치윤의 눈이 깊숙하게 탄다.

경란은 무슨 생각을 했는지 옆에 있는 청년에게 몇 마디 말을 하는 모양이다. 청년은 홱 돌아선다.

"아, 매부 아니세요?"

큰 소리로 말을 하더니 이쪽을 향하여 성큼성큼 걸어온다.

"웬일이야?"

이치윤은 착 가라앉은 목소리로 말을 했다.

"누나가 시골 간다고 그래 나왔어요. 왜 그동안 집에 안 오셨어요?"

힐끗 눈치를 살핀다. 이치윤은 쓰게 웃는다.

"매부도 어디 가세요?"

"아니."

"그럼……."

청년은 의자에 앉아 있는 은경에게 곁눈질을 한다. 이치윤은 아무런 대답도 하지 않았다. 청년은 돌아보며,

"누나, 이리 와요. 여기 앉아서 기다리세요."

어색한 공기를 무마시키려는 듯 청년은 신경을 쓴다.

"괜찮다. 곧 개찰하겠지."

경란은 천연스럽게 말하더니 그 입가에는 다시 이상한 웃음이 번져나갔다. 희미한 대합실의 전등불이 밝아질 것만 같은 풍

요한 모습이었다. 이치윤은 외투 호주머니 속에서 담배를 꺼내어 붙인다.

"요즘 학교에 나가나?"

이치윤은 손윗사람답게 점잖이 묻는다.

"그럼요. 오는 삼월에는 미국으로 가게 됐어요."

"잘됐군. 집안은 모두 별고 없나?"

늦은 인사를 치른다.

"그저 그렇죠."

청년은 무의미하게 씩 웃는다.

그러자 마침 개찰이 시작되는 모양이다.

은경이 트렁크를 들고 팔딱 일어선다. 이지윤이 은경으로부터 거칠게 그 트렁크를 받아 들었다.

"그럼, 나 먼저 가겠어."

이치윤은 총총히 걸어가는 은경의 뒤를 쫓아간다.

역원에게 패스를 보이고 폼으로 들어갔다. 층계를 밟고 내려가면서,

"은경 씬 알구 있었던가요?"

"알고 있었어요. 부인, 부인이죠?"

은경은 침착을 잃어서는 안 된다고 생각하면서도 목소리가 떨려 나왔다.

"불쾌하세요?"

"불쾌하지는 않아요. 그렇지만 고독해지는 것만 같아요."

"……."

"지금도 선생님은 그분을 좋아하시죠?"

"……."

은경은 층계를 급히 밟고 내려간다. 그러더니 다람쥐처럼 민첩하게 기차간에 오르더니 어느새 좌석을 찾아 냉큼 앉아버린다.

그는 외투 호주머니 속에 양손을 푹 찌르고 창밖을 내려본다.

뒤이어 들어온 이치윤은 짐칸 위에 트렁크를 얹어주고 잠시 그러한 은경의 모습을 내려다본다.

"언제쯤 오시겠어요?"

밖에서 빨리 오라고 말을 했음에도 불구하고 또다시 되풀이하여 묻는다.

"참, 부산의 주소 좀 알려주실까요? 혹 연락할 일이라도 생기면……."

이치윤은 수첩과 만년필을 꺼낸다.

은경은 고개를 돌렸다. 수첩을 펴고 만년필을 잡고 서 있는 이치윤의 눈과 마주친 채 오랜 시간이 흘렀다.

은경은 낮은 목소리로 부산의 주소를 일러주었다.

이치윤이 수첩을 넣고 만년필을 속주머니에 꽂았을 때 경란과 그의 동생이 들어왔다.

경란은 왼편 줄의 좌석을 찾는다. 앉고 보니 거리는 있었으나 마주 보는 위치가 되고 말았다.

이치윤의 눈 밑에는 아까처럼 가늘한 경련이 일었다.

"그럼 다녀오세요. 아주머니께 말씀드리죠. 그리고 어려운 일 있으면 전보라도 치세요. 오늘은 일요일이라 융통이 잘 안 되구……."

돈을 말하는 모양이다.

그는 차표를 사고 남은 돈이 든 봉투를 은경의 무릎 위에 올려놓고 경란의 동생에게 가벼운 고갯짓을 하더니 내려가 버린다.

폼에 내린 그는 은경이 앉은 창가를 잠시 쳐다보다가 그냥 가버린다. 얼마 후 발차 벨이 울렸다. 경란의 동생이 급히 뛰어 내려간다. 그는 폼에 서서 경란에게 손을 흔들었다. 경란도 미소를 지으며 손을 흔들어 보인다. 짤쑥하게 가죽 장갑이 물려든 손이 참으로 아름답다.

기차는 서서히 움직인다. 철도 연변의 불빛이 지나가고 다가온다. 은경은 한숨을 푹 내어 쉬었다. 왜 이렇게 가슴이 아픈지 모르겠다고 생각한다.

기차는 영등포역에서 잠시 머물렀다가 다시 달리기 시작하였다. 속력을 냄에 따라 열차 안이 차츰 더워온다. 스팀이 제대로 들어오는 모양이다. 경란은 일어서서 외투를 벗어 걸었다. 짙푸른 투피스가 흰 목덜미에 선명한 선을 그어주고 은빛 네클리스가 아찔아찔 보인다. 경란은 편하게 시트에 몸을 기대며 천천히 영문 잡지를 펼쳐 들었다.

그러한 동작을 거치는 동안 경란은 단 한 번도 은경에게 시선을 보내는 일이 없었다. 놓일 장소에 물건이 하나 놓여 있다는 정도의 관심도 없는 모양이었다. 은경은 하염없이 창밖을 바라보고 있다. 창밖은 어둠에 가려져 아무것도 보이지 않았다. 아무것도 보이지 않는 창유리에 허황한 은경의 마음이 부딪칠 뿐이다.

은경은 고개를 돌리고 손수건을 꺼내어 얼굴을 가린 채 눈을 감았다.

주변에서 간혹 실없는 잡담이 귀에 흘러들어 온다. 규칙적인 기차의 진동은 허황한 마음을 흔들어준다.

그러는 동안 어느새 은경은 잠이 들고 말았다. 눈을 떴을 때 기차는 기적을 울리며 터널을 통과하고 있었다.

은경은 눈을 들어 경란이 있는 쪽을 바라본다. 순간 그의 눈에 야릇한 빛이 돌았다. 경란이 은경을 지그시 쳐다보고 있었던 것이다. 그 여자는 은경의 눈과 마주쳤어도 오히려 떳떳하고 냉혹하게 바라보는 것이었다.

은경은 얼굴을 가렸던 손수건이 발아래에 떨어진 것을 알고 허리를 꾸부려 그것을 주워 든다.

잠자는 자기의 얼굴을 보고 있었다고 생각하니 상당히 기분이 나쁘다. 뭉글뭉글 적개심이 솟아오르기도 한다.

경란은 대구에서 내렸다. 그가 플랫폼을 지나갈 때 은경은 그의 후리후리한 뒷모습을 바라보며 이치윤의 뇌리에서 저 여자의 모습을 아주 완전히 지워버리고 말리라는 충동을 느꼈다. 그 충동 뒤에 오는 것은 말할 수 없는 고독감이었다.

'이번에 서울 가면……'

은경은 수단과 방법을 가리지 않고 이치윤을 사로잡고 말리라 생각하는 것이었다.

'얌전하게 기다리고 있다는 것은 어리석은 짓이야. 이 선생님은 적어도 절반은 나를 사랑하구 계셔. 나머지 절반을 나는 어떤 일이 있어도 찾아버려야지.'

이치윤의 일로 가득 차 있었던 은경은 부산에 기차가 도착하였을 때 비로소 민경의 일이 생각났고 그의 병세에 대한 걱정이 되살아왔다. 역 밖으로 나왔을 때,

"은경이."

하고 누가 트렁크를 받아 든다.

"어마! 웬일이세요?"

박지태는 회색 외투를 입고 턱을 덜덜 떨었다.

"한참 기다렸지. 굉장히 추운데?"

"어떻게 알구 나오셨어요?"

"내가 전보를 쳤거든."

"오빠. 오빠는?"

"그저 그렇지."

"어려워요?"

"민경이가 보고 싶어 하길래 전볼 쳤지."

은경은 일단 안심이 되었으나 박지태를 만난 것이 어쩐지 꺼림칙하다.

박지태는 허연 입김을 내어 뿜으며 앞서 나가더니 택시 하나를 잡고 은경을 돌아보았다.

"타지."

은경은 가볍게 올라탄다.

"대신동으로 가요."

자동차가 대청동을 지났을 때,

"그동안 별일 없었나?"

하고 박지태가 넌지시 묻는다.

"편안하게 있었죠. 오빠 걱정 이외는요."

"무척 다행이다."

박지태는 비꼬듯 말하였다. 은경은 슬쩍 창밖으로 고개를 돌린다.

"학교 가게 되나?"

"안 가겠어요. 취직하려구요."

"그저 시켜주는 공부하지그래."

역시 올곧잖은 말투다.

"왜 그리 자주 빈정거리세요?"

박지태는 바싹 얼굴을 쳐들었다. 그리고 쓸쓸하게 웃으며,

"빈정거릴 까닭이 있어? 나야 일개 행인인데……."

"생각하게 되는 말씀 마시는 게 좋아요. 서로 피로할 뿐 아니

에요?"

박지태는 은경의 말에 불쾌한 빛을 감추지 못하며,

"말씨가 퍽 세련되었군. 과연 서울의 풍토는 기묘해."

이번에는 은경이 얼굴을 붉히며 노여움을 표시한다.

"서울은 뭐 지옥이나 천당인 줄 아세요? 모두 다 같은 사람이 사는 거예요. 제가 변했다면 그건 나이 먹어가고 셈이 난 때문이에요. 도시 서울을 무슨 기막힌 곳으로 생각하는데 우스워요."

은경은 야무지게 말하였다. 그러면서 마음속으로 내가 변한 것은 연애를 하는 때문이라고 말한다면 박지태가 어떤 얼굴을 할까 하는 생각도 들었다.

여자는 사랑하는 남자 앞에서는 천사처럼 밝고, 온 세상을 온통 아름답게 꾸며보지만 일단 관심 없는 남자가 구애했을 때는 냉혈동물처럼 잔인해진다는 누군가의 말을 은경은 생각하였다.

'나도 역시 냉혈동물처럼 잔인하단 말인가?'

은경은 다소 반성도 되어 묵묵히 입을 닫았다.

"말재간이 늘었군. 정말……."

"서울 간 때문은 아니에요. 독서에서 얻은 지식이에요."

은경은 빙긋이 웃었다.

"그보다 제대하셨어요?"

은경은 군복을 벗은 박지태를 쳐다보며 새삼스럽게 묻는다.

"제대는 되겠지."

“아직은 안 하셨군요.”

박지태는 그 대답은 하지 않았다.

대신동 어느 골목을 돌아 자동차를 버린 박지태는 잠시 발끝을 내려다보다가,

“사실은 민경이 모르고 있어.”

“뭘요?”

“은경이 오는 것 말이야.”

“왜요?”

“내가 혼자서 마음대로 했거든.”

은경은 박지태의 표정을 유심히 살핀다. 박지태의 표정은 순수하지 않았다.

은경은 이어 깨달았다. 오빠의 병을 빙자하고, 또 오빠가 자기를 보고 싶어 하는 마음을 빙자하여 자기를 부산까지 불러내린 데는 다른 또 하나의 이유가 있었던 것이라고.

“하여간 오빠한테 가세요.”

은경이 쏘듯 말을 하자 박지태는 어느 낡은 대문 앞에 먼저 다가간다.

집 안에서 여자가 한 사람 나타났다.

은경은 직감적으로 그 여자라는 것을 느꼈다.

여자는 은경에게 힐끗 한 번 눈을 주더니 딱하게 일이 되었다는 다분히 불만을 표시한 얼굴로 박지태를 건너다보았다.

박지태는 은경을 돌아보며,

"들어와."

할 뿐 그 여자에게 은경을 소개할 생각도 하지 않았다.

은경은,

"저, 오빠, 오빠를 돌보아 주셔서 감사합니다."

하고 고개를 숙인다. 여자는 얼떨떨한 표정으로 은경과 같이 고개를 숙였다. 자그마한 체구에 의복이 좀 난잡해 보이기는 했으나 눈이 맑고 슬픔에 차 있는 것 같아 은경은 대뜸 호감을 느꼈다.

"엉망인데 어떡허나?"

여자는 방으로 쫓아 들어가 주섬주섬 방 안을 치우는 기색이다.

"누가 왔어요?"

민경의 목소리가 방 안에서 들려왔다.

"서울에서……."

"서울서?"

여자는 방문을 다시 열고 들어오라는 시늉을 하더니 자기 자신은 마치 죄라도 지은 사람처럼 슬그머니 빠져나간다. 은경과 박지태가 방으로 들어가자 민경은 자리에 누운 채 은경을 뚫어지게 바라보았다. 어떻게 도망칠 수 없이 검찰관을 바라보는 마음 약한 죄수의 눈이었다.

"왜 왔어?"

"오빠가 보고 싶어서요."

은경은 방바닥에 쓰러지듯 앉으며 전보 이야기는 하지 않았다.

"나, 이런 꼴 은경에게 보이고 싶지 않았다."

"아픈 걸 어떻게 인력으로 하나요? 왜 그런 데 신경을 쓰세요?"

은경은 원망스럽게 말하였다.

"아무리 동기간이라도 비참한 꼴 보이긴 싫다."

하고 천장을 멀거니 바라보는 것이었다.

"전, 잘 왔다고 생각해요."

은경은 수척한 민경으로부터 얼굴을 돌렸다.

방 안은 살풍경하였다. 얼마나 가난하게 그들이 살고 있는가를 은경은 뼈저리게 느꼈다. 벽지는 비가 새었는지 얼룩이 가다 찌그러진 장 하나, 놓인 거라고는 그것뿐이다. 다만 벽에 걸린 드레스가 값진 거라면 값진 거랄 수 있었다.

'밤에 홀에 나갈 때 입는 건가 봐.'

은경은 가슴이 찡하였다. 민경을 보살펴 주면서도 자기의 천한 신분을 생각하여 마치 죄인처럼 풀이 죽어 자기들과 동석하는 것마저 꺼리며 나가버린 여자에 대한 애처로움이 가슴을 적셨다.

"오빠?"

은경이 부르는데도 그 대답은 하지 않고 민경은,

"저녁차로 서울 올라가."

민경은 다시 박지태에게 얼굴을 돌리며,

"자네가 은경을 좀 보내주게."

"별걱정을 다 한다. 은경일 보고 싶다고 한 건 언젠데?"

"좀 나으면 내가 서울 갈려고 했었지."

"누가 가건 오건 상관없잖아?"

박지태가 나무라듯 말하자,

"오빠? 나 여기 하룻밤만 자구 갈래요."

그러자 여자가 밖에서 얼굴을 내밀었다.

"저, 아침은……."

"밖에 나가 사 먹죠. 걱정 마세요."

박시태가 얼른 내답을 힌다.

은경도 돌아보며,

"추울 텐데 들어오세요."

"아, 아니, 괜찮아요."

여자는 다시 얼굴을 감추고 말았다.

은경은 민경이 옆으로 다가앉으며,

"정말, 오빠 고생 많이 했죠?"

"불운한 별 밑에 태어났으니 할 수 있나?"

자포자기의 목소리가 떨렸다.

"오빠 뭘 잡수고 싶어요? 시원한 것, 파인애플 사 올까요?"

"아무것도 먹고 싶지 않다. 다시 나아서 집에 돌아가고 싶어.
가서 그 계모의 독기 어린 얼굴을 한번 쳐주고 싶다."

"그런 소리 하면 안 돼요. 병이사 뭐 약 쓰면 나을 거구, 이제 걱정 마세요. 취직이 됐으니 꼬박꼬박 돈 부쳐드릴게요. 정말이에요."

"병아리 눈물 같은, 네가 번 돈을 내가 써?"

"찬희 아주머니가 계시잖아요. 밥은 공짜로 얻어먹고 월급은 오만 환쯤 더 될지도 몰라요."

은경이 웃는다. 민경이도 따라 슬그머니 웃는다. 박지태는 담배를 태우며 혼자 생각에 잠겨 있었다.

"정말 성한 몸이 돼서 일본에 갔다 오고 싶다. 쏟아지는 돈을 한번 거머쥐고 싶다. 그리고 저 불쌍한 여자를 한번 호강시켜주고 싶다. 나와 같이 불운한 별빛 아래 태어난 가엾은 여자다."

민경은 혼잣말처럼 중얼거렸다. 그의 눈은 이상하게 빛났다.

"나는 종일 누워서 일확천금의 꿈만 꾸고 있어. 그런 공상이라도 하지 않으면 시간이 지루하고 미쳐버릴 것만 같애."

"오빠. 그런 허황한 꿈은 버리세요. 병만 나으면 이제 앞길이 트여요. 제가 서울서 기반을 닦아놓을게요. 착실하게만 한다면 얼마든지 할 일은 있고 살아갈 순 있어요."

"도시락 옆구리에 끼고 시곗바늘처럼 돌아가란 말이지?"

"시곗바늘처럼 그냥 돌아가는 게 아니에요. 사는 보람과 일하는 즐거움을 느끼면서."

"똑똑해졌구나. 그렇지만 그건 계단을 착착 밟아 올라간 사람의 이야기겠지. 나같이 경쟁에서 굴러떨어진 사람은 다시 올라가기 힘들다. 취미도 없고 차라리 나에게 기운만 준다면 바다에 나가서 해적 노릇을 하는 게 십상일 거다."

민경은 쓸쓸하게 웃었다.

"그러나 이건 후회하면서 말하는 건 아냐."

하고 덧붙인다.

"오빠 왜 그리 자학을 하세요? 누가 알아요? 사람의 일을. 남보다 계단을 두 개 세 개씩 한꺼번에 밟고 올라갈지?"

"그런 요행이 어디 있어?"

"그럼 일확천금의 요행은?"

"그건 목숨을 던지는 모험이니까. 요행의 가능성이 있지만 시곗바늘처럼 돌아가는 데는 결코 요행은 없다."

민경은 다소 기분이 가벼워지는 듯하였다.

"일어나지. 아침 먹고 오자."

박지태가 일어났다. 그러자 방문을 열고 들어온 여자가 당황하며 말린다.

"아침 준비하는데 잡숫고…… 아무것도 없지만……."

여자는 은경을 힐끗힐끗 쳐다보며 박지태를 잡았다.

"그럼 언니가 저러시는데 여기서 아침 먹읍시다."

여자는 은경이 언니라고 부르는 바람에 움찔하더니 얼굴이 빨개진다.

박지태는 슬그머니 주저앉으며,

"그럼 미스 리의 솜씨 구경이나 할까요? 역시 은경이는 큰손님이군. 나야 만판 와도 밥 먹고 가라는 소리 안 하던데?”

얼마 후 아침상이 들어왔다. 안집에서 그릇을 빌려 온 모양이다. 반찬이라곤 명란젓과 된장국에 멸치볶음이다.

은경은 여자의 마음씨가 고마워 맛나게 먹었다.

“언니한테 너무 신셀 져서…… 오빠가 나빠요.”

은경은 생글 웃으며 민경을 쳐다본다. 민경은 은경이 미스 리를 대접해 주는 것이 싫지 않았던 모양으로 자기를 나쁘다고 나무라는 말에 아무 대꾸도 하지 않고 역시 웃었다.

아침상이 물려지자 박지태는 담배 사러 나간다고 하며 나갔다.

은경은 민경이와 이야기를 주고받다가 민경이 냉수를 청하기에 방문을 열고 나갔더니 명색만의 좁은 부엌 구석에 앉아 미스 리가 울고 있었다. 그는 은경을 보자 놀라며 벌떡 일어났다.

은경은 가만히 그 여자를 바라본다.

“원망하구 계시죠?”

여자는 고개를 숙인 채 말하였다.

“왜요?”

“오빨 망쳐놓은 어지리구…….”

“다 가난한 때문이 아니겠어요? 전엔 원망도 하구 미워도 했어요. 그렇지만 지금은 그렇지 않아요. 도리어 제가 미안하게 생각하고 있어요.”

“고마워요. 그렇지만 그인 저 때문에 불행해졌어요.”

278

"오빨 사랑하지 않으세요?"

은경은 웃는다.

"사랑하지 않는다면 이런 불행한 결과가 왔겠어요?"

"그럼 됐어요. 오빤 불행하지 않아요. 오빠도 언닐 사랑하니까. 조금만 참으세요. 전 오빠가 건강 회복하리라 믿어요."

"집에선 아주 의절을 했는데 은경 씨는 이해해 주시는군요."

"집에서 의절한 건 반드시 언니 때문일까요? 하긴, 그게 다 동기는 되었겠죠. 계모는 우리들과의 인연을 항상 달갑게 여기지 않았으니까요. 언니가 그걸 생각하고 책임을 느끼실 필요는 없어요."

여사는 머리를 쓸어 넘기며 소심하게 약한 웃음을 띠었다.

"저 참, 언니 이름도 몰라요."

"이인혜라고 해요."

"자, 방으로 들어가 이야기해요."

인혜仁慧는 역시 주적거렸다.

'정말 순진한 여자다. 나는 너무 오해를 하고 있었어. 나도 어떤 환경에 부딪치면 저렇게 안 된다고 어떻게 장담을 할까?'

그들이 방에 들어오자 박지태가 담배 한 갑을 사가지고 들어왔다.

"은경이 오늘 구경시켜 줄까?"

"언제 그럴 여가가 있어요?"

"내일 간다며?"

"그러니까 여러 가지 오빠하고 의논도 해야죠?"

매끄럽게 빠져나간다.

"기왕 부산까지 왔으니까 구경이나 하려무나."

민경이 권한다.

"제가 뭐 구경하러 부산까지 왔나요?"

은근히 박지태에 대한 반감을 표시한다. 자연히 방 안 공기가 어색해질 수밖에 없다.

멋쩍게 우두커니 앉았던 박지태가 부시시 일어나며,

"그럼 나 볼일 좀 보고 올게. 그동안 실컷 이야기해."

하고 픽 하니 나가버렸다.

박지태가 나가자 민경은,

"왜 그렇게 매몰스럽게 구나."

"그래두요."

"불쾌하지 않아? 호의를 그렇게 받아서 쓰나."

"오빠도 영감님 같은 말을 하네."

"지탠 좋은 사람이야."

"그건 알아요. 그렇지만 세련된 사람이 아니에요."

"소박한 게 나쁘단 말인가?"

"소박하지만 표현이 서투르고 좀 집요해요."

"무슨 말을 했었나?"

"……."

민경은 지태의 심중을 알고 있는 모양이다.

"사람이 좋고 소박하다고 해서 애정을 가질 순 없잖아요? 그쪽에서 표시를 하니 호의마저 흔들리고 마는 것 같아요. 사람의 신경을 자꾸만 불안하게 하는걸요."

"사람은 다 애정을 가지면 서툴러지고 본의 아닌 행위로 나갈 때도 있어."

"남자라면 전진하다가 후퇴할 줄 알아야죠. 그냥 머물러 있는 건 좋지 않아요."

"그럼, 지태는 후퇴해야 하나?"

"그래야만 옛날처럼 호의를 가지죠."

"너도 참, 약아졌구나."

"서울 찬희 아주미니의 친구분 이들이 한 사람 있어요."

"그래서?"

"그분도 박지태 씨 정도의 호의를 제가 갖구 있거든요. 그런데 그분한테는 참 명랑하게 할 수 있어요. 사람이 양성이거든요. 한 번 거절하면 아, 그러느냐는 식으로 무관하게 친구로 대해주거든요. 조금도 마음의 부담을 안 느껴요."

"사람이 다 같을 수 있나."

민경은 일단 말을 끊어버리듯 일어나 냉수를 마신다.

저녁이 되자 인혜는 홀에 나가는 모양으로 허둥거리며 옷을 입고,

"다녀오겠어요."

하고 나갔다. 민경은 천장만 바라보고 있었다. 인혜가 나가자 곧이어 박지태가 들어왔다.

"내일 꼭 가나?"

그는 다짐하듯 은경에게 물었다.

"가야 해요."

"그럼, 나 할 얘기가 있는데?"

"하세요."

"좀 밖에 나갈 수 없을까?"

"바람도 쐬일 겸 나갔다 와."

민경이 말을 거들었다.

"그럭허세요."

은경은 무슨 생각에선지 일어섰다. 낡아빠진 현관문을 열고 밖에 나갔을 때 사방은 어둑어둑했다.

"다방으로 갈까요?"

은경은 그곳이 무난할 것 같았다.

"아니, 좀 걸어요."

지태는 외투 호주머니에 손을 찔렀다.

바지태는 앞서 걸어가다가 은경을 기다리는지 돌아보았다.

어슴푸레 황혼이 깔리기 시작한 거리 위에 우뚝 선 박지태의 눈이 번쩍번쩍 빛났다.

은경은 그 눈빛에서 무서움 같은 것이 온몸에 쫙 끼치는 것을 느꼈다. 이치윤의 눈도 가끔 저렇게 빛나는 때가 있었다고 생각하였다.

그러나 그때 이치윤에게 느낀 무서움은 지금과 같은 것은 아니었다.

'그분의 눈은 한없이 깊었다. 슬픔과 고뇌와 그것이 항상 싸우고 있었다. 그렇지만 저이의 눈은 전혀 동물적인 탐욕스러운 눈이 아닐까? 징그러운 눈이다.'

은경은 심한 혐오에 몸을 떨었다.

'전에는 그렇지가 않았다. 내가 마산을 떠날 때만 해도 저이는 이렇지 않았다. 치근치근하고, 역시 내가 이 선생님을 사랑하고 있는 때문일까?'

은경은 마음속으로 중얼거리며 내키지 않는 걸음을 걷고 있는 것이었다.

"여러 가지 할 말이 많았다. 그러나 언제나 만나기만 하면 나는 본의 아닌 말만 한 것 같다. 돌아서면 언제나 후회를 했었지."

어느새 후미진 곳으로 접어들고 있었다.

"오늘 밤에는 꼭…… 명백한 말을 듣고 싶다."

박지태는 숨소리를 거칠게 내뿜었다.

은경은 어둠과 정적이 온몸에 휩싸여 오는 것을 느꼈다. 그는 황급히 돌아섰다.

"왜?"

"다방에 가세요. 거기에서 말씀 듣겠어요."

"이대로 좀 걸어가자."

"싫어요."

"저기 조금만 올라가면 숲이 있어. 그곳에 가서 말하고 싶다."

박지태의 숨소리는 더욱 거칠었다. 은경은 본능적인 위기를 느꼈다.

"다방으로 가세요. 거긴 싫어요."

"가자니까."

"싫은 걸 왜 자꾸 강요하세요?"

"그렇게 싫나?"

"거기 가는 건 싫어요."

"날 경계하는구나."

"……."

박지태의 눈이 어둠 속에서 번쩍번쩍 빛났다.

"다방에서 말씀하시지 않는다면 전 이야기 듣지 않겠어요."

은경은 급한 걸음으로 발을 떼어놓았다. 순간 어깨가 내려앉을 것 같은 강한 압력을 느꼈다.

"못 간다!"

"폭력이세요?"

"폭력 이전에 나를 따라와."

"못났군요."

"그래. 못났다!"

말이 끝나기도 전에 주먹이 윙! 하고 날아왔다. 은경은 얼굴 위에 불이 튕기는 것을 느꼈다. 은경은 얼굴을 가렸다. 고함이 터져 나오려고 했다. 이를 악물었다. 은경이 눈을 들어 박지태를 쏘아보았을 때 그는 양손으로 머리를 부둥켜안고 신음하고 있었다.

"됐어요! 완전히 경멸했어요!"

은경은 자기도 모르는 소리를 지르고 밤거리를 달음질쳐 갔다. 집 앞에까지 왔을 때 은경은 전신에 후텁지근한 땀이 흐르고 있는 것을 느꼈다. 박지태는 다시 나타나지 않았다.

이튿날 은경은 서울로 떠나려고 했으나 별안간 민경의 병세가 악화하는 바람에 그만 주저앉고 말았다.

왕진 온 의사는 그냥 사무적으로 주사를 찔러주었다. 그리고 참담한 생활환경을 둘러보더니 이 어둡고 공기 나쁜 방에서 병이 낫겠느냐고 오히려 은경에게 묻는 듯 말하였다.

"요양원에 가야지."

하고 의사는 나가버렸다.

아무런 대책도 없는 채 은경은 사흘을 묵었다. 마지막으로 마산에 가서 아버지에게 부딪쳐 보려고 결심을 했을 때 천만뜻밖에도 서울서 돈 오만 환이 부쳐 왔다. 은경은 눈이 번쩍 뜨이는 것만 같았다.

'이 선생님이 마음을 쓰셨구나.'

서울역에서 부산 주소를 묻던 생각이 되살아나 마음이 훈훈하게 젖어왔다. 나흘째 은경은 저녁차로 서울에 올라갈 작정을 하였다. 민경의 병도 얼마간의 차도가 보였고 뭔지 모르게 마음이 서둘러져서 은경은 트렁크에 옷을 챙겨 넣었다.

"언니? 이거 드려요? 몇 번 안 입었는데?"

은경은 매일 단벌 드레스를 입고 나가는 인혜를 생각하며 노란 빛깔의 드레스를 쳐들어 보였다.

"아, 아니……."

인혜는 몹시 당황하며 손을 저었다.

"서울 아주머니가 해주셨어요."

은경은 그것을 윗목에 살그머니 밀어놓고 일어섰다.

"오빠? 그럼…… 서울 가서 어떻게 해보겠어요. 요양원에 가시도록……."

"난 싫다."

은경은 뒤쫓아 나오려는 인혜를 말리며,

"언닌 거기 나가실 텐데 나오시지 마세요."

은경은 트렁크를 들고 거리에 나섰다. 역 앞에까지 갔을 때 은경의 머릿속에서는 차츰 민경의 모습이 사라지고 이치윤의 얼굴만이 눈앞에 밟혔다.

'이사 하셨을까? 안 계시면 쓸쓸할 거야. 그렇지만 사무실에서 우린 매일 만날 텐데, 뭐.'

하룻밤을 기차 속에서 밝히고 이튿날 아침에 은경은 서울역에 내렸다.

찬바람과 더불어 이상한 향수가 마음에 깃들였다. 사랑하는 사람이 살고 있는 곳이거니 하는 데서 오는 감미로운 감정인 것이다. 거리도 하늘도 질주하는 자동차. 전차도 은경의 눈에는 상쾌한 희망의 표상인 것만 같았다.

집에 도착하였을 때 찬희는 아침상을 받고 앉았다가 그것을 옆으로 물리며,

"그래, 민경인 어떻게 되었나?"

"좀 나은 것 보고 왔어요."

"그래? 다행이구나."

"내려갈 때는 너무 바빠서 아주머니 오시기까지 기다리지도 않고……."

"그런 거야 급하면 할 수 없지. 그보다 민경이가 좀 나았다니……."

은경은 뜻없이 사방을 둘러본다.

"세수하고 와서 조반이나 먹어라."

"네."

"어떻게 허전한지 혼났다. 이 비서도 나가구……."

"이 선생님 옮기셨어요?"

"응, 그제께……."

"그럼 전 가보겠어요."

은경은 자기 방으로 돌아왔다. 왜 그런지 이치윤이 무슨 편지라도 써놓고 갔을 것만 같은 생각이 들어 책상 서랍도 열어보고 책 사이를 뒤적거려도 보았으나 아무것도 없었다.

은경은 퍽이나 섭섭한 생각이 들었다. 무슨 간단한 쪽지라도 한장 남겨놓고 갔을 법한데 참 매정스러운 사람이라 여겨진다.

옷을 갈아입고 부엌으로 나갔다. 식모가 설거지를 하면서,

"얼굴이 핼쑥해졌군. 오빠는 이제 괜찮은가요?"

"좀 나은 것 같았지만……."

"아주머니가 퍽 쓸쓸해하시던데 마침 잘 올라왔수."

"이 선생님 아주 나가셨어요?"

뻔한 일을 물어본다. 혹 식모에게 무슨 얘기나 하지 않았을까 싶은 생각에서였다.

"아주 나가셨죠. 살림이라도 할란가?"

은경의 속도 모르고 식모는 그런 추측을 한다.

"결혼도 안 했는데 무슨……."

"한 번 한 결혼은 어떡허구? 첫정이라 못 잊는 모양이던데?"

은경의 속을 아는지 모르는지, 식모는 가장 아픈 곳을 찔렀다.

"아참, 김 사장 댁 아드님이 전화하던데요? 돌아왔느냐구. 오거들랑 전화 걸어달라구 합디다."

"어디로요?"

"아버님 회사에 하면 된다구."

은경은 남식보다 이치윤을 만나고 싶어 응접실로 쫓아 나왔다. 전화번호책에서 번호를 찾아 다이얼을 돌렸다.

남식 씨 좀 바꾸어달라고 했더니 잠깐 기다리라 했다. 얼마 후,

"여보세요?"

남식의 굵은 목소리였다.

"아, 김 선생님, 저예요."

"네, 은경 씨군요. 언제 오셨수?"

"아침 차로요."

"그러세요? 바쁘시지 않으면 앞으로 나오게 될 직장 시찰 겸 나와보시죠."

"지금?"

"여긴 언제든지 좋습니다. 개업한 지 얼마 안 되어 영 한산하군요."

남식은 껄껄거리고 웃었나.

"이 선생님은?"

"이 방 말고 우리 방에 앉아 있습니다. 불러올까요? 그보다 나오시는 게 좋지 않을까요?"

"그렇게 하겠어요. 그럼."

은경은 전화를 끊고 찬희의 방으로 갔다.

"아주머니?"

"왜?"

"저번에 말씀드렸는데……."

"회사에 나간다는 얘기 말이냐?"

"네."

"이 비서한테도 들었다. 그래서?"

"지금 나와보라는군요."

"그럼 나가보려무나. 학교에 갈 동안 심심풀이로."

"전 학교 안 가겠어요."

"그건 또 왜?"

은경은 대답이 없다. 민경이 때문에 돈을 벌어야겠다는 말은 하기가 싫었던 것이다.

"직장이 학교보다 나을 것 같니? 아무튼 해보렴. 싫거든 그만 두구……."

실상 찬희도 요즘에 와서는 은경에 대한 관심이 희박해진 것이다. 뭔지 모를 허공을 둥둥 떠내려가고 있는 심정이었던 것이다.

"그럼 가보겠어요."

"이 비서 만나거든 집에 놀러 오라고 해요."

은경은 외투를 걸치고 집을 나섰다. 마음이 설렌다. 새로운 직장이니 난생처음인 직업을 갖게 된다는 호기심보다 이치윤을 만난다는 데서 은경은 심장의 율동을 느끼는 것이었다.

사무실로 은경이 들어갔을 때 그의 눈은 먼저 이치윤에게로 갔다. 이치윤은 신문을 보고 있다가 얼굴을 들었다.

"드디어 나타나셨군."

남식은 바지 주머니 속에 한 손을 찌르고 난롯가에 섰다가 은경에게 먼저 말을 던졌다.

"오늘 오셨어요?"

이치윤의 목소리는 지극히 무감동한 것이었다.

"네. 아침 차로……."

"앉으세요. 춥죠?"

남식이 의자를 하나 난롯가로 잡아끌었다.

"사무실, 이것뿐예요?"

은경은 책상만 몇 개 놓인 좁은 사무실을 두리번거리며 물었다.

"차차 확장되겠죠."

"직원은요? 이 선생님하고 김 선생님뿐이세요?"

은경은 의자에 앉는다.

"그리구 송은경 양하구요."

남식은 싱글 웃는다.

"셋이서 무슨 일을 해요?"

은경은 도무지 석연치가 않았다. 그들이 이 일을 시작하기 전에는 그렇게 신중히 의견을 교환하고 계획을 세우는 것을 듣고 있었던 은경이로서는 좀 맥이 빠지는 느낌도 없지 않았던 것이다.

"오빠께서는 좀 어떻습니까?"

이치윤도 난롯가에 오며 물었다. 은경은 이치윤의 말투가 아주 사무적인 것이라 생각하였다. 이상한 예감이 들기도 하고 마음이 소란스러웠다.

"괜찮아요."

은경은 막연히 대답한다.

"자아, 그럼 일단 절차를 구두로나마 밟아야지."

남식은 슬쩍 은경의 얼굴을 쳐다보다가 에험! 하고 기침을 한 번 하더니,

"현대출판사에서는 송은경 양을 채용하기로 결정하였습니다. 무슨 이의나 요구조건이 있으면 이 자리에서 미리 말씀해주십시오."

"아무 이의도 없지만 무슨 일을 하게 되나요?"

은경은 남식의 말투나 표정이 우습기도 하였으나, 일면 불안한 마음도 없지 않아 그의 얼굴을 쳐다보며 물었다.

"허, 이거 참 곤란한데요? 출판사에 취직하면서 할 일을 모르다니. 만일 채용시험에 걸렸더라면 영락없이 미끄럼 탈 판이겠는걸. 좋소. 할 일이 없음 저 유리창가에 가서 햇볕을 쪼여도 괜찮습니다. 전무님의 특명이니 할 수 있소?"

남식은 우스개로 말을 넘겼다.

"그럼 내일부터 출근하세요. 다음 달부터 나오게 될 잡지에 관하여 편집장과 다른 기자에게 좀 훈련을 받으면 일도 차차 익어질 거요."

"그럼 다른 사람들도 계시나요."

"우리 세 사람 이외 기자가 두 명, 편집장 한 사람, 카메라맨이 한 사람……"

그때까지 아무 말이 없던 이치윤이 담배를 꺼내어 피우며,

"아주머니랑 다 안녕하세요?"

"네, 아주머니가 이 선생님을 자주 들르시라구 해요."

"당분간은 바쁠 겁니다. 틀이 잡힐 동안은…… 은경 씬 철자법에 자신이 있습니까?"

이치윤은 사적 대화에서 공적 대화로 옮긴다. 은경은 잠시 머뭇거린다.

"자신이 있지만 그래도……."

"차나 하러 갈까?"

남식이 일어섰다.

이튿날부터 은경은 현대출판사에 출근하였다. 얼굴이 두리넓적한 편집장이랑 기자 두 명에게 이치윤이 소개를 해주었다. 은경은 고개를 숙이면서 자기 주변에 이는 냉바람을 느꼈다. 젊은 기자들은 은경의 그 맑은 눈에 당황하는 모양이었다. 그러나 이치윤은 너무나 사무적인 태도를 취하는 것이 아닌가.

'공적인 것과 사적인 것을 구별하시나 봐.'

그렇게 은경은 자위하려고 노력하였다. 며칠이 지나갔다.

사무실 안은 차츰 활기를 띠기 시작했다. 언제 원고를 얻어서 넘겼는지 인쇄소에서 많은 게라(교정쇄)가 넘어왔다. 은경은 편집장이 가르쳐주는 대로 교정을 보았다. 상당히 열심히 하는데도 오자가 그냥 넘어가곤 한다.

"차차 해가면 능숙해집니다."

은경이 풀이 죽는 것을 보고 편집장 김광호는 격려해 주었다. 그러나 이치윤은 자기 맡은 일만 처리하고 있을 뿐 일절 묵살이었다.

　'왜 저렇게 되었을까?'

　은경은 자잔한 활자를 더듬어 내려가며 문득 슬픈 생각이 치밀었다. 활자가 흔들리면서 아무것도 보이지 않게 된다. 은경은 고개를 들었다. 이치윤의 눈과 마주쳤다. 이치윤은 은경을 보고 있던 모양이다.

　"이 기자? 표지는 어떻게 되었소?"

　이치윤은 아무렇지도 않게 고개를 돌리며 이 기자에게 묻는다.

　"모레쯤 된다나 봐요."

　그러나 남식이 쫓아 들어왔다.

　"골치 아프네."

　들어서자마자 남식은 뱉듯 말하였다.

　"왜?"

　"왜고 뭐구 경리문제가 독립되어야지 일일이 돈을 타러 가서야 어디 담담증이 나서 해먹겠나."

　김 사장에 대한 불평이다. 김 사장은 처음부터 자금을 냉큼 내어주지 않고 자기 회사에다 현대출판사의 경리부를 두었던 것이다.

　"짜증 내지 말어."

이치윤이 책상을 짚으며 일어선다.

"어디 가?"

"잠깐만 나갔다 올게."

이치윤은 외투를 걸치고 모자를 쓴다.

"이 자식, 나 다 안다."

남식은 씩 웃었다. 명색만은 사장이고 전무였으나 행동은 언제나 운동장 안의 학생 기분이다.

이치윤은 아무 말도 하지 않았다.

"집어치워. 그까짓 쓸개 빠진 짓은 하지 않는 게 좋다."

남식은 이치윤의 등에 그 말을 던졌다. 은경은 남식의 말 하나하나가 그대로 귀에 뛰어들어 왔다. 그는 직감적으로 경란을 생각하였다. 얼굴에서 핏기가 걷어지는 것을 느낀다. 은경은 얼른 펜을 고쳐 쥐었다. 그러나 활자가 하나도 눈에 보이질 않았다. 훌쩍 일어나서 이치윤의 뒤를 쫓아가고만 싶었다.

"미스 송! 바빠요?"

"별로……."

은경은 자기도 모르게 그렇게 대답하고 남식을 보았다.

"차 사드릴까요?"

"사주세요."

은경은 벌떡 일어났다.

"오늘은 즉각적인데?"

남식은 주변 사람들에 대하여 조금도 신경을 쓰는 일이 없었다. 남식은 도어를 열고 은경을 먼저 내보내더니 자기도 뒤따랐다.

남식은 몇 번인가 간 일이 있는 다방 문을 열어주며 은경을 역시 먼저 들어가게 하였다. 빈자리에 마주 보고 앉았을 때 남식은 빙긋 웃으며 손을 들어 보인다.

은경은 무심히 돌아보았다. 순간 얼굴빛이 싹 변한다. 이치윤과 경란이 마주 보고 앉아 차를 마시고 있었던 것이다.

이치윤은 복잡한 표정을 지으며 은경에게 목례를 보냈다.

"은경 씨, 뭘루 하시겠어요?"

"커피 하겠어요."

또박또박한 목소리였다. 남식은 장난스러운 미소로써 은경을 바라본다. 은경은 지지 않으려는 듯 가슴을 폈다. 그러나 감당하기 어려운 격심한 감정의 율동이 아닐 수 없었다.

남식은 레지를 보내고 이치윤이 있는 쪽을 힐끗 바라보며 또다시 그 장난스러운 미소를 띠는 것이었다.

'김 선생은 일부러 날 여기에 데리고 왔구나. 왜?'

마음속으로 뇌어보는 말은 무의미한 것이었다.

"이 군과 마주 앉은 어저기 누군지 은경 씬 아세요?"

"애인이겠죠."

은경은 알고 있노라, 부인이 아니냐 하는 따위의 말을 입 밖에 내기가 싫었다.

"은경 씨가 애인 아니던가요?"

296

그 말은 상처를 받은 은경의 가슴에 또 하나의 상처가 되어 겹쳐들었다.

"남성들은 애인을 몇씩이나 갖나요?"

말을 하지 않으면 너무나 자신이 비참한 것 같아서 은경은 말하였으나 자기도 모르게 입술이 파르르 떨렸다.

"저 여자는 소위 부인이고 은경 씬 애인이라 생각했었는데?"

남식은 자기의 농담이 은경에게 충격을 주리라는 생각은 가지고 있었으나 자기 자신은 그러한 문제를 심각하게 취급하기가 싫은 모양이다. 화제가 궁하고 할 일이 없으면 그저 그렇게 실없는 말로 넘겨버리는 것도 좋지 않느냐는 식이다. 그러한 일면은 은경에게 호의 이상의 것을 갖고 있는 때문인지두 모른다.

은경은 남식을 아니꼽게 노려보다가,

"그럴 수가 있나요?"

"그럴 수가 있죠. 얼마든지. 자, 커피나 마시세요."

은경은 분한 생각과 모욕감에서 눈물이 울컥 쏟아질 것만 같았다.

얼른 찻잔을 들었다, 한 모금 마시고 난 뒤,

"김 선생님의 형제분들은 남을 모욕하고는 쾌감을 느끼는 모양이죠?"

"어째서 모욕이 됩니까? 사람이 사람을 좋아한다는 말을 한 것이 모욕이 되나요?"

은경은 무슨 말이 나올 듯했으나 아무래도 표현할 수 없어 두 손을 꼭 마주 잡았다.

"이치윤이 은경 씰 좋아한 것, 그게 나빠요? 좋아했다면 애인이 아닙니까?"

남식은 적당히 얼버무리며 소리 내어 웃는다.

은경은 맥이 풀리는 것 같았다. 자기의 감정이 아무리 절박하여도 이렇게 어처구니없는 농조로 다루는 데서야 무슨 할 말이 있을 수 없었다.

"그런데 아까 말씀 듣자 하니 우리 형제들이란 복수를 붙였는데 남미에게 무슨 피해라도 당하셨는지요?"

"저의 사투리 흉내를 내더군요."

은경은 철없는 아이처럼 고해바친다.

"그건 모욕이라기보다 선망의 표현이라 생각하시는 게 어떨까요? 왜냐하면 은경 씨는 남미보다 월등 미인이시니까. 매력적이구요. 열등 분자들의 시시한 도전이라 생각하세요. 하하……."

남식은 자기 누이동생을 형편없이 깎아내리고는 유쾌하게 웃었다. 그러나 은경은 조금도 기분이 후련해지지 않았다. 무거운 바위가 가슴을 내리누르는 듯 답답하고 미음이 두근거렸다. 그러면서도 이치윤과 경란이 앉은 곳으로 온 신경이 쏠리는 것이었다.

"어떻게, 일할 만한가요?"

남식이 화제를 돌린다.

"열심히 할려고 생각해요. 그 대신 월급이나 많이 주세요."

은경은 자기 스스로 뚱딴지 같은 말을 했다고 생각하였다.

"호오? 많이 솔직해지셨는데요?"

"언젠 제가 감추고 살았어요?"

"좋습니다. 됐어요. 친밀감이 더 느껴지는군요."

"다행입니다."

"비꼬시는군."

"피차가 다 그렇죠. 사장님께 버릇없이 굴어 목이 떨어지겠네요?"

가볍게 응수하였으나 은경은 울고만 싶었다. 그러나 울지 못하니 무슨 말이고 되는대로 주워섬겨 공간을 메울 수밖에 없었다.

"천만에, 하여간 그거는 비즈니스구. 우리 오늘 밤 영화나 보러 가십시다. 어떻습니까?"

"제발 보여주세요."

"위로가 되겠습니까? 더 외로워지면 어떡허죠?"

남식의 목소리는 부드러웠다. 은경의 슬픔을 매만져 주는 듯 다정스러웠다.

"김 선생님하고 같이 가는데 왜 외롭겠어요?"

남식은 아무 말도 하지 않았다. 그냥 은경을 지그시 쳐다만 본다. 한참 후에,

"은경 씬 탈이야."

"왜요?"

"팽팽하게 잡아당겨 놓은 고무줄 같아요. 그리고 그 고무줄이 아주 가늘고 약하거든."

"무슨 뜻이죠? 전 잘 모르겠어요."

"액면 그대로죠. 너무 자기 자신에게 열심이란 말입니다. 그러다간 터져버려요."

"터져버렸음 좋겠어요."

"안 됩니다. 누구 말마따나 청춘이 구만리같이 아득하게 남아 있는데 그럴 수가 있어요? 나쁜 일보다 좋은 일이 더 많이 남아 있지 않소? 터져버리면 되나요? 좀 그 가느다란 고무줄을 늦추어보세요. 아무래도 좀 위험해."

"고맙습니다. 그렇지만 팽팽하게 살다가 죽어버리면 그만이죠."

남식은 그 말대답은 하지 않았다. 고개를 들었다. 은경도 남식의 시선을 따라 눈을 들었다. 이치윤이 카운터 앞에 서서 돈을 꺼내고 있었다. 찻값을 치른 뒤 그는 등을 보인 채 훌쩍 나가버린다. 혼자였다.

은경의 시선은 저절로 이치윤이 앉았던 자리로 갔다. 경란은 혼자 앉아 있었다. 새까만 외투 깃을 세우고 테이블 위에 팔꿈치를 얹은 채 앉아 있었다. 외투 빛깔이 검은 탓인지 얼굴이 푸른 기가 돌도록 희었다. 외투 깃 사이로 살짝 내비치는 청록색 머플러는 조각처럼 뚜렷한 선을 그은 경란의 턱을 한층 더 아름답게 하였다.

자신이 넘쳐나는 포즈였다.

남식이 슬그머니 일어섰다.

"나 잠깐만."

하더니 경란이 있는 곳으로 성큼성큼 걸어간다. 그는 자리에 앉지 않고 선 채 경란에게 무슨 말을 하며 웃었다. 경란도 그 모양이 좋은 턱을 쳐들고 화려하게 웃었다.

은경은 장갑을 물어뜯으며,

'이 선생님은 나를 배신했다. 그러나 무슨 약속을 나한테 했던가? 사랑한다고 했던가?'

은경은 울음과 같이 번져 나오는 전축의 노래 속에 자기 자신의 뒤틀리는 울음을 듣는 것만 같았다. 언제 왔는지 남식이 맞은편 자리에 앉아 있었다.

"돌아갈까요?"

"네."

밖으로 나왔다. 오가는 사람들에 밀리듯 은경은 걸었다.

"어디서 만날까?"

"네?"

은경은 의아하게 고개를 쳐들고 남식을 본다.

"영화 보시겠다 했죠?"

"아, 네."

"열이 식었습니까? 내키지 않으면 그만두셔도 좋습니다."

"아니에요."

"그럼 아까 다방에서 만날까요?"

"네."

"대답이 뭔지 의무적인 것만 같군요."

"아니에요. 그렇지 않아요."

"그럼 일곱 시에 나오세요."

사무실에 돌아왔을 때 이치윤은 멍하니 창밖을 바라보고 앉아 있었다.

은경이 자리에 앉았을 때 이치윤은 고개를 돌려 은경을 쳐다보았다. 은경은 자기 이마 위에 이치윤의 시선을 아프도록 느꼈으나 펜을 꼭 쥔 채 활자 위에 눈을 떨어뜨렸다.

"야, 이거 지독한데?"

편집장이 원고를 내동댕이친다.

"왜요?"

박 기자가 목을 길게 뽑는다.

"다시 써야겠는걸. 철자법이 엉망이다. 대학 교수님이 이렇게 한글을 몰라서야……."

편집장은 짜증을 내다가,

"미스 송, 이거 다시 써주세요. 옮겨 쓰면서 틀린 것 고쳐주세요. 열 장이니까."

은경은 잠자코 원고를 받아 다른 원고지에 옮겨 쓰기 시작하였다. 아닌 게 아니라 맞는 글자보다 틀리는 글자가 더 많았다.

다섯 시가 지났을 때 이치윤이 일어섰다.

"나가시지 않겠어요?"

누구에게 하는 말인지 알 수 없었다. 은경은 한 가닥 희망을 품고 얼굴을 들었다. 이치윤은 잠시 발밑을 내려다보다가 그냥 나가버린다.

은경은 마음이 철썩 내려앉는 것만 같았다. 분한 생각도 들었다. 자기의 마음을 이렇게 짓밟을 수 있을까도 싶었다.

"안 가십니까?"

기자들도 갈 차비를 차리며 은경에게 물었다.

"전 일곱 시에 약속이 있어서 여기서 기다리겠어요."

"아, 그럼 먼저 갑니다."

모두들 나가버리니 사동 아이와 은경만 남았다. 공허감이 확 밀려든다. 은경은 허둥지둥 외투를 입었다. 일곱 시까지 기다리고 있을 심정이 못 된다. 거리에 나왔다. 벌써 거리는 어두웠다.

은경은 발밑을 내려다보며 하염없이 걸었다.

'박지태 씨가 이랬을까? 이런 심정이었을까? 나는 그 보복을 받은 것일까? 그렇지만 나는 그일 한 번도 사랑한 일은 없어. 이 선생님은 나를 사랑했었어. 그러나 지금은…… 무서운 일이다.'

은경은 몸을 부르르 떨었다.

서울 거리의 밤은 차츰 짙어만 간다.

'그 아름다운 여자, 오만한 여자, 당당하게도 이 선생님을 데

리고 갔다. 그야 남편이었으니까……'

은경은 눈앞이 캄캄해지는 것을 느꼈다. 끼익! 하는 소리가 고막을 친다.

순간 은경은 자기 얼굴 앞에 눈부신 라이트를 느꼈다. 동시에,

"빌어먹을 계집애. 정신 차려…… 뒈지고 싶으냐!"

은경은 머리를 쓸어 넘기며 포도를 건넜다. 욕설을 들었건만 아무렇지도 않다.

그냥 죽어버렸다면 참 멋이 있을 것 같았다. 이치윤의 가슴에다 못을 박아주는 것이 통쾌할 것도 같았다. 그러나 은경은 자기의 어리석음을 뉘우치고 시계를 보았다. 약속 시간이 다 되어 간다.

은경은 자기가 어디를 헤매어 왔는지 새삼스럽게 돌아본다. 서울역이었다.

"내가 왜 이곳으로 왔을까? 참 이상하다."

은경은 발길을 돌렸다. 얼마 전에 이치윤과 같이 서울역으로 갔던 일이, 그때의 광경이 선하게 떠오른다. 경란을 만났던 일도—.

'그때는 그래도 자신이 있었다. 이 선생님은 나를 위해주셨다.'

은경은 그런 생각을 털어버리려고 걸음을 빨리하여 광화문으로 돌아왔다. 약속한 다방에 들어섰을 때 남식은 어떤 남자하고

앉아 있다가 손을 들었다.

"늦어졌어요."

은경은 머리를 숙였다.

"오 분만 더 기다리다가 가려고 했어요. 이 친구 술 마시러 가자고 자꾸 유혹하는 바람에……."

남식은 상대방에게 손가락질을 했다.

"그럼 전 가겠어요. 김 선생님 약주 하세요."

"그럴 수가 있어요. 선약을 존중해야죠."

남식은 일어섰다.

"그럼 나 가겠네. 술은 요다음 기회로 미루고—."

"좋아. 가서 재미 많이 보게."

사나이는 은경을 힐끗 쳐다보았다.

그들은 곧장 극장으로 향하였다. 그러나 다음 프로가 시작되기에는 아직 시간이 남아 있었다.

"여기서 이야기나 하며 기다릴까요?"

남식은 휴게실 의자에 은경을 앉혔다.

"얼굴이 창백하군요."

"왜 그렇게 제 얼굴에만 관심을 가지세요?"

"그야 미인이구 내가 좋아하는 사람이니 관심을 안 가질 수 있어요?"

"미인이면 다 좋아하시겠군요."

"이거 입장이 곤란한데요? 나를 팔난봉으로 아십니까?"

"어머님이 그러시던데요, 뭐……."

은경은 엷은 미소를 띤다.

"아들이 너무 귀여워서, 그건 어머니의 애칭입니다. 하하하……."

"별난 애칭이군요."

"하긴 전과가 많아서 그 말 취소할 자신은 없군요. 그러나 늦바람보다 올바람이 낫다구, 그거 다 인생 경험입니다. 스포츠 기분으로 가볍게 넘어가는……."

남식은 말을 하다 말고 엉거주춤하였다. 그리고 은경의 기색을 슬며시 살핀다. 남식으로서는 지극히 드문 태도였다. 아닌게 아니라 은경은 모욕을 느꼈다. 스포츠하는 기분으로 여자를 사귄다는 말은 듣기에 따라 아주 나쁘게 해석할 수 있는 말이기 때문이다.

"그러나 오늘 은경 씨와 데이트하는 것만은 스포츠 하는 기분이 아니라는 것을 양해해 주십시오."

이번에는 남식이 쓸쓸하게 웃었다. 그런 웃음도 남식의 웃음이 아니었다.

은경은 아무 말도 하지 않았다. 은경이 입을 다물어버리니 자연 침묵이 계속될 수밖에 없었다. 한참 후 은경이 고개를 쳐들면서 남식을 똑바로 쳐다보았다.

"머리 빡빡 깎고 그만 중이나 되었음 좋겠어요."

한숨을 푹 내어 쉰다.

"저 남자처럼?"

휴게실에 나붙어 있는 광고의 대머리인 율 브린너를 남식은 가리켰다.

은경이 픽 웃는다. 그러자 영화가 끝난 모양으로 안에서 관객들이 꾸역꾸역 밀려 나왔다.

"그러지 마십시오. 어디 세상에 남자가 이치윤뿐인 줄 아세요? 세상하고 등져버리기는 아직도 시기상조, 자아, 들어가십시다."

남식은 은경의 손을 잡았다. 그리고 꼭 쥐었다.

"김남식이란 사람도 있지 않소?"

남식은 주위에 들릴 만큼 큰 소리로 말하였다. 은경은 얼굴이 빨개져서 그의 손에 든 자기의 손을 뽑아내려고 했다. 그러나 더욱더 굳게 잡은 손가락이 아플 지경이다.

가까스로 손을 뽑았다. 남식은 비스듬히 은경을 내려다보다가 쩍 벌어진 어깨를 약간 흔들듯 하며 장내로 들어갔다. 안내양이 찾아주는 좌석에 은경을 먼저 앉히고 자기도 자리에 앉는다.

영화가 시작되기 전에 남식은 껌을 하나 건네주었다. 그 밖에 아무 말도 하지 않았다.

은경은 영화를 보는 동안 아까 낮에 더 외로워지면 어떡하느냐고 묻던 남식의 말이 생각났다. 그의 말대로 은경은 더 외로워지는 것을 느꼈다. 아무 인연도 없이 수천의 타인들 속에 얽섞여 우뚝 혼자 앉아 있는 자기 자신의 모습이 처량한 것만 같았다. 다 즐거워서 웃고 근심되어 손에 땀을 쥐는데 자기만이 외딴 곳에 홀로 아무런 감동 없이 앉아 있는 것만 같았다.

'차라리 혼자서 밤길이나 헤매고 다닐걸……'

그렇게 생각하니 휴게실에서 주고받던 남식과의 부질없는 대화, 감정의 표현, 그런 것이 모두 자기염오로써 마음에 되살아올 뿐이다.

라스트신이 끝나기도 전에,

"나가시죠."

남식은 은경의 등을 두들겼다. 은경은 장갑을 고쳐 끼면서 남식을 따라 극장 밖으로 나왔다. 남식은 성큼성큼 앞서 걸어갔다. 그가 간 곳에는 김 사장의 자가용이 뻗치고 있었다.

"김 씨는 집에 가시오. 내가 몰 테니까."

남식은 담뱃불을 댕기며 운전수에게 명령하였다. 운전수가 부시시 자동차에서 내리자,

"전 그냥 가겠어요."

은경은 혼자 있고 싶었다.

"타시라니까."

남식은 은경의 등을 억지로 밀어 자동차에 올렸다. 그리고 자신은 빙 돌아서 반대편으로부터 운전대에 올랐다.

자동차는 가벼운 진동을 일으키더니 움직였다. 라디오에서 〈라 쿰 파르시타〉가 흘러나온다. 감미롭고 빠른 템포는 이상하

게 사람의 관능을 자극하였다.

"은경 씨?"

라디오의 볼륨을 줄인 남식이 낮은 목소리로 불렀다. 음악 탓인지 남식의 목소리는 뭔지 젖어 있는 것 같았다.

"왜 그러세요?"

남식은 이어 대답하지는 않고 핸들을 두 손으로 돌려 잡은 채 앞을 쳐다보고 있었다. 한참 만에,

"미국 같은 곳이라면 이대로 곧장 교회로 달려가서 결혼식을 할 수 있겠는데……."

은경은 놀란다. 그런 말이 남식의 입에서 나오리라고는 차마 몰랐다. 좋아하느니 아름답다느니 혹은 질투를 느낀다는 등의 말을 들었지만 가볍게 한 말로 생각하였고 그의 말대로 노는 기분으로 받았던 것이었다.

"은경 씨?"

"……?"

"은경 씨는 이치윤을 좋아합니다. 그러나 아마 김남식이도 좋아하고 있을 것입니다. 지금 이치윤은 오늘 은경 씨가 목격한 바와 같이 기권을 했어요. 이젠 내 개인 플레이가 허용되지 않았습니까?"

"……."

은경은 일종의 사랑의 고백이요 청혼인 남식의 말을 듣고 있으면서도 라디오에서 조용히 흘러나오는 음악에 마음이 가라앉

앞을 뿐이었다.

'나에게는 과분한 상대가 아니냐. 이 선생님에 대한 복수로 차라리 김 선생님에게…….'

은경은 눈을 감아버렸다. 이치윤에 대한 미움과 그리움이 치솟는다.

'지금 말을 하고 있는 사람이 김 선생님이 아니고 이 선생님이라면 얼마나 행복할까?'

부질없는 생각에 은경은 입술을 깨물었다.

혜화동으로 자동차는 들어섰다. 휙 지나쳐버린다.

"김 선생님! 내려주세요."

은경은 자기도 모르게 소리쳤다. 그러나 남식은 입을 꼭 다물고 핸들을 굳게 잡은 채 스피드를 낸다.

"김 선생님! 정말 전 돌아가야 해요."

이번에는 애원하듯 말하였다.

"유혹하지 않습니다. 걱정 마세요."

남식은 웃지도 않았다.

"선생님 마음대로 하세요?"

은경은 다소 화가 나서 비꼬아 준다. 그러나 웬일인지 남식에 대하여 경계심이 일지 않았다. 이치윤으로 말미암아 자포적인 기분이 있었는지도 몰랐다.

"마음대로 한다는 것은 순수한 일입니다. 내려달라는 것은 은경 씨의 희망이 아닌 것을 나는 알구 있어요."

"아이, 기가 막혀."

"정곡을 때렸죠?"

남식은 처음으로 은경에게 얼굴을 돌리며 빙그레 웃었다.

이번에는 은경이 입을 다물고 말았다. 어쩌면 남식의 무릎 위에 쓰러져 울고 싶었는지도 모른다. 이치윤에 대한 애정과 경란에 대한 미움을 이야기하고 실컷 울고 싶었는지도 모른다.

7. 미로

"또 바람이 부는군요."

찬희는 나이트가운을 걸치고 창문 밖을 내다보며 혼잣말처럼 중얼거렸다.

윤기성은 침대에 걸터앉은 채 담배를 피우고 있었다. 초조한 낯빛이라 찬희는 한숨을 내쉬며,

"이제는 다시 만나지 말아요."

"……."

"이런 불장난을 언제까지 계속할 수 있겠어요? 파멸이 무섭기보다 자기 자신이 싫어졌어요."

윤기성은 찬희의 뒷모습을 힐끗 쳐다보다가 엷은 웃음을 머금는다.

"헤어질 때마다 찬희는 그 말을 했어요. 그러나 우리는 다시

만나지 않았소?”

“왜 그럴까요.”

찬희는 돌아보지 않고 역시 자문하듯 중얼거렸다.

“쓸쓸하니까.”

이번에는 찬희가 쓰디쓰게 웃는다.

“쓸쓸한 거야 제 편이지만 자녀분들이 있는 윤 선생도 쓸쓸하세요? 그게 아니겠죠. 윤 선생은 야심이 많으세요.”

“야심이 많다구요? 그건 무슨 뜻이죠?”

“다 알구 있어요.”

“무엇을 안단 말입니까?”

윤기성의 얼굴에는 어두운 그림자가 서린다.

“아마 지금 제가 돌아본다면 윤 선생은 괴로운 표정을 짓고 있을 거예요.”

윤기성은 말이 없다. 바람이 창문을 두들기고 있을 뿐이다.

“왜 그런 말을 하오?”

찬희는 또 한 번 한숨을 내쉬며 돌아서더니 의자에 푹 가라앉는다.

“사업이 실패의 연속이라는 것을 알고 있어요. 부인에 대한 애정이 없는 것도 알고 있고 경란이라는 여자를 쫓아다닌다는 것도 알구 있어요.”

“그건 오해요!”

윤기성이 언성을 높였다.

"오해면 어때요? 또 오해 아니면 어때요?"

"그건 터무니없는 오해요."

"전 윤 선생을 힐난하기 위해서 그런 말을 하는 건 아니에요. 제가 더 나쁘다는 거예요. 금전 관계에 얽히고 다른 여자를 쫓고 있는 윤 선생에 대하여 아무 감정도 없는 일이 말예요. 아무런 모욕도 억울함도 느끼지 않는 제 자신이 윤 선생보다 더 불순하단 말이에요."

찬희는 일어서서 옷을 갈아입는다. 그리고 거울을 꺼내어 얼굴을 매만진다.

"윤 선생의 야심에 비하여 허찬희는 바람이니, 흐흐흠……."

찬희는 입 속으로 웃음을 밀어 넣는다.

"응당한 지불이죠. 아당아당 애를 써도 다 서글픈 이야기 아닙니까? 사람의 정이 그런데 하물며 돈이라는 게 뭐겠어요? 허망한 거예요. 차라리 돈이 없었더라면 그날그날 살기 위하여 쓸쓸하다는 여유가 있었겠어요? 물론 사업이 잘되기를 바라고 있습니다만, 설사 모두가 수포로 돌아가는 한이 있어도 저에게 책임감을 느끼실 필요는 없어요. 책임을 느끼시지 않는다고 하여 저의 자존심이 상할 리는 없거든요."

"사람을 치사하게 만드는군."

"그럴 리가 있나요?"

"자기 자신은 바람 피운 대가라 하지만 그럼 난, 난 사내첩이란 말이오?"

윤기성의 눈에는 노기가 등등하였다. 핸드백을 집어 들려던 찬희의 눈에 약간 감정이 인다.

"그래서 제가 더 나쁘다구 하지 않아요?"

찬희의 얼굴에 고통의 빛이 지나간다.

"나쁘다면 다 나쁠 것이오. 찬희에게는 남편이 있고 나에게도 처자가 있으니 말이오. 그러나 그런 외적 조건을 떠나서 생각해 봅시다. 찬희는 이러한 관계를 금전문제하고 결부시켜 나를 모욕했소. 나도 사업이 연속적으로 실패하고 있는 것을 굳이 엄폐하고 싶지는 않아요. 몹시 초조하고 고민도 했어요. 나보다 찬희를 망친다는 생각에서…… 나야 오늘이라도 빈손이 되면 변호사라는 직업이 있지 않소."

윤기성은 담배를 빨아 당긴다.

"찬희의 마음이 어쨌든 간에 내 마음은 애초부터 타산을 떠난 것이었어요. 가정을 파괴할 용기까지는 없었으나 또 사실 찬희가 나를 사랑한 것도 아니구. 아무튼 나는 오래전부터 사랑하고 있었소. 잠잠하게, 그리구 우정으로 계속해 가려구요. 어떻게 해서 이렇게 되었는지 나도 모르겠소. 나는 애써 사무적으로 예의 바르게 당신을 대하려고 했어요. 그러나 사업의 실패를 만회하려고 무던히 애를 썼습니다. 여자들의 곗돈도 끌어오고 별짓을 다 했어요. 그러나 결국 이렇게 되고 말았군요."

윤기성은 다시 담배를 한 모금 빨아 당겼다.

"아까 찬희는 경란이란 여자의 말을 했는데 그것은 오해요.

그 여자를 몇 번 만난 일이 있기는 해요. 그러나 그 여자를 만난 것은 이혼문제 때문이었고 그 후 웬일인지 그 여자는 이혼문제를 흐지부지해 버리는 눈치입디다. 지금도 내 자신이 이해할 수 없지만 그 여자는 별 용무도 없이 저를 찾아오곤 했어요. 그렇다고 해서 뭐 그 여자가 저한테 호의를 표시하는 것도 아니었죠. 저 역시 교양이 높은 부인으로서 정중히 대하였을 뿐입니다."

말은 일단 끊어졌다. 침묵이 흘러간다.

"저를 또 만나고 싶으세요?"

찬희는 창을 바라보며 묻는다.

"나도 모르겠소."

윤기성은 담뱃재를 떨구었다.

"이제 만나지 말아요."

"그 말은 헤어질 때마다 되풀이한 말이오."

찬희는 그 말대답은 하지 않았다.

"먼저 나가겠어요."

윤기성은 그러라는 듯 고개를 끄덕였다. 찬희는 핸드백을 들고 거리로 나왔다.

'어디를 갈 것인가?'

찬희는 묘연한 시야를 잡아당기듯 터덜터덜 걷는다.

'차라리 그 남자에게 미쳐버릴 수 있다면 행복했을 거야. 괴로워하겠지만.'

찬희는 자기 자신을 내려다보듯 중얼거렸다. 그렇다고 해서 이미 타인에 지나지 못한 남편에게 미련이 가는 것도 아니었다.

찬희는 밝은 한낮에 집으로 들어가는 것이 싫었다. 그는 곧장 고아원으로 찾아왔다. 재정 보조를 해주고 있는 애림고아원의 원장은 오래간만에 찾아온 찬희를 보자 반가워한다.

"오래간만입니다."

찬희는 인사를 하고,

"애들 모두 잘 있어요?"

"그럼요. 크리스마스 때는 선물 많이 보내주셔서 애들이 어떻게나 좋아하던지요."

찬희는 선량하게만 보이는 늙은 원장의 얼굴을 우두커니 바라본다.

'이 여자는 사는 보람을 느끼구 있을까? 평화스러운 얼굴이다. 그렇지만 이 여자에게도 젊은 날은 있었을 거구 고민도 있었을 게다. 나에게도 젊은 날은 있었다. 아무것도 모르구 그저 행복하기만 했던 젊은 날이. 그러나 지금은?'

찬희는 자기도 모르게 한숨을 푹 내쉬었다.

"뭐 걱정되는 일이라도 있으세요?"

원장은 찬희의 기색을 살피며 조심성 있게 물었다.

"아, 아뇨. 돈거래가 좀 복잡하게 돼서……."

찬희는 말끝을 흐려버린다.

"저희들이 늘 걱정을 끼쳐서 죄송합니다."

원장은 겸허하게 고개를 숙였다.

"온, 별말씀을 다 하십니다. 혼자서 애쓰시는데 도움이 부족하여 도리어 미안해요."

찬희는 진심으로 그렇게 말하였던 것이다. 무역 사업을 한다고 거액의 돈을 윤 변호사에게 몽땅 맡겨 그냥 떠내려 보낸 생각을 한다면 애림고아원에 준 기백만 환이라는 돈이 무엇이랴 싶었던 것이다.

"모두가 다 부인 같은 마음씨라면 저 가엾은 애들이 얼마나 행복해지겠어요? 부모를 여읜 것만도 서러운데 대부분의 애들은 헐벗고 굶주리구…… 때때로 저는 의심을 품습니다. 애림원의 아이들만을 위해 쏘다니다가 거리에서 방황하는 애들을 볼 때 절망을 느낍니다. 과연 내가 하는 일에는 얼마 만의 의의가 있는가 하구요. 시궁창 속에 우굴거리는 벌레들 속에서 단 한 마리를 맑은 물에 옮겨놓았다구 그게 무슨 큰 의의가 있겠느냐구요. 시시각각으로 시궁창 속에는 벌레가 번식해 가는 것 아닙니까?"

원장은 조용한 어조로 말하는 것이었으나 그의 눈은 어두웠다.

"그 한 마리도 건져주지 못하는 사람이 대부분이 아니겠어요? 실망하시지 마세요."

찬희는 위로를 겸해서 말하고 일어섰다.

"애들 보시겠어요?"

원장이 따라 일어섰다.

"네. 저 전화 먼저 걸구요."

찬희는 탁자 위에 놓인 전화 옆에 가서 다이얼을 돌린다.

"아줌마요?"

"아, 네. 아주머니세요?"

식모가 허둥거리듯 말하였다.

"은경이는 회사에 나갔어요?"

"네. 그런데……."

"무슨 일이 있었댔나요?"

"저, 어젯밤 선생님이 들어오셔서……."

찬희의 얼굴이 살짝 변한다.

"그래서……."

"몹시 기다리셨는데요."

"응? 나 애림원에 있었는데……."

찬희는 뒤에 서 있는 원장을 한번 돌아본다.

"무슨 말씀하시던가요."

"아무 말씀도 안 하셨어요. 그렇지만 늦게까지 주무시지 않
았어요."

찬희는 잠시 생각에 잠기다가,

"나 오늘은 애림원에 있을 테니 연락할 일 있으면 전화 걸
어요."

수화기를 놓은 찬희는 원장과 같이 뒤뜰로 나갔다. 애들이 놀

고 있다가 찬희를 보자 뛰어와서 매달리기도 하고 좀 철이 든 아이들은 고개를 꾸벅 숙이며 빙긋이 웃었다. 찬희는 햇볕이 따사로워 좋다고 생각하였다. 그 밖의 일은 생각하기가 싫었다.

"아줌마, 여태 왜 안 오셨어요?"

눈이 커다란 계집아이가 찬희를 올려다보며 물었다.

"너무 바빠서……."

찬희가 머리를 쓰다듬어주니 계집아이는 방그레 웃으며,

"나 기도 올릴 때 아주머니 오시게 해달라고 빌었어요."

"그래?"

찬희는 아이를 번쩍 안았다.

"아줌마 보고 싶었니?"

"응."

"그랬더라면 좀 더 일찍 올걸……."

찬희는 가슴이 뻐근하였다. 그렇게 자주 드나든 것도 아니요, 몹시 귀여워한 것도 아닌데 역시 아이들은 애정에 굶주리고 있구나 하는 생각이 들었다. 찬희는 뒤뜰에서 아이들하고 한참 동안을 서성거렸다.

'이렇게 외로운 아이들이 많은데 어째서 나처럼 외로운 사람에게 하나 태어나지 못했단 말인가?'

찬희는 그런 서글픈 생각을 되씹기가 싫어서 아이들을 밀어내고 방으로 돌아왔다.

원장이 대접하는 점심을 아침 겸하여 먹고 이런저런 이야기를 주고받는 동안 어느새 해가 저물었다.

전화벨이 요란스레 울린다. 수화기를 들었던 원장이 찬희에게 수화기를 내밀며,

"댁에서……."

찬희는 수화기를 받았다.

"아줌마요?"

"네. 저 선생님하구 바꾸겠어요."

찬희의 흰 손이 발발 떨린다.

"찬희요?"

"일찍 들어오셨군요."

찬희의 목소리는 냉랭하였다.

"할 얘기가 있어 좀 일찍 들어왔소. 당신도 별일 없거든 곧 오우."

"그럭허죠."

찬희는 수화기를 놓는다. 약간 얼굴이 창백한 것 같았으나 침착하였다.

"나 그럼 가보겠어요. 틈나는 대로 또 들르죠."

원장은 찬희의 낯빛을 살폈으나 그것에 대하여 아무 말하지 않았다. 그러나 그보다 궁금한 것은 재정문제인 모양이다.

"돈이 도는 대로 얼마간 보내도록 하죠."

"죄송합니다."

찬희는 돌아오는 자동차 안에서 남편의 할 얘기가 무엇인가

를 생각해 보았다. 무엇인가를 생각한다는 것은 벌써 직면한 어떤 사태를 회피하려는, 그 결과를 생각지 않으려는 고의적인 가장이다.

'할 수 없지. 알았다면 어떻단 말이냐. 될 대로 되겠지.'

자동차에서 내려 집 안으로 들어갔을 때 식모가 나왔다.

"은경이는?"

"아직……."

"요즈음 밤낮 늦는군."

찬희는 자신의 외박문제는 염두에도 두지 않는 그런 표정이다.

"방에 계시나?"

"네. 안방에 계세요."

찬희는 방문을 열었다. 김상국 씨는 단정히 앉아서 담배를 피우고 있었다.

찬희는 목도리를 끌러 양복장에 걸고 두루마기는 입은 채 김상국 씨 앞에 앉는다. 김상국 씨는 고개를 들어 찬희를 쏘아보았다. 찬희도 착 가라앉은 눈으로 김상국 씨의 날카로운 눈을 받는다.

김상국 씨는 담뱃재를 떨었다.

"어젯밤에는 어디 가 있었소?"

흥분을 누르고 애를 쓰는 듯 나직한 목소리로 물었다.

"어젯밤에 당신은 어디 가 계셨죠?"

찬희는 오만스럽게 고개를 쳐들고 김상국 씨를 빤히 쳐다본다. 당돌한 역습이었다. 김상국 씨 얼굴 위에 피가 확 모여들었다.

"건방지게! 내가 묻는 말에 대답하란 말이야!"

바락 소리를 지른다.

"마찬가지 아니에요? 피차가."

냉랭한 목소리로 응수하며 남편으로부터 눈길을 돌리지 않았다.

"뭐라구?"

벌떡 일어서면서 주먹을 불끈 쥐는 것이었으나 김상국 씨는 차마 여자를 때리지는 못한다.

찬희의 입가에는 엷은 미소가 번져갔다. 그러나 그 엷은 미소는 약하고 처절한 것이었다. 그는 고개를 획 돌리며 어두운 창밖을 바라본다. 눈물이 희번덕거린다.

"어디 가 있었어! 말하란 말이야."

"애림원에요."

"애림원? 누구하구."

"고아원의 꼬마들허구요."

머리끝까지 화가 치밀었던 김상국 씨는 애림원이 요정이나 여관이 아닌 고아원인 것을 비로소 깨닫는다.

"거짓말이다! 나는 벌써 얘길 다 듣고 왔어. 바른대로 말을 하란 말이야!"

자리에 퍽 주저앉으며 심문관의 권위를 세우려는 듯 말씨를 다듬었다.

"이야길 들었으면 그만 아니에요? 새삼스럽게 저한테 물을 필요도 없지 않아요?"

"그, 그럼 그 풍문이 사실이란 말이지? 시인한단 말이지?"

김상국 씨는 찬희 옆에 바싹 다가앉으며 대답 여하에 따라 결단을 내겠다는 기세다.

"무슨 풍문인지 내용을 모르는데 어떻게 제가 시인하고 부인 한단 말예요?"

궁지에 빠진 쥐가 고양이 귀를 물듯 역습한다.

김상국 씨는 기가 막혔다. 꿈에도 찬희가 그렇게 나올 줄은 몰랐다. 품행이 단정하다는 것은 물론이거니와 남편에게 이렇게 불손한 여자라는 것을 어떻게 상상인들 했겠는가. 지금 사는 여자와의 관계가 폭로되었을 때만 해도 찬희는 이혼하자고 하며 울었을 뿐이다. 김상국 씨는 불미스러운 소문을 누가 귀띔해주었을 때보다 찬희의 대담한 역습에 더 큰 충격을 받는 것이었다.

"어젯밤에는 정말 애림원에 있었는가? 이 자리에서 맹셀 하겠는가 말이다."

김상국 씨는 불이 꺼진 담배에다 라이터를 켜서 붙인다. 그의 손이 눈에 띌 만큼 떨리고 있었다.

"답답하거들랑 전화 걸어보시구려."

전화를 걸어 사실이 발각되건 혹은 그렇게 믿음으로써 사실
이 엄폐되건 그 어느 것이라도 상관없다는 태도다.

김상국 씨는 말문이 탁 막혀버린다. 그의 체면을 생각한다면
애림원에 전화를 걸어 사실 여부를 따질 수는 없는 노릇이다.
그냥 눌러앉아 참으려니 신음 소리가 저절로 입 밖에 나올 뿐
이다.

"내가 묻는 말에만 대답을 하란 말이야! 맹세를 하겠는가 못
하겠는가! 그 말대답만 하면 돼!"

"맹세할 의무를 느끼지 않아요. 맹세를 강요할 자격이 당신에
겐 없어요."

김상국 씨의 얼굴빛이 확 변한다.

긴장된 침묵이 흘렀다.

"이혼해 주세요. 당신의 아내 될 자격도 잃었지만 당신 역시
마찬가지 아니에요? 거북한 형식을 유지해 나갈 아무런 이유
도 없어요. 차라리 어떤 종결을 지어버린다면 안정될 것 같아
요. 매일매일 허황하게 보내는 것이 이제는 견딜 수 없는 고통
이에요."

찬희는 침착하였다. 도리어 김상국 씨가 당황한다.

"당신이 저를 사랑하기 때문에 아내라는 자리에 앉혀놓은 것
이 아니라는 것, 저도 알고 있어요. 당신은 정치가라는 체면 때
문에 저를 이 자리에 앉혀놓은 것 아니에요?"

그 말은 김상국 씨의 아픈 곳을 찔렀다. 그러나 그는 이내 자

세를 고치며,

"내가 다른 여자를 보는 것이 다만 내 잘못이라 생각하오? 그건 당신 책임 아니오? 사십이 넘도록 자식도 없는 당신의 얼굴만 바라보구 있으란 말이야?"

이번에는 찬희의 쓰라린 곳을 무자비하게 찔렀다.

"그걸 누가 모른대요? 그러니까 매달리려구 하지 않아요. 이혼해 달라는 거 아니에요?"

"이혼을 하면 윤가하구 살겠다는 건가?"

확실한 것은 모르지만 김상국 씨 입에서 점잖지 못한 말이 튀어나왔다.

"그건 제 자유에 속하는 일이에요."

찬희의 얼굴이 보기 싫게 일그러졌다.

"자유?"

김상국 씨는 찬희의 뺨을 찰싹 갈겼다.

"자유라구? 자유로 해봐라 되는가! 철창에나 가서 자유로 하란 말이야! 개 같은 년놈들……."

김상국 씨는 씨근거린다.

"흥! 이혼하는 것도 남의 눈이 두려운데 철창으로 보내요? 그 아까운 정치생명은 어쩌구요."

찬희는 악을 썼다. 그러나 마음만이었고 그의 목소리는 싸늘하였다. 사실 그는 남편을 미워하고 원망하는 것도 아니었다. 자기 자신에 대한 염오에 몸부림치고 있을 뿐이었다.

"부정한 계집을 철창에 처넣는데 내 정치생명과 무슨 상관이란 말이야!"

그는 다시 찬희의 뺨을 갈겼다. 코피가 양단 두루마기 위에 울컥 쏟아졌다. 찬희는 손수건으로 얼굴을 싸면서,

"마음대로 하세요."

일종의 발악 같은 말이었다. 김상국 씨는 벌떡 일어섰다. 외투를 거머잡더니 방문을 후다닥 열곤 나가버린다.

찬희는 방바닥에 푹 쓰러지며 울음을 터뜨렸다.

"아주머니!"

언제 왔는지 은경이 쓰러져 우는 찬희를 안아 일으켰다.

"어마! 이 피!"

은경은 기겁을 하며 부엌으로 뛰어가 수건을 빨아가지고 들어온다.

"웬일이세요? 아주머니."

찬희는 눈물을 거두고 은경으로부터 수건을 받아 얼굴을 닦고 두루마기를 벗어 던진다.

"이런 꼴 보여서 은경은 나를 멸시하겠지?"

"아, 아니. 왜요?"

은경은 물끄러미 찬희를 쳐다보았다.

"세상이 더럽다. 아니, 인간이 더럽구 내가 더럽다."

찬희는 전에 없이 몸가짐을 함부로 하며 한숨을 푹 내어 쉬었다.

“저, 이 비서가 오셨는데요?”

식모가 문을 열고 말했다.

은경은 얼굴빛이 달라질 정도로 놀란다. 그러나 찬희는 식모의 말을 거의 귀담아듣지도 않는 모양이다.

“은경아, 나 자리 좀 깔아주어.”

기운 없이 벽에 몸을 기대인다. 은경은 설레는 마음을 누르며 이부자리를 꺼내어 깔았다.

“이 비서보구 나 아파서 못 만난다구.”

“네.”

은경은 자기 방으로 돌아왔다.

가슴이 방망이질하듯 두근거려 견딜 수 없었다. 오래간만에 만나는 사람도 아니요, 매일 사무실에서 얼굴을 대하는 사람인데, 어째서 이렇게 가슴이 떨려오는지 은경은 알 수가 없었다.

거울 앞에 앉는다. 머리를 걷어 올려본다. 얼굴은 여위고 눈은 병적으로 빛나고 있었다.

‘그렇게 종적을 싹 끊어버리더니 웬일로 왔을까?’

그러나 아무래도 좋았다. 은경은 이치윤이 왔다는 사실에 희망을 걸고 있는 자기 자신에 대하여 애처로움과 서글픔을 느끼는 것이었다.

방에서 나온 은경은 부엌을 들여다보며 식모에게,

“이 선생님 어디 계세요?”

뻔히 알면서도 묻는 것이었다. 은경은 일부러 늑장을 부림으로써 감정의 안정을 꾀하려는 것이다.

"응접실에 계세요."

"그래요? 커피 좀 올려놓아야겠는데……."

은경이 부엌으로 내려가려고 하자,

"그만 가세요. 혼자 계시는데 내가 끓여다 드릴게."

하고 식모가 호의를 베풀었다.

은경은 느릿느릿한 걸음으로 응접실 앞에까지 와서 도어를
밀었다. 복잡한 감정을 담은 이치윤의 눈이 은경에게로 확 쏠렸
다. 은경은 방 안에 우뚝 서며 이치윤의 눈을 튀기듯 똑바로 쳐
다본다.

"웬일이세요?"

은경의 귀에 자기 자신의 목소리가 윙 하고 울렸다.

이치윤은 눈을 돌리며,

"아주머니 안 계세요?"

치열했던 시선과는 반대로 목소리는 쌀쌀하였다.

"몸이 편찮으셔서 누워 계세요."

은경은 의자에 몸을 놓으며 낮게 대답한다.

"아주머니를 좀 뵈려고 왔었는데……."

이치윤은 입맛을 다신다.

두근거리던 은경의 심장이 싹 가라앉는다.

'그래! 아주머니만 뵈러 왔단 말이야? 너를 언제 보았느냐는
듯 그렇게 천연스럽게…….'

심한 모욕과 절망을 되씹듯 은경은 자기도 모르게 손끝을 꽉 물었다.

"몹시 편찮으신가요?"

"만나실 수는 없을 거예요."

이치윤은 호주머니를 만지면서 분주히 담배를 찾는다.

"하실 말씀이 계시면 저한테 하시죠. 전해드리겠습니다."

은경은 사무실에서처럼 명확한 어조로, 그러나 마치 대사를 암송하듯 말하고 이치윤의 얼굴을 빤히 쳐다본다.

"굳이 해야 할 말은 없습니다. 하도 오래 못 뵈어서 인사하러 왔죠."

하더니 밍한 얼굴로 흰 벽을 바라본다. 담배 연기를 내어 뿜는 그의 얼굴은 황량하였다.

"참, 상애 씨는 내려가셨어요?"

여전히 멍한 표정으로 물었다.

"부산에 내려가셨나 봐요."

그러고는 무거운 침묵이 계속되었다.

"김 군이 은경 씨에게 무슨 말을 했다는데……."

한참 후 이치윤이 혼잣말처럼 중얼거렸다.

"결혼 신청을 하시더군요."

은경은 분한 생각이 목구멍까지 치밀었다. 마치 남의 일처럼 천연스럽게 그런 말을 하고 있는 이치윤에 대하여 증오와 저주를 느꼈다.

“은경 씨는 어떻게 생각하세요?”

“중매하러 오셨어요?”

은경은 얼굴이 벌게진다. 이치윤은 쓰디쓰게 웃었다. 그리고 그 말대답은 하지 않았다.

그날 밤 극장에서 나온 남식은 은경을 정릉까지 데리고 갔었다. 그리고 돌아오는 길에 자동차를 세우고 은경을 포옹하였던 것이다. 그러나 은경의 완강한 거절을 받자 남식은 그 이상 짓궂게 굴지 않고 혜화동의 집까지 점잖게 데려다주었던 것이다. 그러나 남식은 자기와의 결혼문제를 한번 생각해 보라는 말을 남기고 가버렸던 것이다.

“뭐라구 말했음 좋을까요—.”

이치윤은 허두를 터놓고 괴로운 듯 이맛살을 잔뜩 찌푸렸다.

“은경 씨는 너무 순진해요. 추한 세계를 모르구 있어요. 나는 이렇게 은경 씨를 대하구 있음 두려움을 느낍니다.”

은경은 아무 말도 못하고 이치윤을 바라만 보고 있는데 눈물이 후두둑 떨어진다.

“나를 나쁜 놈이라 생각하겠죠. 좋습니다. 사실로 나는 나쁜 놈이에요. 아니, 우유부단하구 무기력하구 악한보다 더 나쁜 놈입니다. 도무지 자신이 없어졌어요.”

한숨을 푹 내쉬었다.

생각해 보면 이치윤 자신도 어처구니없는 실수가 아닐 수 없었다. 사소한 기회가 일을 크게 전환시키고 만 데 대하여 이치윤은 아무런 결단도 내지 못하고 있는 것이다.

본시부터 경란하고는 애정이 없어 헤어진 것도 아니요, 또 법적 수속이 완료된 남도 아니었다. 그러나 이미 남이 되고 말았다는 것은 자타가 인정하는 바이다.

하기는 그렇다고 해서 경란이 어느 특정된 사람을 애인으로 삼았던 것은 아니다. 그러나 경란의 이성교제는 변화무상하였다. 경란이 이치윤에게 돌아올 생각을 아예 갖지 않았던 것과 마찬가지로 이치윤 자신도 감정이 전부 처리되었던 것은 아니었지만 그들의 관계를 단념하고 있었던 것만은 사실이다. 그가 은경에게 마음을 기울이고, 또한 술을 마신 탓이라고는 하지만 은경의 입술을 몇 번이나 빼앗은 것도 따지고 보면 경란과의 관계를 백지로 돌린 때문이다.

그러나 은경이 내려가는 바로 그 열차를 타고 대구로 내려갔던 경란은 무슨 생각에선지 이튿날 곧 상경하여 밤에 이치윤의 하숙으로 찾아왔던 것이다.

이치윤은 순간적으로 흔들렸고 아주 용이하게 선을 넘어버린 것이다. 과거의 부부간이었다는 점에서 그들에게는 아무런 장막이 없었던 것이다.

이치윤은 자기를 찾아오게 된 경란의 표변한 행동에 대하여 의아심을 지금도 가지고 있다. 사랑한 때문인가, 그렇지 않으면 자기 자존심에 대한 열적은 장난이었든가, 아니면 자기를 못난 사나이로 만들고 쾌감을 느끼려 했음인가?

'못난 놈…….'

이치윤은 멍청히 은경을 쳐다본다.

멀리에서 성당의 종이 울려온다. 밤은 깊어가는 모양이다.

이치윤은 담뱃재를 떨었다. 담배를 손가락 사이에 낀 채 무거운 침묵은 계속되었다.

은경을 눈앞에 봄으로써 경란에게 대하여 모질지 못했던 자기 자신, 분연히 물리치지 못하였던 자기 자신을 뉘우치는 것보다 희뿌연 안개처럼 종잡을 수 없는 경란이라는 여자를 이치윤은 생각하고 있는 것이다.

그날 밤에는 술기도 있었다. 창밖에는 눈이 쌓였었다. 낮에 짐을 옮겨다 놓은 하숙방이 그지없이 쓸쓸하였다.

경란은 눈을 맞고 들어섰던 것이다.

"어떻게 알구 찾아왔소?"

"남미네의 운전수가……."

그 운전수는 낮에 이치윤의 짐을 실어주었던 것이다.

"왜 왔소?"

"만나고 싶어서요. 오면 안 되나요?"

경란은 늘씬한 암사슴처럼 이치윤을 바라보았다.

지난날의 일은 다 물에 흘려버리고 시골께 있는 아이를 데려와서 가정을 다시 이룩하자는 말을 경란도 이치윤도 입 밖에 내지 않은 채 그냥 오다가다 만난 사람처럼 그렇게 쉽게 그들은 침실을 같이하였던 것이다.

'불안과 증오, 그러면서도 어쩔 수 없이 빠져버리구 말았던 나…….'

여하간 이치윤으로서는 경란과의 관계가 어떻게 종결이 되고 발전이 되든 간에 그의 양심이 비둘기처럼 순결한 은경이 앞에서 그를 두려워하지 않을 수 없었던 것이다. 사무실에서 얼굴을 부딪칠 때마다 그는 괴로워하고 은경을 회피하려고만 했던 것이다.

테이블 위에 깍지 낀 두 손을 얹고 이치윤의 고통스러운 표정을 오랫동안 바라보고 있던 은경이,

"이 선생님?"

하고 불렀다.

생각에 잠겨 있던 이치윤은 소스라치게 놀라며 번쩍 고개를 들었다. 그리고 흩어진 마음을 한곳으로 주워 모으려는 듯 냉정하게 표정을 가다듬는 것이었다.

"선생님은 진심으로 그이를 사랑하세요?"

그이라는 것은 물론 경란을 가리키는 말이다.

"왜 새삼스럽게 그런 말을 나에게 묻는 겁니까?"

"아마 사랑하지 않을 거예요. 대답해 주세요."

은경은 한 가닥 희망을 휘어잡는 듯 이치윤의 눈을 놓치지 않으려는 듯 눈이 애처롭게 빛났다.

이치윤은 적잖게 당황한다.

"사랑하지 않을 거라구요? 그렇게, 그렇게 말하구 싶군요."

이치윤은 억지로 입가에 미소를 띠었다.

"선생님은 전에 절 보고 한 말씀이 있었어요. 사랑한다고 말하고 싶다, 그렇게 말씀하셨죠?"

"그런 말을 내가 했던가요."

의식적으로 회피하려는 기세다. 그러나 은경은 그 말대답은 하지 않았다.

"지금 선생님은 그분을 사랑하지 않는다고 말하고 싶다 하셨어요. 왜 명확하게 말씀 못 하시고 '싶다'는 거예요? 그것을 저에게 설명해 주세요."

은경은 대어들듯 말하였다. 테이블 위에 놓인 손이 파르르 떨리고 있었다.

"결국 우유부단한 때문이죠."

이치윤은 던지듯 말하였다.

"우유부단한 때문에 회피를 하세요?"

"우유부단한 때문에 은경 씨를 불행하게 할 거란 말입니다."

"그것이 회답이세요?"

"회답입니다."

"좋아요. 불행과 행복은 저의 마음속에 있는 거예요."

"그러나 그 마음속에 있는 불행과 행복을 저의 우유부단이 좌우할 거 아닙니까? 은경 씬……."

일단 말을 끊었다가 머리를 떨구며,

"은경 씨는 김 군의 청혼을 받으세요. 행복해질 겁니다."

"부잣집 아드님이기 때문에?"

"좋은 청년입니다. 똑똑한 사나이입니다."

"미국 유학생이기 때문에?"

"겉으론 놀기 좋아하구 아무렇게나 되는대로 사는 것 같지만 의지가 강하구 세상이 뭐인지 알구 있어요."

"그렇겠죠. 이 선생님의 상관이니까요."

"김 군은 속이 깊어요. 나처럼 우유부단하지도 않고 결단성이 있어요. 나처럼 용렬하지도 않고 너그러워요. 그릇이 크죠."

"안성맞춤이군요. 우정도 지킬 수 있고 여자를 떼어버릴 수도 있고……."

은경의 입술은 새파랬다.

"부잣집 외아들로서는 훌륭한 사람입니다. 반드시 은경 씨는 행복해질 겁니다. 나는 은경 씨의 행복을 바라고 있어요."

이치윤은 말 사이사이에 끼어드는 은경의 격한 목소리는 귓가에 흘려버리고 자기가 할 말만은 해버린다.

은경은 별안간 상반신을 흔들더니 테이블 위에 푹 쓰러졌다. 그리고 양어깨를 들먹거리며 흐느껴 우는 것이었다.

이치윤은 엉거주춤 일어서서 은경의 우는 모습을 내려다본다. 식모가 차를 받쳐 들고 들어오다가 은경이 울고 있는 광경을 보자 어리둥절하며 이치윤을 쳐다본다. 이치윤은 슬그머니 자리에 앉는다.

"왜 그러세요?"

이치윤은 말이 없고 은경은 울고 있을 뿐이다.

눈을 꿈벅거리고 있던 식모가,

"왜 울리세요? 모처럼 오셔서……."

방 안의 공기를 벌써 알아차리고 어색함을 풀기 위함인지 농조 비슷한 말을 했다. 그리고 테이블 위에 찻잔을 놓더니 황급히 나가버린다.

"은경 씨, 이러지 말아요. 내가, 내가 잘못했소."

이치윤은 은경이 있는 데로 돌아가 그의 어깨를 두 손으로 일으켰다. 그러나 은경은 이치윤의 팔을 뿌리친다. 그 바람에 커피잔이 마루 위로 굴러떨어져 와싹 깨어진다.

"가겠어요! 가고말구요. 선생님이 원한다면 지옥이라도 가겠는데 그까짓 시집 못 갈 줄 알아요!"

은경은 두 손으로 얼굴을 가리며 응접실에서 뛰어나갔다.

"은경 씨!"

이치윤이 불렀으나 강한 음향을 내며 도어가 닫혀질 뿐이다.

이치윤은 그 자리에 말뚝처럼 한참을 서 있다가 깨어진 커피잔을 주워 모아놓고 쭈그리고 앉은 채 우두커니 그것을 바라본다.

'경란과의 일을 해결 짓자.'

이치윤은 이때처럼 확실히 자기의 마음을 들여다본 일이 없었던 것 같았다. 은경이 자기와 헤어진다면 은경보다 자기 자신이 더 불행해질 것 같은 생각이 들었던 것이다.

'경란과의 일을 해결 짓자.'

현대출판사에서는 종합지《청조》의 창간호가 나왔다. 창간인 만큼 여러 가지 우여곡절이 많았다.

은경은 서울 시내의 책방마다 즐비하게 나붙은 창간호 광고와《청조》라는 푸른 빛깔의 타이틀이 붙은 책을 보았을 때 대견함을 느꼈다. 처음 경험하는 기분이지만 일에 대한 보람이란 이런 것이거니 생각하기도 했다.

사에서는 창간호가 나오는 동시 곧 뒤이어 2호 출간에 착수하였다. 직원도 늘고 드나드는 손님들도 많아져서 제법 사무실 안은 활기를 띠기 시작하였다.

은경도 아직 원고가 공장에 넘어가지 않아 교정 볼 것이 없으면 대학으로, 혹은 다방으로 나가서 교수나 문인들에게 원고를 받아들이는 일을 도왔다.

차츰 일에 대한 요령도 알게 되고 동료들과도 친숙해져 그의 동작은 아주 날쌔졌다. 이러한 은경의 변화는 비단 일에 대한 요령을 알았다거나 동료들과 친근한 분위기가 조성되었다는 것에서 온 것만은 아니었다. 오히려 은경을 명랑하고 민첩하게 만든 것은 이치윤의 태도의 변화에서 오는 것이었을 것이다.

이치윤은 전과 다름없이 사무적이며 침착한 태도로써 은경을 대하였다. 그러나 그에게서 풍겨오는 분위기는 부드러웠고 전에처럼 은경을 의식적으로 회피하려는 태도는 아니었다.

며칠 전만 해도 이치윤은 은경을 따라 혜화동까지 같이 갔었다. 구체적인 말을 하지 않았으나 차차 자기 주변을 정리하겠으니, 그러니 당분간은 서로 거리를 두고 지내자는 뜻의 말을 했던 것이다. 이치윤의 감정과 태도가 변함으로써 미묘하게 된 사람은 남식이었다. 그렇다고 해서 미묘하게 된 입장을 내색하는 남식은 아니었다. 여전히 구성지게 잘 웃었고 기발한 문구를 날리며 주위 사람들을 웃기기 일쑤였다. 그러나 때때로 그것은 이치윤만이 느낄 수 있는 것이었으나 강한 눈초리로 은경을 쳐다보는 순간이 있었다. 이럴 때마다 이치윤은 남식에 대한 미묘한 감정의 벽을 흐려버리기 위해서도 문제를 양성으로 다루어야겠고, 그러기 위하여는 경란과의 법적인 부부관계를 말끔히 해소시켜야겠다는 생각을 하는 것이었다.

기자들이 다 나간 조용한 오후였다. 은경도 오늘 써수기로 약속한 어느 소설가를 만나기 위하여 막 일어서는데 전화가 울렸다. 은경이 수화기를 들기 앞서 창가에 서 있던 이치윤이 먼저 손을 뻗쳤다. 은경은 왜 그런지 경란이라는 직감이 들었다.

"지금 바빠요."

이치윤은 퉁명스럽게 한마디 하고 슬쩍 은경을 쳐다보았다.

'역시 그 여자한테서……'

그러고 있는데 남식이 언제나처럼 바쁜 걸음으로 쫓아 들어왔다.

"미스 송, 어디 가시오?"

"네. 원고 받으러요."

"미스 송이 가면 틀림없지. 안 줄래야 안 줄 수가 있나?"

"그러니까 월급 많이 주셔야 돼요."

은경은 웃으며 나간다.

은경의 발소리가 멀어지자,

"이봐, 도대체 어떻게 돌아가는 판국이야?"

대뜸 하는 남식의 말이었다.

"뭐가?"

이치윤은 아무렇지도 않게 얼굴을 돌렸다.

"뭐라니? 바루 자네 말이야. 태도가 흐리멍텅하지 않느냐 말이다."

"이미 흐리멍텅한 단계는 지났어."

"그럼 이쪽이야 저쪽이야?"

남식은 은경의 빈자리를 가리키고 또한 창밖을 가리킨다.

"무슨 물건 취급이야?"

이치윤은 남식의 성격을 잘 알고 있으면서도 약간의 불쾌감을 느꼈다. 그러나 엄밀히 말해서 그 불쾌감은 상대편에서 오는 것이기보다 자기 자신에서 오는 것이었다. 라이벌이니 삼각관계니 하는 처지가 우정을 망그러지게 한다는 것에서 온 불쾌감도 아니었다. 은경을 자기 자신이 포기함으로써 남식에게 이번 기회를 주었다가 그것을 다시 번복한 데서 오는 자기혐오였던 것이다. 물론 그러한 차질은 의식적인 것은 아니었다.

"내가 물건 취급을 한다고? 자네야말로 물건처럼 취사선택에 망설이고 있지 않나?"

남식은 노골적으로 힐난한다.

"내 약점을 찔러야만 자네 속이 시원하겠나?"

이치윤은 남식을 똑바로 쳐다본다.

"그까짓 여자 몇쯤 망설일 거는 뭐 있노. 알뜰한 것 하나만 골라놓고 나머지는 모두 바람 쐰 기분으로 처리해 버리면 되는 거지. 언제까지나 깐죽깐죽 생각을 하는 것은 못난 놈이야."

"자네처럼만 된다면야 천하가 태평하겠다."

"제발 넋 빠진 소리 작작 해. 아무튼 명백히 선을 그으란 말이야. 자네가 미스 송을 꼭 붙들겠다 한다면 나는 그 프러포즈를 취소할 용의가 있다. 그렇지 않다면 나는 미스 송을 꼭 붙잡겠다. 어디까지나 파인플레이 하잔 말이야."

"경란과 법적인 수속을 하겠다."

"이혼하겠단 말이지?"

"응."

남식은 미소를 띠었으나 그것은 쓰디쓴 웃음이었다. 실망의 표현이다.

"웬만했음 뺏아버리겠는데…… 원래 그 여자는 온통 자네한테 빠져버렸으니…… 어쨌든 자넨 여자 복이 많아 탈이야. 그런데 이거 참 장가가기도 어렵게 됐단 말이야. 뺀질뺀질한 것들을 보면 한 대 갈겨주고 싶고, 하기는 이치윤 같은 꽁생원한테 순정을 다 바치는 모습에 더 매력을 느끼는지도 모르지. 하하하……."

남식은 호기스럽게 웃었다.

"미안하게 됐다."

이치윤이 쑥스럽게 웃는다.

"미안할 것 없어. 아무리 친구라도 그것만은 양보가 안 되지. 만일 양보할 수 있는 놈이라면 내 친구는 아니다. 쓸개 빠진 놈이지. 그러나 안심하진 말게. 양보 안 하는 것은 나도 마찬가지야. 아직은 나에게도 가능성은 있단 말이야. 내 실력으로 그 여자를 뺏을 수 있다면 결코 나는 사양치 않을 것이다. 그러나 십중팔구 틀린 일이야. 그 여잔 자네한테 흠뻑 빠져버렸으니 말이다."

남식은 빠져버렸다는 말을 되풀이하면서 역시 크게 웃어젖혔다.

"어마! 뭐가 그리 우스워요?"

여자 목소리에 돌아보니 남미가 생글거리며 서 있었다.

"이요오! 멕시코 아가씨가 웬일이오?"

남식이 소리를 지른다.

"사업 방해라고 금족령을 내렸지만 공무로 왔으니 안심하세요."

"공무라니?"

"공무라구? 선거운동이냐?"

때마침 밖에서는 시끄럽게 스피커가 떠들고 있었다. 앞으로 얼마 남지 않은 선거를 위한 선전이다.

"도대체 사람을 뭘루 보는 거예요?"

남미가 다잡자 남식은 털썩 의자에 주저앉는다. 이치윤이 남미에게 의자를 내어 밀며 앉기를 권한다.

"참 오래간만이네요? 경란 언니한테 이 선생님 소식은 종종 듣고 있지만, 축하합니다."

남미는 이치윤을 올려다보며 방실방실 웃는다.

"축하……."

이치윤은 싸늘하게 뇐다.

"이례적으로 경란 언닌 열심이었어요. 역시 무풍지대에서는 매력이 없는 모양이에요. 자극이 있어야 하나 봐요? 이 선생님? 앞으로도 가끔 바람피우세요. 그래야 언니가 등 달아하지 않겠어요?"

건방지기 짝이 없는 남미의 요설에 이치윤은 대꾸를 하지 않는다.

"건방지게 너가 뭘 안다고 참새 떼처럼 지껄이는 거야? 공문지 사문지 용건부터 말하고 얼른 꺼져버려."

"왜 이렇게 서두르세요? 절 갈시하면, 일겠어요? 막 훼방 놓아버릴 테예요."

"천만에, 괄실 하다니. 아냐. 젊은 사원들 들어오면 아름다운 그 자태를 바라보노라고 일의 능률이 안 오른단 말이야."

"흥! 비행기는 그만 태우시고…… 지금은 그 자태를 볼 얼간이 녀석들도 없지 않우? 차나 사세요."

"차? 취미 없다. 세상에 취미 없는 일이지. 애인이 보면 오해하고 너처럼 한가한 몸도 아니고……."

"어마! 언제부터? 이 잘나빠진 의자 하나가 퍽이나 대견한 모양이죠? 호호……."

"건방진 소리—."

"아참, 한가하신 몸이 아니랬지. 저, 다름이 아니오라 진짜 김 사장님께서 호출이십니다."

"진짜 김 사장?"

"아버지 말예요. 용돈 얻으러 왔더니 가서 오빠 불러오래요."

"왜?"

"몰라요. 굉장히 화나셨나 봐."

남미는 두 손가락을 머리에 올려 뿔이 돋은 흉내를 낸다.

"무슨 일로?"

"가보심 알 거 아니에요? 어쩌면 목이 달아날지도 몰라요."

남식은 자기 목을 슬쩍 만지며,

"내 목이 말이지."

"빨리 가보기나 하세요. 이 선생님은 저한테 차 사주실 거예요?"

"이거, 크게 걸렸구나."

남식은 이치윤을 보고 씩 웃으며 일어선다.

복도를 돌아 김 사장실 앞에까지 온 남식은 도어를 두들겼다. 그리고 대답을 기다릴 것도 없이 도어를 쑥 밀었다.

김 사장이 얼굴을 들었다. 잔뜩 미간을 찌푸린 폼을 보아 굉장한 저기압인 모양이다.

"부르셨어요?"

"저기 좀 앉거라."

맞은편 의자를 가리켰다. 방 안에는 아무도 없었다. 항상 그림자처럼 지키고 앉아 있는 그 여비서도 없었다.

남식은 슬그머니 자리에 앉는다. 그리고 마음속으로 작전을 세우며 김 사장을 바라본다. 외관상으로는 어디까지나 태연자약한 태도로…….

김 사장은 테이블 위에 놓인 엽차를 한 모금 마시고 난 뒤,

"출판산가 뭐 잡지산가 하는 일에 출자하기로 결정했을 때 내가 너에게 이른 말이 있었지?"

"글쎄요? 무슨 말씀이시던가요? 잘 기억이 안 나는데요?"

남식은 일부러 능청을 부린다.

"벌써 그런 태도부터가 글러먹었다!"

우중충한 얼굴에 노기를 띠면서 김 사장은 언성을 높였다.

"내가 너한테 돈을 벌어들이라구 애당초부터 기천만 환씩이나 내어 준 것은 아니다. 그러나……."

"그야 제가 돈벌이 안 되는 사업이라 말씀 올렸죠. 사실 앞으로도 몇 달 동안은 돈이 나가게 마련입니다."

"앞으로도 돈이 나간다구? 어림도 없다!"

처음에는 어른으로서의 위엄을 갖추고 꾸짖으려 한 것이나 남식의 능글능글한 태도에 김 사장은 그만 흥분해 버린다.

"방금 아버지께서는 기천만 환씩 내어 주었다고 하셨는데 아 직 기백만 환도 안 쓴걸요?"

"애빌 놀릴 작정이냐?"

"어 참. 아버지도 괜히 화를 내세요? 흥분하시지 마시고 뭣이 잘못되었는지 말씀해 주세요."

남식은 유유히 말하였다.

"아까도 내가 말한 것처럼 돈을 벌기 위해 너에게 자금을 댄 것은 아니었다. 경험이라도 얻구 앞으로 할 일을 위해서 다소나 마 기반을 닦아둔다면 그것으로 족하다 생각하며 돈을 내어놓 은 거야. 그런데 그것은 고사하구 애비 사업까지 망치려 드니 대관절 어떻게 되어먹은 심보냐 말이다."

"아버지 사업을 망친다구요?"

"그걸 몰라서 묻는 거냐? 정말 몰라서 묻는 거냐 말이다. 아 니면 알구도 시치미를 떼는 거냐!"

"모르겠는데요? 아버지 이름을 도용하여 돈을 끌어온 일도 없구요!"

"모르겠거든 똑똑히 말해준다. ―너의 잡지에다 자유당을 직 사하게 욕하구 H씨를 깐 걸 넌 모른단 말이지? 명색이 책임자 라는 녀석이 그것도 모르구 책을 발간했단 말이냐?"

"네에―. 그것 말씀이세요? 왜 제가 몰라요? 제가 계획한 일인데요."

"너가 계획한 일이라구? 애비가 잘돼가는 것 배가 아파서 한 짓이냐?"

"자유당 욕한 것하고 이 회사하고 무슨 관계가 있어요?"

"내 아들놈이, 더군다나 내 회사 안에서 발간되는 잡지에 그래 자유당 욕을 했는데 그게 아, 아무 관계도 없단 말이냐!"

김 사장은 화가 머리 끝까지 치받혀 견딜 수 없다는 듯 테이블을 탕― 친다.

"나도 몰랐단 말이야! 설마한들 그런 일이 있으랴 하는 생각마저 한 일이 없었단 말이야! H씨한테서 전화가 오지 않았다면. 이거 사람 죽일 노릇이지. 함정에서 건져준 사람을 잡아먹어두 유분수지. 그래 자유당과 H씨의 뒷받침 없이 이 큰 사업이 저절로 떡 먹듯 되어나가는 건 줄 알았었나!"

김 사장은 극도로 흥분이 되어 또 한 번 테이블을 주먹으로 쳤다. 남식은 슬그머니 웃는다.

"아버지."

조용히 부른다.

"아버지는 전화위복이란 말씀 아세요?"

"전화위복이라구?"

김 사장은 어리둥절한다.

남식은 슬그머니 웃는다.

"이번 일은 전화위복이 될 겁니다. 두고 보세요."

"자유당 욕을 직사하게 해놓고, 그래 어디서 금덩어리가 굴러들어온단 말이냐?"

"허참, 서두르지 마시고 제 말씀 들어보세요. 아버지는 퍽 정력적으로 사업을 끌고 나가시지만 역시 시야가 좁습니다. 아버지는 미래를 위해서 양면작전을 쓰셔야 합니다. 양면작전, 아시겠어요?"

남식은 마치 보물상자라도 펴놓은 듯 김 사장을 지그시 쳐다본다.

"양면작전? 그건 또 무슨 뜻이야?"

"네. 그 바로 양면작전입니다. 모 재벌 내부에 있는 미묘한 조직이 무엇을 의미하는가 ㄱ 말씀입니다. 사장은 퍼벌려 놓은 자유당원이고 실권을 쥐고 있는 부사장은 야당의 비밀당원이란 말씀입니다. 물론 양쪽에 다 정치자금이 들어가죠."

"그건 어디서 들었나?"

김 사장의 표정이 다소 변한다.

"다 아는 길이 있죠."

"……."

"왜 그들은 그런 표리부동한 조직이 필요했겠습니까? 뻔하죠. 자유당하고 운명을 같이하긴 싫다는 거죠. 자유당의 짧은 수명을 알고 있거든요. 아무튼 아버지보담 그들의 타산이 더 정확했단 말씀입니다."

"음…… 그 정도야 나도 좀 알구 있었지만서도……."

김 사장의 노기가 한층 사그라진다.

"우리 잡지는 아버지의 양면작전의 한 모퉁이가 되는 겁니다. 정치자금을 공급하는 것보다 우선 액수가 적고 양성이니 효과가 있고⋯⋯."

"그러나 곤란하다. 내 입장이 곤란하단 말이야. 바로 내 회사 건물 안에서⋯⋯."

"으음⋯⋯."

김 사장은 일어서서 방 안을 왔다 갔다 한다.

"그래. 어떻게 했음 좋겠단 말이냐?"

"뻔하죠. 우리 잡지사가 이사를 해야 합니다. 그리고 경리문제도 독립되어야겠어요."

남식은 코를 훌쩍 한다. 김 사장은 입맛이 쓰다는 듯 뒷짐을 지고 여전히 방 안을 빙빙 돈다.

"설마 그리 쉽게 자유당이 무너질려구?"

김 사장은 잡지문제, 이사문제는 뒷전이고 자유당의 수명이 결코 길지 않으리라는 데 대한 불안 속에 빠져 있었다.

"설마가 사람 죽인다는 말 못 들으셨어요? 노망 든 늙은이가 살면 얼마나 살고 썩을 대로 썩어버린 것? 애당초 다른 곳에다 사무실을 구하겠다고 말씀드리지 않았습니까?"

남식은 때를 놓치지 않으려는 듯 공세를 취한다.

"그러니까 제가 뭐랬어요. 이 정권이 곪아터지지 않고 그대로 배기리라 생각할 순 없지 않습니까?"

남식은 제법 열변을 토하는 듯했으나 실상 그 문제에 대하여 깊은 관심이 있었던 것도 아니다. 그는 김 사장의 약점을 이용하여 사옥을 옮기게 하고 충분한 자금을 긁어내자는 데 목적이 있었던 것이다.

"좀 생각해 보자. 그러나 너무 노골적으로 욕하는 것만은 삼가야 한다."

결국 김 사장은 그 문제를 용두사미로 끝내고 말았다.

쉴 새 없이 지껄이는 남미를 데리고 이치윤은 다방으로 들어갔다. 경란이 유유한 표정으로 앉아 차를 마시고 있었다. 이치윤은 남미가 차를 사달라고 조르던 이유를 알았다. 동시에 순진하지 못한 남미에 대하여 불쾌감이 솟았다. 그리고 남미를 이용하는 경란에 대하여 혐오를 느꼈다. 도도하고 오만했을 때 이 여자에게 가던 미련이 씻은 듯 없어진 것이 이치윤에게는 이상하기도 하였다. 그러나 오만했던 만큼 경란의 능동적 행위는 비루하게 보여지는 것이었다. 이치윤은 여자들을 위하여 커피를 시켜놓고 자신은 담배만 멋없이 태우고 있었다.

"이 선생님? 오빠가 그 경상도 아가씨한테 프러포즈했다는 것 사실이에요?"

남미의 말에 동요하는 사람은 이치윤보다 경란이었다. 눈이 질투에 빛났다. 옛날의 자기의 위치를 그 깜찍한 계집애가 빼앗았다는 감이 없지도 않았다.

"남식 군한테 물어보시죠."

"바로 그 남식 군인 오빠가 말하던걸요."

"그럼 틀림없겠죠."

"아이, 기가 막혀. 그런 시골뜨기를 올케로 삼다니 비관 천만인데?"

이치윤은 아무 말도 하지 않는다.

한참을 지껄이고 있던 남미는 지쳤는지 일어났다.

"언니? 나 약속이 있어 먼저 실례해요."

이치윤에게는 고갯짓을 하고 머리를 너풀거리며 남미는 나갔다.

한참 후 이치윤은 무겁게 입을 열었다.

"조용한 곳으로 옮깁시다. 상의할 일이 있는데."

몹시 예의 바른 말투였다. 경란은 이치윤을 쏘듯이 쳐다보다가,

"그럭허세요."

밖으로 나온 이치윤은 바지 주머니에 양손을 찌르고 잠시 망설이다가 반도호텔 쪽으로 발을 옮긴다. 그리고 스카이라운지로 올라간다. 창가에 자리를 잡고 앉았다. 낮이 되어 그런지 별로 손님이 없었다.

민첩하게 쫓아오는 웨이터에게 맥주를 달라고 말한 뒤 이치윤은 천천히 경란에게로 시선을 돌린다.

"우리가 언제까지나 이런 불완전한 생활을 계속할 수 없다는

것을 경란도 잘 알고 있을 줄 믿고 있소."

경란의 눈에는 즉각적으로 반응이 나타났다.

"그 말 무슨 뜻이죠?"

경란은 일부러 시치미를 뗀다.

"우리를 부부라 할 수도 없고 연인이라 할 수도 없지 않아요?"

이치윤은 따지듯 내리누르듯 말하였다. 경란의 눈에 순간 어떤 분노가 확 서린다.

"그럼 도대체 뭐예요. 동문가요? 아니면?"

"부부라 하기에는 가정이 없지 않습니까? 연인이라 하기에는 피차의 감정으로 보아 수긍이 안 될 거요. 우리가 이렇게 만난다는 일 자체가 무의미한 일이라 생각하지 않아요?"

"의미를 꼭 부여하고 행동하는 분치고는 서투른 짓이 많은 것 같은데요?"

경란은 빙글 웃었다.

이치윤은 얼굴을 찌푸린다. 약점을 찔린 때문이다.

"책임은 피차에 있죠."

"그렇지만 전 원래부터 책임감이라는 걸 싫어해요."

경란은 본시의 자세로 돌아가며 또 자신이 그럴 수 있다는 데 대하여 일종의 만족감을 느끼며 빙긋이 웃었다. 이치윤은 담뱃재를 탁 떨었다.

일단 그 실수에 관한 일은 밀어두기로 하고 우선 사무적으로 이혼문제부터 처리하리라 마음먹는다.

"서론은 그만두기로 하고 경란 씨하고 나는 이혼을 해야 합니다."

이치윤은 깍듯이 경란의 이름 밑에 씨를 붙였다.

경란은 눈썹 하나 까딱하지 않았다. 그러나 검은 눈동자가 잠시 유리알처럼 빛을 발하였다.

이치윤은 그새 웨이터가 날라다 놓은 맥주를 쭉 들이켰다. 그리고 손수건을 꺼내어 입언저리를 닦는다.

"과거에는 우리들이 부부였었고 또 현재도 법적으로는 부부임에 틀림이 없어요. 경란은 구속을 받는 가정생활이 싫어서 포기한 사람이오. 그러나 나는 가정도 필요하고 애정도 필요한 사람이오. 경란은 어줍잖은 가정의 수지를 따져가는 생활을 경멸했었소. 뭐, 이건 비난하기 위한 말은 아니오. 다만 두 사람의 차이점을 말하고 싶었던 거요. 나는 지금도 옛날과 마찬가지로 경란을 위한 생활의 비약을 마련하지 못했소. 불행하게도 앞으로도 별로 변함이 없을 거요. 그렇다면 이 애매한 관계는 청산되어야 피차의 생활이 안정될 것 아니오? 우리의 관계라는 것은 법적인 근거 이외 아무런 연대성도 없는 허공의 상태라 생각하는데?"

이치윤은 자기 자신이 무척 다변해졌다는 것을 느꼈다. 이렇게 늘어놓을 필요가 뭐 있는가도 싶었다. 그러나 경란을 다시 받아들였던 일이 어쩔 수 없는 약점이 아닐 수 없었다. 경란은 어느새 싸늘한 미소를 짓고 있었다.

"본론보다 후론이 길군요. 이혼문제 생각해 보겠어요."

의외로 경란의 입에서는 수월하게 대답이 떨어졌다. 그리고 선뜻 맥주컵을 쳐들며,

"축하합니다."

하고는 미소가 사라지지 않는 입으로 가지고 갔다. 그 뜻을 몰라 이치윤이 의아한 표정을 짓는다. 경란은 테이블 위에다 컵을 탁 놓으며 제법 가르르 소리 내어 웃었다.

"그 소녀를 위해서 말예요. 이혼은 동시에 구혼이 될 거 아니에요? 모든 일이 순조롭게 진행되기를 빌겠습니다."

무척 소탈한 말이다. 그러나 액면 그대로 받아들일 수 없는 뭔지 찐득찐득한 것이 그 목소리 속에 감추어져 있는 것만 같았다. 이치윤은 뒷맛이 좋지 않았다. 그는 우두커니 경란을 건너다본다. 여전히 화려하고 아름다운 얼굴이었다. 멋이 있고 세련된 포즈였다. 그리고 역시 오만무쌍한 콧대였다.

이치윤은 조물주의 총애가 온통 그곳에만 기울어진 듯 그렇게 아름다운 경란에게서 차츰 빛을 잃어가고 있는 것을 느꼈다. 고독한 상(像)이었다. 생명감이 없는 예술품만 같았다.

이치윤은 완전히 자기 자신이 경란을 객관적인 눈으로 바라보고 있는 것에 스스로 놀란다.

지난날 이치윤을 버리고 마치 굴러가는 물줄기 모양 자유분방하게 행동하던 그때 경란은 확실히 신선한 매력을, 그것으로

써 이치윤의 미련을 이끌어왔었다.

지금 경란은 도망가던 자세에서 반대로 이치윤을 쫓아오고 있다. 쫓아오는 순간부터 경란은 그 신선한 매력을 잃었던 것이다. 그러나 이치윤을 쫓아오는 여자는 경란이 혼자가 아니다. 은경이도 쫓아오는 여자다. 쫓아옴으로써 경란이 그 신선한 매력을 잃었다면 은경은 쫓아옴으로써 신선한 매력을 더 강하게 풍겨주었다. 이러한 마찬가지 행동에서 일어나는 상반된 현상의 원인은 이치윤의 마음속에 이는 신비한 조화이기보다 두 여자의 진실성의 차이에서 온 것이 아니었을까?

은경이 심장으로 부딪쳐 왔다면 경란은 손끝으로 다가온 것이다. 경란의 병적인 자존심과 자기 미모에 대한 영원한 자부심, 그리고 승리의 쾌락을 위한 농락의 기분은 결국 청포도 같은 은경의 순정 앞에 그 빛을 잃은 것이다.

"새로 낸 잡지 잘 나가나요?"

은경을 생각하고 있던 이치윤이 무슨 말을 했느냐는 듯 경란을 바라본다.

"《청조》라는 잡지 잘 팔리느냐 말예요."

"글쎄, 아직은 잘 모르겠는데 나가겠죠."

"자유당 욕만 하면 대한민국의 기갈 난 거지 신사들도 곧잘 호주머닐 털어 유식한 책을 산다던데요? 지식도 그쯤 싸구려로 떨어지면 흥미가 없어지겠어요."

악의에 찬 아이러니다. 동시에 그것은 이치윤에 대한 노골적

358

인 모욕이기도 했다.

"그래서 배때기에 기름이 낀 놈들이 점점 무식해진답니다. 아마도 그치들을 위한 별도의 지식을 만들어주기 위하여 새로운 두뇌가 나타나야 할까 봐요. 그렇지 않는다면 동맥경화증에다 뇌일혈."

이치윤은 껄껄 웃으며 경란이보다 한 수 더 뜬다.

"어마, 말씀을 참 잘하셔?"

경란은 자기 말재주가 이치윤의 말재주에 낭패를 당했음을 느꼈다.

"그건 그렇고, H의원이 노발대발한 것 모르시죠?"

"그 어른께서 거지 신사가 사 보는 책을 보셨다니 영광이군요."

"영광의 보상이 무섭죠. 그인 오빠의 친구예요."

"좋습니다. 뜻대로 하라죠."

태연자약이다. 경란은 끝내 자기가 지고 만 것을 깨달았다. 그는 화제를 휙 돌린다.

"건달이 그런 일을 다 시작하구 제법이군. 덕택에 룸펜들도 구제하구, 인심이 좋군요. 미스터 김 말예요."

경란은 말을 하는 동시 재빨리 시계를 보면서 일어섰다.

"약속 시간이 돼서 가봐야겠어요. 아무튼 변호사가 저의 일을 대행할 테니까 이 선생도 준비하세요."

그 말을 남기고 경란은 혼자 나갔다.

이치윤도 일어서서 계산을 치르고 밖으로 나왔다. 마음이 후
련했다. 몸이 거뜬했다. 새로운 의욕 같은 것이 솟았다.

사무실에 돌아왔을 때 마침 은경이 혼자 앉아 있었다.

"은경 씨? 오늘 밤 좀 만날까요?"

대뜸 말을 던져놓고 빙그레 웃는다. 은경은 이치윤의 밝은 얼
굴에 도리어 당황한 듯 멍멍하니 말을 못 한다. 이치윤은 은경
의 편으로 다가가서 은경의 손을 덥석 잡는다.

"내가 많이 괴롭혔죠?"

이치윤의 눈에는 무한한 애정이 서려 있었다. 은경은 비로소
안심이 된 듯 빙긋 웃으며 고개를 저었다.

복도 쪽에서 발소리가 들려왔다. 이치윤은 은경의 손을 놓아
주고,

"나갈 때 같이 나가요."

문을 화다닥 밀고 남식이 들어왔다.

"어! 멕시코 양께서는 벌써 가셨나?"

"응. 아까 다방에서."

"그러나저러나 좋은 일 생겼네."

남식은 성급하게 몸짓을 하며 의지에 기 앉는다.

"무슨 좋은 일?"

"이사한다."

"이사?"

"응, 사무실을 옮긴단 말일세. 에이, 이제 숨 좀 돌리겠구나.

좁은 방 한 칸에서 북적거리니 애인이 찾아와도 시세 폭락이지 뭐야. 하하핫……."

"별안간 왜 그렇게 돌아갔어?"

"다 남의 욕을 한 덕택이네. 아무튼 재미나는 세상이라니까, 욕하고 돈 벌고 꿩 먹고 알 먹고, 하기사 언제 몽둥이 세례를 받을지 모르지만, 하하핫, 막 대장이 떨지 않아?"

"그래 내가 뭐랬어? 좀 과격하다고 했지. 정말 김 사장의 체면이 말이 아닐걸?"

"그 말 말게. 이사하고 돈 훔쳐가는 데는 특효약이었지."

"바쁘겠는걸."

"바빠야지. 그러나저러나 오늘 밤 한잔하자."

"선약이 있는데……."

은경은 슬쩍 쳐다본다.

"합석하면 되잖아? 내가 알아서 안 될 사람인가?"

"여성이야."

"미스야? 미세스야?"

"미스다."

이치윤이 픽 웃는다.

"바로 미스 송이군. 하하하……."

남식의 거리낌 없는 웃음에 은경과 이치윤도 한바탕 같이 웃었다.

"김 선생님, 그럼 저에겐 저녁 사주세요."

남식이 베풀겠다는 주연酒宴에 합석할 뜻을 표명한다.

"싫소이다. 나도 젊은 놈인데 그거 어디 할 짓이오? 나도 불가불 애인을 하나 물색해야겠는걸."

남식은 농으로 적당히 얼버무려 놓고 휙 나가버린다.

"참 좋은 분이죠?"

"그래 내가 뭐랍디까? 시집가라 하잖았소?"

농담 끝이라 이치윤도 웃으며 말하였다.

"하마터면 그랬을지도 몰라요."

은경도 그렇게 응수하고 웃었다.

일을 다 끝내고 그들은 거리로 나왔다. 얼굴을 스치는 바람이 한결 부드럽고 봄을 암시해 준다.

그들은 조용한 그릴에 들어가 저녁을 같이했다.

이치윤은 닭고기를 뜯으면서,

"은경이도 보통이 아냐."

낮에 경란 씨라 한 것과 반대로 은경의 이름 밑에 씨를 떼고 이치윤은 불렀다. 그것은 확연한 이치윤의 마음의 전환을 의미한다.

"왜요?"

"그날 밤 아닌 게 아니라 나는 놀랬어."

"그것뿐인 줄 아세요? 선생님 하숙에 몇 번 찾아갔다고요."

"뭐?"

"그분하고…… 만일 가, 가정을 다시 꾸민다면…… 그걸 막으려고, 꼭 방해하려고 생각했었어요. 나쁘죠?"

은경은 얼굴을 붉히며 이치윤을 바라본다.

"나쁘지 않아."

이치윤은 탄력 있는 은경의 몸이 가슴 위에 그냥 부딪쳐오는 것을 느꼈다.

그만치 은경의 눈은 강하게 빛났다.

"이 세상에 저만큼 선생님을 좋아하는 사람은 없을 거라 생각했어요. 저만 이 선생님을 행복하게 해드릴 수 있다고 믿었어요. 그렇지만 만일 선생님을 잃어버린다면 전 머리 깎고 절로 가든지 죽어버리리라 생각했어요."

지난날의 가슴 저린 일을 회상했음인지 은경의 눈에는 눈물이 글썽 돌았다.

이치윤은 빨려 들어갈 듯 은경의 눈을 응시하고 있다가 훌쩍 일어섰다.

"나갈까?"

이치윤은 은경의 어깨 위에 가볍게 손을 얹으며 그릴에서 나왔다. 무수한 별과 무수한 불빛이 반짝이는 하늘과 땅 사이에서 파도처럼 휘몰아치는 애정의 벅찬 숨결을 나누며 그들은 천천히 걸어간다.

"영화 보겠어?"

"싫어요."

"그럼?"

"이대로 혜화동까지 걸어가세요."

"발이 아플걸?"

"괜찮아요. 시골 아가씨라 걷는 데는 자신이 있어요."

"그럴까? 아프면 아프다고 해요."

이치윤은 은경 옆으로 바싹 다가섰다.

"은경이?"

이치윤은 가라앉은 목소리로 불렀다.

"네?"

"아아, 아무것도 아니오. 그냥."

이치윤은 경란과의 이혼문제를 말하려 했던 것이다. 그러나 그는 이내 생각을 고쳐먹고 말았다. 그런 말을 은경에게 들려주는 것이 가엾게 여겨졌던 것이다. 자기 혼자 일을 맑혀가지고 그런 다음에 구체적으로 앞일을 상의하는 것이 순리일 것 같았다. 그들은 어느새 안국동 거리를 거닐고 있었다. 원남동으로 돌아 고궁의 담 너머에서 쏟아져 나온 나뭇가지를 바라보며 그들은 무인지경처럼 그렇게 서로의 심장을 느끼며 걷는 것이었다.

서로가 말이 없었다. 할 말도 없거니와 말을 할 필요도 없었다.

집 앞에까지 왔을 때,

"어, 벌써 왔군."

이치윤이 깜짝 놀라며 발을 멈추었다.

"들렀다 가세요."

"아니. 그냥 가겠어. 아주머니 심경이 요즘 복잡한 모양이
니까."

이치윤은 찬희의 생활을 다소 알고 있었다.

"그럼 은경이 잘 자요. 내일 또……."

은경이 손을 내밀었다. 그러나 이치윤은 은경을 와락 안았다.

"혼자 가기가 쓸쓸해……."

이치윤은 자기도 모르게 그런 말을 중얼거리며 은경의 입술
을 찾았다.

무수한 별들이 함박 내리깔리는 듯 바위를 치는 파도 소리와
도 같은 눈빛과 심장의 고동 속에 그들은 순간을 잊었다.

은경이 집에 들어왔을 때 찬희의 방 창문에 불이 비쳐 있었
다. 벌써 돌아온 모양이었다.

"아주머니, 이제 왔어요."

은경은 방문을 열고 찬희에게 말을 했다.

"응, 좀 들어오너라."

찬희는 읽던 편지를 밀어놓고 돌아앉았다. 태도가 심상치 않
아 은경은 긴장을 느끼며 그의 앞에 조심스럽게 앉는다. 찬희는
아랫입술을 지그시 깨문다.

8. 이혼 조건

모처럼 상쾌한 기분으로 하숙을 나선 이치윤은 회사에 들어온 길로 곧장 책상에 앉아서 중동中東문제에 관한 원고를 쓰기 시작하였다.

　창밖에 비친 하늘은 쾌청하고 사무실의 공기는 맑았다. 잡념이 없어지니 펜은 경쾌하게 원고지 위에 미끄러진다.

　리― 링―.

　이치윤은 펜을 놓고 요란스럽게 울리는 수화기를 들었다.

　"현대출판사죠?"

　다급한 은경의 목소리였다.

　"웬일이세요?"

　이치윤의 마음이 순간 흐리어진다.

　"아, 선생님! 큰일 났어요. 아, 아저씨가 돌아가셨어요."

"뭐?"

이치윤의 얼굴이 확 변한다.

"빨리 오세요. S병원으로 내과 입원실이에요."

은경은 어쩔 줄 모르며 허덕거리듯 말하고는 전화를 끊었다.

이치윤은 너무나 기가 막혀 한동안 멍하니 서 있었다. 김상국 씨가 죽었다는 실감이 도무지 나지 않았던 것이다.

"왜 그러세요?"

편집장이 얼굴을 들고 이치윤의 창백한 얼굴을 쳐다본다.

"김상국 씨가 돌아가셨다고? 설마."

이치윤은 혼잣말처럼 중얼거렸다.

"네? 결국 돌아가셨군."

"결국이라뇨?"

"조간에 났더군요. 어젯밤에 졸도하셨다구요."

"조간에?"

이치윤은 모자를 집어 쓰고 거리로 뛰어나왔다. 아무거나 닥치는 대로 자동차를 잡아타고 S병원으로 달려갔다.

벌써 복도에는 꽤 많은 사람들이 웅성거리고 있었다. 신당동의 여자가 이치윤을 보자 그의 팔을 잡고 눈물을 흘렸다.

"너무 상심 마세요."

김상국 씨가 죽었다는 엄연한 사실 앞에 이치윤은 그런 형식적인 말밖에 나오지 않았다. 병실 문을 밀었다. 마음이 뻐근하여 메마른 모래를 밟듯 다리가 허황하다.

"선생님!"

은경은 쫓아왔다. 또 눈물이었다. 이치윤은 은경을 가볍게 밀어내고 나서며 찬희를 찾았다. 그러나 찬희의 모습은 눈에 뜨이지 않았다.

"아주머니는?"

"저기."

은경이 가리키는 곳은 창문이었다. 찬희는 창문을 꼭 붙잡고 서 있었다.

"아주머니!"

이치윤은 다가서며 찬희를 불렀다. 돌아본다. 창백한 얼굴이었다. 입술이 발발 떨리고 있었다. 이치윤은 아무 말도 못하고 고개를 떨어뜨리고 말았다. 슬픔보다도 고뇌에 찬 얼굴이었다. 오후에 감상국 씨의 시체는 혜화동 자택으로 돌아왔다. 사인은 뇌일혈이었다. 간밤에 몇몇 친구들과 요정에서 술을 마셨다는 것인데 그의 처신을 누군가가 공박하자 홧김에 과음을 하고 결국 쓰러졌다는 것이다.

이치윤은 며칠 전에 만난 김상국 씨의 얼굴을 생각했다. 좀처럼 감정을 내비치는 일이 없는 사람인데 그날은 왜 그런지 얼굴이 퍽 어두웠다.

"잡지 같은 것, 역시 불안전한 일이 아닐까? 학교에 가는 게 나을 것 같은데."

어두운 얼굴이기는 했으나 이치윤을 걱정해 주던 김상국 씨였었다.

그 말을 했을 뿐 현재 자유당으로 넘어간 처지이면서도 자유당 욕이 씌어진 잡지에 관하여 한마디의 충고도 하지 않던 김상국 씨였었다.

'역시 고독했다. 그분의 정치 생활은.'

이치윤은 자기 자신도 모르게 한숨이 나왔다.

혜화동 자택에는 많은 조문객들이 찾아왔다. 그러나 남몰래 둔 어린 아들이 하나 있을 뿐 상제 한 사람 없는 쓸쓸한 영전이었다.

신당동의 젊은 여자는 아이를 안고 은경의 방에서 조심스럽게 혼자 울고 있었다. 어쩌면 김상국 씨의 죽음을 슬퍼하여 울어주는 눈물 중에서 가장 뜨거운 눈물을 그 여자가 흘리고 있었는지도 모른다. 그의 무릎에는 고인의 생명의 일부가 낯선 방 안을 두리번거리고 있는 것이다.

쓸쓸한 김상국 씨의 영전에 앉은 찬희의 힘없는 어깨는 움직이지 않았다.

윤기성이 조문 왔을 때 찬희의 떨리고 있던 입술은 굳게 다물어졌다. 윤기성은 초췌한 모습으로 얼마 후 상가를 나가버렸다.

"허, 이살 잘못하면 횡사를 하는 일이 있다던데 김 의원도 방위를 잘못 잡아서⋯⋯."

자유당으로 넘어간 김상국 씨의 처신을 가리켜 야당 의원이 빈정거린다.

"죽음에는 원수가 없다는데 그러지 마시오."

누군가가 나무란다.

이튿날 급보를 받은 상애가 부산에서 올라왔다. 여전히 그의 얼굴에는 지분脂粉이 번질거리고 있었다.

장례식이 끝난 뒤 은경과 이치윤은 늘어지고 말았다. 찬희만은 방 안에 혼자 넋 빠진 사람처럼 멍청히 앉아 있었다.

이치윤은 그러한 찬희를 내버려두고 갈 수도 없어 그냥 며칠을 머물렀다. 소갈머리 없는 상애와 아직 어린 은경을 두고 가버리는 것이 불안하기도 했던 것이다.

장례식이 끝난 사흘 만에 이치윤은 하숙으로 가려고 찬희에게 인사를 하러 갔다.

"가보겠습니다."

찬희는 멍하니 이치윤을 바라보다가,

"며칠만 더 계세요. 여기서 출근하면 어때요."

"그래도……."

"이 비서, 내 마음 좀 잡을 때까지 있어주어요. 내 자신이 무서워서 견딜 수가 없어요."

"잊으셔야죠."

이치윤은 여러 가지 뜻을 포함하여 말했다.

"잊어질까요? 내 자신을 미워하는 마음이 없어질까요?"

"자학하시지 마세요."

"그 여자는 행복했어요. 마음껏 슬퍼하지 않았어요?"

찬희의 얼굴은 보기 흉하게 찌그러졌다.

"뭐가 있어요? 뭐가 남았어요. 차라리 나같이 아무것도 가진 것 없는 몸이 죽어줘야 했을 거예요."

"가진 사람이나 가지지 못한 사람이나 다 마찬가지 아닐까요? 죽음은 언제나 살아남은 사람에게만 뜻이 있지, 죽은 사람에게는 아무 뜻도 없습니다."

위로하려고 한 말이었으나 도리어 그 말은 찬희의 가슴을 찔렀다.

"아주머니, 저, 윤 선생님이 오셨는데요."

은경이 들어와 말을 하자,

"못 만난다구 그래."

"제가 만나 뵙죠."

이치윤이 선뜻 일어섰다.

찬희는 무슨 말을 할 듯 입술을 달싹거렸으나 만류하지도 못했다. 다만 얼굴이 보기 싫게 일그러져 가벼운 경련이 일고 있었다.

'나를 믿으세요. 나는 아주머니의 약점을 들추자는 그런 잔인한 사나이는 아닙니다.'

이치윤은 찬희의 고통에 찬 얼굴에서 외면하며 마음속으로 뇌었다.

복도를 밟고 지나오는 동안 이치윤은 찬희를 불쌍한 여자라 생각하였다. 응접실로 들어섰을 때 윤기성은 고개를 푹 숙이고 앉아 무릎 위에 놓인 모자를 우두커니 내려다보고 있었다.

"윤 선생 오셨어요?"

"아, 네."

윤기성은 문 있는 쪽을 살폈다. 혹 찬희가 따라 들어오는지도 모른다는 생각이던 모양이다.

"사모님께서는 몸이 좀 불편하셔서 자리에 계십니다."

이치윤은 윤기성과 마주 앉으며 말하였다.

"몹시 편찮으신가요?"

실망의 빛을 나타내며 기계적인 목소리로 물었다.

"정신적인 충격이 컸으니까."

다소 힐책하는 투로 말을 하자 윤기성은 한숨을 푹 내쉬었다.

'왜 이렇게 풀이 죽었을까?'

이치윤은 기묘한 감이 들었다. 언제 봐도 단정하고 침착함 때문에 그 인간성이 냉혹한 것 같아 호감이 가지 않던 사람이다.

"어떻게, 요즘 사업이 잘됩니까?"

윤기성은 대답이 없다.

"요즘 모두들 어려운 모양이던데요?"

윤기성의 눈이 번득했다. 그리고 천착하듯 이치윤의 표정을 살폈었다.

"다 어렵죠."

윤기성은 내던지듯 말하고 시선을 떨구었다.

"사실은 오늘 허 여사에게 재산 정리에 관한 일로 찾아왔는데…… 전화를 몇 번이나 걸었습니다만……."

"아직 그런 문제는 이를 겁니다. 슬픔이 좀 가라앉아야죠."

이치윤은 그들의 경제적인 거래에 관하여는 깊이 아는 바가 없었다.

"그렇겠군요. 그럼 후일에 미루기로 하구……."

윤기성은 모자를 집으며 일어섰다. 그러나 무슨 생각을 했는지 이치윤을 빤히 쳐다본다.

"부인과 이혼하시겠다구요?"

불쑥 말한다.

"네. 그런 의사를 표시했습니다."

다분히 반감을 나타낸다.

윤기성은 모자 전을 만지며,

"한번 사무실에 오셨더군요. 문제가 꽤 까다롭구 복잡한 모양입니다."

"헤어지면 그만이지 까다로울 리 없지 않습니까?"

이치윤은 경계심을 가지며 반문한다.

"까다롭지 않은 것은 형식적인 문제죠. 심리적으로야 어디 그리 간단한가요."

윤기성의 눈에는 어두움이 몰려들었다.

"남의 문제보다, 하기는 제 자신의 문제가 더 복잡합니다만, 그래서 그분의 사건은 제가 거절했습니다."

윤기성은 자조의 웃음을 띠며 모자를 쓰고 허황한 걸음으로 나갔다.

'묘한 사내야. 선한 놈인지 악한 놈인지 도무지 속을 짚을 수 없다.'

윤기성을 보낸 뒤 이치윤은 안으로 돌아가지 않고 응접실로 다시 들어왔다. 의자에 푹 가라앉으며 눈을 감았다. 까다롭고 복잡하다는 윤기성의 말은 결코 유쾌한 것은 못 되었다.

'경란이 농간을 부리는 모양이야. 저 먹기는 싫고 남 주기도 싫단 말이지?'

이치윤은 담배를 꺼내었다. 그러나 붙여 물기도 전에 전화벨이 요란스럽게 울린다.

"여보세요? 은경 씨 계신가요?"

남식의 서두는 언제나의 그 목소리였다. 이치윤은 픽 웃으며,

"무슨 용건이시오?"

"자아식! 들켰구나. 밀담 좀 하려고 했더니, 하하핫……."

"불러줄까?"

"아, 아니, 자넬 부르려고 했던 참이야."

"사양할 것 없네."

"까불지 말고 들어. 중대한 정보가 들어왔어."

"경란에 관한 것?"

"어렵쇼. 잠꼬대하나?"

"그럼 무슨 정보야?"

"심상치 않은 일이야. 까딱 잘못하다간 귀신도 모르게 없어지겠어."

그러나 남식의 목소리는 투우장에 나가는 투우사처럼 신이 난다.

"누가 테러하겠다는 건가?"

"응, 바로 그거야. 그래서 나도 불가불 몇 놈 얽어놓기는 했는데 좀 불안해서 자네한테 전활 거는 거야."

"몇 놈 얽어놓았다니?"

"저런 맹추 좀 보게. 아 그래, 국회의원 비서 노릇을 몇 년이나 해먹은 놈이 그것도 모른다는 거야?"

"사람 감질나게 하지 말고 좀 구체적으로 분명하게 말하게."

"깡패 몇 놈 얽어놓았단 말이야. 그놈들끼리 쌈 붙여놓고 우린 빼버리잔 말이야."

"역시 화근은 잡지였구나."

"물론이지."

"그럼 그치들이 깡패를 동원해서 우릴 친다는 거지?"

"말할 것도 없지. 세상은 깡패시대, 깡패정치니까. 그러니까 우리도 깡패로 대항해야지."

"음……."

이치윤의 얼굴이 우울해진다.

"그러니까 알고 있으란 말이야. 요 며칠 동안이 위험해. 주력부대는 나에게 오겠지만 자네도 요주의 인물이니까 방심 말게."

"골치 아프게 생겼네."

"인생이 심심치 않아 좋지. 아무튼 그것만 슬쩍 넘겨버리면 장사는 잘된 편이야. 두둑히 자금을 던져주고 퇴거령退去令이 내렸으니 말일세. 꿩 먹고 알 먹는 격 아냐? 우리 집 대장, 며칠 전에 H한테 갔었지. 파리 손을 비볐다는 거야. 정말 소인은 아무것도 몰랐노라고. 하긴, 몰랐던 것이 사실이니까. 그저 자식 놈이 건방지고 외국 물을 잘못 마신 죄니 이번만 넓으신 마음으로 용서하시기 바라며 당장 회사에서 내쫓을 생각이니 노여움을 풀어주시라고, 하하핫…… 연출자는 김남식, 연기자는 김 사장, 아무튼 세상 멋들어지게 돌아간단 말이야."

남식은 아무 근심 걱정 없는 듯 전화통에 대고 웃어젖힌다. 한참을 늘어놓다가 남식은,

"그럼 은경 씨에게 저녁 인사 전하고 미망인께도 인사 전해줘."

전화는 끊어졌다. 이치윤은 남식처럼 낙관할 수 없었다.

안방으로 돌아오니 찬희는 은경과 마주 앉아 무슨 말을 하다 말고 입을 다물었다.

"가셨어요?"

은경이 찬희 대신 물었다.

"갔어요."

"무슨 말을 합디까?"

이번에는 찬희가 물었다.

"뭐, 재산 정리에 관한 문제를 상의하러 왔다더군요. 후일에 다시 오겠다 합디다."

"정리할 재산이나 있었던가요?"

마치 남의 일처럼 말하면서 찬희는 조소를 머금었다. 그러나 이내 그는 허탈 상태로 돌아가는 것이었다.

이치윤은 자기의 의견이 미칠 수 없는 복잡성이 얽혀진 것을 느끼며 그 이상 말을 못 했다.

한참 후,

"재산 정리라는 말이 나왔으니 먼저 길수 엄마부터 정리를 해야 할까 봐요."

여전히 허탈한 표정으로 말을 하며 눈을 내리깔았다.

"길수 엄마라구요?"

"못났건 잘났건 돌아간 분의 동생이니 섭섭하게 할 순 없어요. 그분은 생전에 동기간이 아니라구 아무 조치도 안 했지만 집이라도 팔아서 좀 떼어주어야겠어요. 나야 뭐, 절에나 들어가 자식 못 낳은 속죄나 할까요?"

아주 서글픈 미소를 짓는다. 이치윤은 슬며시 은경을 쳐다보았다. 머리 깎고 중이나 될까 보다 하던 은경의 말이 생각난 때문이다. 은경도 그 말을 생각했음인지 피식 웃었다.

이치윤은 은경의 얼굴에서 얼른 눈을 돌렸다. 감정이 메말라 버린 찬희에 비하여 은경은 너무나 싱싱한 젊음과 희망에 충만 된 얼굴이었기 때문이다. 찬희가 황량한 벌판에 쓸쓸히 앉아 있는 것이라면 은경은 햇볕 쏟아지는 푸른 잔디에 앉아 있는 것이다. 필경 사람이란 남의 불행을 어떻게 할 수도 없고 스스로 헤치고 나가는 도리밖에 없다는 것을 이치윤은 생각하였다. 그러한 생각은 찬희를 위하여 가슴 아픈 일이 아닐 수 없었다.

이튿날 은경과 치윤이 회사에 나갔을 때 남식이 먼저 나와 야단법석이었다. 이사를 한다는 것이다.

"발등에 불이 떨어졌나? 왜 이리 서둘러?"

이치윤이 어이없이 바라보는데 남식은 씨근거리며 왔다 갔다 혼자 바쁘다.

"단칸방 설움살이 하룬들 견디겠냐 말이다. 잔말 말고 이동이다. 이동!"

이삿짐이라야 대단한 것은 아니었다. 일을 시작한 지 몇 달이 못 되었으니 그야말로 새살림이라, 얼마간의 비품을 나르면 되는 것이다.

오전으로 이사는 완료되었다. 새로 마련한 사무실은 을지로 삼가에 있는 C빌딩 삼 층이었다. 사무실은 넓었고 응접실을 겸한 사장실이 따로 있어 제법 체면이 선다. 게다가 남향이라 햇볕이 바르고 전망도 썩 좋았다.

남식은 싱글벙글 웃었고 사원들도 기분이 나는 모양이었다.

은경은 유일한 여자 사원이었기 때문에 실내 장치의 책임을 맡았다. 그는 사동 아이를 데리고 시장으로 어디로 돌아다니며 자질구레한 물건과 커튼을 만들기 위한 천 같은 것을 끊어 왔다.

다섯 시 퇴근 시간이 되었을 때 남식은 소위 그 사장실에서 쑥 나타났다. 그리고 크게 기침을 한 번 하더니,

"여러분!"

자못 장중한 어조다.

은경은 남식의 표정이 어울리지가 않아 그만 킥 하고 웃어버렸다.

"미스 송, 웃으시면 안 됩니다."

그 말이 더 우스웠던지 웃지 않던 다른 사원들도 하하 하며 웃는다.

"이거 위신이 서지 않아 야단났는데?"

남식은 머리를 긁는 시늉을 한다.

"다름이 아니라 오늘 밤 사운과 여러분들의 건투를 바라는 뜻에서 자축회를 갖고자 하오니 그리 아시고 귀가를 삼가주시기 부탁드립니다."

누군가가 박수를 치며 환영의 뜻을 표명한다. 이치윤이 빙그레 웃는다. 화기애애한 분위기다.

사원들은 모두 사장이라는 젊은 남식을 어려워하는 일이 없다. 도리어 신경질적으로 생긴 이치윤에게는 조심스럽게 대하면서도 남식에게는 기탄없는 의견을 피력하는 사원들이다. 그렇다고 해서 부잣집 외아들의 물정 모르는 호인이라 생각하는

사람은 아무도 없었다.

그들은 모두 명랑한 성격에 친밀감과 매력을 느끼고 있으며 그러한 감정은 일에 대한 능률로써 나타났다.

이치윤은 남식이 사람 쓰는 요령을 안다고 생각하였다. 양성인 그의 태도는 미국적인 것을 옳게 배워온 것이라는 생각도 들었다.

'김 사장의 단수보다 저 자식이 한결 위인걸? 인정스러운 어머니의 천성과 계산적인 아버지의 두뇌가 적당히 혼합된 모양이야.'

이치윤은 그렇게 마음속으로 중얼거리며 다시 빙그레 혼자 웃었다.

"이 선생님도 이 사무실 맘에 드시나 봐요?"

은경은 이치윤의 미소를 쳐다보며 나직이 말하였다.

"밝아서 좋군요."

여섯 시쯤 되어 그들은 미리 전화로 예약한 중국요릿집 영회루英會樓로 찾아갔다.

요릿집으로 들어서면서 남식은 치윤에게 귓속말로 속삭였다.

"오늘 밤에 습격을 당할지도 몰라. 아랫배에 힘 단단히 주어."

"기분 나쁜 소리 하지도 말어. 술맛 떨어지게."

"술맛이 떨어져? 천만에올시다. 스릴이 있어 술맛이 더 나지."

"서부 활극의 주인공 같은 기분인가?"

"아암. 개척자는 언제나 주먹을 준비해 두어야지."

아늑한 방으로 들어간 이들은 음식이 오기 전에 잠시 잡지에 관한 계획과 의견을 교환하였다.

"미스 송은 앞으로 경리를 맡아주십시오. 역시 살림살이는 여성이 하는 것이 좋겠어요."

남식은 우두커니 앉아 있는 은경에게 화제를 돌렸다. 김 사장 회사에서 떨어져 나왔으니 어차피 경리부가 하나 신설되어야 할 판이다.

"무서워요."

"강도가 따를까 봐?"

모두들 웃었다.

"호위병이 있으니 괜찮아요."

남식은 슬쩍 이치윤을 보았다.

"뭐, 호위병 없어도 은경 양은 다부져서 문제없어요."

편집장이 거들었다.

그러는 판에 음식이 들어왔다. 남식은 잔에 술을 따라 쳐들었다.

"먼저 축배를 올립시다. 현대출판사의 발전을 위하여, 내 장사가 밑 안 지고, 당신네들 보수가 보장되고, 총각은 장가가고, 처녀는 시집가고, 하하핫……."

술잔이 부딪쳤다.

유쾌한 자축회였다.

술이 들어가면 하늘이 돈짝만큼 보인다더니 모두 기염을 토하고 천하가 내 것처럼 야단들이었다. 남식이의 유머러스한 화술과 제스처에 끌려들어 가기도 했었지만 모두 나이들이 어슷비슷하여 상하의 구별이 없어지고 다만 공통된 젊음으로 서로 화합하는 모양이다.

그런 광경을 바라보는 은경은 술을 마시지 않았지만 뭔지 모르게 술 취한 기분이었다.

'꼭 어린애들만 같애?'

은경은 술을 마신 남자들의 허무맹랑한 자기도취와 과대망상증이 그지없이 순진한 것만 같아 보여 저절로 웃음이 나왔다.

"왜 웃으시오? 미스 송? 방해물인데?"

대학을 갓 나온 기자가 눈을 굴렸다. 그래도 은경은 우습기만 하여 손으로 입을 막았다.

"저 먼저 갈까요?"

"안 돼."

이치윤이 은경의 팔을 꼭 잡았다.

열 시 가까이 되었을 때 그들은 요릿집을 나섰다.

"사장 이차회!"

하고 누군가가 외쳤다.

"이차회는 경계경보가 해제되었을 때."

남식이 대답하자,

"경계경보란 뭡니까?"

하고 또 크게 소리쳤다.

"적기내습이 아니라 깡패내습의 경보란 말이야."

그러나 술이 들어간 그들은 그 말이 무서울 턱도 없거니와 그 말뜻을 새겨보려고도 하지 않았다.

남식은 책임자답게, 그리고 관용한 통솔자의 정신을 발휘하여 부하들을 모두 자동차에 태워 보낸 뒤,

"자넨 오늘도 김상국 씨 댁으로 갈 참인가?"

하고 이치윤에게 물었다.

"하기야 미스 송을 혼자 그냥 보낼 수야 없지. 그럼 나는 먼저 가겠네."

남식도 자동차를 잡아타고 가버렸다. 갑자기 거리는 쓸쓸해진 것 같았다. 둘은 말없이 걷다가 붉은 신호등이 켜지는 바람에 발을 멈추었다.

"커피나 마실까?"

"그냥 가세요. 아주머니가 외로워해요."

푸른 불이 켜졌다. 그들은 길을 횡단하였다.

"선생님?"

"응?"

"아주머니 가엾어요."

"……."

"저 혼자 이렇게 행복한 것 미안한 생각이 들어요."

"미안하게 생각한다고 해서 아주머니가 행복해질 리도 없지 않아? 냉혹한 말이 될지 모르지만 아주머니 스스로 일어설 때까지 우리는 다만 구경꾼에 지나지 못할 거요."

"왜 사람은 죽을까?"

"왜 사람은 세상에 나올까?"

"마찬가지군요. 우리도 죽겠죠?"

"말해 무엇할까?"

"선생님? 이대로 걸어가세요."

"좋도록……."

이치윤은 은경의 팔을 잡았다. 꼭 잡았다.

별이 줄을 찍 그으며 떨어진다.

"별이 떨어지네요. 누가 죽었을까요?"

"왜?"

"사람마다 자기 별을 하나씩 가지고 있다잖아요?"

이치윤은 그 말을 음미하듯 입 속으로 뇌었다.

"전 선생님하고 결혼하지 않아도 좋아요. 사랑만 하면 되는 거예요. 오래오래 죽을 때까지……."

은경은 불안한 예감이라도 들었는지 그 이상의 말은 하고 싶지도 않고 듣고 싶지도 않은 듯 고개를 푹 숙였다.

"죽을 때까지!"

이치윤은 팔을 올려 은경의 어깨를 꽉 눌렀다.

"은경이는 어려요. 너무나 어려. 아껴주고 싶다."

"불쌍하다고 생각하시는군요."

"불쌍하다. 애처롭고 그리고 그지없이 사랑스럽다."

이치윤은 은경의 손가락이 으스러지도록 꼭 눌러 잡는다.

"너무 사랑스러워서 아까워."

이번에는 꼭 잡은 손을 흔들었다.

"앞으로 고생이 많을 거야."

"고생은 얼마든지 한걸요."

"고생한 얼굴 같지가 않아."

이치윤은 그 말을 하더니 손을 번쩍 들었다. 자동차를 세운
것이다.

"타고 갑시다."

"고생 안 시킬려고요?"

은경은 얼굴을 쳐들어 이치윤의 깊숙한 눈을 본다. 이치윤은
미소를 짓고 있었다.

두 사람은 한 쌍의 비둘기처럼 바싹 다가앉아 말 한마디 없이
혜화동 집 앞에까지 왔다.

"아주머닌 주무실까?"

이치윤은 찻삯을 치르고 걱정을 하는 은경의 어깨를 가볍게 밀
었다. 자동차가 돌아 나가고 이치윤이 막 초인종을 누르려고 했
을 때다. 어두운 담벽에서 돌팔매처럼 사람이 서너 명 뛰어나왔
다. 숨을 돌릴 겨를도 없이 괴한들은 이치윤에게 덤벼들었고 그
중의 한 사람은 은경의 뒤에서 큼지막한 손으로 입을 콱 막았다.

은경은 발버둥 치며 소리를 지르려고 했으나 몸은 굳어버린 듯 옴싹하지도 않았고 무서운 광경이 꿈속처럼 눈앞에 벌어지고 있었다. 그러나 은경은 어느 사인지 모든 의식을 잃고 말았다. 안개처럼 뿌연 공간이 흔들리다가 말았다. 막막한 어둠.

　"철없는 소리를 하는군."

　"전에 외할머니가 그러셨어요. 영웅은 별이 크대요. 그래서 그 별을 보고 위기가 닥쳐온 걸 안다나요?"

　"하하핫…… 그 할머니, 이야기책 많이 읽으셨군."

　"네. 밤낮 『조웅전』이니 『충렬전』 읽으셨어요. 저보고도 얘기해 주시던걸요."

　"그럼 내 별은 어느 걸까?"

　"선생님 별은 큰 걸 거예요. 제 거는 작아서 보이지 않을 거예요."

　"그럼 난 영웅인가?"

　"저한테는 영웅이에요. 호호호……."

　이치윤이 쑥스레하니 웃는다. 한참 걷다가,

　"은경이?"

　"네?"

　"은경이는 결혼이라는 것을 어떻게 생각하고 있을까?"

　"결혼요?"

　"응, 나하고의 결혼 말고 단순히 결혼이라는 그 자체를."

"결혼 같은 것 형식 아닐까요?"

조심스러운 목소리다.

"아무래도 좋을 것 같아요, 결혼 같은 것. 사랑하기만 하면."
하고 덧붙인다.

"사랑하기만 하면……."

은경이 눈을 떴을 때 뿌연 전등 빛이 눈에 확 밀려들어 왔다.
눈알이 시큼시큼하고 쑤셨다.

은경은 눈을 도로 감아버리고 말았다. 눈이 아프다는 감각 이
외 아무것도 느껴지지 않았다. 마치 의식이 앞뒤로 절단되어 버
린 듯 그냥 뿌연 공간이 있을 뿐이다. 몽롱한 안개 같은 것이었
다. 한없이 넓은 지역이었다. 그 지역에 엷게 퍼져가는 의식의
흐름, 지나간 일도 닥쳐올 일도 생각나지 않았다. 아니, 현재 어
떤 상황 속에 누워 있는지조차 헤아릴 수가 없었다.

"주먹깨나 쓴다는 놈인데 형편없더구먼. 썩은 고목처럼 그냥
퍽 쓰러지잖아."

아슴푸레 들려오는 목소리다.

"그야, 우리네 직업인들한테 걸려들었으니 꺼져버리지 않는
것만도 천만다행이지 뭐유?"

"그 새끼, 그래도 기지배 이름만 부른단 말이야. 쓸개 빠진 놈
이지. 저 죽는 줄 모르고……."

"임마, 그러지 말어. 기사도를 몰라? 야! 칼 받아랏! 하면 으

레껏 계집을 등 뒤로 숨기는 법이거든. 그 자식, 그럴 틈이 없었으니 불러본 거야. 행복하지 뭐유? 으흐흐…….”

“부럽단 그 말씀이지? 아닌 게 아니라 반하게 생겼어. 그게 다 사고 덩어리거든. 목숨을 걸어놓오고오 바쳐온 내 사아랑—.”

노래가 된다.

은경은 몸부림쳤다. 그러나 몸은 더 노근하게 가라앉을 뿐이다.

‘내가 어디에 와 있을까? 저 목소리는 어디서 들려오는 것일까? 아, 답답—.’

“그런데 골치야. 대관절 어쩌자는 심판이야?”

“가마때기에다 둘둘 말아서 한강에 띄워버리면 그만이지.”

“어디 산 놈을 그럴 수야 있나?”

“언제부터 그리 후덕하셨지?”

“후덕?”

“선심을 쓰시느냐 그 말씀이야. 우리 직업인들한테는 잘 안 통하는 말씀이지.”

“선심 쓰자는 건가? 냄새 맡고 덤벼들까 싶어 그러는 거지.”

“냄새? 누가?”

“기자 새끼들 말이야. 조무래기들하곤 달라. 더군다나 깔치가 붙어 있으니 귀찮아.”

“죽도록 사랑한 두 남녀가 이루지 못할 사랑을 비관하여 달

밝은 밤에 한강 백사장에서 천국의 사랑을 맹세하고 정사를 했도다— 그렇게 신문에 난단 말씀이야."

"미친 자식, 배우 찌꺼기라 할 수 없군. 그러나 없애버리라곤 안 했다."

"아아, 난 모르겠다. 밤은 길고 마음은 다정해지고 내 못 먹는 밥에 재나 처넣으랬다는데 그냥 처넣어 버리고…… 엇, 깼나 봐."

은경은 몸부림을 쳤다. 그러나 그의 눈은 꼭 감겨진 채다.

"아아, 나가서 술이나 마실까?"

말을 주고받던 사나이들은 방문을 열고 나가는 기척이다. 발소리가 멀어진다.

은경은 눈을 번쩍 떴다.

아무도 없었다. 너절한 방이었다.

'이 선생님!'

은경은 벌떡 일어나 미친 듯 사방을 살폈다.

'이 선생님! 이게 웬일이에요!'

은경은 방문 있는 쪽으로 쫓아갔다.

그러나 문은 열리지 않았다.

'선생님 어디 계세요!'

자축회가 끝나고 일행과 헤어져 돌아가는 자동차 속에서 남식은 은근히 화가 나기도 하고 미묘한 질투의 감정이 일기도 하였다. 은경과 같이 다정스럽게 걸어가던 이치윤의 모습이 눈앞에 떠올라 마음이 평온치가 못하였던 것이다. 그래서 남식은 곧장 집으로 돌아가지 않고 디자이너인 김리혜 집으로 자동차를 몰았다.

김리혜는 경란의 친구로서 한때 남식과 삼각관계를 이룬 일이 있었다. 그러나 조금도 심각하지 않은 그들의 애정 유희에서 경란은 이치윤을 잡았고 리혜는 어느 미군 장교하고 동거생활을 하더니 그 연고로 미국에 건너가 디자인 공부를 했던 것이다.

남식이 미국에서 돌아온 후 그들은 다시 만났고 때때로 심심하면 찾아가 놀곤 했었다.

"이봐 미스터 김, 나 이상한 소문 들었지."

남식은 은경에게 청혼한 이야기를 남미가 지껄였구나 생각하며,

"이상한 소문?"

하고 능청을 떨었다. 리혜는 동그란 눈알을 민첩하게 굴리며,

"왜, 찬희 언니 말이야."

"김상국 씨 부인?"

"응."

"이상한 소문이라니? 그 마나님 미망인이 됐지."

"그건 공지의 사실이고."

"그럼 또 뭐야."

"그 새침하고 얌전하고 결백하고 고상하고 호호호……."

"웃기는? 그래서 어쨌단 말이야?"

"재산을 홀랑 털렸다는 거야."

"왜?"

"바람이 나서."

"바람이 나서?"

"그럼! 윤기성이라고 변호사 있잖아?"

"그 사람이 바로 털어먹은 놈이란 말이지?"

"그렇다는군."

"이 애, 기분 잡친다. 그만두어. 그까짓 남이 연애 좀 하는 게 어때서 생배를 앓는 거야."

"그 언니가 그랬다니 어이가 없지 않어?"

"뭐, 연애하는 건 리혜의 특허란 말이야?"

"왜 그리 화를 내는 거야? 그 소녀 때문에 그러나?"

"소녀?"

"찬희 언니가 데리고 온 소녀 있잖아? 전에 우리 가게에 옷 맞추러 데리고 왔던걸. 귀엽게 생겼던데?"

"그 말은 하지 말어. 미끄러졌다."

"어마! 비관이겠군."

"비관이 돼서 여길 왔지. 술 있거든 내놔요."

"가엾은 남식 씨! 두 번이나 미스터 리한테 참패로군."

남식이 쓰게 웃는다.

그날 밤 남식은 리혜 집에서 묵었다.

이튿날 느지막이 사무실로 나갔을 때 이치윤과 은경의 모습이 눈에 띄지 않았다.

"미스 송은 안 나왔소?"

"네, 이 선생도 안 나오셨습니다."

편집장의 대답이었다.

"웬일일까?"

남식은 묘한 기분이 들었다. 그러자 전화벨이 요란스럽게 울린다. 남식은 수화기를 들었다.

"여보세요? 현대출판사죠?"

여자의 목소리였다.

"네, 그렇습니다. 누구시죠?"

"저, 남식 씨 아니세요?"

"그렇습니다. 댁은?"

"나 혜화동의 허예요."

찬희였다.

"네? 아주머니세요?"

남식은 어젯밤에 리혜한테 들은 이야기도 있고 하여 기분이 좀 묘했다.

"그런데 웬일이시죠? 참, 그리고 은경 씬 어디 몸이라도 편찮으신가요?"

"그럼 회사에 은경이 안 나왔단 말입니까?"

찬희의 놀라는 목소리다. 남식의 얼굴빛도 약간 변한다.

"아직 안 나왔는데, 그럼……."

"사실은 어젯밤에 집에 들어오지 않아 전화를 걸었는데…… 집을 비우는 일이 없는 아인데 웬일일까요?"

"안 들어왔다고요?"

"네."

"분명히 이 군하고 같이 돌아갔는데."

"그럼 이 비서도 아직 나오지 않았는가요?"

"네. 두 사람이 다 안 나왔어요. 이거 야단났군."

"이 비서가 그렇게 분별없는 사람은 아닌데…… 내 책임상 어떡하면 좋아요?"

찬희는 젊은 사람들이 불장난이라도 했는가 싶었는지 몹시 당황한다. 그러나 남식은 머릿속에 딴생각이 번쩍 지나갔다.

"아주머니, 야단났습니다. 차라리 무분별한 짓을 했더라도 무사하기만 하면 기왕 서로가 좋아하는 사이니까. 아무래도 심상치 않은 일이 생긴 모양입니다. 제가 좀 알아봐야겠어요. 곧 연락하겠습니다."

남식은 급히 전화를 끊고 일어섰다. 그리고 시계를 들여다보며 밖으로 쫓아 나간다.

그는 얼마 후 명동에 있는 어느 너절한 다방으로 쫓아 들어갔다. 그리고 이리저리 살피더니 구석에 앉은 땅땅하게 바라진 사내 옆으로 뚜벅뚜벅 걸어간다. 사나이는 남식을 보자 씩 웃었다. 웃는데 입언저리에 난 상처가 무섭게 비틀어진다.

"웬일이시우? 형님."

남식은 사나이 옆에 바싹 다가앉는다. 그리고 귓속말을 한참 지껄였다. 사나이는 고개를 끄떡인다.

말이 끝나자 남식은 일어서며,

"알았나? 연락은 거기로 취해. 빨리해야 돼."

사나이는 고개를 끄떡였다. 그러나 일어나지는 않았다.

밖으로 나온 남식은 종로의 H다방으로 간다.

'불이 엉뚱하게 터졌군.'

남식은 H다방에 들어서자 애교를 떠는 레지를 밀어내듯 하며 카운터에 놓인 전화의 다이얼을 돌린다.

"여보세요?"

나온 사람은 식모였다.

"거, 남미 있거들랑 바꾸어주시오."

식모는 남식의 목소리를 알아차리고 전화를 놓더니 남미를 부르는 소리가 들려왔다.

"왜요, 오빠?"

남미가 나왔다.

"H다방으로 곧 나와."

"무슨 바람이 불었어요?"

"모처럼 틈이 있어 선심 쓰려는 거지."

남식은 남미가 나올 것을 믿고 전화를 끊었다. 얼마 후 남미

는 나왔다. 그는 남식과 마주 앉으며,

"정말 웬일이세요? 오빠가 웬일로 나를 다 보자는 거예요? 간밤에 꿈자리가 사납더니, 어쩐지 좀 떨리는데요?"

성미 급하게 벌써 봄 코트를 들쳐 입고 나온 남미는 덜덜 떠는 시늉을 하며 남식을 쳐다본다.

"밖에 나가지 않고 집에 있었으니 무척 다행이다. 떨리지 않게 커피나 마셔."

남식은 레지를 부른다.

"그렇게 다행으로 생각하세요? 난 오빠가 날 그렇게 소중히 여기는 줄은 미처 몰랐어요. 이용하려는 거 아닌지 몰라?"

양어깨를 움칠 올려 보인다.

"야박한 소리 하지 마라. 모처럼 베푸는 오빠의 애정을 주판 속으로 따지다니 아무래도 아버지 딸이라 할 수 없군. 닮았어."

남식은 시치미를 떼고 싱겁게 노닥거린다.

"아버질 닮아 주판이 빨라도 별수 없던 걸요. 아버진 도무지 헤프기만 한 오빠가 제일이지. 지독한 봉건주의 사상이에요. 딸은 깨똥만치도 안 여기거든."

남미는 불만을 표시한다. 남식이 출판사를 하겠다니 선선히 거액의 돈을 내어 주고 또 H씨를 욕한 사건 때문에 죽일 놈 살릴 놈 하고 야단법석을 하더니 어떻게 삶아 넘겼는지 오히려 먼저보다 더 큰돈을 대어 주고 따로 사옥까지 마련해 준 아버지였건만 남미에게는 인색하기 짝이 없었다. 소원으로 하는 밍크 외투는 아직 이르다느니 계집애가 사치를 하면 집안이 망하느니 하고 사주지 않은 것이다.

남미는 그 생각을 하니 심술이 나고 마음이 온당치가 않다.

그러나 남식은 남미의 불만 같은 건 아랑곳없다.

"왜 그런지 쓸쓸하다."

뚱딴지 같은 말을 한다. 능청을 부리는 것이었으나 생판 거짓말은 아니다. 그의 눈앞에는 어젯밤 다정스럽게 이치윤과 어깨를 나란히 하고 걸어가던 은경의 뒷모습이 아물거렸다.

"경상도 아가씨한테 걷어채여서 그러는 거예요? 그까짓 것, 오빠도 알고 보니 아주 숙맥이야."

남미는 까르르 웃는다.

"이 기지배!"

남식은 주먹을 올려 보이며 일부러 화가 난 척해 보인다.

"오오, 무서워라!"

남미는 두 손을 올려 얼굴을 가리는 척하며 호들갑을 떤다.

레지가 커피잔을 테이블 위에 놓고 커피를 따라준다. 남식은 커피를 한 모금 마신 뒤,

"요즘 경란일 더러 만나나?"

넌지시 물어본다.

"그럼요. 왜 물어요? 그 언니 생각이 나세요?"

"응, 생각이 나. 동병상련이라고 두 사람의 처지가 통하는 것 같아서…… 만나보고 싶다."

"역시 용건은 따로 있었군요."

거 보란 듯 입을 실쭉한다. 그러나 정말로 화를 내는 것은 아니었다. 남미는 그렇지 않아도 경란의 얘기를 하고 싶었던 참이다.

"아니야. 널 보니까 경란이 생각이 나는군. 그래, 경란은 이치윤을 어떻게 생각하고 있을까?"

"그야 심술이 나겠죠. 뭐, 구미가 당기는 음식은 아니지만 남이 먹는 걸 보니 좀 아까운 생각이 드나 보죠?"

"정말 이 기지배 알로깠어? 그래 사내들이 음식이란 말이야?"

"흥, 오빠도 사장이 되더니 제법 점잖을 빼려고 하네? 마찬가지가 아니에요? 남자들은 성숙한 여잘 보면 익은 과실 같다 하며 먹고 싶어 하잖아요? 피장파장이지 뭐."

남식은 어이 없다는 듯 되바라진 남미를 바라보다가,

"너 그러다간 정말 시집가긴 다 글렀다."

"누가 아니래요? 그러니까 오빠, 자알 부탁해요. 아버지가 돌아가시더라도 오래오래 책임지고 먹여 살려주셔야 해요."

남미는 납죽 말을 받아서 한다. 어수룩하고 순진한 구석이라곤 약을 하려 해도 없다. 남식은 은경의 순진성을 생각하며 핏줄을 나눈 형제이건만 밉살스러운 생각이 들었다. 그러나 그는 언뜻 자기의 용무를 생각하여 제법 심각한 표정으로 다듬으며,

"그럼 경란이는 이치윤을 미워하고 원망하겠구나."

"그야 미워하겠죠. 아무리 자기가 관심이 없는 상대라도 그쪽에서 먼저 무관심을 표시하고 돌아서는 것을 보면 여자들은 다 불쾌하게 생각하거든요. 그렇지만 원망하지는 않을 거예요. 그건 경란 언니의 자존심이 허락하지 않을 거예요. 나부터 그런걸요."

"참 공교롭게 되었구나. 총을 쏘아야 하는 표적이 같으니……."

"그 말 무슨 뜻이죠?"

"인생의 이면을 혼자서 다 아는 척하더니 그 말뜻도 몰라? 공동의 적을 가졌단 이 말씀이야."

"오빠 정말로 경상도 아가씨한테 매력을 느꼈수?"

장난스럽게 웃는다.

"응, 신선한 과일 같다."

"호호호, 거 보세요. 오빠도 여자를 음식 취급하지 않아요."

남식은 허허 하고 웃는다.

"과일이라면 싱싱하고 사랑스러워, 먹는 데 아름답게 보이지만 여자가 부자를 말할 땐 징그럽다. 왜 그런지 피가 뚝뚝 떨어지는 비프스테이크 같아서 기분 나빠. 그렇게 먹히는 것만은 제발 맙소사다."

"의외로 오빠 섬세하네."

"자아, 서설은 그만두기로 하고 경란일 좀 만날 수 없을까? 나 오늘 근사하게 대접하지. 물론 남미가 주빈이지만 말이야."

"경란 언닌 뭐 하게 만나시려는 거예요?"

"공동작전을 써보려고……."

"오빠 정말 숙맥이야. 그렇게 그 앨 좋아해요? 좀 시시하지 않아요? 오빠의 상대자론……."

"좋은 데는 조건이 없다."

"정말 결혼까지 하려고 생각했어요?"

"응."

"난 또, 유혹의 한 수단인 줄만 알았지."

"결혼도 결국은 유혹의 한 수단 아니야?"

"밑지지 않아요?"

남미는 남식의 많은 여성 관계를 알고 있기 때문에 하는 소리다.

"어차피 다 마찬가지야. 하여간 경란을 좀 만나게 해줘."

"그렇게 애걸하려거든, 진작 이치윤 씨를 추방할 일이지."

"감정과 사업은 별도다. 이용 가치가 있는 한 부려먹는 거야."

"흐음. 우정이 아니었군요."

"누구의 아들이라고."

"그 말 마음에 들었어요. 좋아요. 경란 언니 만나게 해드리죠. 그렇지만 전 안 가겠어요. 음모에 직접 참가하는 건 싫으니까. 그 대신 다리 놓아준 값어치 잊으시면 안 돼요. 그럼 어떡헌담? ……다섯 시쯤 한양다방으로 오빠 혼자 나가보세요. 거기에 언닌 잘 나와요. 슬그머니 가서 자연스럽게 만나서 의논하세요."

"한양다방?"

"명동에 있어요. 거긴 언니하고 H의원의 아지트예요."

하고 남미는 의미심장한 미소를 띤다.

"H의원?"

남식의 눈이 번득인다.

'생각했던 대로 역시 경란이 관련되어 있었구나.'

남미는 의미심장한 미소를 거두지 않고 하는 말이,

"네에. 바로 오빠가 깐 그 H의원이에요. 경란 언니의 파트너."

이번에는 킬킬거리고 웃는다.

"세상이란 재미있죠? 언닌 언니대로 재미 보고 사는 거예요. 그러면서 이치윤 씨를 건드려보는 거죠."

남식은 아무 말도 하지 않고 담배를 뽑아 물었다.

남미는 맵시 있게 엉덩이를 흔들며 남식에게 용돈을 털어서 나간다.

'재미있게 돌아간다. 흥!'

남식은 시계를 보더니 담배를 던지고 일어섰다. 그는 카운터에 가서 레지에게 싱거운 말을 몇 마디 던지고 찻값을 치른 뒤 전화 다이얼을 돌린다.

"윤을 불러줘."

한참 만에 윤이란 사나이가 나왔다.

"윤이야?"

"네."

"어떻게 됐어?"

"어젯밤 혜화동에서 했대요."

"그래서."

"지금 청파동 어디에 있다는데 아직 정확한 정보는 없어요. 애들을 뿌려놨습니다."

"생명에는 관계없겠지."

"남자는 형편없는 모양입니다. 그러나 없애지는 않을 겁니다. 뒤가 귀찮을 테니……."

"빨리 거처를 알도록 해. 그리고 연락은 낙원그릴로 해. 나 거기 있을 테니."

"그러죠."

전화를 끊은 남식은 그 길로 밖으로 나와 한양다방으로 향하였다.

다방에 들어가 휘 둘러본다. 경란이 없었다. 아직 시각이 이른 때문이다. 남식은 도로 나와서 한양다방 근처를 서성거린다. H의원과 얼굴을 대하는 것도 거북한 노릇이요, 경란을 끌어내기도 힘들 것 같았기 때문에 다방 앞에서 기다렸다가 경란을 가로채 가자는 심산인 것이다.

약 삼십 분가량 어정대고 있을 때 경란이 나타났다. 눈부시게 흰 털목도리를 두르고 검정 하이힐을 구르며 걸어왔다. 그가 밟고 오는 땅은 한국 땅이 아니고 미국의 할리우드가 아닌가 싶으리만큼 호화찬란한 모습이다.

"경란 씨, 어디 가세요?"

남식은 깜짝 놀라는 시늉으로 크게 몸을 흔들며 두 팔을 벌렸다.

"어마나! 난 누구시라구?"

남식의 환영 공세가 유별났기 때문에 경란도 다소 어리둥절해한다. 그러나 기분이 나쁘지는 않는 모양이다.

"참말 오래간만이군요."

귀빈을 대하듯 장갑 낀 경란의 손끝을 잡는다.

"어쩌면 그렇게 통 볼 수가 없어요? 너무 그리 괄시하지 마십시오."

남식은 완곡하게 힐난하는 척하면서도 은근히 경란의 기분을 돋우어 준다.

"제가 할 말을 사돈이 하시네요? 호호호……."

'빌어먹을, 이런 계집들을 어디다 쓸어 넣을까?'

남식은 마음속으로 중얼거리면서도 외면으로는 어디까지나 미소를 유지한다.

"어디, 저녁이나 같이할까요?"

"글쎄요? 여기 좀 만날 사람이 있는데……."

경란은 턱으로 한양다방을 가리킨다.

"얼마나 소중한 분인지 모르겠습니다만 이렇게 우연히 만났으니 기쁘지 않을 수가 있겠습니까? 저를 위하여 한 번쯤 그런 약속 무시해 버리세요."

경란은 잠깐 생각에 잠기다가,

"그렇게 할까요?"

경란으로서는 H의원을 기다리게 하는 일에도 흥미가 없지 않았다. 그들은 이내 낙원그릴의 손님이 되었다. 외국인들도 더러 와 있는 고급 레스토랑이다. 한국 사람이라면 어느 미개지의 원주민쯤으로 알고 있는 백색인종들도 소연昭然히 나타난 경란의 미모에는 눈이 크게 벌어지는 모양이다.

'이 새끼들아. 너희들한테 꼭 알맞은 계집이야. 쓸어버릴 곳이 없어 곤란하단 이 말씀이지.'

남식은 콧방귀를 팅 뀌었다. 공연히 화가 치밀었다. 미국서 유색인종으로 멸시를 받던 생각이 났던 것이다. 하기는 남식의 낯빛깔은 한국인치고도 검은 편이었으니까.

경란은 흰 장갑을 빼면서,

"오늘 이치윤 씨 회사에 나왔어요?"

하고 아무렇지도 않은 표정으로 물었다.

"잘 모르겠는데요? 나는 일찍 회사에서 나왔으니까. 나왔겠죠. 그 친구 요즘 정신없어요."

남식은 슬쩍 말을 던지고 경란의 눈치를 살핀다.

경란의 눈에는 득의에 가득 찬 웃음이 있었다.

'역시 경란의 수작이었구나. H의원한테 부채질을 한 모양이군.'

웨이터가 요리를 날라 왔다. 남식은 소스 병을 경란 앞으로 밀어주기도 하고 세세한 곳까지 눈치 빠르게 친절을 베풀었다.

"드시죠."

남식은 숙녀가 포크를 먼저 잡기를 기다린다. 조용히 식사가 시작되었다.

"이런 말하면 경란 씨는 듣기 싫으시겠지만 아무래도 나는 이 군을 잘못 본 모양입니다."

"왜요?"

경란의 눈이 빛났다.

"아무래도 그 친구, 배신의 소질이 있는 모양입니다. 몇 해 동안 정상배들의 비서 노릇을 하더니만 그 물이 단단히 든 모양이죠? 아, 이거 실례가 되겠군요. 경란 씨 앞에서 입이 빠른 게 항상 탈이거든."

"저한테 실례될 것 뭐 있어요?"

"사랑하는 남편이신데……."

"호호호, 사랑하는 남편요? 호호호……."

경란은 한참 동안 매혹적인 웃음을 굴리다가,

"저한테는 도무지 어울리지 않는 명칭이군요. 남편? 역시 어색하군요. 다만 저에겐 한 사나이에 지나지 않아요. 가엾은 햄릿."

"햄릿?"

남식이 반문한다.

"햄릿이죠. 사색형이란 말예요. 그러나 아마도 지금쯤은 돈키호테로 떨어져 버렸을 거예요."

"무식해서 그런지 그 말뜻 잘 모르겠는데요? 좀 설명해 주십시오."

남식은 경란의 말에서 어젯밤 사건에 경란이 개재된 것은 의심할 여지가 없다고 생각하였으나 조금도 내색하지 않고 닭고기를 뜯는다.

"별뜻 없어요. 그냥 그렇게 생각한 것뿐예요."

경란은 약간 경계하듯 말끝을 흐려버린다. 남식은 서두를 필요는 없다고 생각하며 그 이상 추궁하지 않는다.

"내가 처음 경란 씨를 이치윤한테 빼앗겼을 땐 그래도 라이벌과 친구를 구별했었어요. 하기는 이치윤이 나를 배반했다기보다 경란 씨가 그를 좋아한 결과에 지나지 못했지만."

"거짓말 마세요. 그때 김 선생은 뭐 저 혼자 바라보고 있었나요? 리혜도 있고, 또 수없이 있었잖아요?"

"그건 다 바람이죠. 바람하고 애정은 엄연히 다른 것입니다."

"그럼 절 사랑했다는 건가요?"

경란은 재미있어 하면서도 남식에게 큰 관심이 있지는 않았다.

"그때는……."

"지금은 안 그렇다는 거군요."

"지금은 두 사람의 경우가 어슷비슷하죠."

"그 소녀 때문에?"

"반드시 사랑했다는 것은 아니지만 오기가 나지 않습니까? 그렇게 가로채 가는 법이 어디 있어요? 이번만은 나도 그 친굴 골탕 좀 먹여야겠어요."

"내 원수는 남이 갚아준다는 말이 있지요."

경란은 유쾌하게 웃는다.

"그랬으면야 삼 년 묵은 체증이 내려가겠지만 그것뿐인가요. 잡지를 하라고 맡겼더니 H의원의 욕을 잔뜩 해놓았으니 아버지한테서는 벼락이 내리지, 참, 기가 막혀서……."

"어마, 그럼 그거 남식 씨는 몰랐던가요?"

"내가 알 턱이 있어요? 고리타분하게 일일이 그런 것 뒤적거리고 앉아 있을 위인입니까? 일 없는 사람 일자리 마련해 주는 기분으로 시작했는데 그런 배은망덕이 어디 있어요?"

"그럼 왜 목을 안 자르세요?"

"그러니까 처치가 곤란하다는 거예요. 그 친구, 여자 하나 때문에 자길 쫓아냈다고 나팔 불고 다닐 게 아닙니까?"

"뭐, 이제 처치된 거나 마찬가진걸요."

"네?"

남식의 얼굴이 긴장한다.

"정말 남식 씨는 그 사람이 처치되기를 원하세요?"

"남이 해주면야 오죽 좋겠소. 내 인간성에 흠도 안 가고 미운 놈 없어지고."

"걱정 마세요. H의원이 그냥 두지는 않아요. 감쪽같이……."

"없어진단 말입니까?"

남식이 바싹 머리를 들이댄다.

"사회생활을 못 하게 되죠. 없어진 거나 마찬가지로. 내일 회사에 나가보심 알 거 아니에요? 그쯤 알아두세요. 극비예요."

"네에……?"

"아무튼 오늘 잘 만났어요. H의원은 남식 씨를 오해하는 모양이던데……."

"그럼 내가 몽둥이 맞을 뻔했군요?"

"제 덕택인 줄이나 아세요."

경란이 빙긋이 웃는데 웨이터가 와서 남식에게 전화가 왔다고 알려준다.

남식은 웨이터가 내려놓은 수화기를 천천히 들었다. 얼굴에 긴장의 빛이 돈다.

"윤인가?"

"네."

목쉰 듯한 대답이다.

"그래, 어떻게 되었나? 빨리 말해."

"여자가 도망쳤다는군요."

"뭐?"

"그래 일이 귀찮아질 것 같아서 남자도 내어보냈다는 겁니다."

"어떻게?"

남식은 반신반의다.

"그야 택시에 실어서 운전수한테 돈푼이나 쥐여주면 되는 거죠."

"그래. 그럼 혜화동으로 보냈단 말이야?"

"그렇죠."

남식은 얼른 전화를 끊고 자리로 돌아왔다.

"이거 죄송하게 됐습니다."

하고 허리를 굽실한다. 그러나 자리에 안 앉는 남식을 경란이 의아스럽게 올려보자 다시 허리를 굽실하며,

"급한 전화가 와서 가봐야겠어요."

경란은 완연히 불쾌한 낯빛이다. 얼마나 급한 전화인지는 몰라도 뭔지 무시를 당한 기분이 들었던 것이다.

"이것 모처럼 만나봤는데 예의가 아니군요."

"그렇게 바쁘시니 얼마나 다행이겠어요?"

경란은 비꼬듯 말하고 장갑을 집으며 일어섰다.

낙원그릴 앞에 나오자 경란은,

"그럼 사운을 빌겠어요. 그리고 연애, 성취하시길 아울러 빌 어드리겠어요."

"고맙습니다. 영광이군요."

남식도 이제는 이용 가치가 없어졌다는 듯 힘껏 비꼬아준다. 경란의 얼굴이 빨개지며 노여운 빛을 띤다. 남식은 그 여자하고

헤어지는 순간 길목에 침을 탁 뱉으며,

"흰 뱀 같다."

남식은 곧이어 택시를 한 대 잡아타고 혜화동으로 달렸다. 집 안에 들어서자마자 은경이 안에서 쫓아 나오며 울음을 터뜨렸다.

"생고생을 했군요."

남식은 은경의 양어깨를 가볍게 두들겨주며 위로를 한다.

"그래, 이 군은 어디 있어요? 상처가 심합니까?"

은경은 눈물 젖은 얼굴을 들고 남식을 유심히 바라본다.

"어떻게 선생님이 아셨어요?"

남식은 그냥 빙그레 웃을 뿐이다.

"자, 이 군 있는 데로 가십시다."

남식은 은경의 어깨를 두들기며 안으로 들어갔다. 방문을 열었을 때 이치윤은 혼수상태에 빠져 있었고 그 옆에 찬희가 넋빠진 사람처럼 멍하니 앉아 있었다.

"아주머니, 놀라셨죠?"

남식은 다리를 꺾고 앉으며 찬희를 건너다보았다.

"난 도무지 어떻게 된 영문인지 모르겠어요."

"다 제 잘못이죠."

"남식 씨 잘못이라구요?"

"네. 벌써 이런 일 있으리라는 정보를 받았습니다만 제가 당할 줄 알았죠. 설마 은경 씨까지 말려들어 갈 줄이야 누가 알

앗겠어요? 제가 미욱한 탓으로 화가 미쳐 대단히 죄송스럽습니다.”

은경도 처음 듣는 말이라 눈이 휘둥그레져서 남식의 입매를 주시한다.

“무! 무슨 까닭으로?”

찬희의 입술이 파르르 떨렸다.

“잡지에다 자유당 욕을 한 덕택인가 봅니다.”

남식은 태연자약이다.

그 말에 비로소 사실을 깨닫게 된 찬희와 은경은 공포에 질린 눈으로 마주 본다. 남식은 경란에 관한 말은 한마디도 하지 않았다. 좀 더 두고 보는 편이 나으리라는 생각도 있었고 도리어 역으로 이용할 가치가 있는지도 모르겠다는 타산도 있었기 때문이다.

“의사 다녀갔습니까?”

남식은 화제를 돌린다.

“네. 막…….”

은경이 근심에 찬 표정으로 대답하였다.

“줄곧 저렇게 자는 겁니까?”

“아니에요. 고통이 심한 것 같아서 의사가 잠들게 했어요.”

“위험하다고는 안 합디까?”

“생명에는 관계없지만 원체 매를 많이 맞았다고…….”

은경의 눈에 눈물이 글썽 돈다.

"망할 놈의 새끼들. 깡패정치가 얼마나 갈려고……."

남식은 은경을 외면하면서 중얼거렸다.

"나 좀 나가봐야겠어요. 바쁘시지 않으면 좀 계세요. 집안이 허황해서……."

우두커니 맥없이 앉아 있던 찬희가 무슨 생각을 했는지 후딱 일어서며 말했다. 남식은 그러한 찬희를 힐끗 쳐다보다가 팔을 들어 시계를 본다.

"네, 있죠. 오늘 밤은 별일이 없으니까 통금까지……."

"또 돌아갈 때 깡패에 맞으면?"

찬희가 눈이 불안해진다.

"하하핫…… 걱정 마세요. 신사협정을 해놨으니까요."

남식은 의아해하는 은경의 눈을 넌지시 바라보며 아까 낙원 그릴에서 경란 앞에 연출한 연극이 생각났다. 저절로 웃음이 새어 나온다.

"아무튼 금년 신수가 사나웠어요. 땜 자알했죠. 두 사람의 순탄한 발전을 위해서도……."

하고는 다시 씨익 웃는다. 은경은 남식이 그렇게 웃는 것이 불쾌하였다. 남은 십년감수를 했는데 태연히 웃고만 있으니 밉살스럽지 않을 수 없었다. 더군다나 이 마당에서 두 사람의 순탄한 발전이니 뭐니 하고 농으로 돌리는 것도 기분에 따라 올곧잖게 들리는 것이다.

"그러나 이렇게 쉬이 나오게 된 것도 다 은경 씨의 덕택이니

고맙소이다. 그 지경에서 어떻게 도망쳐 나올 궁리를 다 했습니까? 정말 생각 밖으로 민첩하고 용감한데요?"

은경에게는 비꼬는 투로밖에 안 들렸다. 그리고 별안간 알지 못할 불안이 머릿속에 밀려들었다.

"어, 어떻게 이 선생님이 그 일을 다 아세요?"

"허참, 벼룩 간 내어 먹는 게 그치들이라면 나는 그치들 등쳐 먹은 놈이죠. 그쪽에서 돈 뿌리고 깡패를 동원했다면 이쪽도 못할 일은 아니잖아요? 정신으로 움직이는 놈이 처치 곤란이지 그까짓 돈푼이나 가지고 움직이는 놈들쯤이야 김남식도 조반전의 일이랍니다."

은경은 그 말뜻을 얼핏 알아차리지 못한다. 그런 세계에 대하여는 전혀 백지다. 그리고 남식이 귀띔해 준 말을 이치윤은 은경에게 말하지 않았기 때문에 은경은 복잡한 사정을 알지 못했다.

"그, 그럼 선생님도 깡패를 샀단 말씀이세요?"

"네. 이쪽에서도 깡패를 샀죠. 주먹에는 주먹으로, 피에는 피로써 대항하는 겁니다. 주먹에다 수신독본이나 『성경』은 안 통하거든요."

"그, 그럼 경찰……."

"하하핫…… 대체 은경 씬 지금 몇 살이죠? 지나치게 순진하다는 것도 경우에 따라 죄악이 됩니다. 경찰관도 밤에는 깡패로 둔갑하는 세상인데 그걸 말이라고 하세요?"

은경이 얼굴을 붉힌다. 자기의 철부지를 부끄럽게도 생각했지만 은경은 이 무법 세상에 심한 공포를 느꼈던 것이다.

"하여간 앞으론 단속을 단단히 해야죠. 그러나 우리 편에서도 반격할 재료가 하나 생겼으니……."

남식은 경란과의 일을 생각하며 혼자,

"위대한 실업가 김 사장의 덕을 어쨌든 간에 보는 셈이니까 고마운 일이오."

남식은 두 팔을 쭉 뻗으며 자기 아버지를 모멸하듯 말하였다. 그러나 표정은 어디까지나 낙천적이다.

"그런데 어떻게 제가 도망친 일을 아셨을까?"

은경의 의문은 풀어지지 않는다.

"그야 돈 주면 일하는 패의 세계, 이쪽이건 저쪽이건 밑바닥은 다 한 굴로 통합니다. 묘한 세상이죠. 그러나 그놈들은 미련한 자식들이지만 우리보다 순진한 족속들인지도 몰라요. 따지고 보면 이용해 먹는 놈이 더 나쁜 놈이죠."

남식은 늦게까지 은경을 상대로 지껄이다가 찬희가 돌아온 것을 보고 그 집을 나섰다.

이튿날 남식의 사무실에는 어떤 낯선 사나이가 한 사람 찾아왔다.

"어떻게 오셨죠?"

남식은 낯선 방문객의 옷차림부터 쑤욱 훑어보며 의식적으로 양어깨를 뻗는다. 약간 도전적인 태세다.

사십 남짓한 단정한 옷차림의 신사였다. 눈빛이 다소 천착하는 것처럼 보였으나 품위를 잃지 않는 태도였다.

"실은 이치윤 씨를 만나 뵈려고 왔었는데 나오시지 않았다구 하는군요. 그래 김 선생께 좀 물어보려구요."

신사는 젊은 남식에게 선생이라는 공대를 바친다.

"대체 누구시죠?"

외면으로는 극히 대범하게 굴었으나 깡패습격사건 이후 남식도 다소 신경이 과민해진 편이다.

"아참, 잊었구면요. 전 이런 사람입니다."

하고 신사는 호주머니 속에서 명함을 한 장 꺼내어 남식에게 건네준다.

"아 네, 이거 실례했습니다."

남식은 종전의 태도를 수정하며 상대편을 바라본다.

"아버님하고는 좀 아는 처지죠."

그 말에 남식은 더욱 경계심을 푼다. 신사는 제법 알려진 변호사였다. 윤기성이 경란으로부터 이혼 사건의 의뢰를 받아 그것을 거절했기 때문에 이 강 변호사에게로 넘어간 것이다.

"이 군을 만나시겠다는 건 이혼문제 때문인가요?"

"네. 뭐……."

강 변호사는 말꼬리를 흐려버린다.

남식은 변호사의 비밀보장의 의무를 상기하며 그 이상 묻지는 않았다.

"이치윤 씨를 어디 가면 만날 수 있을까요?"

"지금 아파서 누워 있는데……."

남식은 경란이가 이치윤의 행방을 제일 잘 알고 있을 게 아니냐고 말하고 싶었으나 강 변호사하고는 아무 관련도 없는 일이기에 참았다.

"병원에 계신가요?"

"아니, 김상국 의원 댁에 있어요."

"용담用談이 불가능하겠습니까?"

"글쎄올시다. 어쨌든 그런 일이라면 만나보셔야죠. 주소를 가르쳐드리겠습니다."

남식은 책상 위에 메모지를 한 장 찢어서 주소와 약도를 그려준다.

강 변호사가 돌아간 뒤 남식은 책상 앞에 앉아 생각에 잠긴다.

'이혼을 하면 그들은 자유롭게 결혼할 수 있다. 나는 은경을 좋아한다. 그리고 이치윤도 좋아한다.'

전화벨이 요란하게 울렸다. 수화기를 드니 남미의 목소리가 울려왔다. 남식은 전화를 끊어버리고 수화기를 내려버렸다.

'내가 위선자가 아닐까? 경란은 솔직한 악녀고…….'

남식은 이치윤이 이혼하기로 결심했다는 그 말을 들었을 때보다 더 강한 실망이 마음속에 번져가는 것을 느꼈다.

'정말 은경을 사랑하나 부다.'

남식은 일어서서 기지개를 켰다. 그리고 그런 생각을 털어버
릴 양으로 편집실로 쫓아 나갔다.

　"이봐, 사진부장, 이번 화보 왜 이 모양이오? 그 제발 저명인
사들의 달짝만 한 얼굴 좀 그만둡시다. 거리에서 주워 와야지.
화보를 무슨 비단장수의 구색으로 생각하면 안 된단 말이오. 기
사 이상의 효과를 노려야지. 추잡하고 비천하고, 그게 한국의
현실—."

　일장연설을 토하며 그는 우울증을 푸는 것이었다.

　남식은 일찌감치 사무실을 나섰다. 강 변호사와의 용담도 궁
금하거니와 이치윤의 용태도 걱정된 때문이다.

　집에 들어서니 찬희는 외출 중이었고 은경이 반갑게 맞아주
었다. 은경은 아무래도 이치윤과 경란의 이혼문제를 알고 있지
않은 모양이었다.

　이치윤이 누워 있는 방으로 들어가자 이치윤은 억지로 미소
를 띠며 몸을 일으켰다. 깡패한테 얻어맞고 납치까지 당했던 일
이 쑥스러웠던 것이다.

　"이제 좀 나은가?"

　남식은 털썩 주저앉는다.

　"나은 게 다 뭐야? 뼛골이 빠질 것만 같다."

　이치윤은 허리가 결리는지 손을 뒤로 돌리며 얼굴을 찡그
린다.

　"인생수업이다."

"인생수업이고 뭐고 낯짝도 모르고 맞았으니."

"죽지 않았으니 망정이지."

"김 선생님, 저녁 잡수셨어요?"

말을 주고받는 것을 보고 한시름 놓았다는 듯 은경이 물었다.

"저한테도 저녁 주시겠습니까?"

"찬은 없지만……."

"좋습니다. 은경 씨의 요리 솜씨를 믿고 얻어먹기로 작정했습니다."

"아이참, 그러심 어려워요."

은경이 웃으며 나간다. 은경이 나가버리자,

"아주머니는?"

"바쁘신 모양이야."

이치윤은 몸을 움직이려다가 다시 얼굴을 찡그렸다.

"낮에 강 변호사가 찾아왔지?"

"왔었다."

이치윤도 짤막하게 대답한다.

"이혼문제 때문인가?"

"응……."

이치윤의 대답은 시원치 않았다.

"진행이 난삽한 모양이군그래."

"……."

"무슨 농간을 또 부리는 건가?"

"위자료 오백만 환을 내라는군."

이치윤은 어이없다는 듯 픽 웃었다.

"오백만 환? 으하하하핫……."

남식은 배라도 움켜쥘 듯 크게 소리 내어 웃었다.

"이봐 치윤이, 자네 출세했네. 하하핫."

"출세가 다 뭐야."

이치윤은 새삼스럽게 노여움이 치받는 듯 내뱉었다.

"거 오백만 환 위자료를 자네한테 청구했으니 말일세. 하하핫……."

"오백만 환은커녕 단 오십만 환도 없는 놈에게 그야말로 난센스다. 십 년 월부로나 할까?"

화를 내도 소용없는 일이라 생각했는지 웃음을 머금는다. 그 웃음은 경란에 대한 경멸의 웃음인 동시에 자기 자신에 대한 경멸이기도 했다. 이치윤은 경란을 그렇게까지 비천한 여자라고는 생각지 않았다. 여러 가지 결점이 많은 여자이기는 해도 그의 오만은 때로 그의 미모를 더욱 빛내는 순간이 있었다.

물론 경란이 진심으로 돈을 받아내기 위해 한 수작이라고 보지는 않는다. 다만 자기를 괴롭혀 주기 위한 심보인 것은 뻔하다. 다만 그 방법이 지금까지 생각하고 있던 경란이답지 못하게 비천하다는 데서 오는 불쾌와 경멸이다. 동시에 그러한 경란의 껍데기를 사랑해 온 자기 자신도 하잘것없는 인간만 같아서 일종의 자기혐오를 느끼는 것이었다.

"똥 묻은 개 겨 묻은 개 보고 짖는다더니, 그런 격이군그래."

남식은 H의원과 경란의 관계를 생각하며 말했다. 남미가 본 시부터 말이 많고 까부는 편이었지만 거짓말을 하는 성질은 아니라고 남식은 거듭 생각하였다. 그러나 남식은 그 말을 이치윤에게 하지는 않았다. 물론 이번의 폭력 사건에 경란이 관련된 사실을 말할 생각도 없었다.

'경란에게 주사를 한번 놔야겠군. 깨끗하게 손을 떼게…… 그러나 적인 줄 모르고 비밀을 누설했다는 것을 깨닫는다면 대체 그 여자는 어떤 얼굴을 할까? 얄팍하고 속에 아무 든 것도 없는 계집이다. 그러나 보기는 여왕만 같으니, 흐흐흐…….'

남식은 마음속으로 웃었다.

"걱정 말게. 다 돌아가는 재주가 있다네. 뭐가 그리 바쁘냐 말이다. 은경 씬 아직도 나이가 어려. 가정이라는 땟국물 속에 묻혀버리기는 아까워."

남식은 넌지시 말했다. 그 말은 이치윤의 약점을 찌르는 말이다.

"차라리 걱정이라도 됐음 좋겠다. 속이 느글느글할 지경으로 뒷맛이 좋지 않다. 그렇게 치사할 줄은 몰랐다."

남식은 빙그레 웃는다. 폭력 사건에 경란이 관련된 것을 안다면 어떨꼬 싶었던 것이다.

"애정의 변형이라 생각해 두려무나. 행복하지 뭐야?"

"애정? 어림도 없다. 자네는 그 여자를 모르고 하는 소리야."

모르고 하는 소리라는 말이 하도 우스워 남식은 잠시 웃다가,

"벌써 인연 없는 중생일세. 그리 기분 상할 것 없네. 두고 봐. 위자료고 뭐고 제발 이혼해 달라고 그쪽에서 말하게 될 테니……."

남식은 푸드덕 일어섰다.

"나 전화 좀 걸어야겠어."

그는 응접실로 나갔다. 그리고 집에 전화를 걸어 남미를 불러 내었다. 남미를 좀 더 사귀어둘 필요성을 느낀 때문이다.

"뭐 할려고 부르세요?"

남미의 화난 목소리였다. 낮에 전화를 끊어버린 것을 괘씸하게 생각하고 있는 모양이다.

"별일 없었나?"

화를 내거나 말거나 부드러운 목소리로 어른다.

"여전하시답니다. 왜요? 무슨 일이 또 생겼나요?"

"아냐, 아무 일도 없어. 낮에 회사에 나오지 그래."

"흥! 전화도 받지 않고 끊어버리는데 나갔다가 큰코다칠 사람은 누군데요?"

"설마 그럴 리가 있나? 내가 없을 때 건 게지. 아니면 전화가 고장 났거나."

하고 혼자서 장난스레 웃는다.

"능청 부리지 마세요. 수화기 내려놓던걸."

"아아, 그거? 귀찮게 구는 여자가 있어서, 난 남민 줄 몰랐거든."

"어설픈 술책은 관두세요. 누가 속을 줄 알고……."

"그건 오해야. 나 지금 김 의원 댁에 와 있는데 전화가 걸고 싶었다. 그럼 멕시코 양? 잘 자요."

남식은 그쯤 하고 전화를 끊었다.

복도에 나오는데 찬희가 현관문을 열고 들어온다.

"어마, 오셨어요?"

"네. 이제 오세요?"

찬희는 몹시 추위를 타는 듯 얼굴이 푸르죽죽했다. 결코 추운 날씨는 아니었건만 날씨보다 마음이 추운 탓일까?

9. 소식

찬희는 애림고아원에 들러 원장과 같이 고아원 경영에 대한 문제를 상의하였다. 찬희는 벌써부터 고아원 사업을 원조하는 데 그칠 것이 아니라 직접 경영을 하고 싶다는 의욕을 가졌었다. 이번에 남편의 죽음을 당하고 사업의 실패를 본 후 그 생각은 어느 정도 적극성을 띠기 시작하였다. 오늘 애림원을 찾아온 것도 그 때문이다. 찬희는 자기의 외로운 전도를 위해 그런 사업을 하려는 것인지 진정으로 어떤 사회적 양심에서 하려는 것인지 의심을 하였다. 그러나 결국 자기 자신이란 한 인간을 어느 곳에다 낙찰시키려는 것에 불과한 것을 깨달았다. 그렇다고 그 행동을 중지할 마음은 없었다.

　일면 대단한 결의가 있었던 것도 아니었다. 원장과 헤어져서 거리에 나온 찬희는 잠시 멍청히 섰다가 걸음을 옮긴다.

아직 서편에는 햇빛이 설핏하게 남아 있었다. 그러나 오가는 사람들의 발걸음은 바쁘다. 찬희는 그들 통행인에 휩싸여 걸음을 재촉하다가는 다시 뒤지고 만다. 안개처럼 걷잡을 수 없는 생각, 수없이 몰려오는 생각 속에 빠져버리는 것이다.

남편이 살아 있건 혹은 죽어버렸건 찬희의 처지는 변할 리 없건만, 그러나 실제로 당하고 보니 남편의 죽음은 찬희에게 아주 판이한 의미를 안겨주었다. 생전에는 남편에 대한 반발이 그의 생활을 지배하여 왔다. 이제 그 반발의 대상이던 남편은 없어지고 남은 것이라곤 추억뿐이다. 젊었던 시절, 남편과의 행복했던 생활에 대한 추억만이 부질없이 마음에 바람을 일으키는 것이었다.

지금은 아무것도 남겨진 것이 없는 완전한 홀몸이다. 인생을 재출발할 젊음도 이미 가고 애욕에 불태울 육체도 아니었다. 재물에 집착하기에는 그의 천성이 따르지 못하였고 또한 그에게 남은 재산이라곤 지금 살고 있는 집 한 채가 있을 뿐이니 그것도 서글픈 희망이었다.

'은경이도 이제는 가겠지.'

은경과 이치윤의 연애는 찬희에게 또 하나의 강한 충격이 되었다.

'반대하는 것은 아니다. 축복하고 싶다. 그러나 이렇게 빨리 은경이 떠날 줄은 몰랐다.'

정말 그렇게 빨리 은경이 자기 품에서 달아날 줄은 몰랐다.

자기에게 허용되지 않았던 모성애를 맛보려고 했던 것이 또한 서글프게 느껴졌고 정신적으로 장차 은경에게 의지하려던 자기를 어리석었다고 찬희는 생각하는 것이었다.

어차피 때가 오면 가고야 말 은경이었으나 여러 가지 일들이 한목에 닥치는 속에서 은경이마저 이치윤의 사람이 된다고 생각하니 슬펐던 것이다.

'생각하지 말자. 다 외로운 게 인간이야. 양로원의 늙은이들 생각을 하면…….'

찬희는 그 말을 마음속으로 중얼거리다가 별안간 심장에 무슨 예리한 바늘이 찔려지는 듯한 아픔을 느꼈다.

'신경과민이다. 아직 나는 젊다. 내가 살아갈 정도의 재산은 있다. 왜 하필이면 의지가지없는 가엾은 양로원의 늙은이들에게 내 신세를 비긴담.'

찬희는, 그 생각을 털어버리려고 했다.

'아니다. 자식 없는 내 몸이 늙으면 별수 있나? 양로원 신세지.'

찬희는 뜨거운 눈물이 후둑후둑 떨어졌다.

정신을 차려보니 길 한복판이었다.

'창피스럽게 이게 무슨 짓이냐?'

찬희는 얼른 눈물을 거두고 걸음을 빨리하였다.

팔을 들어 시계를 보니 윤 변호사와의 약속 시간이 벌써 십분이나 지나 있었다. 한 번만 이야기할 기회를 달라고 거의 애원하다시피 한 윤 변호사의 청을 응낙하고 찬희는 지금 그를 만나러 가는 길이다. 어차피 재산 정리에 관한 문제로 한 번은 만나야 할 사람이기는 했다. 찬희는 자기의 마음이 완전한 고독의 벌판인데도 윤기성이란 사나이를 그 고독의 벌판 속에 한 번도 끌어들여 본 일이 없는 것이 이상하였다. 최후의 선까지 넘어선 그 상대를 은경이나 이치윤만큼도 아쉽게 생각한 일이 없는 자기 자신이 이상하였다.

다방 문턱을 건너서며 찬희는 비로소 그런 생각을 해보는 것이었다. 찬희가 들어서자 윤기성은 일어서려다 말고 마음을 놓은 듯 도로 의자에 기대었다.

찬희는 잠자코 그와 마주 앉았다. 다방은 으슥한 골목 속에 있는 아주 낡아빠진 곳이었다. 따라서 손님도 없고 한산하였다. 찬희는 이런 곳을 택한 윤기성의 마음을 알 만하였다.

찬희는 으스스 몸을 떨었다. 벌써 난로를 걷어버린 다방 안에는 그 가난하고 보잘것없는 장치와 더불어 냉기가 돌았다.

"추우시면 딴 곳으로 옮길까요?"

윤기성은 조심스럽게 찬희의 표정을 살폈다. 말씨도 퍽이나 조심스러웠다.

그러나 그의 눈에는 심한 고민이 흔들리고 있었다.

"괜찮습니다. 잠시 얘기만 하고 갈 텐데요."

찬희도 옛날의 재산관리인으로밖에 생각하지 않았던 시절 모양으로 점잖게 말한다.

레지가 뭐를 들겠느냐고 재촉하듯 옆에 와서 우뚝 섰다.

"추운데, 위스키티를 하시겠습니까?"

찬희는 윤기성의 물음에 아무 대답도 하지 않는다. 대답이 없는 것을 응낙의 뜻으로 알고 윤기성은 위스키티를 두 잔 주문한다. 한동안 어느 쪽에서도 말을 하지 않았다. 제각기 자기들 생각에 깊이 잠겨 있는 모습이었다. 한참 윤기성이 거북하게 몸을 움직이며 입을 열었다.

"매달의 생활비를 저한테 물게 해주십시오."

망설인 끝에 하는 말인 모양이나 그 표현은 몹시 서툴고 거칠었다. 왜 그러느냐는 듯 찬희가 빤히 쳐다본다. 윤기성은 얼굴을 일그러뜨리며 눈을 내리깔았다.

"완전한 실패였습니다. 지금은 요행을 바라는 도리밖에 없습니다. 모두 제가 불민한 탓이죠. 적성물자敵城物資라 하여 풀려나올 여망이 없군요."

윤기성은 한숨처럼 담배 연기를 훅 뿜었다. 먼저 한 말과는 연결되지 않는 말이었다. 그리고 솔직히 털어놓기는 그 말이 처음이었다.

"어떻게 되다 되면…… 되기를 바라며 여태 아무 말씀도 구체적인 말씀을 하지 않았던 겁니다."

"사업의 실패는 서로의 운수가 나빠 할 수 없는 일이고…… 아직은 굶어 죽을 처지는 아니에요. 그리고 생활 걱정을 윤 선생이 할 이유는 없어요."

찬희는 냉정하게 시초에 제안한 윤기성의 뜻을 거절한다.

"제가 걱정하는 것이 싫으시다면 우정으로……."

윤기성은 말을 끊었다.

사무적인 것과 감정적인 것이 미묘하게 얽혀여 그들의 호흡은 저절로 흐트러졌다.

레지가 위스키티를 날라다 놓았다. 윤기성이 얼른 그것을 들었다. 찬희도 찻잔을 들었다. 그들의 흐트러진 호흡에는 이러한 새로운 동작이 구원이 되었다.

"역시 우리는 만나지 않는 게 좋겠어요."

찬희는 지금까지의 마음의 무장을 풀고 솔직하게 말하였다. 하기는 전에도 윤기성을 만나 헤어질 때는 반드시 이제는 만나지 말자는 말을 했었다. 그러나 지금의 심정은 그때와 같지는 않았다. 그것을 윤기성은 알고 있다. 알고 있기 때문에 그는 초조해지는 것이었다. 찬희에게 깊은 미련을 가지는 것보다 애정을 미끼로 그 여자의 재산을 횡령한 결과가 되고 만 일에 고민을 하지 않을 수 없었다. 물론 기성 자신이 애정을 미끼로 한 일도 없고—찬희와의 관계를 맺을 때 이미 그는 파산되어 있었으니까—그것을 찬희도 잘 알고 있는 바이지만 결과는 그런 과정의 설명을 필요치 않는다.

'지금이라도 그 물자만 풀려나온다면? 그러나 그것은 얼마나 허망한 기대인가.'

윤기성은 새삼스럽게 자신의 투기성을 원망해 보기도 하고 찬희를 범한 일을 후회하기도 했다. 찬희와 그런 사이가 되지 않았더라면 차라리 마음이 떳떳할 것만 같았다.

"저는 이미 포기하기로 작정했으니 만일 사무적인 일이 앞으로도 남아 있다면 사람을 보내주세요. 우리가 다시 만날 이유는 없어요."

찬희는 자신을 가다듬고 말을 끝내더니 일어설 기세를 보인다.

"원망하시는 마음에서 그러십니까?"

윤기성은 본의 아닌 말이 풀쑥 나왔다. 찬희는 그렇지 않다고 도리질을 했다.

"어느 땐가는 오해가 풀릴 날이 있으리라 생각합니다."

역시 본의 아닌 말이 윤기성의 입에서 나왔다. 찬희를 그냥 보내버리기에는 윤기성의 양심으로는 미진했던 것이다.

"전 아무것도 오해하고 있지 않아요. 다만 저 자신을 미워하고 있을 뿐예요."

"그렇게 말씀하실 줄 알았습니다. 오랫동안 마음에 박은 못이 되겠습니다."

윤기성은 자조적인 웃음을 흘렸다.

"역시 우린 현대 사람이 아니군요. 하잘것없는 낭만을 되씹기 때문에 고통을 받는 모양이죠?"

윤기성의 얼굴에는 언젠가 응접실에서 연극에 관한 얘기를 들려주었을 때의 표정 같은 것이 순간 지나갔다.

윤기성은 일어섰다.

"가십시다. 제가 하고 싶은 말은 하나도 못 했습니다. 앞으로도 이런 처지라면 역시 말 못 하겠죠. 다만 요행이 있기를, 기회가 다시 오기를 바랄 수밖에 없습니다. 허 여사에게보담 저 자신에 대한 오해를 풀기 위하여."

윤기성은 쓸쓸히 웃으며 찻값을 치르고 찬희를 따라 나왔다.

그들은 길모퉁이까지 와서 헤어졌다.

찬희는 몽땅 집어넣고 만 자기 재산에 대하여 한마디의 원성도 하지 않았다.

그러나 한마디의 원성도 하지 않았던 일이 윤기성에게 더 큰 고통이 되었다는 것까지는 알지 못하였다.

그는 자신의 외로움에 싸여서 어두운 포도를 내려다보며 걷고 있었다.

집으로 돌아온 은경은 곧장 이치윤의 방으로 쫓아갔다. 무심코 방문을 뚜르르 열었다.

"엇……."

이마 위에 손을 얹고 한창 무슨 생각에 잠겨 있던 이치윤이 전에 없이 놀란다.

"어마, 내가 노크도 안 하고……."

은경은 이치윤이 놀라는 바람에 다소 민망함을 느꼈다.

"이제 와요?"

“네.”

은경은 살며시 이치윤 옆으로 다가앉았다.

“좀 어떠세요?”

“많이 좋아졌소. 밖의 일이 궁금하군. 별일 없었어요?”

“네. 잠잠해요.”

평소보다 이치윤의 표정이 침울한 것 같았다.

‘무슨 일이 생겼을까?’

이치윤은 멀거니 천장을 바라보고 있었다. 은경은 작년 가을의 일이 불현듯 생각났다. 병원에 입원했을 때 이치윤은 저와 꼭 같은 표정으로 천장을 쳐다보고 있었던 것이다. 은경은 가슴이 뛰었다.

‘아직 그분을 생각하고 계실까?’

부정하듯 스스로 고개를 저었으나 은경의 감정은 복잡하게 소용돌이 치는 것이었다. 그동안 경란과 이치윤 사이에 있었던 여러 가지 교섭과 정신적인 갈등을 은경은 모른다. 은경이 알고 있는 것은 감정으로 받아들여지는 이치윤의 마음뿐이었다. 그러나 그것은 불안전한 것이었고 때때로 은경에게 의문을 갖게 하였던 것이다.

은경은 괴로웠다. 어쩌면 이러한 괴로움을 평생 당할지도 모른다는 생각이 들었다. 아니, 이러다가 훌쩍 이치윤이 가버릴지도 모른다는 생각이 들기까지 했다. 괴로움 뒤에 오는 것은 으레 심한 고독감이다. 이치윤의 마음을 꼭 잡은 것 같으면서도 이내 빈주먹을 느낀다. 이치윤의 마음은 물과도 같이 주먹 속에서 그냥 흘러버리는 순간이 많다. 은경은 그럴 때면 울고 싶다. 길을 거닐다가도 그런 순간이 오면 마음이 울먹거린다. 일을 하다가도 이유 없이 불안과 초조가 따르는 것도 그 때문이다.

"은경이?"

눈에 눈물을 글썽거리고 앉아 있던 은경이 깜짝 놀란다.

"왜 눈에 눈물이 괴었지?"

부드러운 목소리였다.

"아, 아니에요."

은경은 손을 들어 눈을 비볐다.

이치윤은 지그시 은경을 쳐다보았다.

"선생님은 뭘 생각하고 계셨어요?"

이치윤이 빙긋이 웃는다.

"선생님이 무슨 생각을 하고 계시면 무서워요. 왜 그런지 무서워요."

은경은 응석 부리듯 말하였다.

"생각을 안 하는 사람도 있나? 사람은 항상 무엇이고 생각하지."

"그래도요. 무슨 생각을 하셨어요?"

"한국에 왜 태어났을까? 그 생각을 했어."

이치윤의 대답은 의외였다.

"왜요?"

“은경은 그런 생각해 본 일 없어?”

“별로…… 깡패가 없어서요.”

그 말에 이치윤은 피식 웃는다.

“어린애 같기도 하고 어른 같기도 하고, 어떤 때는 대담하고 어떤 때는 울보고 겁쟁이고…….”

이치윤은 혼잣말처럼 중얼거리다가,

“도무지 종잡을 수가 없어. 이상한 사람이야.”

하고 덧붙였다.

“저보다 선생님이 더 이상해요. 종잡을 수가 없어요.”

“나도 어린애이기도 하고 어른 같기도 한가?”

“그런 건 아니지만…….”

“은경이?”

“네.”

이치윤은 손을 뻗어 은경의 손을 잡았다.

“어디로 멀리 달아나고 싶지 않아?”

“어디로요?”

“그냥 멀리…….”

“왜 달아나요? 이렇게 있음 세상이 즐겁기만 한데…….”

은경은 아까처럼 그런 표정만 하지 않으면 더 바랄 것이 없겠다는 말은 하지 않고 다만 마음속으로 생각하였다.

“나는 은경이만 데리고 어디로 훌쩍 떠나고만 싶다. 강원도 산골에 가서 감자나 심어 먹고 살까?”

"왜 그렇게 세상이 싫으세요? 전 아주머니랑 모두 다 같이 서울서 살고 싶어요."

"매일매일 신문을 보는 일이 고통이오. 울적해서 견딜 수가 없어. 이런 세상에 개인이 목표를 갖고 어떠한 희망을 갖고 산다는 게 불안하오. 사람마다의 눈을 봐요. 불안에 가득 차 있지 않소. 그 눈을 보는 게 무섭소. 굶주린 이리 떼같이 느껴지는군."

이치윤은 한숨을 푹 내쉬었다.

"제 눈도 굶주린 이리들의 눈 같아요?"

이치윤의 우울의 원인이 거기 있어 낙관해도 좋았다. 은경은 장난스럽게 얼굴을 이치윤 앞으로 바싹 다가 붙이며 물었다.

"은경의 눈은 사슴의 눈이오."

"어마, 아무리……."

"풀만 뜯어 먹고 산에서만 사는 죄 없는 짐승."

이치윤은 애무하듯 은경의 머리를 쓰다듬어준다.

그러고 있는데 밖에서 찬희가 돌아온 모양으로 식모와 주고받는 말소리가 들려왔다.

"아주머니가 오셨나 봐요."

은경은 얼굴을 붉히며 얼른 일어서서 방문을 열고 나갔다.

"은경이 벌써 왔니?"

찬희는 지친 얼굴이다.

"네. 아까……."

"이 비서는 좀 어때?"

"괜찮은가 봐요."

찬희는 앞서 이치윤의 방으로 들어간다. 이치윤은 일어나 앉아서,

"이제 오세요?"

"아아, 피곤해. 은경이도 들어와."

찬희는 자리에 퍼질러 앉는다.

"아주머니, 저녁은?"

"아직 안 했다. 먼저들 했니?"

"아뇨."

"그럼 같이하지."

은경이 일어서서 부엌으로 나간다.

은경이 나가버리자,

"이 비서?"

"네."

"은경이는 그 회사에 꼭 있어야만 할 사람인가요?"

이치윤은 얼핏 말뜻을 깨닫지 못한다.

"은경이 아니면 다른 사람은 못할 일일까?"

"그렇지야 않지만……."

"그럼 은경이는 날 주시오."

이치윤은 의아한 눈을 들었다.

"무슨 말씀인지?"

이치윤은 아무래도 이해할 수 없는 일이라서 되물었다.

찬희는 불쑥 그렇게 말을 내놓기는 했어도 구체적으로 설명을 하려니까 이 일 저 일로 머릿속이 빽빽하여 얼른 말이 나오지 않는다.

"아주머니께서는 은경 씨가 회사에 나가는 일이 불만이시군요? 하기는 접때도 그런 일이 있었고……."

이치윤으로서는 그렇게 해석할 도리밖에 없었다.

"아니, 그게 아니에요. 이번에 저 고아원을 해보려고 하는데……."

"고아원요?"

찬희는 고개를 끄덕이고 나서,

"이 비서는 은경이하고 결혼을 할 작정인가요?"

미처 고아원에 대한 결론도 짓지 않고 화제를 바꾸었다.

"아주머니께서 어떻게?"

이치윤이 얼굴을 붉힌다.

"왜요? 나를 눈치도 없는 목석으로 알았어요?"

하고 묘하게 웃는다. 말도 비꼬는 투였고 웃음도 묘했지만 이치윤은 찬희의 마음을 따스하게 느꼈다. 그리고 안심이 되었다.

"진작 말씀 올리려고 했습니다만 일단 해결을 해놓고 말씀드리는 게 좋겠다고 생각했습니다."

비밀로 한 데 대한 사과의 뜻이다.

"뭘 해결합니까?"

"경란과의 이혼문제입니다."

"그야 수속이 남아 있지 벌써 해결된 것 아니에요?"

"그렇지도 않습니다. 까다롭게 굴어요."

이치윤은 또다시 얼굴을 붉혔다. 그사이 경란과 다시 가깝게 지낸 일을 찬희가 모르고 있다는 생각을 한 때문이다.

"까다롭게 굴기는, 경란이가요?"

"……."

"그런 법도 있나? 염치도 이만저만이 아니군. 그까짓 것 까다롭게 굴거들랑 이혼 소송을 걸어요. 망신이나 시키게. 세상이 다 아는 일인데…… 이 비서는 사람이 너무 고와서 탈이야."

찬희는 이미 이 비서가 아닌데도 이 비서라 부르며 분개한다.

"무슨 새삼스럽게 미련이 있어 하는 소린가요?"

"미련은 무슨 미련이 있겠습니까?"

"그럼 까다롭게 굴 필요가 없지 않아요? 미련이 설사 있다 치더라도 그럴 처지가 되냔 말이에요."

하도 찬희가 분개하기 때문에 오히려 이치윤의 불쾌한 기분을 막아버리는 결과가 되고 말았다. 그래서 그는 슬며시 화제를 돌렸다.

"아까 고아원 말씀을 하셨는데……."

"아참."

찬희도 그것을 깨닫고 생각하는 자세로 돌아간다.

"벌써부터 의논하려고 생각했었는데 나 역시 구체적으로 일이 된 후 말하려고 했어요. 사실은 우리 집 영감이 돌아가기 전부터 나는 나대로 떨어져 나와 고아원이나 경영하며 세상일과 멀리하고 살려고 했었어요. 이제 무어 바랄 일이 따로 있겠어요?"

찬희는 아까 분개하던 표정과는 달리 몹시 가라앉은 목소리로 말하였다.

"그런데 은경을 나에게 달라는 것은 그 애가 본시부터 마음이 어질어 그런 회사에 나가서 하는 일보다 고아원에서 아이를 돌보는 일이 제격이거든요. 뭐, 내가 영원히 은경을 붙들어 놓겠다는 말은 아니에요."

찬희는 영원히 붙잡는 것은 아니라는 말에 힘을 주었다. 그리고 찌뿌둥하게 이치윤을 바라보던 얼굴 위에 엷은 미소가 간신히 떠올랐다.

이치윤은 비로소 찬희의 의도를 납득하였다.

"애당초 은경이 나를 찾아왔을 때 나는 그 애를 학교에 보내려고 생각했어요. 죽은 그 애 엄마하고의 정리도 있고 아직 나이도 어리니까, 그래 천천히 시험공부나 히라고 했는데 결국 지오빠 땜에 취직을 한 모양이지만."

"많이 좋아졌다고 하더군요."

이치윤은 찬희의 목소리가 가라앉는 것을 보고 화제의 중심을 돌렸다.

"그 말은 나도 들었어요. 요즘 결핵 같은 병이야 돈만 있으면 괜찮죠. 다만 내가 그동안 그 애들한테 등한했어요. 내 자신 일에 쫓겨서……."

찬희는 말끔히 지워버려야겠다고 생각한 윤 변호사와의 불미스러운 관계가 떠올라 자기 자신에 대한 미움이 치솟았다.

"이건 앞으로의 내 계획인데 은경을 고아원의 일을 시키는 한편, 초급대학의 보육과에 보내는 것이 어떨까 하고. 이 비서는 어떻게 생각해요?"

"은경 씨에게 아주 적합한 일이라 생각합니다."

"그럼 찬성이구먼…… 이 년 동안이나 기다리겠어요?"

"학교에 나간다고 결혼 못 하란 법도 없지 않습니까? 정 안 된다면 약혼 기간으로 이 년쯤 보내죠. 그런 것 문제없습니다. 피차 자기 발전을 위해서, 더군다나 은경 씨에겐 필요한 기간이 아닐까요?"

"하기는 그래. 은경이는 아직 뭐니 뭐니 해도 어리니까 세상을 좀 배우고 가야지. 그런데 은경의 의사는 어떨까?"

찬희는 너그러운 마음씨의 어머니처럼 말했으나 은경의 의사가 걱정인 모양이다.

"좋아할 겁니다. 하도 세상이 어지럽고 귀찮아서 어디 멀리 도망이라도 가자고 했더니 은경 씨는 싫대요. 아주머니하고 서울서 같이 살겠다는 거예요."

이치윤은 크게 소리 내어 웃는다. 모든 것을 서로 털어놓으니 마음이 시원하고 유쾌했던 것이다.

"은경이 그런 말을 했어요?"

찬희의 눈에는 눈물이 글썽 돌았다.

"네. 그런데 도대체 언제부터 그런 고아원을 하실 궁리를 혼자서 하셨습니까."

"나야 뭐 할 일이 있수? 아이 못 낳는 죄로 남의 아이나 길러 주며 속죄해야지. 그거는 그렇고 하여간 믿을 수 없는 것은 젊은 사람들이오. 믿는 도끼에 발등 찍힌다고 어린애 같은 은경이가 그럴 줄은 차마 몰랐어. 이 비서도 그렇지 얌전한 샌님 뒷구멍에서 호박씨 까는 격이지 뭐예요? 호호호."

찬희도 오래간만에 소리를 내어 웃었다. 은경이 아주머니하고 같이 서울에서 살고 싶다고 한 말이 찬희를 즐겁게 했던 것이다. 마침 은경이 방문을 열고 들여다보며,

"저녁 차렸는데요."

"응, 그래? 이리로 가져오너라. 오늘은 이 비서하고 모두 같이하자."

은경은 찬희의 밝은 목소리를 의아하게 들으며 부지런하게 서둘러서 밥상을 들여왔다.

"이렇게 모여서 저녁 하는 것도 오래간만이군요."

찬희는 수저를 들며 말하였다.

남미의 결혼 후보자인 청년과 함께 저녁을 나눈 뒤 광화문 앞에서 그 청년과 헤어진 남식과 남미는 서로 얼굴을 마주 본다.

남미는 어떻느냐고 묻는 표정이었고 남식은 어리벙벙한 표정이었다. 그 청년은 남식의 소탈한 태도에 완전히 억압된 모양으로 다방에 같이 가서 차를 하자고 남식이 권했을 때 바쁜 일이 있다고 하며 달아나듯 가버리는 것이었다.

"차나 마실까?"

남미는 몹시 궁금한 모양으로 남식을 따라 다방에 들어섰다. 자리에 앉기가 바쁘게,

"오빠, 어때요? 오빠 마음에 들우?"

"글쎄, 두고 봐야지."

"생각할 여지가 있다는 거예요?"

"글쎄."

"아이, 답답해. 의사를 명백히 하세요. 오빠답지도 않게."

"괜찮아."

대답이 시원찮다.

"괜찮죠?"

"응."

"왜 그리 맥 빠진 대답을 해요? 뒷구멍으로 방해 공작하진 않겠죠?"

"남미는 그를 사랑하나?"

"사랑한다기보다 괜찮은 편이에요. 모두 시시껄렁하니까."

사랑한다는 말은 자존심 때문에 하기가 싫은 눈치지만 관심은 대단하다.

"힘이 없다."

"왜 힘이 없어? 저래 봬도 축구선순걸요."

"기운이 아니라, 정신적인 남성미가 부족하단 말이야."

"정신적인 남성미?"

"모르거든 그만두어."

사실 남식은 별로 흥미가 없는 모양이다.

"그야 오빠처럼 왈가닥은 아니에요. 아주 델리키트하죠. 그게 좋거든요."

"하긴 그래. 남미가 남성적이니까 음양의 원리로써……."

"헹!"

남미가 어깨를 으쓱하고 올린다.

"그래, 이건 딴 이야긴데 경란이와 H의원은 동거하나?"

일부러 넘겨짚는다.

"어마! 오빠가 그걸 어떻게 알아요?"

"좀 들은 얘기가 있지."

"어디서요?"

"정확한 정보가 있지."

"소문이 벌써 났구먼."

단순한 남미는 그냥 남식의 유도작전에 걸려들고 말았다. 하기는 맨 먼저 힌트를 준 사람이 남미 자신이다.

"어디 세상에 비밀이 있나?"

"그렇긴 해요. 유명한 사람들이 돼서 더욱 그래요. 그렇지만 오래가지도 않을 거예요. 경란 언니의 성격이 묘하지 않아요?"

"그럼 넌 그런 내막을 알면서 왜 이치윤과 경란 사이에서 심부름했었나?"

"언제 제가 심부름을 했어요?"

"이 군 하숙도 알려주고 했다던데?"

"누가 그런 말했어요?"

"이거 참, 너가 나보고 말했잖아?"

"그랬던가?"

"벌써 시집도 안 간 기지배가 못쓰겠다."

"아이, 오빠도 보수적이야. 나만 안 그럼 되지 뭐예요? 남의 일 구경하는 건 재미있거든요."

남미는 천연스럽게 웃는다.

남식은 그런 정도로 일단 이야기를 끊었다. 그리고 커피를 마신 뒤 일어섰다.

"이제 들어가지."

"오빠도 집에 갈래요?"

남미는 장난스럽게 웃었다.

그들은 오래간만에 나란히 집으로 들어갔다.

남식은 자기 방으로 들어가 소파에 푹 가라앉았다. 왜 그런지 피곤하여 옷을 갈아입을 생각도 나지 않았다. 그러나 마음속으로는 여러 가지 흥미 있는 징조를 느낄 수 있어 심심치는 않았다. 자기의 생활과 무척 떨어진 거리에 있는 일 같으면서도 그것은 아주 가까운 주변의 일이기도 했다.

'하긴, 무슨 일이 있어야 살지, 이런 꼬락서니 속에서 어디 젊은 놈이 달팽이처럼 살 수야 있나.'

남식은 일어서서 기지개를 켜면서 잠옷을 꺼내었다. 노크 소리가 났다.

"네."

계집아이가 조심스럽게 문을 열었다.

"아버님이 오시래요."

"나를?"

"네. 아까부터 들어오시기를 기다리고 계셨어요."

"응?"

남식은 잠옷을 집어 던지고 방에서 나갔다. 며칠씩이나 집을 비워서 약간 마음이 켕기기는 했지만 그런 일쯤은 남식에게 있어 능사이니 크게 걱정될 일은 아니다.

"부르셨어요?"

남식은 김 사장 앞에 앉으며 실쭉 웃는다. 그러나 김 사장의 얼굴은 어두웠다. 그러나 남식을 나무라는 표정은 아니었다.

"뭐, 별일은 아니다만……."

김 사장은 말하기 거북한 듯 허두를 텄다.

"요즘 세상이 어떻게 되는 건지 골치가 아파서 너하고 얘기 좀 해볼려고 했다."

남식은 좀 의외였다. 동시에 아버지의 어두운 낯빛이 무엇을 가리키는 것인지도 알아차렸다.

"이 정권이 무너진다면…….."

김 사장은 목소리를 낮추었다.

"설마 우리들도 같이 쓰러지는 것은 아니겠지?"

하고 아들의 눈치를 살핀다. 남식은 평소처럼 얼렁뚱땅 말을 넘겨버릴 수가 없었다. 아버지로서의 김 사장을 인정하면서 한 인간으로서 김 사장을 홀가분하게 생각해 온 남식이었으나 역시 혈연적인 유대는 그의 마음을 어둡게 하였다.

"지금 뭐 당장에 이 정권이 무너지는 것도 아닌데 뭘 걱정하세요?"

남식은 회피하듯 말하였다.

"아니다. 국회에서 의사봉議事棒이 부러졌으니 그거 좋은 징조가 아니다."

남식은 심각한 속에서 야릇한 웃음이 떠올랐다. 김 사장의 앞으로의 전망이 국내외 정세에서 오는 것이 아니라 그런 미신적인 것에서 기인하였다는 것이 그 사람다운 일이었기 때문이다.

남식은 약간의 경멸을 느꼈다. 오늘날까지 쌓아 올린 무식한 그 신념이 한낱 미신에 무너진다는 것에 대하여.

"할 수 없지 않습니까? 세상이 바뀌면 잘살던 사람이 못살기도 하고 못살던 사람이 잘살기도 하고, 언제까지나 혼자만 잘살 수 없는 노릇이죠."

"마치 남의 일처럼 지껄이는구나."

김 사장은 얼굴에 노기를 띠었다.

김 사장은 그러한 기우를 남에게 함부로 말할 수도 없고 더군다나 자유당과 밀접한 상호부조의 관계를 맺고 있는 자기의 처지를 생각한다면 더욱 그럴 수도 없는 입장이었다.

그래서 언젠가 H씨의 사건으로 남식을 꾸짖었을 때 왜 아버지는 양면작전을 하지 않느냐던 아들의 말이 상기되어 그를 불러들인 것이다. 김 사장으로서는 남식으로부터 어떤 인위책과 협조를 바라고 있었던 만큼 남식의 무관심한 태도는 그를 적잖이 섭섭하게 했고 노엽게 했던 것이다.

남식은 쓴 입맛을 다신다. 싫건 좋건 역시 핏줄이 얽혀진 부자지간이다. 그러나 자기의 개성과 사물 판단을 속이고 맹종할 수 없는 일이다. 남식은 좀 무자비할지도 모르지만 아버지를 비판하지 않을 수 없다고 생각하였다.

"아버지는 노엽게만 생각하시는 모양입니다. 그러나 우리는 현실에 대하여 눈을 가리고 미봉책만을 생각해서는 안 됩니다. 아버지께 섭섭한 말씀이 될지는 모르겠습니다만 만일 이 정권이 쓰러진다면 대부분의 재벌들도 운명을 같이해야 한다고 봐야죠."

남식의 표정은 아까와 달리 퍽 진지하였다.

"그러나 우리는 정치하고 아무런 관계도 없다. 나는 다만 사업에 열중했을 뿐이야."

김 사장의 목소리는 힘이 없었고 얼굴은 괴로워 보였다.

"왜 관계가 없겠어요? 한국의 정치는 이승만의 고루함과 더불어 자본가들의 악덕과 무지스러운 탐욕에 좌우되어 오지 않았습니까?"

남식의 말은 김 사장의 폐부를 찔렀다.

"악덕과 무지스러운 탐욕이라구?"

"제발 흥분하시지 마세요, 아버지. 저는 사실을 사실대로 말한 것뿐입니다."

"그래, 이 애비가 악덕하고 무지스럽게 탐욕했었단 말이냐!"

"그건 자본가의 생리가 아닙니까?"

그 말은 김 사장의 물음을 시인하는 것이었다.

"이놈! 그래 악덕하고 탐욕하고 무지스러운 애비가 번 돈으로 먹고 쓰고 공부한 놈은 어느 놈이냐!"

김 사장은 당장에라도 남식을 칠 듯 주먹을 불끈 쥐었다.

"어 참, 아버지도, 누가 아버지를 보고 한 말인가요? 그것이 자본가의 생리라 한 것뿐입니다."

남식은 정중한 말씨를 흩어버리며 슬그머니 꽁무니를 뺀다.

"건방진 놈 같으니라구. 그래, 자본가의 생리가 그런 것이라 비판하는 놈이 그래 집을 사흘 나흘 비우고 계집한테 미쳐서 쫓아다닌 것은 잘한 일이냐? 무슨 주제에 그런 주둥아리를 놀리는 거냐!"

김 사장은 엉뚱한 데다가 말을 갖다 붙인다. 사실 탐욕하고 악덕하고 무지스럽다는 말에는 반박의 여지가 없었기 때문이다.

남식은 김 사장이 화를 내면 낼수록 도리어 태연하게 미소를 머금는다.

김 사장의 말은 남식에게 아무런 자극도 되지 못하였다. 그는 자기의 생활 태도에 대하여 자신이 있었다. 회의와 반문이 없는 자기 행동에 충분한 책임을 가지고 있었던 것이다.

남식은 노발대발하는 김 사장을 바라보며 빙긋이 웃고 있다가,

"아버지, 대체 아들의 나이를 알고 계십니까?"

하고 넌지시 묻는 것이었다.

호통을 치는데도 풀이 죽지 않고 도리어 응석 부리듯 능청을 떠는 바람에 김 사장의 흥분된 감정은 혼란을 일으켰다.

"그까짓 것 공부하는 학생도 아닌데 바람 좀 쏘였으면 어떻습니까? 요령껏 적당히 해나가니까 아버진 너무 걱정 마세요."

하고 슬금슬금 김 사장의 기분을 풀어준다.

김 사장은 마음속으로 혀를 찼다. 언제나 아들에게 우롱을 당하는 결과가 되고 마는 것에 부아가 났다. 그러나 김 사장은 불효한 남식의 여러 가지 언동을 괘씸하게 여기면서도 왜 그런지 그릇이 큰 것 같은 느낌이 들어 은근히 아들의 장래에 대하여 기대를 가져보게 되는 것이기도 했다. 역시 남이 아닌 부자지간이기 때문이다. 김 사장은 입을 다물었다. 그러나 아버지의 권위를 유지하기 위하여 얼굴만은 찌푸린 채다.

"아버지?"

"……."

"이번에는 화내지 마시고 제 말을 한번 들어보세요. 아버지는 지금 이 정권이 무너질까 봐 근심을 하시는데 그것보다 근본적인 문제는 따로 있어요. 한국에서는 미국적인 자본주의가 자라지 않는다는 말입니다."

"그럼 한국에서는 공산주의만 자란단 말이냐!"

김 사장은 만부당한 말이라는 듯 소리를 꽥 질렀다.

"왜 그리 극단적으로 말씀하십니까? 미국식 자본주의 이원 공산주의뿐인 줄 아세요?"

"그렇지 뭐냐!"

"제가 말씀드리는 것을 아버지는 오해하고 계세요. 사상적인 문제가 아닙니다. 나라 살림살이의 방법을 말한 것뿐입니다. 이 정권이 무너지고 안 무너지는 것도 실상 그의 독재성보다 나라 살림을 어떻게 해왔느냐에 달려 있는 겁니다. 국민들이 최소한 굶지 않고 살 수만 있다면 그 골치 아픈 혁명이 필요하겠습니까?"

김 사장은 말이 없다. 남식은 그답지 않게 열중된 어조로 말을 다시 잇는다.

"물자가 풍부하고 일거리가 많아짐으로써 소비력이 활발해진다는 것, 그것은 경제학에 있어 ABC죠. 소비자가 없는 자본가를 생각할 수 있겠습니까. 그러나 한국은 가난하고 일거리가 없습니다. 지금까지 자본가가 육성되어 왔다는 일조차 실상은 우스꽝스러운 일이었어요. 그러나 그 자본가는 대부분이 생산자 내지 생산을 위한 자본가는 아니었고, 그야말로 외국 상품의 도매상이 아니었던가요? 국민들에게 일거리는 주지 않고 물건만 팔겠다는 심보이니 바닥이 이내 드러나죠. 몸뚱이가 차츰 말라 비틀어져 가는데 어느 한 부분만 살이 찌고 피가 돈다고 하여 천하태평인 줄 안다면 참 그건 웃을 수도 없는 희극이에요.”

“나는 그런 어려운 이론은 모르겠다. 나는 정치가가 아니니까. 나는 사업가야!”

‘돌대가리 같으니라구.’

남식은 속으로 중얼거렸다. 그리고 웃어넘길 여유를 잃었다.

“할 수 없군요. 돈 보따리 짊어지고 살기 좋은 외국에나 가실 수밖에.”

이번에는 진짜로 남의 일처럼 말을 내뱉었다. 그리고 남식은 아버지가 정말로 그 말을 이해하지 못하는 것이 아니라 고의적으로 회피하는 것이라 생각하였다.

“그래, 애비가 그 꼴이 되었으면 속 시원하겠단 말이냐?”

노기를 띠려고 하는데 왜 그런지 김 사장의 목소리는 약했다.

남식의 마음은 약간 흔들렸다. 그러나 남식은 김 사장의 물음에는 대답하지 않고,

“그렇지 않으면 이승만이가 쫓겨난 뒤에 정권을 잡을 작자들에게 미리부터 돈 보따리를 싸 가시든지요. 사실 그렇게 하는 약은 놈들이 많으니까요. 아버지는 그 점에 있어서 좀 우둔하셨

어요."

아버지를 다소 동정하는 마음과는 반대로 잔인한 말이 튀어나왔다.

김 사장은 멍하니 아들을 쳐다본다. 남식은 이제 할 말을 다 했다는 듯 훌쩍 일어섰다. 김 사장은 방에서 나가는 남식의 뒷모습을 힐끗 쳐다보다가 눈을 방바닥으로 떨구며 곰곰이 생각한다. 아닌 게 아니라 김 사장은 남식이가 마지막에 남기고 간 말, 그 말과 같은 일을 생각하고 있었던 참이다. 남식을 불러들인 것도 그 일에 대한 의견을 듣고 싶었기 때문이다. 한국의 자본주의에 대한 이론 따위는―본질적인 비판―어느 세상이 되어도 김 사장에게는 필요 없는 것이다. 특히 남식이 말한 전반㎖⁺의 일은 김 사장에게는 언어도단인 것이다. 그가 바라는 것은 오로지 현상 유지, 한 걸음 더 나아가서 자본의 확장에 있는 것이니 남식의 전반의 말은 우이독경이요 마지막의 말만이 한 가닥의 희망으로써 귓가에 쟁쟁거린다.

"뭐, 이 정권이 당장 무너지는 것도 아닌데 왜 이리 신경과민인고? 그러나 하여간 야당과 손을 잡아놓는 일도 해로울 건 없지. 이 박사가 동삼을 먹었기로서니 몇백 년을 살려고……."

그렇게 결론을 내리기는 했지만 김 사장의 가슴은 답답하고 먹은 음식이 체한 듯 기분이 좋지 않았다.

'그놈의 의사봉은 왜 부러졌담? 기분 나쁘게스리.'

입맛을 쩍쩍 다시다가 김 사장은 마누라를 부른다.

한편 남식은 아버지 방에서 나오는 동시 실쭉 웃는다. 그러고는 그만이다. 그는 조금 전의 흥분 같은 건 깨끗이 잊어버린다. 골치 아픈 일 오래 생각지 않으려는 것은 그의 생활에서의 하나의 신조다. 남식은 자기 방으로 가지 않고 남미의 방으로 성큼 걸어간다.

"들어가도 좋으냐?"

남식은 예의 바르게 문밖에서 물었다.

"오빠세요? 나 자려는데……."

남미가 이불을 젖히고 일어서는 기척이 났다.

"그럼 좋다. 대답만 해."

"무슨 말인데?"

"경란에게 전화 연락할려면 어떡하지?"

남미가 방문을 열며 얼굴을 내민다.

"뭣하게요?"

"그런 일이 있어."

"경란 언니가 싫어할 텐데……."

"괜찮아. 일전에 만나서 한 이야기도 있고 또 경란이가 알아야 할 일이 생겼으니까."

남미는 부시시 경란이 있는 곳의 전화번호를 가르쳐준다.

"경란의 집이야?"

"집? 아, 집이라고 할 수도 있겠죠."

남미는 의미심장하게 말하였다.

"그럼 호텔이야?"

"아아니."

남미는 실쭉 웃었다. 그리고 가운의 깃을 두 손으로 끌어모으며 눈을 한 번 굴렸다.

"그럼 잘까."

남식은 방문을 닫아주고 돌아섰다. 그는 방으로 돌아가지 않고 응접실로 나간다.

전화에다 손을 얹으며 잠시 생각에 잠긴다.

'좋은 놈이다. 남식이 자네 말이야. 사회에 대한 정의감에서 아버지를 내리까고 친구를 위해서는 애정도 양보하고 이렇게 열심히 뒷시중을 들어주니 말일세. 흐흐흐, 흠……'

남식은 입 속으로 웃는다. 마치 남식이 자기 아닌 다른 또 하나의 인간인 것처럼…….

'잔말 말어. 이 새끼야. 그런 것이 다 너 자신의 장래를 위한 포석이 아니란 말이냐? 우스꽝스럽다.'

남식은 다이얼을 돌린다.

"여보세요. 경란 씨 댁인가요?"

"누구시오."

남자의 목소리다.

'H의원이구나!'

"경란 씨 좀 바꾸어주실 수 없겠습니까?"

정중하면서도 압력적인 목소리를 내었다.

"당신은 누구요?"

남자의 목소리는 거듭된다. 그러자 경란의 목소리인 듯한 여자의 목소리가 얽섞인다.

"저는 경란 씨 친구의 오빠 되는 사람입니다. 어떤 사건에 관하여 말씀드리고 싶습니다."

"어떤 사건이라니?"

대단히 불쾌한 목소리다.

"당신이 누구신지 잘 모르겠습니다만 본인이 아닌 이상 말씀드리기 곤란하지 않습니까?"

그러자 경란이가 H의원으로부터 수화기를 빼앗은 모양이다.

"누구세요."

"아, 나, 남식이요."

"어마, 그러세요?"

경란이 적잖게 놀란다.

"대체 지금 전화받은 사람은 누구요? 대단히 건방진데요?"

남식은 뻔히 알면서 시치미를 떼고 상대를 모욕한다.

"친척 오빠예요. 그런데 별안간 웬일이세요? 남미 신용 못하겠네요, 그 계집애."

경란은 남미가 전화번호를 알려준 일에 대하여 대단히 기분을 잡친 모양이다.

"아니, 노하시지 마세요. 제 입장이 곤란하지 않습니까? 모처럼 호의를 베풀어 정보를 제공하려고 하는데 그런 대답이 어디 있어요? 대뜸 전화받은 양반이 기분 나쁘게 딱딱거리더니 경란 씨마저 야단이시니 전 대단한 모욕감을 느끼는데요?"

"아, 아니. 화풀이는 그쯤 해두시고 정보란 대체 뭐예요?"

"과히 기분 좋은 것은 못 되나 봅니다. 그러나 알아두시는 게 좋을 것 같아서요. 그래서 남미를 달래가지고 전화번호를 가르쳐달라고 한 겁니다."

"기분 나쁜 정보…… 무슨 일이죠?"

경란은 다소 불안감을 느끼는 모양이다.

"그러니 남미에게 대하여 악의를 가지시면 안 됩니다. 남미가 절 볶아댈 거니까 말예요."

남식은 능장을 부리며 상대를 초조하게 만든다. 고의적인 남식의 서설序說은 그가 의도한 대로 경란을 불안케 하고 초조하게 하였다.

"빨리 유쾌하지 못한 그 정보부터 말씀하세요."

경란은 침착을 가장한다.

"일전의 그 사건 있지 않습니까, 왜?"

"일전의 사건이라요?"

"우리가 낙원그릴에서 저녁을 같이했을 때 경란 씨가 말씀했죠?"

"뭐라고 제가 말했던가요?"

경란은 슬그머니 꽁무니를 뺀다.

"극비에 속하는 일이라고요?"

"극비?"

"네. 극비라고 했죠. 그다음 날 회사에 나갔더니 이치윤과 그의 애인이 형편없는 꼴을 당했더군요."

경란은 대답이 없다. 분명히 남식에 대하여 어떠한 의심을 품는 기색이다.

한참 만에,

"도무지 남식 씨의 정체가 불분명합니다. 무슨 빛깔이세요? 회색인가요?"

경란의 질문은 완곡하면서도 단수가 높다.

"유쾌하더군요."

무슨 빛깔이냐고 묻는데 남식의 대답은 엉뚱한 곳으로 비약한다.

"본심에서 하시는 말씀이세요?"

경란은 아무래도 의심이 사라지지 않는다. 자기가 한 말을 무슨 증거품처럼 앞질러 놓은 일이 기분을 잡치게 했던 것이다.

"본심이냐구요? 그건 무슨 뜻이죠? 또 색깔이 뭐냐는 말은 무슨 뜻이고?"

"이쪽이냐 저쪽이냐, 아니면 회색분자냐구요."

"이쪽저쪽이 있나요? 내 자신 쪽이죠."

"아무튼 좋아요. 화제를 돌려주세요. 유쾌하지 못한 정보로."

"아, 네. 사실은 신문사에 내 친구가 한 사람 있는데 어디서 듣고 왔는지 알 수 없지만 그날 밤의 사건을 알고 있단 말씀이에요."

"그게 저하고 무슨 상관이에요?"

경란은 발칵 화를 낸다.

"허참, 자꾸 말허리를 분지르지 말고 들어나 보세요. 그런데 그 친구 말이 참 어처구니없지 않아요? H의원하고 경란 씨가 동거하고 있다나요? 그래 그 사건을 H의원이 경란 씨하고 공모하여 해치웠다는 것입니다."

"뭐요?"

완연히 놀라는 목소리다.

"재미있는 기삿거리라 하더군요. 정치적 스캔들에다 치정적 스캔들이라 하였으니 볼만할 거라고요."

"누구, 그건 어느 누구예요!"

"그건 말할 수 없어요. 다만 사전에 알려드리고 미리 대비해 두시라고요. 공연히 회색분자니 뭐니 하고 따지지 마시고. 약간 섭섭했습니다."

남식은 어디까지나 능글맞게 군다.

"그런, 그런 터무니없는 말을 함부로 하다니 제가 그냥 있을 줄 아세요?"

"누굴 그냥 안 둡니까? 김남식이 말인가요?"

"……."

"사실이 그렇지 않다면 발설한 놈이 콩밥을 먹을 게고…… 만일 의심받을 일이라도 있다면…… 어쨌든 법적인 유부녀가 아

닙니까? 책잡히는 일이 없어야 할 겁니다. 깡패란 놈들은 의리
가 없습니다."

남식은 가장 효과적인 말을 남기고 전화를 끊었다.

이치윤의 몸이 겨우 회복되어 처음으로 거리에 나갔을 때 벌
써 《청조》 2호가 가두의 서점마다 진열되어 있었다. 비록 집에
누워 있을망정 이치윤의 두뇌는 쉬지 않았고 은경을 통하여 잡
지에 대한 모든 일을 지시해 왔으므로 가두에서 자기 머리로 만
들어져 나온 책을 보는 것은 여간 대견스러운 일이 아니었다.
애당초의 김남식과 이치윤의 계획은 동서의 양서良書를 출판하
여 염가로 굶주린 지성인들에게 영합하려던 것이었다. 그래서
현대잡지사가 아닌 현대출판사로 출발하였던 것이다. 그러나
결국 부차적인 잡지출판이 본업이 되고 만 셈이다. 이치윤이나
김남식은 다 같이 잡지에 더 많은 관심을 가짐으로써 그 일에
열중하게 된 것이다.

'우리가 열중하는 것은 강한 세력에 대한 일종의 반발이 아
닐까?'

이치윤은 저만큼 사옥을 바라보며 중얼거렸다.

세상은 어지럽다. 악랄하고 무지스러운 부정선거에 대항하여
도처에서 데모가 일어나고 있다. 선거 당일 밤에 마산서 일어난
폭동은 집권자들의 가슴을 서늘케 하였고, 그로 하여 피비린내
나는 보복이 지금 마산에서 자행되고 있고, 온 국민은 폭발 직

전의 울분을 되새기며 정부의 처사를 주시하고 있었다. 이렇게 어수선한 속에서도 계절만은 어김없이 침착하게 찾아와 판잣집으로부터 고층 건물에 이르기까지 봄빛은 완연하고, 누추함과 사치함을 막론하고 거리를 지나가는 인군人群들의 복장은 무척 가벼워졌다. 이치윤이 사무실에 들어갔을 때 먼저 출근한 은경이 고개를 들었다. 성큼성큼 걸어 들어오는 이치윤의 모습을 새삼스럽게 자세히 쳐다보며 빙긋 웃는다.

"아, 이제 다 나으셨군요."

기자들과 편집장이 일어서서 이치윤에게 악수를 청한다.

"모두들 수고가 많아요."

"웬걸요. 주간께서 혼자 당하셨으니 이거, 우리들 면목이 없습니다."

편집장이 긁적긁적 머리를 긁는다.

"그런 말 마시오. 한 사람이니 망정이지 두 사람, 세 사람이면 손해는 더 커지지 않소."

이치윤은 빙그레 웃으며 아주 거뜬해한다. 남식 이외의 사람들은 아무도 경란을 모른다. 물론 이치윤 자신도 모른다. 그래서 그들은 다 같이 이치윤 혼자서 당한 이유를 알지도 못하거니와 또 의아하게 생각지도 않았다.

"그런데 어째서 이번 일을 외부에 알리지 않고 불문에 부치는지 알 수 없어요. 전 불만입니다. 영업상으로 보더라도 신문에 한바탕 떠들어 놔보세요. 《청조》가 거뜬히 다 팔려버릴 텐데요."

이치윤은 말이 없다. 그러나 어두운 표정은 아니다.

"《청조》 잡지사의 주간, 괴한에게 피습을 당하다. 배후에는 H의원? 잡지 기사에 불만을 품은 보복이 아닐까? 그렇게 한번 나와보세요. 단박에……"

은경을 곧잘 놀려주는 젊은 기자가 신이 나서 떠든다.

"잔말 말아요. 이번엔 우리 편의 수지가 맞았으니까. 그만두는 편이 영리해."

"수지라뇨?"

"사옥을 옮기고 지금도 두둑이 나오고, 다 욕을 한 덕택이지. 김 사장의 체면도 있지 않소. 그런데 젊은 사장께서는 어딜 갔소? 안 나왔나?"

"아까 전화받으시고 나가셨어요."

은경이 슬며시 자리에 앉았다. 다른 직원들도 각기 자리에 앉아 하던 일을 들었다.

이치윤은 회전의자를 빙글 돌리며 유리창 밖으로 시선을 돌린다. 맑은 하늘이 푸른 유리처럼 펼쳐져 있었다. 그 푸르름 속에 한 점 구름이 엷게 흩어지고 있었다.

"봄이군."

푸듯이 뇐다.

이치윤의 혼잣말에 은경이 고개를 들고 그를 한번 바라보다가 시선을 유리창 밖으로 옮긴다.

구름은 다 흩어지고 마음에 배어들듯 푸른 하늘이다.

"보릿고개…… 초근목피의 계절이 오는군."

또 한 번 푸듯이 뇌었다. 그러고는 오랫동안 침묵이 흘렀다.

이치윤은 회전의자를 빙글 돌린다.

"사진부장."

"네."

사진부장이 엉거주춤 일어서며 부드럽게 허물어져 있는 이치윤의 얼굴을 살핀다.

"이번의 화보에 대해서 계획이 있어요?"

"글쎄요……."

"춘궁기春窮期, 이런 타이틀로 특집을 만들어보면 어떨까요?"

"시골로 내려가야죠."

"그럼 내려가야죠. 기사 취재는 내가 하겠소."

"이 선생님이?"

"왜, 나빠요?"

"몸도 불편하실 텐데요?"

"괜찮소. 시골 바람을 며칠 쐬면 도리어 약이 될 거요."

은경은 회계장부에 숫자를 기입하면서 그런 말을 하는 이치윤의 심정을 생각해 보았다. 일전에 하던 말도 되살아왔다. 강원도 산골에 가서 감자나 심어 먹고살자던 이치윤의 표정이 떠오른다. 현실에 지쳐버린 얼굴이었다.

다섯 시가 지날 무렵 김남식이 사무실에 돌아왔다.

그는 이치윤을 보자,

"어 나오셨군."

하고 새삼스럽게 악수를 청했다.

"덕택에 며칠 편히 쉬었네."

그 말에는 여러 가지 뜻이 포함되어 있었다.

남식은 그 말대답은 하지 않고 분주히 사장실로 들어가더니 무엇을 하는지 아무 기척이 없었다.

토요일이라서 사원들이 한 사람 두 사람 빠져나가는 것을 보고 이치윤은 일어섰다.

"어디 가세요?"

은경이 묻는다. 이치윤은 사장실을 눈으로 가리킨다. 그리고 사장실의 문을 열었다. 남식은 멍하니 앉아 있었다.

"난 또, 무슨 일이 있는 줄 알았지."

남식은 손에 낀 담배를 얼른 빨아 당겼다.

"오늘 밤 한잔할까?"

"나쁘지 않아."

"은경 씨는 갔나?"

"아니."

"그럼 셋이 같이 가자. 술을 살 의무를 느끼니까."

남식은 씩 웃었다. 그리고 이치윤보다 먼저 사장실을 나서면서,

"은경 씨, 나갑시다. 저녁 사드릴게요."

세 사람은 거리로 나왔다.

어떤 불안을 배태한 거리에는 초췌한 사람들의 얼굴들이 있었다.

"은경 씨가 그만둔다는 것 사실인가?"

남식은 은경에게서 들은 말을 확인하려는 듯 이치윤에게 다시 물었다.

"아주머니께서 이번에 고아원을 하실 모양이야."

남식은 그 이상 아무 말도 하지 않았다. 은경도 묵묵히 걷고 있었다.

"허 여사는 어떤 동기로 그런 사업을 하려고 생각했을까?"

한참 만에 남식이 혼잣말처럼 뇌었다.

"아이가 없으니까."

이치윤은 찬희에게 일어난 여러 가지 복잡한 사정과 심적 변화에 대하여 설명하지 않고 그냥 간단히 대답해 버린다.

"이상한 소문이 있던데?"

"무슨 소문?"

남식은 은경을 힐끗 쳐다보며,

"그분답지 않은 소문······."

"자네도 소문을 믿나?"

"믿고 안 믿는 것은 별문제로 치고 나는 그분을 비판하려는 건 아니야."

"그럼 그분답지 않다는 건 뭐야?"

"허 여사답지 않다는 것과 내가 느끼는 견해는 역시 별도야.
하하핫……."

남식은 그렇게 말하고는 자기 스스로 궤변에 지나지 못한 것
을 느꼈음인지 웃는다.

"고아원을 한다기에 그 동기를 생각해 본 거야. 은경 씨를 빼
앗아 가겠다니 내 기분이 좋을 수가 있나."

남식은 농으로 끝맺고 명동 어귀로 들어선다.

"은경 씨? 어쩌면 이번이 이별식이 될지도 모르니까 은경 씨
의 식성에 중점을 두죠. 어딜 가시겠어요? 양식? 한식?"

남식은 상냥하고 정이 서린 목소리로 말하면서 은경을 비스
듬히 내려다보았다.

"어디로 멀리 떠나버리는 것 같네요? 전 아무거라도 좋아요.
음식 가리지 않아요."

"그럼 양식으로 합시다."

그들은 조촐한 그릴로 들어갔다. 음식을 주문해 놓고 남식은
은경을 넌지시 바라보며,

"은경 씨는 잘못 걸렸어요."

"왜요?"

"저 사람 관상을 보세요."

남식은 이치윤에게 손가락질을 했다.

"고생형으로 생기지 않았습니까?"

"자네 말이 맞아. 그렇지 않아도 땅이나 파먹고 살까 생각

하네."

이치윤은 쓸쓸하게 말하고 담배를 피워 물었다.

"밤낮 이 선생님은 시골에 가실 말씀만 하세요."

은경은 불만을 표시한다.

"그러니까 은경 씨가 고생을 하겠단 말입니다. 현실도피형이
니까. 악착스럽게 달겨붙어도 살아가기 어려운 세상인데 추호
불범秋毫不犯이니 어떡합니까? 못났죠."

"이봐, 그래 자네가 진정 어려운 세상을 살았다고 하는 소
린가?"

"이 사람이 뭐라 하노? 자네는 고생하게 생기고 나는 고생 안
하게 생겼다 그 말씀이야. 애당초부터 그러니까 내가 어려운 세
상을 살았을 리가 있나."

그러자 마침 웨이터가 음식을 날라 왔다.

"맥주 하겠어?"

"음."

이치윤은 스프를 덤덤히 내려다보며 대답한다.

은경은 얌전하게 스푼을 잡고 두 사나이를 번갈아 본다.

듣기에 따라서 남식의 말은 이치윤에 대한 멸시라 해도 좋았
다. 우월감을 표시하는 것으로도 보였다. 그러나 이치윤은 무심
상한 표정이었다.

은경은 왜 그런지 안심이 되었다.

남식은 맥주를 따라 은경에게도 권한다. 은경이 사양하니까,

"왜, 술이라고 그러세요?"

"쓰지 않아요? 싫어요."

하고 가볍게 물리친다.

"몸에 좋습니다. 드세요. 술이라고 고의적으로 회피하는 것 아닙니까?"

"억지로 권하는 것, 에티켓이 아니에요."

커다란 눈동자를 흔들며 상그레 웃는다.

"하하핫…… 됐어요. 그만하면. 그런데 역시 섭섭합니다. 고아원의 보모라…… 따분한 직업이군."

그냥 있던 이치윤이 맥주를 들이켜고 컵을 놓는다. 남식은 맥주병을 들어 술을 따르면서 힐끗 이치윤을 쳐다본다. 순간 그의 눈에는 칼날 같은 적의가 번뜩인다. 이치윤의 눈에도 적의가 지나갔다.

남식은 얼른 시선을 거두고 맥주잔을 들었으나 마음은 심히 동요되었다.

"오우! 미스터 김."

화창한 목소리에 남식이 고개를 홱 돌린다. 리혜가 웃고 서 있었다. 그는 이치윤에게 보내는 목례도 잊지 않았고 은경에게 일별을 던지는 것도 빠뜨리지 않았다.

"아아, 리혜야?"

"재미 좋으세요? 요즘 통 볼 수 없으니 말예요."

연두색 봄 코트에 노랑 스카프를 목에 맨 리혜는 토끼 눈 같은 눈알을 민첩하게 굴린다.

"재미는 내가 보나? 리혜가 보는 모양인데?"

남식은 리혜의 동행인 듯한 사나이의 뒷모습을 잠시 쳐다
보며,

"가봐."

하고 턱을 들어 보인다.

"왜? 방해가 되나요?"

리혜는 손가락을 만들어 보이며,

"동정합니다."

하고 킥 웃는다.

"때린다. 까불지 마."

남식이 눈을 굴리니까 리혜는 깔깔 소리 내어 웃으며 남식의
어깨를 가볍게 치고 가버린다.

식사를 끝낸 그들은 밖으로 나왔다.

밖으로 나온 그들은 시공관 앞으로 걸어 나왔다.

"아까 그분 양장점 사람이죠?"

은경이 남식에게 묻는다.

"어떻게 아세요?"

"전에 아주머니하고 같이 가서 옷 만들었어요."

"아아, 그러세요? 일류 디자이너죠. 재주 있는 여잡니다. 소
탈하고 악의 없는 사람이죠."

남식은 친구와 연인의 한계선이 분명치 못한 리혜를 은경에

게 설명하면서 쓰게 웃는다. 사실 남식은 리혜를 경란이나 남미보다는 높게 평가하고 있는 것이다. 세상에서는 미국인하고 살았느니 어쩌니 하고 말이 많지만 그 여자의 완강한 생활수단은 적어도 경란보다는 상위에 속한다고 남식은 생각하였다.

"아참, 나 시골 좀 갔다 와야겠어."

갑자기 생각난 듯이 치윤이 말했다.

"집에?"

"아니 사진반 데리고 취재하러."

"자네가?"

"음."

"마음대로 하렴."

미도파 앞에까지 왔을 때,

"나는 볼일이 있어 저리로 가겠네."

남식이 건너편을 가리킨다.

"그럼 은경 씨, 안녕히 가세요."

남식이 손을 내어 밀며 악수를 청한다. 은경은 우물쭈물하며 손을 내어 준다.

"내일은 나오시죠?"

"네. 이 선생님 시골 다녀오실 때까지 나가겠어요."

남식은 길을 횡단하더니 이내 사람 속에 파묻히고 말았다.

"이대로 집에 가나?"

이치윤의 중얼거리듯 말하며 밀려들어 오는 합승을 멍하니 바라본다. 그러더니 발길을 홱 돌린다. 아무 말없이 걷는다. 은경도 아무 말없이 따라 걷는다.

"갈 곳이 있어야지. 아주머니 댁은 수도원만 같고."

또 혼자 중얼거리듯 말하였다.

"남산에나 올라갈까?"

하고 고개를 돌린다. 은경이 고개를 끄덕인다.

남산에 있는 방송국 앞을 지날 때 은경은 살그머니 이치윤의 팔을 잡았다. 생각에 잠겨 있던 이치윤이 고개를 든다. 어둠 속에 은경의 가지런한 이빨이 솟아나 보였다. 웃고 있는 것이다. 장난을 치던 아이가 어른에게 들킨 모습이다.

"고생을 할 거야."

이치윤이 푸듯이 뇐다.

"또 그런 말씀을 하셔. 전 그럼 그냥 가버릴래요."

은경이 이치윤의 팔을 놓아버리자 이치윤은 호주머니 속에서 손을 뽑아 은경의 어깨를 꽉 잡는다.

"은경이?"

"네."

"나 가끔 가다가 이상한 생각을 해."

"무슨 생각요?"

"내 자신이 이중인격자만 같애."

"왜 그런 말씀을 하실까?"

"영웅심리와 노예근성, 그 두 개가 내 마음속에 있거든. 철저한 영웅 의식을 갖거나 그렇지 않으면 철저한 노예로 처세하거나, 나는 남식을 대할 때마다 그런 두 갈래 길 위에서 내가 방황하고 있는 것을 느껴. 그것은 아마도 내가 가난한 농토에서 나가지고 기형적인 교육을 받고 내 과거와 동떨어진 현실에 있는 때문이 아닐까?"

이치윤은 호주머니 속에서 담배를 꺼내어 불을 붙인다.

"나는 지금까지 내가 지니고 있는 것에 대하여 지나치게 자부한 것 같아요. 실상 내가 서 있어야 할 위치는 현재의 이런 것이 아니었을 거요. 나는 학생 시절에 고학을 했소. 주로 가정교사였죠. 입신양명의 거창한 포부를 가지고 어려운 여러 가지 고비를 넘겼는지, 그것이 지금 희미한 게 생각이 나지 않아요. 필경 그랬었겠지. 일에 충실하고 공부에 열중하면 되는 줄 알았어요. 김 의원을 우연히 알게 되어 줄곧 도움도 받고, 또한 그분의 비서 노릇을 했었지만 지금에사 나는 아무 지표 없이 걸어온 내 발자취를 돌아다보오. 나는 남식을 잘못 인식했던 것과 마찬가지로 내 결혼 상대자도 잘못 인식하였고 나아가서 현실을 온통 잘못 인식하였소. 그동안 나를 감싸온 모든 환경은 나를 온건하게, 혹은 비겁하게 만들었을 뿐이오. 차라리 그 속에 아주 깊숙이 들어가 버렸던들 회한이 없었을는지도 몰라. 그러나 물위에 기름처럼, 그리고 실로 약자의 방편에 지나지 못한 내심의 경멸을 갖고 겉으론 그들과 어우러졌으니 말이오. 그 커다란 과오의 하나가 경란이란 여자와의 결혼이었소. 나는 그 여자를 사

474

랑했어. 왜 사랑했을까? 그 사랑의 성질을 지금 헤아려보면 부끄러움뿐이오.”

이치윤은 담배를 다시 입으로 가져갔다. 지금까지 이치윤은 자기 과거에 관한 말을 한 적이 없었다. 은경은 뚜렷하게 알 수는 없었지만 막연하게 이치윤이 하는 말뜻을 알아차렸다.

“지금에 와서 내가 어떤 지표를 찾아 방향을 결정하는 것은 어려운 일은 아닐 거요. 그러나 실행이 문제가 될 것이오. 방 안에서 지표를 찾는 것도 쉬운 일이요, 어떤 방향을 잡아보는 것도 쉬운 일이오. 지식인들이 항상 우왕좌왕하는 것도 결국은 서재 안의 이론이기 때문에 실제 부딪쳤을 때는 저항력이 없는 법이오. 뭐 이 말은 내 말이 아니요, 공통적인 견해죠. 그러니까 내가 지금 생각하고 있는 일이 과연 얼마만큼의 실현성이 있는가가 문제거든. 이렇게 말하고 있기는 하지만 무수한 내 내면 속의 모순을 어떻게 처리할까?”

나중의 말은 은경에게 들려주는 것이기보다 자기 자신에 대한 질문인 것 같았다.

“선생님?”

이치윤은 고개를 들었다.

“선생님이 생각하시는 대로 한번 해보세요. 저에겐 힘이 없지만 도와드리고 위로해 드리겠어요.”

“그래?”

이치윤은 빙긋이 웃었다.

"언젠가 강원도에 가서 감자 심어 먹고살자고 했더니 싫다고 하지 않았어?"

"그건 선생님이 꼭 하겠다는 뜻으로 말씀한 거 아니잖아요?"

"어째서?"

"현실이 싫으니까 사람들의 눈을 보는 게 슬프니까 그것을 피하고 싶어서 하신 말씀이거든요."

"……."

"선생님, 참아보세요. 누가 알아요? 좋은 세상이 올지. 모두들 그러는데 자유당도 며칠 남지 않았다 하데요."

"그것이 문제가 아니야. 확실히 나는 어디를 방황하고 있었다."

이치윤은 다시 독백으로 돌아갔다.

멀리 서울역 쪽에서 기적 소리가 아스라이 들려온다. 멀리에서 들려오는 기적 소리는 몹시 애조적이었다.

은경의 눈앞에는 불현듯 어느 한 장면이 떠올랐다. 묵묵히 말이 없는 대열이었다. 각기 올망졸망한 짐을 들고 기착지가 다른 곳을 향하여 길을 떠나려는 사람들의 대열이었다. 뿌연 전등빛이 비스듬히 쏟아지는 쓸쓸한 구내, 코트 깃을 세운 남자, 애기를 업은 여자, 보따리를 인 할머니.

그것은 마치 한 폭의 어두운 유화처럼 은경의 시야 앞에 머물고 서 있었다.

다시 기적이 운다.

은경은 지금껏 자기 내부에서 느껴본 일이 없는 깊은 향수가 전신을 맴돌고 있는 것을 깨달았다.

은경은 소스라치듯 눈을 들었다. 이치윤이 그림자처럼 움직이지 않고 서 있었다. 환락이 횡행하는 밤의 시가를 내려다보고 있는 것이다. 그의 그러한 모습은 내부에서 이는 모순과 회의의 몸부림을 누르고 있는 것 같은 감을 은경에게 주었고 또한 그를 위하여 아무것도 할 수 없는 자신을 안타깝게 여기게 했다.

"시골엔 언제 가세요?"

"내일."

앞을 주시한 채 짤막하게 대답하였다.

"그렇게 별안간?"

"생각난 김에."

"왜 하필 선생님이 가시려고 해요?"

"잡지사에 있는 이상 상하의 구별 없이 다 기자의 사명을 지니고 있는 거요."

"그럼 늦었어요. 내일 떠나시려면."

은경은 내려가자는 뜻으로 말하였다.

"마찬가지지. 그런데 오늘 밤엔 하숙으로 가야겠소."

"왜요?"

"병이 나았으니까."

이치윤은 고소를 하며 은경의 손을 잡는다. 사랑하는 여자와 한 지붕 밑에 있으면서도 거리를 두어야 하는 것이 고통스럽다는 말을 순진한 은경에게 할 수는 없었다.

"나 곧 돌아올게요. 그동안 잘 있어요."

이치윤은 은경의 어깨 위에 손을 얹었다. 그리고 어둠 속에 출렁거리고 있는 듯한 은경의 눈을 가만히 내려다본다.

"내 사랑스러운 아기."

이치윤은 은경의 볼에 가벼운 키스를 하며 속삭였다.

"자, 이제 내려가요."

이치윤의 목소리는 이내 거칠어지고 자기의 욕망을 물리치듯 바쁜 걸음으로 내리막길을 밟는다.

은경은 뒤쫓아 오며,

"선생님?"

"음?"

"이번에 아기 데리고 오세요."

"아기……."

"아주머니도 데리고 와야 한다고 말씀하셨어요. 보고 싶어요."

"보고 싶어……."

이치윤은 은경의 말을 되뇐다.

"보고 싶어요. 선생님의 아기 아니세요?"

이치윤은 얼굴을 홱 돌렸다.

"은경은 아직 어려. 내가 알아서 할 테니까 그 이야기는 하지 말아요."

이치윤은 은경이 말을 할 겨를도 주지 않고 그냥 걸음을 빨리 한다. 미도파 앞에서 그들은 헤어졌다.

집으로 돌아온 은경은 식모 아주머니로부터 편지 한 장을 받아 들었다. 은경에게 눈 익은 겉봉의 글씨였다.

은경은 겉봉을 짝 찢었다.

은경에게. 그동안 별고 없는 줄 안다. 며칠 전부터 너에게 편지를 써야겠다는 생각을 하면서도 내 마음이 진정되지 못하여 펜을 잡지 않았다. 지금 밖에서는 봄비가 내리고 있는 모양이다. 아니, 벌써 멎었는지도 모르겠다. 지붕에 고인 물이 처마를 타고 땅에 떨어지는 소리가 유별나게 음악적이다. 창문은 칠빛, 밤도 저물었다. 나는 지금 이상한 생각을 하고 있다. 내가 이렇게 살아서 숨을 쉬고 있는 일이 이상한 것이다. 차츰 회복이 되어 체중이 는다는 일이 신기한 것이다. 왜냐하면 그렇게 건강하던 박지태가 죽었기 때문이다…….

은경은 고개를 번쩍 들었다. 무서움에 얼굴이 일그러진다. 은경은 마치 편지에 씌어진 광경을 눈앞에 펼쳐보기라도 하듯 사방을 두리번거린다. 방문은 칠빛이었다. 밤도 깊은 모양이다.

은경은 핏기 잃은 얼굴을 돌린다. 편지를 잡은 손이 파르르 떨린다.

박지태는 선거 날 밤 난동에 휩쓸려 죽었다. 그는 도망병이었다. 그의 행동이 정의감에서보다 절망감에서 취해진 것을 나는 잘 안다. 하기는 폭동이란, 혹은 혁명이란 충족된 사람의 정의감에서보다 억압된 인간들의 절망에서 일어나는 것이라 생각하지만, 그래서 그들의 죽음 자체는 영웅이라기보다 처참한 발악의 비극인 것이다. 박지태도 그러한 죽음을 당한 것이다. 개처럼 비참하게 죽어간 것이다. 그는 영웅도 아니요, 우국지사도 아니었다. 그의 젊음이 억압당했던 군대라는, 그리고 현실이라는 형장에서 빠져나오고 싶었을 뿐이다. 그것이 결국 현실을 부정하게 된 원인이었던 것이다.

은경아, 불쌍한 지태를 위하여 울어주어라! 불의에 항거한 용맹한 사나이에 대한 눈물이어서는 안 된다. 막다른 골목으로 쫓겨간 발붙일 곳 없는 한국의 무력한 젊은 놈의 말로를 위하여 울어주어라! 개처럼 비천하게 죽어간 젊은 놈!

은경은 흑흑 느껴 운다. 눈물에 앞이 가려 글자를 더듬을 수가 없다.

내가 지금 살아 있고 지태가 이 세상에 없다는 일이 진정 신기한 일이 아니겠는가. 그놈은 내 병이 나으면 같이 어디고 도망쳐 버리자고 했다. 그놈은 델리키트하지 못하고 시정詩情도 부족한 놈이었다. 그러나 건실한 인간이었다. 그렇게 건실한 놈이 어떻게 그리 변해버렸던지…… 그는 아마도 군대생활에서 그의 천품을 망쳐버린 것 같애. 하기는 바람깨나 피우던 놈은 군대 밥에 사람이 된다더군. 지태는 성실하기 때문에 도리어 그 조직에 견딜 수 없었는지. 그러나 지금 지태는 없다. 아무 곳에서도 없다. 비가 내린다. 세차게 유리창을 뚜드린다. 더 이상 할 말이 없구나.

은경은 방바닥에 푹 쓰러진다.

'가엾은 지태 오빠! 왜, 왜 죽었어요!'

회한에 은경의 가슴은 찢어질 것만 같았다. 부산에서 증오심에 가득 찬 눈으로 바라보던 지태의 얼굴, 절망에 가득 찬 그의 얼굴이 눈앞에 떠올라 은경은 더욱 견딜 수 없었다.

'나 땜에, 나 땜에 그렇게 된 거야. 내가 그이를 죽게 했어. 가엾은 사람!'

은경은 몸부림쳤다.

밤은 깊어만 간다. 멀리서 기적 소리가 울려오는 것만 같다.

10. 여수

산뜻한 잠바 차림에 캡을 쓰고 카메라를 멋있게 짊어진 사진부장 정 씨와 함께 이치윤은 영남 방면의 아침 열차에 올라탔다.

　경북 방면의 농촌을 돌아볼 작정인 것이다.

　경북의 Y면은 그의 출생지다. 그리고 지금도 늙은 어머니 한 분이 손녀딸 영아를 데리고 그곳에서 살고 있었다. 경북 지방의 농촌에 대하여 그는 잘 알고 있다. 더군다나 Y면은 가까운 K읍이 죽은 김상국 씨의 선거구였던 관계로 그곳의 지리나 생활환경에는 익숙한 이치윤이었다.

　기차가 서울을 떠나 한참 달리고 있을 때 사진부장 정 씨는 아침을 먹지 않고 나왔다 하여 식당에 갔다 오더니 그래도 위장이 비었는지 빵과 사이다를 샀다. 그는 이치윤에게 먹기를 권했으나 이치윤은 고개를 젓고 담배만 빨았다. 정 씨는 사이다로 목을 축여가며 부지런히 빵을 입 속에 밀어 넣는다.

차창 밖에는 들이 있고 다 기울어진 농가가 산재해 있다.

"마치 천국과 지옥처럼 차이가 있습니다."

정 씨의 말에 생각에 잠겨 있던 이치윤이 슬며시 고개를 든다.

"아, 저것 좀 보세요. 서울의 명동과 비교해 보면 말입니다."

정 씨는 빵을 꿀떡 삼키며 쓰러져 가는 농가를 가리켰다.

지난가을에 이엉도 갈지 못하였는지 썩어서 푹숙푹숙한 지붕이었다. 그 썩어버린 지붕마저 받쳐 들기에 겨운지 성냥개비 같은 기둥이 비스듬히 뒤로 나자빠져 서글프기 그지없다. 그러나 그것도 집이라고 팔다리가 비비 꼬여진 아이 하나가 양지바른 담벽 옆에 쪼그리고 앉아 눈이 부신 듯 달리는 기차를 바라보고 있었다.

"양지와 음지, 그것을 천리天理라 생각할 수밖에."

이치윤이 쓰게 웃으며 내뱉는다.

"점점 뼉다귀만 남는 것 같습니다. 이래가지고야 어디 외국 사람 보기가 창피해서…… 야만국이라고 할 만도 해요."

"흥, 그들 나라에는 이런 곳이 없는 줄 아오?"

이치윤은 그렇게 말하다가 얼른 시선을 돌려 밖을 내다본다.

"여름에는 푸성귀가 있어 절박해 보이지 않고 가을에는 빛이야 어떻든 우선 논에서 훑어 먹을 벼가 있으니…… 겨울이야 굶든 먹든 집 속에 틀어박혀 눈에 띄지 않고…… 그래서 풍경도 한가하련만…… 봄이 제일 나빠. 굴 속에서 굶주린 눈들이 기어 나온단 말이야……."

이치윤은 정 씨에게 들려주기 위해 하는 말이 아닌 모양이다. 독백이었다.

이치윤은 고개를 돌려 정 씨를 바라본다. 정 씨는 연방 사이다를 마시고 빵을 썸벅썸벅 베어 먹는다. 이치윤은 그 모습을 바라보며 싱긋이 웃는다. 대단히 식성이 좋은 사내라 생각한 때문이다.

"사이다. 비루(맥주). 카스테라가 있습니다. 오징어가 있습니다!"

강생회의 판매원이 억양을 붙여가며 물건 상자를 걸머지고 다가온다. 정 씨는 오징어 한 마리를 덥석 집었다. 그러고는 이치윤을 보고 씩 웃는다.

"심심해서요."

쉴 새 없이 입이 움직이는 데 대한 변명인 모양이다. 이치윤은 그럴 법도 하다고 생각하였다. 담배도 못 피우고 술도 마시지 못하는 위인이니 자연 군것질을 하게 되나 보다고.

정 씨는 오징어를 찢어서 질근질근 씹으며,

"이왕 나온 김에 마산까지 한번 가는 게 어떨까요?"

"마산에?"

이치윤은 희미하게 되뇌었다. 그러나 텅 빈 것만 같았던 그의 머릿속에 마산은 차츰 커다란 뜻을 품고 다가왔다.

"참, 그렇군. 마산에 간다…… 그거 좋은 생각이오."

이치윤은 정 씨의 제안을 대단히 생광스러운 것으로 환영하였다.

"기삿거리가 많을 겝니다."

정 씨는 코를 벌룸하며 지극히 만족스러운 표정을 짓는다.

이치윤은 세상일이 흥미롭고 식욕이 왕성하고, 그래서 언제나 만족스럽게만 보이는 정 씨의 기분에 동화되어 가지 못하고 도리어 상반된 무거운 우수와 회의가 밀려들어 오는 것을 느꼈다. 그리고 바로 지금까지 지녔던 마산이란 곳의 의미마저 차츰 엷어져 가는 것을 깨닫는다.

'마산에는 은경의 오빠가 있다.'

새로운 발견에 스스로 얽매어 두려는 듯 이치윤은 다시 중얼거렸다.

'마산에 가면 그이를 찾아보자. 요양소로 찾아가면 되겠지.'

이치윤은 약간의 흥미와 친근감을 느꼈다. 아직 만나본 일은 없어도 은경의 오빠라는 그 이유만으로…… 그러나 그것도 어느새 레일과 기차 바퀴가 마찰하는 지겨운 공상에 지워지고 말았다.

그들이 K읍에 내렸을 때 아직 해는 제법 많이 남아 있었다. 눈 익은 거리를 거쳐 단골 여관으로 찾아들었다.

여관집 안주인은 이치윤을 보자 반색을 하며,

"아이구, 웬일이시오? 김 의원이 돌아가셔서 이제 우리하고 도 인연이 끊어진 줄만 알았더니…… 참 반가워요."

"산 사람이 그렇게 함부로 인연이 끊어지기야 하겠어요?"

"참, 김상국 씨 안됐더구먼. 여기선 자유당에 들어갔다고 말썽도 많았지만 사람이사 좀 착했어요? 아까워요."

"인명을 어떻게 하겠습니까."

이치윤도 김상국 씨와 같이 이 여관에 묵으면서 선거 결과를 가슴 조이며 기다리던 지난날이 회상되어 마음이 좋을 리가 없었다. 김상국 씨가 죽은 당시에는 그저 놀랍고 허무한 생각이 들 뿐이었으나 시일이 지나감에 따라 가지가지 추억이 되살아나 때때로 마음이 언짢아지는 것이었다.

"하기는 그래요. 죽음에는 노소가 없고 귀천도 없는 법이니…… 그러나저러나 이 비서는 어쩐 일로 여기 오셨수?"

"시골 구경하러 왔죠."

하고 픽 웃는다.

안주인은 옆에 서 있는 정 씨의 옷차림과 어깨에 둘러멘 카메라를 유심히 쳐다본다. 확실히 그 카메라와 정 씨의 옷차림은 어느 권위를 표시하고 있었다.

안주인은 다시 이치윤을 바라본다. 정 씨가 이치윤을 깍듯이 윗사람 대접을 하는 때문이다.

안주인은 아까보다 더 다정스러운 미소를 띠며,

"요다음에는 이 비서가 출마하는 거 아니에요?"

안주인은 본시 서울 여자인 만큼 기지에 능했다.

"하하하……."

이치윤은 허황하게 웃었다. 그러나 안주인은 그것을 시인한 것으로 오해한다.

안주인은 심부름꾼을 부르지도 않고 손수 이들 일행을 깨끗한 방으로 안내하였다.

"불편한 일 있음 말씀하세요."

사근사근한 말씨를 남겨놓고 여자는 문을 닫았다.

"대우가 좋은데요?"

"그 카메라 덕택이지."

이치윤은 피식 웃었다.

"기분 나쁘지는 않군요."

정 씨는 카메라를 벗겨서 윗목에 소중히 놓았다.

정 씨의 희망으로 저녁을 일찌감치 청해서 먹은 뒤 이치윤은 일어섰다.

"정 형, 나 집에 좀 다녀와야겠소."

"집이라뇨?"

정 씨는 영문을 모르겠다는 얼굴이었다.

"여기서 좀 떨어진 곳에 어머니가 있어요. 잠시 다녀오겠소."

"아, 아니 그, 그럼 여기가 고향이신가요?"

"여기가 아니오. Y면이오. 버스가 있을 테니 잠깐 다녀오겠소. 만일 밤에 돌아오지 못하더라도 내일 아침까지는 꼭 올 테니까 그동안 정 형은 이곳 구경이나 하시오.”

“네? 그러세요. 통 말씀을 안 하시니 알 수가 있어야죠. 다녀오세요. 전 일찍 자겠습니다.”

이치윤은 방문을 닫아주고 나오면서,

“먹고 자고 먹고 자고, 어진 재앙님이로군.”

그 말을 하고 보니 별안간 눈시울이 화끈하게 뜨거워졌다. 어머니가 어릴 때 하던 말이었기 때문이다. 전혀 예기치 않았던 감정이었다. 역에서 내렸을 때도 이치윤은 어머니와 딸아이의 생각은 그다지 하지 않았다. 하지 않았다기보다 하지 않으려고 노력했는지도 모른다. 저녁을 먹고 해가 떨어질 무렵까지 늑장을 부린 것도 실상은 육친을 대하는 일에 어느 두려움 같은 것을 느낀 때문이다. 그 두려움은 깊은 연민에서 오는 것이니 이치윤으로서는 더욱 견디기 어려운 것이었다.

그는 되도록이면 그러한 감정과 그 감정을 불러일으키는 육친과의 대면을 회피하고 싶었던 것이다.

거리에 나왔다. 땅거미가 진 길을 천천히 걷는다. 조금도 변한 것이 없는 K읍의 모습이었다. 변하였다면 작년보다 시가가 좀 더 낡았다는 일이었을 것이다. 새로운 것이라고는 하나도 눈에 띄지 않는다. 우편국의 간판은 더 일그러지고 즐비한 거리의 잡화상의 상품마저 작년보다 너저분하게 진열되어 있는 것 같다.

이치윤은 가다가 걸음을 멈추었다.

R씨가 경영하는 병원의 건물이 밤인데도 퍽이나 쓸쓸해 보였다. 이미 가세가 기울었다는 말을 들은 바 있는 R씨의 병원이었다.

R씨는 자유당원이었다. 선거 당시 무소속으로 출마한 김상국 씨에게 도전하여 치열한 대전을 폈던 사람이다. 그러나 그 많은 선거자금이 물거품처럼 일 초에 사라지고 그는 패배의 고배를 마셨던 것이다. 그는 돈을 믿고 자유당의 권세를 믿은 어리석은 사람이었다. 그보다는 청진기를 들고 있어야 할 의사 타입의 사람이었다. 권모술수에 능란한 사람은 아니었다. 그렇기 때문에 권력을 믿기는 했어도 이용하는 게 서툴렀고 또한 자유당에서도 R씨는 이용 가치가 없는 사람이었다. 그가 낙선한 이상 자유당에서 버림을 받은 것은 당연한 일이었다. 더욱이 김상국 씨를 포섭한 이후에는 말할 나위도 없는 일이다.

이치윤은 그 병원 앞을 지나쳐 버스 정류장까지 왔다.

정류장 근처에는 구멍가게가 즐비하였고 가스등이 환하게 켜져 있었다. 아이들이 이치윤의 소매를 잡아당기며 물건을 사달라고 보챈다.

이치윤은 호주머니 속에 손을 넣어 돈을 꺼내었다. 사탕을 몇 봉지 사가지고 호주머니 속에 쑤셔 넣는다.

그 소년이 소매를 잡고 보채지 않았던들 이치윤은 빈손으로 갈 뻔했다.

한 시간가량 버스에 흔들리다가 Y면에서 내렸다. 마을은 어둠 속에 묻혀 가슴에 배일 듯한 정적만이 흐르고 있었다.

정자나무를 지나 불이 빤히 보이는 집을 바라보았을 때 이치윤의 가슴은 몹시 뛰었다.

'불쌍한 영아!'

이치윤은 마음을 가라앉히기 위하여 발을 멈추고 담배를 붙여 물었다.

'왜 어머니는 이곳에서 혼자 사셔야 했을까?'

이치윤의 자문은 그러나 부끄러운 반응을 일으키게 하였다. 사실 이치윤의 어머니는 고향에 혼자 살아야만 할 아무런 이유도 없었다. 조상이 물려준 땅이 있었던 것도 아니었다. 뿌리치고 떠날 수 없는 일가친척이 있었던 것도 아니었다.

어머니가 외아들이 있는 서울로 올라오지 못한 것은 며느리인 경란이 때문이었다. 겸손하고 소박한 어머니는 며느리를 두려워하여 스스로 물러서서 시골에서 살기를 원했다. 또한 경란 역시 시골뜨기 시어머니를 모신다는 것은 자기 자신에 대한 모독으로 알고 있었다. 이치윤은 담배를 던졌다. 가슴이 뻐근했다.

"어머니."

나직이 부르며 문을 흔들었다. 대답이 없다.

"어머니."

이번에는 크게 불렀다. 그러나 목소리는 목에 걸린 듯 희미하였다.

"누구요?"

"접니다."

"뭐?"

후다닥 방문을 열고 쫓아 나온다.

"치윤이가!"

"네."

"웨, 웬일고!"

이치윤은 어머니가 열어주는 대문에 들어섰다.

"아직 안 주무셨어요?"

마치 아침에 나갔다가 이제 돌아오는 사람처럼 무심상하게
묻는다.

어머니는 할 말을 잃은 듯 아들의 양복 자락을 꼭 잡는다. 보
나마나 눈에 눈물이 글썽 돌았을 거라고 이치윤은 생각하며,

"방에 들어가십시다."

하고 등을 밀었다.

언제나 소식도 없이 바람처럼 훌쩍 왔다가는 가버리는 아들
이었다. 오늘 밤도 그렇게 바람처럼 찾아온 것이다. 그러나 어
머니의 마음은 전과 같을 수 없었다. 첫째는 손녀딸이 불쌍하여
가슴이 아팠고 둘째는 여자한테 배반당한 아들의 심정을 생각
하니 가슴이 아팠다. 여자하고 헤어졌다는 말을 아들의 입에서
들은 일은 없다. 아이를 데리고 왔을 때도 다만 애어미가 아파
입원하였노라 하고 어머니를 속인 아들이었다.

"영아가 자는구나. 애비 온 줄도 모르고……."

어머니는 눈물을 머금은 목소리로 말을 하며 방문을 열었다.

이치윤은 무릎을 꺾고 앉았다.

"그동안 어머니 고생을 많이 시켰습니다."

고개를 푹 숙인다.

"내가 무슨 고생이고. 돈 보내주어서 내사 편하게 살았지. 나보다 너가 고생을 하는구나."

"차차 서울 오시게 하겠습니다. 어린것까지……."

서울로 오시게 하겠다는 말이 허황한 것임을 이치윤은 느꼈다.

"아…… 아니다. 내사 여기서 살란다. 너나……."

하다 말고 얼굴을 수그린 이치윤의 이마를 힐끗 쳐다본다.

영아는 건강한 숨소리를 내며 깊이 잠들어 있었다. 어머니는 잠든 아이의 얼굴을 측은한 듯 쓸어보며,

"어떻게나 재롱을 피우던지 도무지 날 가는 줄 모르겠다."

"선이는 어디 갔어요?"

"아참, 선아!"

"네?"

밖에서 대답을 한다.

"서울서 아저씨 오셨다. 아랫방에 불 지펴라."

"네."

대답만 하고 얼굴을 내밀지는 않는다.

적적하여 어릴 때부터 데려다 기른 아이다.

"저녁은 어떻게 했노?"

"여관에서 하고 왔어요."

"며칠 있다가 가겠지?"

"바빠서…… 그렇게 안 됩니다. 곧 가야죠."

차마 지금 당장에 가야 한다는 말이 입 밖에 나오질 않았다.

"그럼 내일 갈래?"

"글쎄요. 바빠서……."

우물우물한다.

"그럼 지금 가야 하나?"

이치윤은 한참 말이 없다가,

"내일 아침에 가죠."

어머니는 안타까운 눈치였다. 여러 가지 할 말도 많고 물어볼 말도 많았지만 눈치만 살필 수밖에 없었다. 그리고 김상국 씨에 대한 말을 몇 마디 물어볼 수밖에 없었다.

무덤덤하게 앉아 있던 이치윤은 아랫방으로 내려왔다.

자리에 들었으나 잠이 올 리가 없었다. 왜 그런지 그냥 도망을 치고 싶은 생각만 들었다.

'은경하고 빨리 결혼해야겠다. 그리고 어머니를 모셔야지.'

몇 번이나 마음속으로 뇌어보았으나 그것이 실행되리라 믿어지지 않았다.

새벽녘에 이치윤은 잠시 눈을 붙였다.

눈을 떴을 때 햇볕이 장지문에 훤하게 비쳐 있었다. 이치윤은 이불 속에 든 채 담배를 두 개나 태우고 일어났다.

세수를 하고 옷을 갈아입은 뒤 안방으로 건너갔다.

영아가 갸우뚱히 쳐다보았다. 어머니는 선이하고 부엌에서 조반 준비를 하는 모양이다.

"영아야?"

영아는 눈을 더욱 크게 뜨며 의심스럽게 이치윤을 바라본다.

아이를 덥석 안는다.

"나 모르겠니? 아빠다. 아부지야."

"아부지?"

"응, 아부지다. 꼬까 줄까?"

어젯밤 정류장 앞에서 사 넣은 사탕을 꺼내어 영아에게 쥐여 준다.

영아는 이내 기분이 좋아서 빙긋이 웃는다. 이치윤도 아이를 따라 빙긋이 웃었다. 그러나 눈앞이 차츰 흐려져 아이의 얼굴이 희미해 왔다.

은경이 회사에 나갈 준비를 차리고 있을 때,

"은경아?"

하고 밖에서 찬희가 불렀다.

"네?"

대답부터 먼저 하고 핸드백을 집어 들었다. 그리고 쫓아 나갔다.

"벌써 가니?"

"네."

찬희도 웬일인지 외출 준비를 하고 있었다.

"나하고 같이 가자."

찬희는 봄 두루마기를 내려서 입으며 말했다.

"이 비서는 언제 온다던?"

"아마 오늘내일쯤 오실 거예요."

"빨리 왔음 좋겠는데……."

"무슨 일이 있으세요?"

"응, 고아원 관곈데 의논을 좀 해보려고……."

"그 유치원 건물 말이죠?"

"응."

"참 좋데요."

"가격이 너무 비싸서……."

찬희는 잠시 동안 생각에 잠긴다.

"자, 나가자."

둘은 거리에 나왔다.

"지금 어디 가시는 길예요?"

"누가 집을 사겠다는군. 우리 집 내용을 잘 아는 사람인가
봐. 팔겠다면 시세보다 비싸게 사겠다는군. 어차피 팔아야 할
집이긴 하지만 그쪽 조건이 좋아서 왜 그런지 불안하구나. 속이
는 거나 아닌가 싶어서……."

나중의 말은 농담이지만 그 말은 찬희에게 쓰디쓴 과거를 되살리게 하였다.

"정말 이 선생님이 빨리 오셔야지! 아마 곧 오실 거예요."

그렇게 말을 하는데 은경은 얼굴이 좀 달랐다.

"너 요 며칠 동안 무슨 일이 있었니? 이 비서가 없어서 그러니?"

찬희는 얼굴이 붉어진 은경의 옆얼굴을 살피며 넌지시 놀려준다. 은경은 고개를 번쩍 들어 찬희를 바라보다가,

"아니에요. 아주머니."

표정은 슬픔으로 변했다.

"그럼 왜 그래? 늘 우울한 것같이 보이는데."

"……."

"이 비서한테서 편지가 오지 않는다고?"

찬희는 빙글 웃는다.

"아니에요. 편지 때문에 그래요. 편지가 왔기 때문에……."

발끝을 내려다보며 중얼거리듯 말한다.

"오오, 난 또, 몰랐구나. 그 사람 편지 잘 안 하는 성민데 신기록이구나."

"아니에요, 아니에요. 오빠 편지. 지태 오빠가 주, 죽었어요."

"뭐? 오빠가 죽었다구?"

찬희는 어이가 없어 걸음을 멈추고 은경을 물끄러미 쳐다본다.

은경은 눈을 몇 번이나 깜박거리며 겨우 눈물을 참는다. 그리고 침을 삼키며,

"지태 오빠는 마산에서 이번 사건에 죽었대요."

"지태 오빠라니 대체 누구냐?"

"오빠의 친구예요. 어릴 때부터 같이 한 동리서……."

"아이구 아이두, 난 깜짝 놀랐구나. 오빠라니 온, 민경인 줄 알았지."

찬희에게는 모르는 사람의 죽음이 절실히 오지 않았다.

그들은 혜화동 로터리까지 나와서 합승을 탔다. 합승이 종로 삼가에 이르렀을 때였다.

찬희의 얼굴이 일순간 긴장하였다. 핸드백을 쥔 손이 파르르 떨렸다.

윤기성이 걷고 있었다. 양복바지 주머니에 양손을 찌르고 땅을 내려다보며 무슨 생각을 하는지 걷고 있었다.

'일찍부터 어딜 가는 것일까? 왜 저렇게 걷고 있을까?'

윤기성의 모습은 이내 차창에서 사라졌다.

찬희는 눈을 떨어뜨리고 떨리고 있는 손을 내려다보았다. 그러나 윤기성의 모습은 눈앞에서 사라지지 않았다. 마음이 떨리고 있는 손과 마찬가지로 마구 흔들리고 있었다.

'그도 불행하다. 그도 불행한 사람이다.'

불행하다는 말을 두 번이나 되풀이하는 찬희의 마음속에는 전에 없었던 감정이 흐르고 있었다. 물론 애정은 아니었다. 물

500

론 동정도 아니었다. 뭔지 모르게 따뜻한 것, 설명하기 어려운
여자답고 부드러운 것이었는지.

'그분도 잘되어야지. 잘되기를 나는 바란다. 서로 외면을 하
고 다닐지라도.'

"아주머닌 어디서 내리세요?"

카랑카랑한 은경의 목소리가 귀청을 쳤다.

"음? 으음! ……."

찬희는 어디에서 내린다는 말도 하지 않고 다음 정류장에서
황급히 내려버리는 것이었다.

은경은 이상하게 생각하였으나 잡지사 앞에까지 왔을 때는
그 일을 잊어버렸다.

사무실에는 급사가 있었다. 그리고 뜻밖에도 남식이 우뚝 서
있었다.

"어마! 웬일이세요?"

여태까지 이렇게 일찍이 잡지사에 나온 일이 없는 남식이었
기 때문이다.

"뭐가요?"

남식은 퉁명스럽게 대답하며 웃지도 않았다.

"이렇게 일찍 나오셨으니까 말예요."

은경은 불안을 느꼈다.

'무슨 일이 생겼을까? 혹…….'

"일찍 나오고 싶어 나왔죠."

역시 퉁명스러운 목소리다. 목소리뿐만 아니라 은경에게 등을 보이며 창밖을 내다본다.

"무슨 일이라도 있었어요?"

은경은 다시 묻지 않을 수 없었다.

"아무 변화도 없었습니다. 이 유리창처럼."

"왜 그리 기분이 나쁘세요?"

"항상 웃어야만 합니까?"

은경은 입을 다물었다. 상당히 기분 나쁜 어세였기 때문이다.

"이 군은 언제 오죠?"

남식이 돌아보지 않고 묻는다.

"······."

"화났어요?"

처음으로 돌아보며 빙그레 웃는다.

"그렇게 무안을 주시고, 이젠 말 안 하겠어요."

남식의 웃음을 보고 은경은 안심을 하는 동시에 일부러 토라진 표정을 지었다.

저녁때 가까이, 서편 유리창에 햇볕이 스며들 무렵 남식이 사장실 도어를 비스듬히 열고 은경을 오라는 듯 손짓을 하였다.

은경은 집에 돌아가려고 핸드백을 꺼내다가 그것을 도로 놓고 사장실로 들어갔다.

"앉으세요. 아직도 화나셨어요?"

은경은 남식이 권하는 대로 소파에 앉았다.

"무슨 말씀이 있으세요?"

은경이 물었다.

"지나치게 사무적이군요."

"여긴 사무실이에요."

"그러나 지금은 근무시간이 지났습니다. 아침의 불쾌에 대한 복수이십니까?"

남식은 빙그레 웃었다.

"그러나 그거는 그거구……."

일단 말을 끊었다가 다시,

"이 군은 내일 옵니다."

"네?"

남식은 은경의 눈을 가만히 쳐다본다. 은경의 눈동자가 흔들렸다. 그리고 그 맑은 눈에 부드러운 빛이 잔잔하게 빛났다.

"어떻게 아셨어요?"

"편지가 왔습니다."

"언제?"

"어제."

은경의 눈동자에 한 가닥 검은 그늘이 진다. 그 얼굴을 남식은 그냥 쳐다보고 있었다.

'나에게는 편지가 없었다. 내 존재는 친구보다 소홀한 것이었을까?'

은경은 배반이라도 당한 것 같은 기분이 들어 노여웠다.

늦어도 이삼 일 후에 돌아올 것을 은경은 짐작하고 있었다. 편지만 하더라도 일주일 남짓한 짧은 여행이요, 또한 찬희가 이 비서는 편지 안 쓰는 성격이라 말했으니 은경은 애당초 편지를 바라지도 않았다.

남식에게만 편지를 했다는 것은 사무적인 사소한 일이었을지도 모른다. 그러나 사소한 그 일이 은경에 대한 이치윤의 애정의 척도라고 생각할 때 은경의 가슴을 치는 파도는 거세지 않을 수 없었다.

은경은 그런 감정에 반발하듯,

"그럼 왜 아침에 저보고 물으셨어요? 이 선생님이 내일 오신다는 것 알고 계시면서……."

"내가 알고 있는 것하고 은경 씨가 아는 일하고 같을 수는 없지 않습니까?"

"저는 아무것도 알지 못해요. 저에게는 편지가 오지 않았으니까요."

그렇게 대답을 하는데 자기도 모르게 눈물이 핑 돌았다. 자기를 사랑한다고 말할 적에도, 아니 자기를 포옹하는 순간에도 은경은 이치윤의 마음을 꽉 잡았다고 생각한 일이 없었다. 이치윤의 마음은 언제나 막막한 바다로 흐르고 있는 것만 같았다. 은경은 행복하다고 느낄 적에도 이치윤의 모습은 한 가닥의 슬픔으로 마음속을 적시는 것이었다.

"한 번도 편지가 없었습니까?"

남식은 눈물이 도는 은경의 눈을 슬그머니 피하며 물었다.

은경은 대답을 하지 않았다.

'나는 왜 이 여자에게 지금도 집착하는 것일까? 이 여자보다 아름답고 총명한 여자는 얼마든지 있다. 왜 나는 지금도 이 여자에게 집착하는가? 김남식이답지 못하게…… 벌써부터 정리해 버렸어야 할 감정이 아니냐.'

남식은 은경을 외면한 채 마음속으로 중얼거렸다.

'나도 이치윤처럼 감상파란 말이냐? 결코 여자는 나에게 있어 전부는 아니다. 일부분의 욕망일 뿐이다.'

그러나 그 욕망이 예상 밖으로 강한 것을 남식은 깨달았다. 과거의 경란이나 그 밖의 여자들처럼 자기에게 등을 보이면 아아, 그렇느냐 식으로 간단히 처리되지 못하는 것을 남식은 느꼈다. 하기는 구혼을 한 것은 은경이 최초의 여자이기는 했다.

은경은 오두머니 앉아 있었다. 눈은 남식의 얼굴에 향하고 있었으나 남식을 보는 눈은 아니었다. 먼 곳으로 향하고 있었다.

남식은 그 눈동자를 그지없이 신비스러운 것이라 생각하였다.

'이치윤의 편지…….'

되살아난 은경에 대한 집착은 어제 이치윤으로부터 받은 편지에서 자극된 것이었는지도 모른다.

이치윤의 편지에는 다음과 같은 말이 씌어 있었다.

나는 도무지 자신이 없어졌다. 여기는 춘궁기의 농촌, 굶주림에 지친 얼굴들이 호기심마저 잃고 나를 쳐다본다. 이것은 황막한 인간들의 벌판이다. 이 벌판 속에서 그들의 비극보다 내 자신의 비극을 더 뼈저리게 느꼈다면 자네는 필경 나를 로맨티시스트라 할 것이다. 아무래도 좋다. 비판은 자네 자유에 속하는 문제니까. 나는 그 벌판에 섰을 때 모든 상황이 곧 내 마음의 표상인 것을 깨달았다. 내가 지금까지 무엇을 했으며 어떻게 살아왔는가를 돌이켜 본다는 일은 하나의 새 출발을 위한 것이어야 했을 것이다. 그러나 그렇지 못했다. 이 피폐한 벌판은 원형으로써 나를 빙 둘러싸고 있다. 나는 그 속에선 한 점 먼지일까? 원형의 테두리에서 나를 향하여 그어지는 선, 무수한 무수한 선들, 헤칠 수도 없고 거머잡을 수도 없다.

자네는 비웃을 것이다. 이 자식이 인젠 니힐리스트가 되나 부다고. 정녕 그 말은 옳아. 그러나 영靈의 세계를 추구하다가 나자빠진 니힐리스트는 아닌 모양이야. 아마도 미아가 되어 막막한 어둠에서 허무를 본 게지. 자조하네.

'망할 자식!'

남식은 담배를 피워 물었다.

"김 선생님?"

멀리 먼 곳으로 향하고 있던 은경의 눈빛이 단축되면서 남식을 불렀다.

"김 선생님은 저를 가엾게 여기는군요."

"아닙니다."

"그럼 어째서 선생님은 제가 선생님보다 이 선생님을 모르고 있다는 것을 확인하려 하셨죠?"

"언제 내가 그랬습니까?"

"아까."

"아까?"

"선생님이 알고 계시는 것하고 제가 아는 것하고 같을 수 없다고 말씀하시지 않았어요?"

남식은 말문이 막혀버린다. 한참 우물쭈물하다가,

"하여간 나는 은경 씨를 가엾다고 생각한 일은 한 번도 없었습니다. 어떻게 은경 씨를 모욕할 수 있겠습니까? 가엾다는 말은 최고의 모욕이라는 것을 명심하고 있으니까요."

남식은 얼렁뚱땅 말을 하였으나 그것은 본심이 아니었다.

"나가실까요?"

남식은 벌떡 일어나 옷걸이에 걸린 바바리코트를 낚아채 입는다. 은경은 무슨 생각을 골똘히 하며 일어섰다.

"자, 나가십시다."

남식은 멍하니 선 은경의 어깨를 살그머니 밀었다.

황혼이 깃든 을지로의 거리는 착잡하였다. 차량이 수없이 밀려간다.

"마지막으로 저녁 초댈 하겠는데 어떻습니까?"

"왜 마지막이세요? 어딜 떠나시나요?"

은경은 찬 바람을 쏘이니 지나치게 자기가 흥분했던 것 같아 부끄러운 생각이 들었다. 그래서 좀 다정스럽게 말을 했던 것이다.

"왜, 내가 떠납니까? 이 한국에서 뿌리를 박고 오래오래 살려고 왔는데요? 떠나는 사람이야 은경 씨 자신이죠?"

남식은 껄껄 웃었다.

그들은 명동을 향하여 걸음을 옮겼다.

남식은 걸어가면서 또 이치윤의 편지를 생각하였다. 그 편지에는 은경이의 이름이 한마디도 씌어져 있지 않았다. 그러나 애정에 관한 이야기가 없었던 것은 아니었다.

나는 때로 행복한 것 같기도 했다. 누구를 사랑한 것 같기도 했다. 한때는 결혼생활에 만족하기도 하고 안정된 생활과 비서라는 직위를 고맙게 생각한 일도 있었다. 그럴 수밖에. 다방마다 득실거리는 실업자, 거리마다 우굴우굴 몰려다니는 실업자, 그들 중에서 그래도 나는 선택을 받은 인간이란 생각 때문에. 실로 어처구니없는 자위요, 비굴하기 그지없는 타협이었었지. 내가 여자를 사랑할 때도 그와 비슷한 자위와 타협을 가졌을 거야. 그리고 그것은—여자를 사랑한다는 것—나의 우주라는 착각에까지 끌어올렸으니 참 멋모르는 행복한 놈이었지. 그 여자는 하나의 추문이었다. 그리고 내가 숨 쉬던 그곳은, 그리고 그 질서는 진실로 진실로 내게는 얼토당토않은 것이었다. 하기는 그 여자가 그렇지 않았더라면 나도 신에게 복을 빌고 평화를 바라는 선량한 소시민으로 가라앉았을까? 타협도 하고 한번 우쭐해 보기도 하고 그 시답잖은 허영으로 어느 여관의 안주인 말마따나 장래에 국회에라도 출마할 욕망을 가져보았을지─내가 이렇게 말한다고 해서 그 여자에게 미련이 남았다는 오해는 말게. 나는 두렵다. 나에게 새로이 펼쳐진 영토가 있어도 나는 두렵다─.

남식은 그 영토라는 것이 은경을 가리켜 한 말이라 이어 짐작하였다.

나는 벌써 그 영토 속에 발을 디뎌놓은 줄 알았다. 그리고 어느 신념도 가진 줄 알았다. 물론 사랑했다. 그리고 희망과 순조로운 진행을 바라기도 했다. 그러나 지금 나는 이곳에 서서 회의하는 이 순간, 그리고 또 앞으로 그럴 것이니─단정을 하지 않기에는 너무나 벌판은 황량하지 않느냐─자네 말대로 그 고생과 불행을 강요할 용기는 없다. 상대는 감수하더라도 이편에서는 강요가 아니겠는가.

남식은 때마침 불어오는 바람결에 은경의 체취를 느꼈다. 은경은 구두 소리를 또각또각 내며 걷고 있었다.

‘자네 말이 맞어. 옳은 생각을 했어. 은경은 곱게 살그머니 두어야 할 여자다. 그 신경질에 들볶여서 시들게 해서는 안 된다.’

남식은 마음속으로 중얼거렸다.

“이리로 가십시다.”

남식은 명동 입구에 들어서려는 은경의 팔을 잡고 방향을 돌렸다.

“어딜 가시게요?”

“잠자코 따라만 오세요. 은경 씨의 우울증을 풀어드릴 테니…….”

남식은 그렇게 말하더니 지나가는 택시를 한 대 잡았다.

“자, 타십시오.”

남식은 덮어놓고 은경을 자동차에 밀어 넣는다.

“어딜 가시는 거예요?”

은경은 자동차가 움직이자 얼떨떨하며 물었다.

“잠자코 계세요.”

자동차는 용산을 지났다.

“어마, 멀리 가시네.”

“뭍의 끝까지 가렵니다.”

하고 껄껄 웃는다. 은경은 그 웃음소리에 안심하였다. 그러나 찬희가 고아원 때문에 혼자 싸돌아다니다가 텅 빈 듯 넓은 집에 돌아와서 자기를 기다리고 있을 생각을 하니 걱정이 되었다.

“빨리 가야 할 텐데요.”

"왜요?"

"아주머니가 요즘 바쁘셔서⋯⋯."

"고아원 때문에?"

"네."

"결정되었어요?"

"유치원 하던 장소를 이야기 중인데 너무 비싸서요. 집을 파실 작정인가 봐요."

자동차는 흑석동 고개를 넘었다. 어느 요릿집 앞에서 멈추었다.

"여기 생선회가 유명합니다."

남식은 은경의 등을 밀듯 하며 요릿집으로 들어갔다.

은경은 다소 불안함을 느꼈다. 그러나 남식의 인격을 믿었고 자기 마음도 허황하여 왠지 남식에게 이야기도 하고 싶어졌던 것이다.

조용한 방으로 안내되었다. 안내하는 여자가 남식을 보고 애교를 떨었다. 구면인 모양이었다.

은경은 전에 이치윤과 같이 인천에 갔던 생각이 났다. 첫눈이 내리던 일도. 그때도 남식은 인천의 그 요릿집의 음식이 좋다고 했었다. 남식은 여자에게 적당히 음식을 가져오라 이르고 바바리코트를 벗었다.

"조용하죠?"

"조용하군요."

실상 은경은 너무 조용해서 싫었다.

"이 군은 마산에 들르려고 했는데 그만두었다고 합디다."

"마산에요? 편지에 그렇게 씌어져 있었어요?"

"네. 농촌을 돌아다니다 보니 뭔지 마음이 절박해서 마산에 가고 싶지 않더라구요."

"……."

"은경 씨 오빠께서 요양소에 계신다고 했죠?"

"네."

"경과는 어떻습니까?"

"많이 좋아졌다고 해요."

은경은 여러 가지 생각이 한꺼번에 밀려왔다. 이치윤이 마산으로 가려고 했었다는 말은 금시초문이었다.

"마산 사건을 김 선생님은 어떻게 생각하세요?"

은경은 박지태의 죽음을 생각하며 막연하게 물었다.

"비분강개하고 있다고나 할까요?"

남식은 실쭉 웃었다. 남식은 여자에게, 더욱이나 나이가 아직 어린 은경에게 마산 사건을 들추어 비판하는 일을 멋쩍게 생각하였다.

남식은 여성에게 친절하고, 또 위해주기도 하지만 여자가 사회적인 문제에 관심을 갖고 열을 올리는 것을 싫어한다. 그런 뜻에서 남식의 여성관은 지극히 보수적이요, 일면 여성을 경멸하고 있는지도 모른다.

여자란 언제나 어리고 세상일을 모르는 데 매력이 있다고도
생각하였다. 남미를 싫어하고, 경란이나 그 밖에 결혼 후보자였
던 여학사님들을 거절했던 것은 그런 이유에서였다. 은경을 좋
아한 것도 은경이 어리고, 그 총명함이 관념적인 것이거나 의식
적인 것이 아니었기 때문이다.

　　남식으로서는 이러한 분위기 속에서 은경이 마산 사건을 어
떻게 생각하느냐고 묻는 것이 의외일 뿐만 아니라 기분에 맞지
도 않았다.

　　그러자 마침 여자가 요리상을 날라 왔다. 여자는 나가면서,

　　"많이 잡수세요."

하고 눈웃음을 쳤다. 남식도 눈을 지그시 감아 보이며 웃었다.

　　"자, 드세요."

　　남식은 은경에게 권하고 자기가 먼저 먹기 시작했다.

　　"맛나죠? 그 생선회."

　　은경은 그냥 고개만 끄덕였다. 그러나 생선회는 입 속에서 솜
이 씹히는 듯 무미하였다. 아니, 어떠한 괴로움을 씹는 듯 가슴
이 답답하기만 했다.

　　"나는 원체 식도락이 돼서 이런 구석 집을 잘 알아냅니다. 식
도락이라는 것도 생활을 즐기는 하나의 방편이 아닐까요?"

　　남식은 정말 식욕이 왕성한 듯 집어 먹으며, 동의를 구하듯
은경을 바라보았다.

　　"어떻게 그리 즐거울까요?"

은경의 말은 약간 빗나간 것이었다.

"은경 씨는 왜 그리 즐겁지 않습니까?"

"즐거움은 저절로 오는 거지 의식적인 것은 아니잖아요?"

"그건 은경 씨가 모르는 소리요. 즐거움도 의식적인 것이라야 합니다. 어떠한 사소한 것이라도 능동적으로 즐거움을 찾아내야죠.

피동적인 사람은 의식적으로 생활을 즐기는 그것과 반대로 의식적으로 슬픔 속에 머무는 것입니다. 큰 것을 원하고 절대적인 것을 바라기 때문에 그것은 항상 꿈으로만 끝나는 거죠. 인생에 절대적인 것이 어디 있어요? 일견 그들의 욕심은 큰 것같이 보이죠. 사소한 즐거움 같은 건 의식적으로 경멸하죠. 그러나 그들의 욕심은 큰 것이 아닙니다. 아무것도 손에 들어오는 것은 없으니까요. 그래서 그들은 애써 슬픔과 회의 속에서 방황합니다. 어리석은 짓이죠."

남식이 그들이라 칭하는 사람은 분명히 이치윤이다.

그것을 은경도 알아차렸다. 은경은 물끄러미 남식을 바라보다가,

"그럼 저도 욕심이 많은가요?"

"은경 씨는 그렇지 않아요. 은경 씨는 건강한 사람입니다. 은경 씨가 인생을 회의한다면 그건 격에 맞지도 않습니다. 은경 씨는 사색형이 아니요, 능동적인 사람입니다."

"그럼 저의 슬픔은 의식적인 것일까요?"

은경은 멍한 표정으로 다시 묻는다.

"대관절 왜 슬퍼요?"

은경은 접시 모서리에서 젓가락을 걸쳐놓으며,

"친한 사람이 죽었어요."

"친한 사람이 죽었다뇨?"

"마산폭동 때 죽었어요."

"친한 사람? 누구?"

"친한 사람이에요."

은경은 멍한 채 친한 사람이란 말만 되풀이했다.

"어떻게 친한 사람?"

"어릴 때부터 오빠처럼 생각했던 사람, 가엾은 사람이에요."

"그래서 아까 마산 사건을 어떻게 생각하느냐고 물었군."

"그런지도 몰라요."

"응? ……."

"공연한 소릴 했어요. 음식 맛이 없어지셨죠?"

"아니, 나야 원래 둔감한 사람이니까."

남식은 얼른 음식을 입에 넣고 우물우물 씹었다.

남식이 사실 이러한 외딴 곳으로 은경을 데리고 온 데는 이유가 있었다. 어느 행동을 전제하고 온 것이다.

비상수단에 의하지 않고는 은경을 가질 수 없다는 결정이었던 것이다.

그러나 화제가 뜻하지 않던 곳으로 미끄러졌기 때문에 좀처럼 분위기가 조성되지 못하였다. 그래서 그는 어떠한 초조감을 느꼈다.

'차라리 장소를 옮길까?'

은경은 별로 손도 대지 않은 채 음식이 싸늘하게 식어버렸다.

"왜 안 잡수세요?"

"많이 먹었어요."

"우울하시면 그냥 돌아갈까요?"

"……."

"자, 그럼 나가봅시다."

남식은 벌떡 일어났다. 그들은 밖으로 나왔다.

달도 없는 밤이다. 그러나 별빛이 밝았다.

"한참 내려가야 자동차가 있겠는데…… 우리 묘지 있는 데까지 걸어볼까요?"

"늦지 않을까요?"

"아직."

남식은 시계를 들여다보았다.

은경은 발길을 돌리는 남식을 따라 걸었다. 경계심도 불안도 없었다. 남식을 믿음직하게 생각하였다. 이치윤에 대한 슬픈 자기의 감정을 하소연하고 싶은 생각뿐이었다.

묘지 가까운 곳까지 간 남식은 한강을 굽어보는 난간 옆에 가서 슬그머니 앉는다. 맞은편에 보이는 서울 시가의 불빛이 찬란하다.

"어때요? 우울증이 좀 풀립니까?"

"아니에요. 더해요."

"왜 그렇습니까? 하여간 앉으세요."

남식은 은경의 팔을 잡아끌었다. 은경은 그 손을 살그머니 뽑으면서 앉는다.

"말하면 유치하다고 웃을 거예요."

"말씀해 보세요."

"이 선생님은…… 잡히지가 않아요. 그분은 어딘지 멀리멀리, 바다 쪽으로 흘러가는 것만 같아요. 왜 그럴까요? 왜 그런 생각이 자꾸만 들까요?"

은경의 머리칼이 바람에 나부낀다. 눈이 빛났다. 눈물이 고였던 것이다.

"그분은 저를 사랑한다고 하셨어요. 그렇지만 그분은, 그분의 눈은 먼 곳을 바라보고 계시는 것 같아요. 그럴 때는 막 울음이 터져버리려고 해요."

정말 울음이 터져버렸다.

은경은 흑흑 흐느껴 울기 시작했다.

남식은 은경의 어깨 위에 손을 얹고 흔들었다.

"은경 씨."

"이, 이런 말, 아무 보고도 아, 안 했어요."

은경은 더욱 심하게 흐느꼈다.

"은경 씨, 이치윤을 그렇게 사랑하세요?"

은경은 울기만 한다.

"나쁜 놈이오. 이치윤은 여자를 사랑할 줄 몰라."

남식은 중얼거리듯 말하며 울고 있는 은경을 내려다본다. 향기로운 모습이었다. 질투의 감정마저 잊게 하는 그렇게 가련한 모습이었다.

"은경 씨?"

남식은 은경을 덥석 안았다. 은경은 쓰러지듯 남식에게 안겼다. 그냥 우는데 은경의 심장의 고동이 남식의 가슴에 전해진다.

남식은 은경의 입술을 찾았다. 바위처럼 강한 팔이 은경의 허리를 졸랐다.

은경이 비로소 놀라며 몸부림친다.

시골로 내려갈 때 기차간에서 마산에 가기로 했던 이치윤은 카메라맨인 정 씨 혼자만 보내고 자기는 예정보다 하루 앞서 서울로 돌아왔다.

서울역에 내렸을 때 사방은 어둑어둑하였다.

"아저씨, 합승 타세요. 네? 혜화동 가요."

귀청을 치는 소년들의 고함을 뿌리치고 이치윤은 광장에서 걸어 나왔다. 어차피 자동차를 타야 할 것이지만 종일토록 기차에 흔들렸기 때문인지 좀 걷고 싶었다.

'명동까지 걸어가자. 그리고 술이나 한잔 들이켜고……'

이치윤은 마음속으로 중얼거리며 우뚝 발을 멈추었다. 연이어 몰려드는 자동차의 대열 때문에 길을 횡단할 수 없었던 것이다.

'이 많은 자동차, 쌀 한 톨이 없는 농촌, 누우렇게 뜬 얼굴.'

이치윤은 어리석은 울분을 느꼈다. 그러나 차츰 그러한 감정보다 길을 횡단할 수 없는 것에 화가 치민다.

'빌어먹을!'

이치윤이 그 말을 미처 뇌기도 전에 그의 눈은 굳어졌다. 남식과 은경이 탄 택시가 눈앞에 지나갔던 것이다.

그들을 실은 자동차는 이내 용산 방면으로 사라지고 말았다.

이치윤은 주먹으로 가슴을 얻어맞은 듯 한동안 멍하니 서 있었다.

겨우 길을 횡단한 이치윤은 느릿느릿한 걸음으로 남대문을 지나 명동으로 향하였다.

'어디 가는 것일까?'

'드라이브하는 게지.'

'이 밤에?'

'전에도 그들끼리 드라이브한 일은 있어.'

이치윤은 자문자답하였다. 그러나 나중에는 가슴이 울먹울먹 하더니 마구 웃음이 터져 나오려는 것을 참았다.

'이 못난 이치윤아. 자넨 남식에게 대하여 열등감을 갖고 있단 말이지? 그래, 은경은 자네한테 절대적인 존재냐? 자네는

그것을 부인하고 있지 않았나? 새삼스럽게 무슨 천착이며 질투냐 말이다.'

명동까지 간 이치윤은 보스턴백을 든 채 바에 들어갔다.

한두 잔 들이켜고 나가려고 했으나 그렇게 되지 않았다.

"손님 참 멋쟁이셔?"

노닥거리는 여급의 목소리다.

"왜?"

"여행 갔다 오시는 길이죠? 아니면 떠나시나요?"

"……."

"방랑자 같으시네. 보스턴백을 들고 바에 오시다니……."

이치윤은 쓰게 웃었다.

"술이나 부어요."

여급은 술을 따르며,

"직업은 무엇이죠? 시인?"

"하하핫…… 내가 시인?"

"아니세요? 저도 한때는 문학소녀였답니다. 그래서 그런 분들, 돈은 없어도 괄시하지는 않아요."

"이거 안됐군. 전 시인이 아닙니다."

"그렇지만 멋을 아는 분 같아요."

"문학소녀였다니까 곱게 보아주는 거지. 천하에 멋없는 사람이니 오해는 마십시오."

이치윤은 여급에게 얼마간의 팁을 쥐여주고 바에서 나왔다.

'방랑자…….'

이치윤은 여급의 말을 뇌어봤다.

이치윤은 하숙으로 가지 않고 혜화동으로 가는 합승을 탔다. 혜화동 어귀에서 합승을 내린 이치윤은 주기가 확 되살아나는 것을 느꼈다. 눈앞이 몽롱하였다.

'자, 그럼 어떡한담? 가야지. 가엾은 여자들의 뒤치다꺼리나 해주고 우선…….'

이치윤은 자조하듯 낮은 목소리로 혼자 웃었다. 터벅터벅 걸어 올라갔다. 찬희 집 앞에까지 와서 초인종을 눌렀을 때 개가 짖었다.

'어? 개가 있었던가?'

이치윤은 그동안 두 마리 있는 개를 까마득히 잊어버리고 있었던 자기를 깨닫는다. 분주한 세월이 흘러갔음을 아울러 깨닫는다.

"어머! 이 비서가! 마침 잘되었군요. 그러지 않아도 기다리고 있었는데."

찬희가 반갑게 맞아준다.

"그런데 웬일일까? 은경이 늦으니……."

찬희는 소매를 걷고 시계를 들여다보며 걱정스러운 빛을 띤다.

"오겠죠."

역전에서 남식과 같이 자동차를 타고 가던 은경의 모습이 선하게 눈앞에 떠올랐다. 그러나 이치윤은 그 말을 입 밖에 내지 않았다.

"약주 했군."

하고 자리에 철썩 주저앉는다.

"저녁은?"

"그만두겠어요."

찬희는 무슨 비밀스러운 일이 있는지 힐끔 이치윤을 한 번 올려다본다.

"이 집 팔기로 했어요."

"결정이 되었습니까?"

"오늘 살 사람을 만났어요. 누가 사는 줄 아세요?"

"글쎄…… 돈 많은 사람이 사겠죠?"

술기도 있고 하여 이치윤의 말은 평소보다 약간 거칠었다.

"이 비서? 그런데 말이오, 영아 엄마가 산다는군."

"네?"

이치윤은 술이 깨는 듯했다.

"놀랐죠? 아닌 게 아니라 나도 처음엔 놀랐어요."

"어떻게 하필……."

이치윤은 동요를 감추느라고 애를 쓰지만 목소리가 목구멍에 걸린 듯 쉬어 있었다.

"옛날 같음 이런 얘기 하지도 않았을 거예요. 그러나 이젠 모두가 다 시들해서…… 이 비서도 이혼문제가 용이할 것 같구."

찬희는 경란이 집을 사는 일보다 치윤이 경란과 이혼할 수 있는 조건이 생긴 것에 더 많은 관심을 갖는 모양이었다.

"사실은 오늘 영아 엄마를 만났던 것은 아니에요. 나는 전혀 모르는 남자였어요. 그 남자는 꼭 사고 싶은 집이었으니까, 또 서로 장사꾼들처럼 흥정을 하는 것도 피곤한 일이니 이쪽에서 말하는 대로 하겠다 하더군요. 나 역시 시급히 팔아야 할 처지이기에 서로 즉석에서 합의했던 거예요. 그래 계약을 하고 난 뒤 섭섭하기도 해서 오래간만에 명동엘 나갔던 거예요. 우연히 거기서 리혜를 만났군요. 점심 먹으러 나오는 길이라면서 오래간만이니 점심을 같이하자는 거예요. 그래 오는 말 가는 말 끝에 집을 팔았다 했더니 글쎄 리혜가 웃지 않아요? 벌써 알고 있었다는 거예요."

찬희는 일단 말을 끊고 싱긋이 웃었다. 그 웃음은 복잡하였다.

"글쎄 리혜는 별일을 다 알더군요. 우리 집을 H의원이 사는 거라 하잖아요?"

"H의원요?"

이치윤의 귀에는 H의원이란 말이 새롭지는 않았다. 그 폭력 사건으로 하여 더욱 귀에 익혀진 이름이다. 그러나 그가 찬희에게 반문한 것은 지난날의 일을 생각해서가 아니다. 아까 찬희는 경란이가 집을 산다고 했는데 다시 H의원이 산다는 말이 나왔기 때문이다.

"아까 그 여자가 사는 거라 하셨는데……."

"결국 H의원이 영아 엄마, 아니 경란이에게 사주는 거래요."

"네?"

이치윤의 얼굴빛은 약간 달라졌다.

"그뿐인 줄 아세요? 언젠가 깡패 사건 있잖아요? 그것도 경란이가 관계한 모양이에요. 경란이는 리혜를 보고 만부당한 말이라고 화를 벌컥 내면서 남식 씨를 욕하더라나요? 남식 씨가 내막을 잘 아는 모양이에요. 남식 씨가 은근히 위협을 주고 순순히 이혼하라고 말했다나 봐. 결국 경란이가 먼저 이혼을 서둘게 될 거라고 리혜가 말합디다."

이치윤의 얼굴은 창백하였다. 찬희의 말을 어떻게 받아들였는지 한마디의 말도 없이 굳어버린 듯 앉아 있었다.

"이 비서, 기분 상하셨소?"

찬희는 이치윤의 기색을 알아차리고 후회하였다.

"나, 그런 줄 알았음 말을 안 할걸. 이혼이 순조롭게 될 것 같아서 한 말인데."

"대체 왜 그런 짓을 경란은 했을까요?"

"미련이 남아서 그랬겠지. 나쁘게 생각지 마세요. 무관심했다면 그런 일 하지도 않았을 거예요. 지나가 버린 일이니 이제 이혼하고 남이 되면 그만 아니에요?"

무관심했다면 그런 일 하지도 않았다는 말은 찬희 자신에게 어느 충격을 주었다. 윤기성에 대한 자기의 감정이 되살아났던 것이다.

한참 동안 말없이 앉아 있던 이치윤은,

"남식이 이혼하라고 경란에게 위협을 했다는 것 사실입니까?"

"리혜한테 경란이 말하더라는군요. 처음에는 경란을 살살 꼬인 모양이에요. 은경을 자기가 좋아하니까 이 비서를 몰아내고 싶다는 둥 어쩐다는 둥 하고 그 폭력 사건의 배후를 알아내려고 했나 부죠. 그래가지고는 손바닥을 뒤집듯 위협을 하더라는 거예요. 리혜하고 둘이서 어떻게 웃었던지, 남식이라는 사람 참 재미나는 분이에요."

찬희는 미소를 짓는다.

"남식이 은경 씨를 사랑하고 있는 것은 사실입니다."

이치윤은 무겁게 입을 떼었다.

"그럼, 더욱 재미나는 사람 아니에요?"

찬희도 다소 그런 기색을 알아차리고 있는 말투였다.

"사나이답지요. 오해받기 쉬운 사람입니다. 여성문제 때문에. 그러나 은경 씨에 대한 감정은 달라요."

"달라도 할 수 없지. 임자가 있는 아인데……."

이치윤은 한숨을 푹 내쉬었다. 언제부터 한숨 쉬는 버릇이 생겼는지 자신도 알 수 없는 일이었다.

"아주머니, 이제 왔어요."

방문 밖에서 은경의 목소리가 들려왔다.

“들어와.”

방문을 연 은경은 이치윤을 보자 숨을 마시듯 우뚝 섰다가 방으로 들어왔다.

“왜 이제 오니?”

찬희는 좀 나무라듯 물었다.

“김 선생님이 저 저녁 사주시겠다고—.”

우물우물 말을 하였다. 그리고 얼굴을 붉히는 것이었다. 이치윤은 자기도 모르게 강한 눈초리로 은경의 어쩔 줄 모르는 얼굴을 쏘아보았다. 은경은 얼굴을 푹 숙인다.

‘무슨 일이 있었구나!’

전혀 예기치 않았던 감정이 이치윤의 가슴을 내리쳤다.

“저, 가보겠습니다.”

이치윤은 벌떡 자리에서 일어섰다.

“어머, 왜요? 여기서 주무세요.”

찬희가 만류하며 일어섰다.

“볼일도 있고 하숙에 가봐야 합니다.”

이치윤은 굳이 찬희의 만류를 뿌리치고 나왔다.

찬희는 그들의 대면이 너무나 어색한 것을 느꼈다.

“나가봐.”

그는 은경에게 눈짓하였다. 은경은 오돌오돌 떨고 있는 것만 같았다. 눈에는 일종의 공포가 서리었다.

“선생님!”

이치윤이 현관문을 밀었을 때 은경의 목소리가 날카롭게 울려왔다.

이치윤은 돌아보지도 않고 그냥 머물러 섰다.

"왜 가세요?"

뒤에 바싹 다가선 은경의 목소리는 한결 낮았다.

"가야지—."

"저에게는 아무 말씀도 안 하시고—."

이치윤이 슬며시 돌아본다. 형광등 아래 서 있는 은경의 얼굴은 창백하였다.

그 커다란 눈에는 여태까지 보지 못했던 짙은 그늘이 드리워져 있었다. 어둡고 괴로운, 그리고 일종의 공포 같은 것이 그 눈에 흔들리고 있었다.

"난 피곤해요. 다음 만나서 얘기합시다."

이치윤은 현관문을 밀고 나섰다. 은경이 마루 위에 푹 쓰러지는 것 같았다.

밖으로 나온 이치윤은,

"아아—."

하고 하늘을 올려다보았다. 은경이 쫓아 나올지도 모른다는 기대가 그의 마음을 사로잡았다. 그러나 은경은 쫓아 나오지 않았다.

하숙으로 돌아온 이치윤은 자리에 벌렁 나자빠졌다.

'도대체 어쩌자는 거냐?'

자기에게 물어본다. 대답은 없었다.

'그냥 내닫는 거냐? 아무 의지도 없이 그냥 흘러가려는 거냐?'

여전히 그 자문에는 대답이 없었다. 다만 가슴이 시큼시큼 아팠다. 인간에 대한 그리움 때문이다. 그리고 배반을 당한 고독 때문이다. 경란의 배반과는 물론 성질이 다르다. 아니, 은경은 배반하지 않았는지 모른다. 그러나 은경과의 일별 속에서 이치윤은 멀고 먼 거리를 느낀 것이다.

'그렇게 집착을 했던 것도 아니었는데 왜 이리 허황할까?'

이치윤은 밤새도록 잠을 이루지 못하고 몸부림쳤다.

이튿날 이치윤이 출판사로 나갔을 때 은경의 모습은 보이지 않았다. 사원들에게 인사를 받으며 종일 일을 했다. 남식이 나왔는지 혹은 나오지 않았는지 그것을 생각해 보기도 싫었다.

오후, 사원들이 점심을 하러 나간 뒤 남식은 나타났다.

"고생했네. 어제 왔었나?"

"응."

남식은 이치윤의 표정을 지그시 쳐다본다.

남식의 눈이 이치윤의 눈을 깊숙이 더듬고 있었을 때 이치윤의 눈도 조심스럽게 남식의 마음을 그의 눈동자에서 살피고 있었다.

서로가 다 같이 자기 자신을 전혀 의식하지 못했던 일순간이었다. 과격한 적의라 할 수도 있었고 교묘한 수색이라고도 할 수도 있었고 지금까지 이어온 우정의 종말이라고도 할 수 있는 그러한 분위기는 남식의 드높은 웃음소리로써 끝장이 났다.

"나가서 술이나 하자."

이치윤은 이빨 사이에서 밀어내듯 나직이 대답하고 일어섰다. 손님도 없는 한산한 바에서 그들은 마주 앉았다.

"이렇게 일찍이 웬일이세요?"

은실이 번쩍거리는 붉은 장미 무늬의 저고리를 입은 여급이 남식에게 알은체하며 다가왔다. 그러나 남식은 여급에게 가라는 듯 손짓을 하고 그 대신 웨이터를 불렀다.

"여기 맥주 가지고 와."

남식은 이치윤의 의향도 묻지 않고 맥주를 주문하였다. 웨이터는 굽실거리며 곧 맥주를 날라 왔다. 남식은 그에게 팁을 몇 장 쥐여주고 맥주컵에다 술을 따랐다.

"편지는 잘 받았네."

"……."

"지방의 형편이 그렇게 말이 아닌가? 하긴 매년 절량 상태가 한 달씩 빨라지는 것이지만…… 금년에 사월이면 명년에는 삼월, 후명년에는 이월, 누적되어 갈 뿐이지."

남식의 걱정은 건성이었다. 농촌문제에 대하여 냉담했던 것은 아니었지만 이치윤과의 대면을 지속하는 동안은 그런 문제보다 더 절실한 개인문제가 가로놓여 있었기 때문이다.

이치윤은 맥주를 들이켜고 호주머니 속에서 꾸겨진 손수건을 꺼내어 입언저리에 묻은 거품을 닦는다.

"자네, 경란한테 우리들의 이혼문제에 관하여 얘기한 일이 있었나?"

남식이 하는 말과는 아주 각도가 다른 말을 이치윤이 풀쑥 내놓았다.

남식의 눈이 잠시 움직였다. 이치윤은 자기 자신도 예기치 않았던 말을 한 것이다. 실상 그 말을 입 밖에 내고 보니 어젯밤 하숙에서, 그리고 낮에 사무실에서도 그 일에 대하여 한 번도 생각해 본 일이 없었던 것을 이치윤은 깨달았다.

'내가 왜 그 일을 까마득히 잊어버리고 있었을까?'

그 일을 잊어버리고 있었던 이유는 은경에게 있었다. 은경이 돌아왔을 때 이치윤에게 전해준 그 거리감 때문이었다는 것을 이치윤은 다시금 깨닫는다.

"어디서 그런 얘기를 들었나?"

회피하듯 남식의 말끝은 시원치가 않았다.

"어디서 들었건, 하여간 그 말은 사실인가?"

"그런 얘기 한 것 같기도 하지만 뭐 그까짓 것 심각해할 필요가 있을까?"

"겸양의 미덕을 발휘할 필요는 없네. 자네답지도 않게."

그 말은 남식의 마음을 상당히 강하게 찔렀다. 어젯밤 은경에게 한 자기의 행동이 확 되살아났기 때문이다.

'설마 어젯밤의 일을 알고 말하는 것은 아니겠지.'

남식은 천천히 담배를 붙여 물었다.

남식의 응수가 없자 이치윤은 다시 말을 이었다.

"자네 우정은 항상 감사히 여기고 있는 바이지만 날 너무 바보로 만들지는 말게."

"엉뚱스럽게 그건 또 무슨 뜻이야?"

"이치윤을 때려 잡으라고 거룩한 지령을 내린 사람이 바로 그 H의원의 애첩인 경란이었더란 것을 왜 숨겼지? 동정에선가?"

"불쾌한 말은 하지 않는 것이 남식의 요령이니까. 공연히 정력 낭비할 필요는 없지."

남식은 기왕 다 안 바에야 할 수 없다는 듯 태연히 배짱을 튕긴다.

"그것을 알고 내가 불쾌하게 생각할 줄 알았나? 흥분이라도 하고 눈에 불을 켤 줄 알았나?"

이치윤은 웃었다. 허황한 웃음소리가 낮게 울렸다. 그러나 이치윤은 자기 자신이 그런 화제에 조금도 열중해 있지 않았던 것을 느꼈다. 입 밖에 튀어나간 말들은 모두 초점에서 빗나간 것이나 지엽적인 사소한 것에 지나지 못하였다는 것을 느꼈다.

이치윤은 더 허황한 웃음이 터져 나올 것만 같아서 얼른 맥주잔을 들고 한숨에 쭉 들이켰다.

'나는 무슨 얘기를 지금 하고 있었나? 경란의 문제보다 은경의 말을 하고 싶었던 것이 아니었던가? 왜 허설을 늘어놓았을까? 하기는 은경도, 그 일도 그렇게 나에게 절실한 문제였던가? 가시가 박힌 듯 어디가 아팠다. 시큼시큼 아팠지. 그러나 그것은 발가락이야. 내 심장은 아니었어.'

맥주잔을 테이블 위에 딱 놓았을 때 이치윤은 눈가가 확 뜨거워지는 것을 느꼈다. 혈관에 알코올이 배어든 때문만이 아니었다. 자기가 현재 디디고 서 있는 지축이 흐물흐물 무너져 간다는 불안감과 그칠 줄 모르게 무한대한 인간의 고독감이 내습하였던 것이다. 그래서 그의 눈가는 눈물 같은 것으로 하여 화끈 뜨거워졌던 것이다.

남식은 의자에 등을 뿌듯이 들이대며 이치윤의 약한 모습을 관찰하고 있었다. 무척 차가운 눈초리였다.

"이 군."

마치 정분이 가깝지 못한 동료를 부르듯 남식은 치윤을 이 군이라 불렀다. 그 표정도 전에 없이 딱딱하게 굳어져 있었다.

"자네는 대체 무엇을 위한 핑계를 하려는 건가? 지독한 이기주의자다. 알겠나?"

다잡듯이 묻는다.

"누구나 다 이기주의자다."

"그건 엄연한 사실이다. 그렇지만 자네처럼 그렇게 형편없이 자기 자신 속에 몰입하고 있는 사람은 드물다."

"옳은 말씀이다."

이치윤은 외면을 하면서 낮인데도 화려하게 켜져 있는 분홍빛 형광등을 멍하니 쳐다본다.

"한 낱도 찾지 못하면서, 낱낱이 잃고 있으면서, 그렇단 말이지?"

멍한 표정인 채 다시 뇌었다.

"어젯밤에 나는 실수를 했어."

실수라는 말은 마치 송곳날처럼 이치윤의 귀를 뚫고 지나갔다.

그러나 남식은 이치윤에게 일어난 반응을 모른다.

"나는 돌아오는 길에서 얼마나 후회를 했는지 모른다. 내가 실수를 했구나 하고. 그러나 지금 자네하고 이렇게 마주 앉아 있노라니 좀 생각이 달라지네. 그것은 결코 실수가 아니었다고."

남식은 힐끔 이치윤을 보았다.

"자네는 도덕의 기준을 어디다 두는 거야?"

화제를 홱 바꾼다. 이치윤은 입이 붙은 듯 대답이 없다.

"속된 질문이지. 철학 강의실에서 노교수가 흰 머리칼을 흔들며 말함직한 말이라는 것을 나도 헤아리고 있네. 아니면 풋내 나는 학생들의 우스꽝스러운 토론이라는 것도, 쑥스러운 노릇이지. 하지만 자네 대답은 들으나 마나 자기 성실이라 하겠지. 아, 물론 이기주의자와 자기 성실은 직결된 용어이지만 말이야."

"자네답지도 않게 그런 수사修辭는 왜 늘어놓을까?"

"아, 그야 연애 감정과 비도의적인 것을 합리화시키자면 자연 말도 좀 우회해야 하나 부지."

하고 껄껄 웃는다.

"그래, 그럼 은경은 자네가 가지겠다는 건가?"

"그렇다."

단도직입적인 문답이다.

"가능성은 충분하더군. 은경의 표정은 그것을 말하고 있었다. 얼굴을 붉혔어, 분명히."

자학하듯 이치윤은 말을 내던졌다. 남식의 표정도 동요하였다.

"그 여자를 만났나?"

"어젯밤에 자네하고 만난 뒤."

"그렇다면 더 할 말은 없네."

두 사나이는 대결하듯 묵묵히 서로를 노려본다.

"아직 승부는 나지 않았다."

남식은 외치듯 말했다.

"여유에서 오는 자비심인가?"

이치윤은 낮게 웅얼거렸다.

그러나 남식은 아랑곳없이 말을 덧붙였다.

"자네는 총을 먼저 쏠 자격이 있네. 자네가 똑바로 쏘기만 한다면 나는 자네를 쏠 기회를 상실한단 말씀이야."

"똑바로 쏠 수 없다는 것을 계산에 넣고 하는 말인가 부다."

"그런지도 몰라. 그러나 나는 조금도 심각해지기는 싫다."

남식은 담뱃갑을 호주머니 속에 밀어 넣고 일어섰다. 그리고 아무 일도 없었다는 듯 돈을 치르면서 여급과 농을 주고받기도 한다.

거리에 나왔을 때 남식은,

"기왕 내려간 김에 마산이나 한 바퀴 둘러보고 오지 그랬어?"

"절망에서 분개를 하면 아주 미친놈이 될 것 같아서 그만두었다."

"한번 미쳐보는 것도 좋지."

"비겁해서 미리 피하거든."

이치윤은 흰 이빨을 드러내고 웃었다. 그 순간의 표정은 동물적인 영악한 면을 여실히 드러내고 있었다.

그들은 천연스럽게 사무실로 들어갔다. 들어가는 순간 전화가 따르르 울렸다.

편집장이 수화기를 들었다가,

"이 선생님, 전화입니다."

남식과 이치윤은 동시에 은경이라는 것을 느꼈다.

"이 선생님이세요?"

"네. 그렇습니다."

"저 혜화동 집이에요."

"아, 은경 씨로군요."

"저녁에 집으로 오세요?"

"아뇨."

"그럼 하숙으로 가세요?"

"네."

더 이상 말이 계속되지 않았다. 전화를 끊어버린 것이다.

11. 푸른 은하

도처에서 일어나는 데모로 하여 세상은 소연하였다.

기대와 위구, 체념과 반발, 절망과 자포, 착잡한 감정을 실은 눈들이 포도 위에 흘러갔다. 경적을 요란스럽게 울리며 백차가 지나갈 때 포도 위에로 흘러가던 눈은 일제히 그 백차의 행방으로 쏠렸다. 갑자기 생기가 돋아난 눈이었다. 어떠한 사태를 열망하는 눈이었다. 그리고 자유당 날개 밑에서 숨 쉬고 사는 사람 이외의 모든 사람의 마음은 한곳으로 한결같이 번져나간다.

철없다고 나무라던 소년들은 영웅이 되었다. 비굴했던 어른들의 가슴에다 희망과 피를 느끼게 했다. 그러나 수치와 회한과 치욕이 그들의 마음을 씹었다. 그러면서도 그들은 여전히 움직이지 않았다. 앞장서지도 않았다.

사태는 피만 흘리고 국민들의 패배로 몰아갈 기색을 나타내었다. 사람들의 걸음은 무기력해지고 될 대로 되란 식으로 막걸리집만 번창하였다.

그러나 마산에서는 다시 맨주먹으로 학생과 시민들이 봉기하였다. 불사조처럼 일어났던 것이다. 학살과 고문, 위조 공산당, 갖가지 잔인한 수법도 그들을 막지는 못하였다. 김주열 군의 시체는 실로 위대한 민주주의 제단의 제물이 되었던 것이다.

이 무렵 혜화동에 있는 찬희의 집은 경란에게 넘어갔다. 어차피 남에게 넘어가고야 말 집이었으나 막상 팔리고 보니 찬희의 마음은 허전하였다. 어디 마음 한구석이 뻥 뚫린 듯한 기분이었다. 십여 년 동안 정들었던 집이라 어느 한구석 찬희의 손때가 묻지 않은 곳이 없으니 비감한 생각이 자꾸만 드는 것이었다.

'사람의 일생이란 이런 것일까?'

찬희는 새삼스럽게 자기 주변을 돌아보며 중얼거렸다. 아무 한 일도 없는 자기 자신이 뉘우쳐지기도 하고 앞으로 해야 할 일이 두렵기도 했다. 세상이 어수선하니 더욱 그러했다.

"언니, 왜 이리 야단들일까? 큰일 났지요?"

부산에서 올라온 상애가 은경하고 같이 이삿짐을 꾸리면서 시끄러운 세상일을 그답지도 않게 걱정을 한다.

"무도한 짓도 했지. 부모의 가슴이 어떨까? 남도 이리 가슴이 아픈데."

찬희는 상애의 말뜻과는 사뭇 다른 말을 했다.

"어쩌면 세상에, 그냥 죽여도 원통할 텐데 머리에다 그 흉측스러운……."

은경도 말을 하다가 눈에 눈물이 글썽 돈다. 김주열의 죽음은
박지태의 죽음을 연상시켰다. 그리고 현재 자기 자신의 괴로운
처지마저 곁들여, 챙겨 넣은 의복 위에 눈물이 투둑 떨어졌다.

"아이, 별일이야? 친동생이라도 죽은 것 같네."

상애는 개글개글 웃었다. 그리고 이것저것 색채가 화려한 찬
희의 옷을 꺼내어 자기한테 달라고 졸랐다. 찬희는 대개 거절을
하지 않고 상애가 달라는 대로 주었다.

상애는 해가 떨어지기도 전에 이삿짐 챙기는 것을 팽개치고
일어섰다. 그리고 아이처럼 찬희에게서 얻은 옷을 걸치고 분을
바르고 나서는 것이었다.

"그래가지구 어딜 가는 거요?"

찬희가 나무라듯 물어본다.

"하루 종일 집에만 있으니까 갑갑해요. 바람 좀 쐬려고……."

"세상이 분주한데 좀 자중을 해야지."

찬희는 눈살을 찌푸렸다.

"그게 나하고 무슨 상관이에요? 언니? 난 자유당 아냐. 그리
고 민주당도 아니거든요."

상애는 까르르 웃었다. 천하태평인 양 온통 행복하게만 보인
다. 옷 몇 벌을 얻은 것이 그렇게도 신바람이 나게 좋았던 모양
이다.

"아이구, 언제나 철이 날꼬……."

“언니도 별걱정을 다 하네. 머리카락 세어요. 이래도 한평생 저래도 한평생, 남의 걱정까지 왜 허우?”

상애는 바람처럼 휙 나가버린다.

“이래도 한평생 저래도 한평생, 남의 걱정은 왜 하느냐구?”

찬희는 생광스러운 말이기나 하듯 뇌어본다. 그러고는 혼자 쓸쓸히 웃는다.

“병신 같은 게 가다가 멋들어진 말을 하거든. 인생을 다 알아버린 사람처럼.”

찬희는 일손을 멈추고 멍하니 은경을 쳐다본다.

“은경아?”

은경이 놀란 듯 고개를 든다.

“너 무슨 걱정이라도 있니?”

“……”

“요즘 이상하구나. 이 비서도 늘 우울한 표정이고.”

“아무 일도 없어요.”

어두운 목소리였다.

“이제 이혼문제도 해결되고 모든 일이 다 순조로운데 왜들 그러니?”

“이혼 같은 것, 문제 아니에요.”

은경은 자기도 모르게 그 말을 하고서 흑 하고 흐느낀다.

“무슨 일이 있었구나.”

찬희의 얼굴빛이 흐려진다.

"은경아 말해봐라, 응?"

찬희는 은경의 어깨 위에 손을 얹었다. 은경은 쓰러지듯 찬희 무릎 위에 얼굴을 처박는다.

"아, 아무 일도 없었어요. 이 선생님은 그, 그분은 절 좋아하지 않나 봐요."

흐느끼면서 중얼거린다.

"그럴 리가 없다. 그건 너 잘못 생각이다. 원체 이 비서는 성미가 어둡고 붙임성이 없는 사람이라 너가 오해하는 거지."

"차라리 그렇담 김, 김 선생님한테……."

은경은 그날 밤 한강을 내려다보는 언덕 위에서의 일을 생각하였다. 입술을 남식에게 빼앗긴 일, 자기 자신에 대한 혐오가 치솟는다.

"남식 씨 말이냐? 남식 씨가 어쨌다는 거야?"

"차라리 그냥 김 선생님하고…… 그래서 이 선생님을 잊어버리고 싶어요."

이상하게도 은경은 남식을 원망하는 마음이 없었다. 원망은 외골수로 이치윤에게만 흘러가는 것이다.

"어리석은 말은 하지 마라. 하기사 남식 씨도 너에게는 과분한 상대지만 이 비서를 잊어버리기 위해서 결혼한다는 건 안 될 말이야. 애정이라는 것은 받지 못하는 고통보다 주지 못하는 고통이 더욱 큰 거다."

"너무 멀어요. 망망한 바다 같아요."

"이 비서의 마음이 멀거든 너가 쫓아가거라. 그러나 그건 쓸데없는 걱정일 게다. 만일 이 비서가 너를 좋아하지 않는다면 왜 이혼을 서둘렀겠니?"

이치윤이 서둘지 않았다 하더라도 이미 H의원과 떠벌리고 살게 된 경란은 이혼하지 않을 수 없는 형편이다. 그러나 찬희는 비바람에 떨고 있는 비둘기처럼 흐느껴 울고 있는 은경에게 말로라도 그렇게 하지 않을 수 없었다. 실상 찬희는 은경에게 그런 말을 듣지 않아도 이치윤의 태도에서 어느 정도 불안을 느껴온 터이다. 찬희는 이치윤이 아직도 경란을 잊지 못하고 있는 것이라 생각했다.

담배 연기가 자욱한 사무실에서는 모두 손에 일이 잡히지 않는 듯 잡담을 늘어놓고 있었다. 주로 시국에 관한 얘기다.

"빌어먹을 놈의 세상, 이래가지고서야 어디 사람이 살갔나."

"흥, 마산 사건이 그냥 수습이 되면 더 못살게 굴걸. 다글다글 볶을 거야."

"풀어놓은 선거자금을 긁어 들이자면 아마 농촌에는 부지깽이도 남지 않을 거야."

이치윤은 책상에 팔을 고이고 기자들의 잡담을 듣는 둥 마는 둥 하고 있었다.

따르르 전화가 울린다. 이치윤은 귀찮은 듯 수화기를 들었다.

"여보세요. 미스터 리 좀 바꾸어주세요."

여자의 드높은 목소리다.

"이씨는 여러 사람인데 어느 분이죠?"

"이치윤 씨 말예요."

"아 네. 바로 제가 이치윤입니다."

"어마! 능청스럽게 정말로 날 못 알아보셨어요?"

이치윤은 비로소 상대가 상애인 것을 깨달았다. 그러나 대답하기가 귀찮아서 그냥 잠자코 있다.

"저예요. 상애예요."

답답하였던지 결국 스스로 이름을 댄다.

"아, 그러세요."

"아주 냉담하군요. 숙녀께서 먼저 전화를 거는데."

이치윤은 쓴웃음을 띤다.

"그런데 무슨 용건이라도?"

"한번 만나자고요."

"무슨 일로?"

"나 지금 밖에 나와 있어요. 영화 보여드릴게요. 퇴근하거든 곧 오세요."

"야근이 있습니다. 안됐습니다. 요다음에."

이치윤은 그냥 전화를 끊어버렸다.

다섯 시가 지나고 여섯 시가 될 때까지 이치윤은 우두커니 책상 앞에 앉아 있었다. 모두 다 돌아가 버린 텅 빈 사무실이었다.

남식은 어쩐 일인지 아침부터 모습을 나타내지 않았다. 늦게라도 남식이 사무실에 들른다면 할 말이 있었던 것이다. 며칠 전부터 그는 출판사를 그만둘 생각을 하고 있었던 것이다.

이치윤은 시계를 들여다보며 일어섰다.

그는 할 일 없이 명동으로 나갔다.

막 꽃집 옆을 지나치려고 하는데 H의원과 같이 웃으며 걸어오는 경란을 보았다. 아니, 보았다기보다 딱 마주친 것이다. 네 개의 눈이 순간 부딪쳐 불꽃이 되었다.

이치윤은 경란의 매끈한 얼굴에 주먹질을 하고 싶은 강한 충동에 주먹을 불끈 쥐었다.

서로 대면하지 않고 이혼장에 도상을 찍었으니 H의원과의 관계와 그 폭력 사건에 경란이 관련되었다는 말을 들은 후 처음인 대면이다.

H의원이 의아한 눈초리로 이치윤을 바라본다. 경란은 가장된 우월감을 나타내며 고개를 번쩍 쳐들었다. 그리고 H의원의 팔을 잡아끌었다. 경란은 부자연스러운 냉소를 띠고 이치윤 옆을 스쳐 지나갔다.

이치윤은 허둥거리듯 아무 곳에나 뛰어 들어갔다. 마침 서점이었다.

주먹을 폈다. 손바닥이 뻐근했다. 훌훌 달아오르는 듯했다. 그는 서점에 펴놓은 잡지 한 권을 집어 들고 책장을 팔랑팔랑 넘겼다. 배우의 얼굴이 크게 나 있었다. 그러나 그의 눈앞에 그

배우의 얼굴은 심히 흔들리고 있었다.

책을 도로 놓아두고 이치윤은 서점에서 나왔다.

서점에서 나온 이치윤은 지향도 없이 터벅터벅 걷기 시작하였다. 자기 자신의 모습이 무슨 쓰레기처럼 거추장스럽게 여겨진다.

'아직도, 아직 나는 이 모양이구나. 그 맨들맨들한 상판을 한 번 내리쳐 주든지, 아니면 낯선 행인처럼 그냥 지나쳐버리든지. 왜 이 꼴인가?'

자기 자신에 대한 노여움에 머릿속이 멍멍해진다.

'실상 다른 어떤 사람에게도 죄가 있었던 것은 아니었을 거야. 내 자신에게, 내 자신의 성격 속에 모든 사건의 원인이 있었던 것이다. 왜 나는 여태 나를 이렇게 끌고 왔을까?'

여러 가지 과거지사는 다 물리쳐 버린다 하더라도 이치윤의 뇌리에 뚜렷하게 남는 두 가지의 일이 있었다. 그 한 가지는 하숙으로 찾아온 경란을 다시 가까이한 일이요, 둘째는 은경을 남식에게 보내려고 한 일이다. 그러한 태도는 애정을 토대로 한 의지에서 온 결단성은 결코 아니었다. 그래서 그는 경란을 다시 밀어내고 남식으로부터 은경을 찾았던 것이다. 물론 은경은 남식에게 가 있었던 것은 아니었지만 이치윤의 입장으로는 그렇게 보아지는 것이었다.

이치윤은 불쾌하기 짝이 없는 지난날의 자신의 모습을 뿌리쳐 버릴 듯 눈앞에 보이는 다방 문을 어깨로 밀고 들어섰다.

다방 안은 조명장치 때문에 불그스름한 안개가 서린 듯하였다. 서쪽 창문에는 아직 잔소殘照가 깃들어 있건만 밤은 한 걸음 다가서 다방에 찾아온 모양이다. 이치윤은 두리번거렸다. 빈자리가 없었다.

'퇴각이다.'

이치윤은 쓰게 웃으며 돌아섰다. 대수롭지 않은 일이면서도 오늘 밤따라 이 사소한 일마저 가슴에 걸린다. 그러고 보니 지금까지 매사에 후퇴만 거듭되어 온 것 같은 느낌이 들어 서글펐다. 언제나 꺼림칙하기만 했던 자기의 뒷모습이 지금도 강하게 가슴을 치는 것이었다.

막 다방을 나서려고 하는데,

"이 선생!"

누군가가 뒤에서 부른다. 돌아보니 뜻밖에도 윤 변호사였다.

"아, 윤 선생님이세요?"

이치윤은 별안간 고독감에서 놓여난 사람처럼 반갑게 윤기성의 손을 잡는다.

"오래간만이군요. 그래 허 여사께서는 안녕하십니까?"

윤기성의 얼굴에는 잠시 쓸쓸한 빛이 감돌았다.

"집을 팔았죠."

윤기성의 눈길을 피하여 나직이 말하였다.

"그 소문은 들었습니다. 그리구 이 선생께서도 이혼을 하셨다구요."

"네."

"살아가려면 별일이 다 많군요."

이치윤에 대한 위로 겸 자신에게도 타이르는 듯한 어조였다.

"우리 이렇게 모처럼 만났으니 술이나 할까?"

"그럽시다."

선선히 응하고 이치윤은 윤기성을 따랐다.

어느 바로 들어갔다. 이곳도 분홍빛 조명이 흔들리고 있었다.

"어머! 이제사 오시는군요."

화려한 여자 목소리에 이치윤은 고개를 들었다.

어디서 본 듯한 여자다.

"잊으셨나 봐? 무척 기다렸는데?"

여자는 정답게 이치윤의 손을 잡았다. 이치윤은 살며시 손을
빼면서,

"아아."

하고 비로소 알은체를 했다. 얼마 전에 시골서 돌아왔을 때 들
른 그 바였었다. 그리고 그때 시인이냐고 묻던 바로 그 여급이
었던 것이다.

"여기가 이 선생 단골이세요?"

각별하게 환대를 받는 이치윤을 보고 윤기성은 웃으며 물
었다.

"아니, 그저……."

이치윤은 묘하게 웃는다. 그러자 여자는 이치윤 곁으로 바싹

다가앉으며,

"어떻게 그리 안 오셨어요?"

"또 오겠다고 약속을 했습니까?"

이치윤은 여자 얼굴에서 풍겨오는 강한 향기를 피하듯 상체를 옆으로 기울인다.

"인상이 희미했군요. 섭섭합니다."

"이거 알고 보니 내가 방해물인가 본데요?"

여자의 교태에서 분위기는 부드러워졌다. 그래서 윤기성은 농을 걸었다. 이치윤이 피식 웃는다.

"술이나 가져올까요? 미스 김."

이치윤은 여자를 넌지시 바라보며 말했다.

"어머, 왜 제가 미스 김이에요? 막 함부로 창씨를 하시네요. 전 미스 리예요."

"아, 그래요? 종씨로구먼."

술이 거나하게 들어가자 윤기성은 찬희의 이야기를 꺼내었다. 그러나 취중에도 움찔하고 놀라며 화제를 돌려버린다.

"도무지 세상 꼴이 이래서 살아갈 수가 있어야지. 이 형은 어떻게 생각하우? 꺼꾸러져야지 이냥 가다간 숨이 막혀버릴 것만 같소. 어째서 서울의 대학생들은 꼼짝하지 않는지 모르겠소. 약아빠졌어. 역시 이기주의자들이야."

"윤 선생 당신도 이기주의자 아니오? 그리고 나도 이렇게 천하태평으로 술을 마시고 있으니 말이오."

"우리 혼자 나간들 무슨 소용이 있겠소. 조직화된 반항이라야지. 내 혼자 구호를 외치고 나가보세요. 샌드위치맨처럼 희극적이죠. 그리고 한 발이나 더 전진할 줄 아오?"

"윤 선생님은 그런 일이라도 생각을 해보셨으니……."

"아암, 생각해 보고말구요. 난 대한민국에 대하여 울분이 많습니다. 뭐 국민을 위한다, 국가를 위한다 하는 그런 거룩한 심사에서는 아니오. 내 개인이 받은 피해 때문이오. 솔직하게 말하죠. 솔직하게!"

언제나 단정하고 차갑게 보이던 윤기성도 술이 들어가니 차츰 그러한 외모는 걷어졌다. 열을 올리고 말이 많아졌다.

"흥, 적성물자라구? 그런 멍텅구리 같은 녀석들이 물건 속에 빨갱이 사상이 들어온단 말인가? 난 망했어요. 그 물건은 그대로 정부 창고 속에서 낮잠을 자고 있단 말이오. 그래서, 그래서 허 여사를 망쳤죠."

윤기성은 쉬지 않고 술을 마셨다. 이치윤도 쉬지 않고 술을 마셨다. 마치 술 마시는 대회라도 연 것처럼.

"선생님? 이제 그만, 그만하세요? 몹시 취했는데?"

여급이 이치윤의 손을 쥐고 얼굴을 올려다본다.

"놔! 술은 내가 부을 테니 저리로 가!"

이치윤은 여자의 손을 뿌리치고 화를 발칵 내었다.

"어머! 왜 그리 화를 내세요? 좋아요. 얼마든지 마시세요. 우리 손해날 것 없으니까."

여급은 일단 화를 냈다가 도로 웃으며 술잔에 술을 그득히 붓는다.

어떻게 해서 바를 나왔는지 모른다. 윤기성의 입에서 찬희의 이름이 몇 번이나 나왔으나 이치윤은 무슨 말인지 알지 못하였다.

찬 바람을 쐬니 취기는 더 심하게 왔다. 허공을 짚는 듯 걸어가는데 어느새 윤기성은 없고 자기 혼자뿐이었다.

"차를 타야지. 자동차!"

이치윤은 마음속으로 고래고래 소리를 질렀다.

"아, 미스터 리!"

어렴풋이 들려오는 목소리가 있었다. 누가 팔을 덥석 잡는다.

"누구야! 미스 리야? 은경이야?"

"상애예요. 나 상애예요."

여자는 이치윤에게로 얼굴을 바싹 디밀었다.

그러나 이치윤은 허공을 짚듯 몸의 중심을 잃고 걷는다.

"어쩌면 이렇게 코주가 되었을까? 자아, 내 팔 잡아요."

댄스홀에서 나온 상애는 길에서 방황하고 있는 이치윤을 발견한 것이다.

상애는 자기 어깨 위에 기울어지는 이치윤의 몸을 지극히 만족스러운 눈으로 바라다보며 지나가는 택시를 잡았다.

겨우 자동차에 끌어 올렸을 때,

"하숙으로! 하숙으로!"

하고 이치윤은 외쳤다.

아침에 이치윤은 눈을 떴을 때 물씬한 여자의 팔이 가슴 위에 있었다.

이치윤은 화닥닥 일어나 앉았다. 상애였다. 개기름이 번지르르 흐르고 있는 상애의 얼굴이었다. 곤히 잠들어 있었다. 루즈가 입술 밖에까지 묻어난 꼴은 정말 징그러운 동물이 아닐 수 없었다.

그러나 이치윤은 자기 자신에 대한 혐오도 상애에 대한 혐오도 느끼지 않았다. 어째서 여기에 왔는가 그것이 궁금하였다. 싸구려의 여관방이다.

'어젯밤 윤 변호사하고 술을 마셨지? 그리고? 어째서 이 여자한테 끌려왔을까? 미스 리, 그 여자하고 얘기를 했었는데?'

이치윤은 윗목에 내던져진 옷을 끌어당겼다. 그때 비로소 어떠한 수치감이 확 밀려왔다.

상애가 몸부림을 치더니 눈을 떴다.

상애는 상체를 일으키며 옷을 입고 있는 이치윤의 팔을 잡아당겼다. 이치윤은 마치 송충이처럼 그의 팔을 뿌리쳤다. 그러나 상애는 벌떡 일어나 표범처럼 이치윤에게 달려들었다.

"가지 말아요. 이 비서."

이치윤은 여자를 떼밀었다.

"너무해. 어쩌면 남의 마음을 그렇게도 몰라주세요."

이치윤은 호주머니 속에서 돈을 꺼내어 상애에게 던져주었다. 창부에게 화대를 던져주듯이. 그러고는 방문을 화닥닥 열고 밖으로 뛰쳐나왔다.

하숙으로 돌아와 벌렁 나자빠졌다. 어쩐지 기묘한 생각이 들었다.

반나절이 거의 지난 뒤 이치윤은 거리로 나왔다. 출판사에 갈 마음은 없었다.

광화문을 지나 태평로로 나갔다. 이치윤은 그곳 국회 앞에 학생들이 운집해 있는 광경을 보았다.

"고려대학 최고다!"

누군가가 외쳤다.

드디어 독재의 아성은 무너지고 민권은 국민에게로 돌아왔다.

혁명의 달 사월은 혼돈 속에 넘어가고 오월도 중순에 접어들었다. 이 무렵 장충동 양지바른 곳에 겨우 자리를 잡은 고아원 '빛의 집'에 전화가 따르르 울려왔다. 은경은 원아들의 명단을 작성하고 있다가 수화기를 든다.

그동안 분주하고 고되었던 고아원의 일도 일이러니와 이치윤의 소원疎遠으로 하여 깊은 고민과 갈증 속에서 날을 보내어온 은경의 모습에 수척한 빛이 뚜렷하였다.

"여기, 빛의 집입니다."

은경은 극히 사무적으로 이쪽에서 먼저 말하였다.

"허 여사 계신지요."

남자의 목소리다.

"네. 계십니다."

"바꿔주십시오."

"누구시죠?"

"윤이라 하면 아실 겁니다."

은경은 피곤한 듯 머리를 쓸어 넘기며 찬희의 방으로 갔다.

"아주머니, 전화."

"어디서?"

"윤 씨라구."

"아아."

찬희는 식모와 같이 원아들의 옷감을 마르다가 일어섰다. 사무실로 나간 찬희는 수화기를 들자 침착한 음성으로,

"윤 선생님이세요?"

"네. 그렇습니다. 안녕하셨어요?"

여러 가지 감정이 포함된 말이었다. 그러나 전에처럼 우울한 목소리는 아니었다.

"어떻게 전활……."

"사실은 그곳으로 찾아가 뵐까 싶었습니다만 일단 연락부터 할려고 전활 걸었습니다."

"무슨 일이라도?"

"네. 부채 관계로……."

"그건 일단 끝난 일이 아니에요?"

찬희는 윤기성의 말을 막으며 눈살을 찌푸렸다.

"아, 아닙니다. 그건 사일구 전의 이야기죠. 지금은 형편이 달라졌습니다."

웬 까닭인지 윤기성의 목소리에는 탄력이 있었다.

"사일구 덕택으로 어디서 한몫 잡으셨어요? 자유당 시대하고는 다를 텐데……."

찬희는 윤기성의 탄력 있는 목소리에 감염된 듯 웃음의 말을 하였다.

"온, 천만의 말씀. 그런 게 아닙니다. 우리들의 당연한 권리를 도로 찾은 것뿐입니다."

"그게 무슨 말씀이신지?"

어떠한 기대가 찬희 마음에 솟았다. 지금 형편에서는 어쨌든 돈이라면 목구멍에서 손이 나올 지경이다.

"하여간 만나서 얘기하죠. 제가 그곳으로 갈까요? 아니면 허여사께서 나오시겠습니까?"

찬희는 수화기를 든 채 잠시 망설이다가,

"그럼 제가 나가겠어요."

윤기성은 만날 장소를 지정하고 전화를 끊었다.

찬희는 주섬주섬 옷을 갈아입고 거울 속에 얼굴을 잠시 들여다본 뒤 핸드백을 들고 나왔다. 그리고 사무실에 있는 은경에게,

“나 나갔다 올게. 무슨 좋은 일이 생긴 것 같구나.”

하고 빙그레 미소를 짓는다.

총총걸음으로 쫓아 나가는 찬희의 모습을 은경은 언제까지나 바라보고 서 있었다.

어쨌든 간에 윤기성의 말은 찬희에게는 희망적인 것이 아닐 수 없었다. 윤기성으로부터 구체적인 말을 들어봐야만 알 일이기는 하지만.

빛의 집에는 애당초 계획했던 것보다 퍽 많은 돈이 들었다. 본시 성격이 깔끔하고 다소의 사치성도 있는 찬희로서는 빛의 집의 여러 가지 시설에 대하여 너무 많은 욕심을 가지고 있었다.

예산을 지켜나가기 위하여 돈주머니를 꼭 졸라매어 두었는데도 이리저리 흘러나가는 비용이 여간 많지가 않았다.

찬희는 이때처럼 절실히 돈이 필요하고 귀중한 것을 느껴본 일은 없었다.

밤에도 좀처럼 잠이 오지 않았다. 양지바른 곳에 아이들의 놀이터를 마련해야겠다는 생각, 식당에는 예쁜 의자와 테이블을 들여놓고 아이들에게 얌전히 밥 먹는 버릇을 가르쳐주어야겠다는 생각, 이런저런 공상 끝에 그냥 밤이 깊어만 간다.

이러한 현상은 찬희에게는 생각지도 않았던 충실된 시간이요, 허황하지 않은 꿈이었다.

“돈만 좀 더 있었음 좋겠지만…….”

이 말은 요즘 찬희의 입버릇이다.

"아주머닌 밤낮 돈타령만 하셔."

은경은 핀잔을 주기도 했다. 그러나 찬희는 웃고 마는 것이다.

바삐 합승에 오른 찬희는 창밖을 바라본다. 찬희의 표정은 마치 새끼들을 거느리고 모이를 찾아 헤매는 암탉과도 같은 그런 것이 있었다.

평화스럽고 온화하다. 옛날의 그 초조하던 빛은 씻은 듯 없었다.

합승에서 내린 찬희는 지정된 다방으로 들어섰다. 윤기성이 벌써 와서 기다리고 있었다. 얼굴은 전에 없이 밝았다. 그를 대하는 찬희의 얼굴에는 다소 당황하는 빛은 있었으나 이내 잔잔하게 가라앉고 말았다.

"안녕하셨어요?"

찬희는 새삼스럽게 허리를 구부리며 인사를 하였다.

"허 여사께서도 퍽 행복해지신 모양입니다."

윤기성은 농 삼아 말을 던졌으나 일순간 그의 얼굴에는 쓸쓸한 빛이 스쳐갔다.

"차부터 드실까요?"

윤기성은 레지에게 차를 주문하고 다시 찬희에게 시선을 돌린다.

"사업은 잘됩니까?"

"해봐야죠. 아직은 알 수 있나요?"

"하긴, 그 사업이야 뻔하죠. 돈을 쓰는 사업인데 여축이 있겠습니까?"

하고 빙그레 웃는다.

"글쎄, 어쩐지 좀 불안하고 걱정이 돼요."

"너무 크게 벌리지는 마십시오. 자그맣게 알뜰히 하실 생각을 가지셔야지. 그리고 사교가 절대 필요하죠."

"저도 그 점은 생각하고 있어요."

어느덧 두 사람은 옛날의 깨끗한 우정으로 돌아가고 있었다. 서로 의식하지 못할 만큼 자연스러운 분위기가 조성되었던 것이다.

윤기성은 레지가 날라다 준 커피를 찬희에게 권하고 자기도 한 모금 마신 뒤,

"며칠만 있으면 허 여사께 돈을 돌려드릴 수 있겠습니다."

"네? 어떻게요?"

기대를 하고 온 것이기는 해도 막상 말을 듣고 보니 찬희는 가슴이 떨렸다. 윤기성은 웃는다.

"세상이 뒤집혀졌다 해도 정치가가 아닌 다음에야 어디서 돈이 쏟아질 리도 없고 그 점만은 안심하셔도 좋습니다. 당연히 받을 것을 받는 것뿐이니까."

찬희는 다음 말이 궁금하다.

"이 정권 때 그 고집불통인 영감 때문에 우리들이 몽땅 망했

는데, 그 왜 서독에서 들어온 물건 있죠? 그게 적성물자라 하여 그냥 창고 속에서 썩고 있었거든요. 그게 풀려나오게 됐습니다."

"어머! 정말이세요?"

찬희는 마치 자다가 돈벼락을 맞은 느낌이다. 깨끗이 그것을 단념하고 있었던 만큼 아무래도 그것은 일종의 횡재인 것만 같았다.

"사실은 그것이 풀려나올 확실한 가능성을 보고 모상사에서 미리부터 물건을 사자는 교섭이 왔습니다. 그래, 저도 이젠 그런 장사하고는 깨끗이 손을 끊어버리고 싶었어요. 쑥스러운 말씀입니다만 사일구혁명의 의의를 생각해서라도 돈에 탐욕 부리는 것 그만두렵니다. 하기는 몹시 당했기 때문에 지긋지긋하기도 하지만 어쨌든 허 여사의 의견을 한 번 타진해 본 후 그 회사와 결정을 짓고 아주 깨끗해지려구요."

"저야 뭐, 애당초부터 그런 의논받을 만한 지식도 없고…… 장사 일을 제가 알아야죠. 윤 선생이 적당히 알아서 하셔야죠."

"모든 걸 저한테 맡겼다가 혼나신 일 잊으셨어요?"

윤기성은 만족스럽게 웃는다. 그러나 웃는 그의 마음은 무거운 짐을 풀어놓은 뒤의 허전함이 있었다.

그리고 그동안의 괴로움이 한꺼번에 되살아오는 듯하여 왜 그런지 스산하기도 했다.

"왜 그런 말씀을 하세요? 이렇게 저에게 다 요행을 주셨는데.

정말 아닌 게 아니라 돈이 좀 생겼으면 하고 요즘은 늘 생각했어요."

"그래서 절 원망도 했겠군요. 그 원망을 좀 들었던들 제 마음이 덜 무거웠겠는데……."

얼음장처럼 싸늘하였던 지난날의 찬희를 은근히 힐난한다.

"이제 모두 지나간 일 아니에요?"

윤기성의 마음을 알아차리고 찬희는 다소 얼굴을 붉힌다.

"하여간 사일구 덕을 우리가 톡톡히 보는군요."

찬희는 얼굴을 붉힌 일에 당황하며 덧붙였다.

"그리고 허 여사의 고아들도……."

친희는 벌떡 자리에서 일어섰다.

"윤 선생님? 제가 오늘은 저녁 사겠어요."

"영광입니다."

윤기성은 따라 일어섰다.

찬희는 미소하였다. 싸늘하고 매섭게 윤기성을 바라보던 지난날의 표정은 간곳없었고 따뜻한, 지극히 모성적인 개방의 빛이 떠돌았다. 그것은 새로운 아름다움으로 윤기성의 마음에 흘러갔다.

거리에 나왔을 때,

"요즘 김 사장 부인을 만나시나요?"

윤기성이 물었다.

"아뇨."

"우리는 덕을 보았지만 그분들이 낭패죠?"

"그래도 아드님이 똑똑해서……."

"찬희 씨는 잘 시작하셨어요."

윤기성은 허 여사라 하지 않고 찬희 씨라 부르며 가만히 앞을 쳐다보았다.

찬희가 나간 지 얼마 되지 않아 빛의 집의 넓은 뜰에 자동차 한 대가 미끄러져 들어왔다.

클랙슨을 빵빵 누르니 뜰에서 뛰어놀고 있던 아이들이 우우 몰려와서 자동차 안을 유심히 들여다본다.

핸들을 놓고 훌쩍 뛰어내린 남식은 호주머니 속에 사 넣은 캔디를 꺼내어 아이들에게 나누어 주며,

"꼬마들아 은경 아줌마는 어디?"

친절한 멋쟁이 아저씨에게 금세 호감을 품은 아이들은 빙글빙글 웃으며,

"저어기."

하고 사무실 있는 곳을 가리켰다.

남식은 자동차 속에서 꾸러미 몇 개를 꺼내어가지고 현관 있는 쪽으로 걸어간다.

클랙슨 소리에 놀라 쫓아 나온 은경과 현관에서 남식은 마주쳤다.

"어머, 이거 뭐예요?"

양팔에 안고 있는 물건을 보고 은경이 먼저 묻는다.

"선물이죠. 아이들의."

"이렇게 많이?"

"많기는요. 집도 팔아서 넣는 허 여사도 계신데."

하고 씩 웃는다.

"아주머니가 아시면 퍽 기뻐하실 거예요."

은경은 남식으로부터 꾸러미를 받아 들고 앞서 사무실로 들어간다.

"아주머닌?"

"외출하셨어요."

"항상 바쁘신 모양인데."

"그야."

"은경 씨도 바쁘세요?"

"바빠요. 그렇지만 바쁘다는 것, 좋다고 생각해요."

바쁘다는 것은 잠시나마 이치윤을 잊게 한다.

"하긴, 직업이 아니니까."

남식은 힐끗 은경을 쳐다보았다. 언젠가 고아원의 사업은 직업이 아니라고 기를 쓰며 항변을 하던 일이 생각났기 때문이다.

"잠깐만 기다리세요. 차 끓여 오겠어요."

은경은 침묵이 계속될 것 같아서 자리를 떴다.

한참 후 은경은 홍차를 받쳐 들고 들어왔다.

남식은 자기 앞에 놓여지는 선명한 홍차의 빛깔과 향기를 느껐다.

"일전에 아주머니는 일상생활을 바싹 조여야겠다고 하시던데 이거 다 과용 아니세요?"

"선생님한테 특별이에요."

"네? 왜요?"

"식기 전에 드세요. 선생님도 그런 데 신경을 쓰세요?"

"글쎄…… 협조하는 뜻에서……."

"선생님은 말이죠. 부자니까 특별히 대우해 드리는 거예요. 앞으로 우릴 도와주실 수 있는 분에겐 사교가 필요하거든요. 아이들을 위한 사교라면 불순하지 않아요. 그렇지만 이건 저의 주장은 아니에요. 아주머니의 의견입니다."

희미하게 미소를 띠고 있는 은경을 바라보는 남식의 양미간이 바싹 모여졌다.

"화나셨어요?"

"아니. 그러나 난 이제 부자가 아닌걸요. 이용 가치가 없습니다. 하기는 옛날에도 아버지가 부자였지 김남식이가 부자였던가요? 형편없습니다. 부정축재 일호에 걸린 김 사장, 하하……."

남식은 남의 일처럼 웃었다.

은경은 미처 그것을 생각지 못하고 경솔하게 말을 한 자신이 뉘우쳐졌다. 당황하지 않을 수 없었다.

그러나 남식은 호주머니 속에서 무엇을 하나 꺼내어 테이블 위에 놓더니 은경을 쳐다보았다.

"이거 뭐죠?"

"편집니다."

"뉘한테서?"

은경의 가슴이 뛴다.

"이 군이 주더군요."

남식의 말이 입에서 떨어지기도 전에 은경은 피봉을 찢었다.

은경 씨

한번 만나보고 떠나려고 했는데 쓸데없는 미련이 남을 것 같아서 이 편지를 김 군에게 전히고 떠나렵니다.

아주머니한테 퍽 신세졌는데 간다 온다는 말 한마디 없이 가버린 나를 배은망덕한 자로 생각하실 겁니다. 그러나 애초부터 그러한 힐난을 각오한 바이니 달게 받겠습니다.

미래에 대하여는 아무 할 말도 없습니다. 은경 씨가 행복해지기를 빌 뿐입니다. 행복하게 사세요.

은경은 편지를 쥐고 자리에서 벌떡 일어났다. 그러나 도로 주저앉는다.

"어딜 가셨어요?"

"시골로 갔겠죠."

"언제?"

"며칠 전에."

"뭐 하려고요."

"시골에 가서 훈장질이나 하겠다 하더군요."

간단한 문답이 끝나자 두 사람은 대결하듯 서로 마주 쳐다본다. 은경의 두 눈이 쏘는 듯 강렬하였다.

테이블 위에 놓은 작은 주먹이 부르르 떨고 있다.

"전 이 선생님을 찾아가겠어요. 어디로 가셨어요. 말씀해 주세요."

은경은 테이블 모서리를 꼭 눌러 잡는다.

"찾아가서 어떡허죠?"

남식은 은경의 눈을 피한다.

"그분이 하는 대로 하고 살겠어요. 땅 파고 씨 뿌리며 살겠어요. 이 선생님은 그게 소원이었어요."

남식은 피식 웃는다.

"그건 행위죠. 그러나 마음은? 언젠가 은경 씨는 이 군의 마음이 바다 같아서 잡히지 않는다고 하셨죠?"

"네, 그렇게 말했어요."

"그 편지 보시고 이치윤의 마음을 잡으셨나요?"

남식의 얼굴에는 복잡한 표정이 흘렀다.

"옛날과 마찬가지예요. 그렇지만 전, 전 그분과 떠나선 살 수 없, 없어요."

아픈 자국을 건드려준 듯 은경은 울음을 터뜨렸다.

남식은 울고 있는 은경을 내버려두고 담배에다 불을 붙였다. 담배 연기를 뿜으며 창밖으로 눈을 돌렸다. 꼬마들이 줄넘기를 하고 있다.

"일시적인 격정으로 은경 씨의 선택이 그릇된 것이라 한다면…… 평생을 넓은 바다에서 헤매어야 한다면…….'

남식은 놀고 있는 아이들로부터 눈을 떼지 않고 혼잣말처럼 중얼거렸다.

"이, 이젠 헤매지 않겠어요. 그분 마음을 차지하려고 애쓰지 않겠어요. 운하를 팔래요. 그분, 그분은 고독해요. 운하를 파서 바다를 끌어들일래요."

은경은 열에 들뜬 사람처럼 중얼거렸다.

"운하, 운하를 판다고요? 확실히 이치윤은 고독합니다."

남식은 일어섰다. 뚜벅뚜벅 방에서 걸어 나간다.

남식은 도어를 밀려다가 돌아본다. 은경은 우뚝한 자세로 앉아 있었다.

"은경 씨 대신 이 집을 내가 돕죠."

은경은 얼굴을 휙 돌렸다.

"어떻습니까? 직업이 아닌 이 집의 일과 아주머니를 버리고 가시렵니까?"

마지막으로 은경을 잡아볼 양으로 그 말에 매달리는 것이었으나 남식은 이내 그 말이 무용함을 깨닫고 은경의 대답을 저버린 채 나가버린다.

은경은 자기 방으로 달려가서 짐을 챙기다 말고 멍하니 앉았다.

　　"어디 가시나요?"

　　식모가 물었으나 은경은 그대로 멍하니 앉아 있었다.

　　저녁때가 훨씬 지난 뒤 찬희는 희색이 만면하여 돌아왔다. 그러나 짐을 꾸려놓고 우두커니 앉아 있는 은경을 보자 깜짝 놀라면서,

　　"웬일이냐? 은경아."

　　"아주머니 용, 용서해 주세요. 가, 가겠어요."

　　은경은 찬희에게 몸을 던지며 운다.

　　"이거 어떻게 된 일이냐? 말이나 좀 해보렴. 울지 말고……."

　　"편지……."

　　"민경이 급하니?"

　　"아니에요. 이 선생님이……."

　　"이 비서가 왜?"

　　"시골로 가버렸어요."

　　"시골로?"

　　"저도, 저도 가겠어요."

　　"네가?"

　　찬희는 은경을 밀어내고 옷을 갈아입는다. 충격이 컸던 모양이다. 그러나 찬희는 자리에 앉아 조용히 입을 열었다.

"이제 모든 일이 잘되어 갈려고 하는데 너가 가면……."

"……."

"어차피 너는 이 비서한테로 갈 사람이니 난 말리지는 않겠다. 그런데 왜 이 비서는 시골로 내려갔니?"

"저도 잘 모르겠어요. 전부터 산골에 가서 살고 싶다는 말을 했어요."

"할 수 없는 일이다. 다 살고 싶은 대로 살아야 하나 부지. 시골이라면, 그래 어디로 갔다던?"

은경은 말문이 탁 막힌다. 찾아간다고 서둘렀지만 실상 막연한 노릇이 아닐 수 없었다.

"고향으로 갔나?"

"아마 그렇겠죠. 김 선생님보고 시골 가서 훈장질이나 하겠다 하더래요."

"짐까지 다 챙겨놓구…… 내일 가겠니?"

찬희는 한숨을 푹 내어 쉰다. 은경의 대답이 없다.

"시골이래야 몇만 리 밖도 아니니 오가면서 만나지."

"고마워요. 아주머니. 저를 용서해 주세요."

"용서고 뭐고 있니? 널 노처녀로 늙힐 수 없을 바에야 어차피 갈 사람에게 가는 게 당연하지. 기왕이면 서로 외롭지 않게 서울서 살았음 좋겠다만 어디 제 욕심만 부리고 살 수 있니?"

그날 밤, 은경도 찬희도 잠이 오지 않았다.

은경은 떠난다고 생각하니 여러 가지 마음에 걸리는 일이 많았다. 찬희는 물론이거니와 정을 붙이기 시작한 아이들, 마산에 있는 민경의 일까지 눈앞에 가로놓여 괴로웠다.

이튿날 아침 일찍이 일어났다. 식모가 지어준 밥을 먹는 둥 마는 둥 하고 출발을 서두르고 있는데 전화가 따르르 울려 왔다.

"은경 씨예요?"

남식이었다.

"시골엔 언제 떠나세요?"

"지금."

"지금?"

"네."

"어디로, 어느 시골로?"

"막연히 그냥 고향으로 가보려고요."

"막연히? 하하핫⋯⋯."

남식의 웃는 소리가 전화통에 울렸다.

"은경 씨도 상당히 곤란한 사람이군요. 그래, 막연히 나서면 어떡헙니까? 거기에 만일 이 군이 없다면 팔도강산을 유람하실 작정인가요?"

별안간 은경은 노여움과 슬픔이 치밀어 왔다.

"그렇습니다. 팔도강산을 돌아다니며 그일 찾고 말겠어요."

"좋습니다. 그 각오가 대단하군요. 그럼 곧 역으로 내가 나가죠. 이치윤의 주소를 내가 소지하고 있으니까."

"그럼 어제는 왜 모르신다고 말씀하셨어요?"

"그것은 적당히 해석해 두세요. 아무튼 나가겠습니다. 역에서 만나 뵙죠."

은경은 식모와 아이들에게 잠시 볼일이 있어 다녀온다는 말을 남기고 찬희와 같이 서울역으로 향하였다.

기차표도 끊지 않고 역전 광장에서 남식을 기다리고 있는 동안 찬희는,

"아주 영영 가버리는 것도 아닌데 마음이 언짢구나. 하여간 내려가 보고 이 비서랑 같이 올라오너라. 결혼식이란 한갓 형식에 지나지 못하는 일이지만 그래도 치를 것은 치러야지. 마산에 아버지도 청하고…… 결혼하고 난 다음에야 시골로 가든 산골로 가든 너희들 마음대로 해. 고아원 일은 걱정 말아라. 돈이 뜻밖에도 어디서 터져 나올 모양이니 잘돼 나가겠지."

마치 딸을 타이르는 어머니처럼 찬희의 얼굴은 자애로웠다.

"아, 벌써 나오셨군요."

굵은 목소리에 고개를 돌리니 남식이었다. 은경은 아까 전화에다 화를 낸 생각을 하며 남식의 눈치를 보았다. 그러나 남식은 평소와 조금도 다름없는 표정이었다.

남식은 주소를 적은 봉투 한 장을 꺼내어 은경에게 주었다.

"겉봉에 적힌 주소에 이치윤이 있습니다. 속에 편지가 들어 있으니 전해주십시오."

은경은 그것을 받아 핸드백 속에 집어넣는다.

"김 선생님……."

"네?"

"언제나 신세만 지는군요."

하고 은경은 눈을 내리깔았다. 무슨 할 말이 많은 것 같았으나 어설피 입 밖에 말이 나오지 않았다.

"또 오겠어요. 우리 아주머니…… 도와주세요."

은경은 저도 모르게 흐느껴졌다.

기차표를 끊고 폼에 들어갔다. 은경은 기차에 올랐다.

"곧 올라오너라. 같이……."

"네."

은경은 떠났다.

역전 광장으로 나온 찬희는 서운하다는 말을 몇 번이나 되풀이하였었다. 그리고,

"남식 씨도 이제 결혼하셔야지."

"글쎄요. 놓친 고기가 하도 커서 미련이 남는군요."

하며 하하 웃었다.

버스가 거대한 짐승처럼 굴러오는 아침 거리에는 상쾌한 소음이 울려 나오고 있었다.

작품 해설

아무것도 소유하지 않는
가득 찬 사랑

장미영(강남대 참인재대학 교양교수부 강사)

1. 사랑은 어떻게 오는가?

"그것은 그였기 때문에, 그것은 나였기 때문에(Par ce que c'estoit
luy; par ce que c'estoit moy)"사랑이다.

—몽테뉴(Michel de Montaigne, Essais, 1950)

사랑이 감정이라면 그 감정은 나의 것인가? 그대의 것인가?
우리가 공유하고 있는 사랑은 같은 것일까? 사랑을 논리적으
로 표현하려고 하면 할수록 미궁으로 빠져드는 기분을 경험한
다. 분명 사랑으로 열병을 앓고 대상이 명확하게 드러나 있지만
사랑을 언어로 표현하자면 담겨지지 않는 감정의 부스러기들이
더 많이 남는다. 사랑은 둘만의 체험이고 나에서 너에게로 다시

나에게로 이동되고 순환되며 형언키 어려운, 배타성을 품고 있는 둘만의 공감과 교류 과정이라 할 수 있다. 찰나적인 충동과 서서히 스며드는 상반된 감정이 동시에 일어나고, 상대를 향한 불같이 뜨거웠던 마음이 얼음처럼 얼어붙어 버리는 모순적인 상황을 이해할 수 있는 둘만의 교감. 이러한 까닭에 사랑에 빠지면 시인이 되고 예술가가 되어 세상 만물을 은유하고 노래하게 된다.

올리히 벡과 엘리자베트 벡-게른하임 부부는 "사랑은 지독한 그러나 정상적인 혼란"이라고 정의하고 있다. 당사자뿐만 아니라 제3자의 눈에도 이해되지 않는 선택과 행동에 혼란스러워하지만 그것조차 지극히 '정상적인' 혼란이라니. 서로를 알아보고 마음을 나누는 일은 생각만큼 단순하지도 명쾌하지도 않다. 심지어 사랑도 시대에 따라 변한다. 사랑이 불변의 감정이 아니라는 것을 두고 니콜라스 루만은 사랑을 하나의 매체로 보고 "사랑이라는 매체는 감정이 아니라 하나의 소통 코드"라고 한다. 즉 사랑을 위한 특별한 '코드'가 형성되고, 사랑은 '주관적으로 체계화된 타인의 세계 준거를 내면화하는 일'이자 과정이라고 한다. 그래서 사랑이란 일종의 병(상사병, 열병)이며 광기이자 기적이라고 할 수 있다. 사랑은 아주 사적인 관심과 상대방에 대한 동일시, 공동의 체험을 통해 사랑하는 자와 사랑받는 자는 통합되고 합일에 이르는 시간과 끝없는 소통이 요구되는 복잡한 소통 코드가 되는 것이다.

박경리의『푸른 운하』는 스무 살의 송은경이 쌀쌀맞게 대하는 계모와 싸우고 아버지를 설득하여 고향인 마산을 떠나 서울로 상경하면서 경험하게 된 새로운 세상과 인간관계를 통해 자아를 찾아가는 이야기이다. 다른 한편으로는 상경 첫날 우연히 마주하게 된 '넓은 이마와 깊은 눈이 몹시 창백한 얼굴'의 남자(이치윤)를 만나게 되면서 시작된 사랑의 서사이기도 하다. 『푸른 운하』에 그려지는 사랑 이야기는 은경을 중심으로 한 열정으로서의 사랑인 동시에 성숙한 인간으로서의 성장담이기도 하다. 시골뜨기 아가씨 송은경이 타인의 세계를 자기의 삶으로 들여놓으며 갈등하고 혼란스러워하는 가운데 진정한 자아를 발견하고 사랑의 본질을 묻고 깨달으며 마침내 존재론적 사랑의 의미를 알아간다.

송은경을 중심으로 한 사랑 서사는 이치윤과 관계를 통해서 단선적으로 구성되는 것이 아니라 이치윤과 박지태, 이치윤과 김남식, 이치윤과 치윤의 아내 경란과 겹겹이 겹쳐지는 삼각관계를 통해 서로 다른 방식으로 사랑을 쟁취하고자 갈등한다. 더불어 돌아가신 엄마의 친구인 찬희 여사와 윤 변호사, 은경의 오빠인 민경과 미스 리(인혜) 등 은경의 주변 인물들이 보여주는 다양한 사랑의 방식은 사회적 코드로서 사랑의 의미를 드러낸다. 남녀 간의 사랑은 둘만의 개인적인 문제에서 가족의 문제로 다시 사회적 규범과 연결되며 허용과 비난의 대상이 되기도 한다. 이 과정에서 사랑의 본질은 다양한 국면에서 규명되고 풍성하게 생성된다. 특히 개인의 열정으로서 사랑은 결혼제도와 가족 구성으로 이어지며 시대의 특수한 사회적 코드로서 확장되어 나타난다. 이때 이들 남녀가 보이는 사랑의 방식은 서로에 대한 수용, 집착과 파괴에 이르기까지 다양하게 시도되며 독자로 하여금 사랑에 대해 성찰할 수 있는 기회를 제공한다. 각 개인이 보이는 감정과 행동은 무엇을 사랑이라 부를 수 있으며, 사랑은 어떻게 오는가에 대한 물음이다. 답은 읽어가는 독자들의 몫으로 남는다.

2. 집착과 낭만적 사랑의 실패

은경은 새살림을 시작한 후 자식보다 아내를 먼저 챙기는 아버지와 전처의 자식에게 모질게 대하는 계모 밑에서 외로운 생활을 하던 중에 어려운 일이 있으면 서울로 오라던 돌아가신 어머니의 S여고 후배 허찬희를 찾아 상경한다. 허찬희는 사십이 넘도록 자식을 생산하지 못하여, 국회의원인 남편 김상국이 소실을 얻고 자식을 낳아 두 집 살림을 하고 있음에도 남편의 불륜을 묵인할 수밖에 없는 고독한 인물이다. 찬희는 은경의 어머니가 살아 있을 때는 어려운 가정생활에 도움을 주었고, 자식이 없는 불행한 처지 때문인지 은경과 은경의 오빠 민경에게 애틋한 정을 느끼고 보살펴주고자 한다.

은경은 찬희의 집을 방문한 첫날 치윤의 휜칠한 뒷모습에서 허황한 걸음걸이를 본다. 그날 밤 치윤은 급성맹장염으로 병원에서 수술을 하게 되고 은경은 처음 만난 사이임에도 "무섭고 걱정이 되어 가슴이 떨렸다. 처음 만난 사람이지만 이상하게 남과 같지 않은 기분이 들어 수술 결과가 걱정되었고 무시무시한 병원 풍경이 마음을 압도했다"라며 이치윤과의 만남을 의미심장하게 받아들인다. 치윤에 대한 은경의 급격한 감정 변화는 다음 날 간 병문안에서 "'그분 눈에는 아픔이 있다. 본시부터 냉정한 사람은 아니었을 거야.' 그 말을 마음속으로 중얼거리는 은경의 눈에도 자신이 자각하지 못하는 꿈이 짙게 모인다"라는 독백을 통해 확인할 수 있다. 치윤과 은경 사이에 어떠한 감정적 교류가 없었음에도 불구하고 은경이 느끼는 감정의 변화는 사랑의 시작을 예고한다. 치윤에게 영아라는 딸과 아내가 있다는 사실을 알게 되면서 은경은 사회적 통념과 자신의 감정 사이에서 고민에 빠지게 된다.

이치윤과 경란이 결별하게 된 이유는 양민이라는 사내 때문이었다. 여자를 공주를 대하듯 우대하는 양민의 호의를 무심하게 받고 있던 경란이 고가의 시계를 선물 받은 걸 알고 치윤이 돌려줄 것을 종용했지만 경란은 거절한다. "난 당신의 노예가 아니에요. 나는 나대로의 인격이 있구 행동의 자유가 있어요"라며 자신은 독립된 인간이며 아무도 뜯어고칠 수 없다고 일갈한다. 치윤은 경란에게 다른 남자의 호의를 받아들인다는 것은 창부나 하는 불손한 행동이라고 몰아붙이지만, 경란은 오히려 호의를 받아들이지 못하는 것이 자기 내부에 창부적인 요소가 있는 것이라며 치윤과의 결별을 선택한다. 단 한 번의 언쟁으로 경란과 헤어진 치윤은 여자에 대해 혐오를 느끼며 싸늘하게 변한 것이다. 치윤의 사랑은 경란에 대해 배타적인, 둘만의 독점적인 관계를 유지하려는 것이었지만 소유하려는 집착으로 변질되고 결국 사랑을 잃고 만다. 치윤은 경란에 대해 "삼 년 동안이나 그를 소유했어도 그 여자의 머리카락 한 오라기도 자기 것이 아니었다는 아쉬움이 마음에서 사라지지 않았다"고 고백한다. 경란과 치윤의 관계는 경란이 치윤과 은경을 해코지한 사건을 빌미로 남식이 경란을 압박하여 청산된다.

집착으로 사랑은 물론 자신까지 파멸로 몰아넣은 또 다른 인물인 박지태는 은경의 오빠인 민경의 친구로 마음속으로 은경을 사랑하고 있었다. 은경이 서울로 떠나기 전 마음을 고백하고 은경에게 사랑을 갈구하지만 은경에게 지태는 '좋은 사람' 그 이상도 이하도 아니었다. 자신의 마음을 받아주지 않는 은경에게 집착하던 지태는 은경을 허영에 찬 사람으로 모욕하고 자격지심으로 자신을 학대한다. 지태가 보인 사랑의 강요와 집착은 사랑이 한 사람의 일방적인 감정의 상태가 아닌 쌍방향적 소통의 과정이자 결과라는 것을 반증한다. 상대방의 마음을 인정하고 존중하기 위해서는 상대방의 말에 귀 기울여 주고 알아가며, 함께 감정을 쌓아가는 과정이 필수적이다. 지태는 물리적으로라도 그녀를 가두려 하지만 어떠한 방법으로도 은경의 마음을 가질 수 없다는 것을 깨닫고 자포자기 상태에서 도망병이 되고 난동에 휘말려 죽음에 이른다. 그의 죽음은 아무리 낭만적 사랑으로 포장할지라도 무모한 집착이 도달하게 되는 비참한 종말을 상징적으로 보여준다. 이들의 연애 실패담은 사랑하는 자의 순수한 정열도 사랑을 받는 사람에 대한 존중과 교감 없이는 집착에 지나지 않는다는 것과 그러한 사랑은 실패할 수밖에 없다는 엄중한 경고로 받아들여진다.

3. 타인에 대한 연민과 이타적 사랑

치윤과 지태가 경란과 은경에 대해 품었던 사랑이라는 감정적 실체는 왜 실패하고 말았을까? 열정으로서의 사랑의 완성은 사랑의 주체와 대상 사이의 감정적 교감을 통해 통합되었을 때 비로소 가능해진다. 어느 한쪽의 일방적인 요구와 집착으로는 불가능한 상호작용이 전제된다. 사랑이 상대방에 대한 열정만으로 실현되는 것은 아니다. 찬희와 윤기성 변호사, 민경과 미스 리(인혜)의 관계에서 보이는 사랑은 상대방에 대한 연민과 헌신을 바탕으로 시작되고 상대방을 감화시켜 생의 회복으로 이어지고 있다.

허찬희와 윤기성 변호사 사이의 애정 관계는 표면적으로 각자 가정이 있는 남녀의 불륜으로 사회적 비난의 대상이다. 그러나 윤 변호사가 찬희를 받아주고 사랑한 것은 남녀 간의 열정이 아닌 찬희에 대한 연민에서 비롯된 것임을 전후 맥락을 통해 추측할 수 있다. 마흔이 넘도록 자식을 생산하지 못하고, 남편이 소실을 얻어 아들을 낳았지만 그들의 관계를 묵인하고 살아야 하는 찬희 인생은 외롭고 불쌍하다. 남편의 열렬한 구애로 결혼을 했던 찬희에게 남편의 배신은 견딜 수 없는 고통이었고, 이혼도 받아들여지지 않아 치욕적인 부부관계를 유지하며 살고 있는 것이다. 찬희의 이혼 소송을 맡았던 인연으로 이러한 내막을 잘 알고 있는 윤 변호사와 찬희의 관계는 윤 변호사가 찬희의 후원자를 자청하고 나서면서 여인 관계로 발전한 경우다. 그러나 이 둘 사이의 사랑은 청춘의 사랑과는 다른 면모를 띠고 있는데 그것은 서로 상대방에게 대가를 기대하지 않는다는 것과 인간적인 연민을 바탕으로 시작된 감정은 각자 자신을 회복하고 찾아가는 힘이 되어준다는 점이다.

삶의 의미를 찾지 못해 방황하던 찬희는 윤 변호사를 통해 자신의 삶을 되돌아보게 되고 자신의 외로움이 남녀 간의 육체적 관계로 해소될 수 없다는 것을 깨닫게 된다. 그러던 중 남편 김상국 의원이 뇌일혈로 갑자기 죽자 혼란스러워 하던 그녀는 윤 변호사의 지지와 도움으로 고아원 '빛의 집'을 설립하며 마음의 평화를 얻게 된다. 윤 변호사의 찬희에 대한 마음은 인간에 대한 연민으로 비롯된 것으로 남녀 간의 사랑보다는 우정에 가깝고 진심으로 그녀를 위로해 주고 온전히 이해하면서 완성된다.

은경의 오빠인 민경은 기질적인 문제와 사회에 대한 불신으로 갈등을 겪다가 폐병에 걸려 주변 사람들을 원망하며 삶의 의지를 상실한 채 살아간다. 그런 민경을 안쓰러운 마음으로 보듬어준 이가 미스 리(인혜)이다. 인혜는 댄스홀에 나가 벌어 온 돈으로 민경을 정성껏 돌본다. 미스 리가 댄스홀에 나가는 것과 민경이 폐병에 걸린 사실은 사랑을 완성하는 데 결함요소가 될 수 있지만 당사자에게는 중요한 문제가 아니다. 서로에 대한 사랑과 믿음이 중요할 뿐이다. 미스 리의 헌신적인 사랑과 변함없는 보살핌으로 민경은 현실에 적응하며 삶에 대한 의지를 회복한다. 언제까지라도 함께할 것 같았던 친구 지태의 허망한 죽음도 삶의 소중함을 깨닫게 한 결정적인 계기가 된다. 박경리의 소설에는 사회적으로 혹은 신체적으로 결함이 있는 개인이 인간에 대한 연민과 애정으로 타인의 생 의지를 회복하고 갱생하는 이야기가 서브 스토리로 구성되는 경우가 많은데 때로는 메인 스토리가 아닌 서브 스토리를 통해 작가가 전달하려는 주제가 더욱 크게 부각되기도 한다. 『푸른 운하』에서는 인혜가 그러한 인물이며, 비록 사회적으로 비천한 위치에 있지만 인간에 대한 깊은 애정으로 타인을 구원하고 있다. 인혜가 보여주는 희생과 헌신은 낭만적인 감정과 별개로 사랑의 중요 덕목임을 알 수 있다. 사회적 코드로서 사랑은 감정의 실체인 동시에 경우에 따라서는 공동체의 관습에 따라 추동되고 금기시되기도 한다. 시대적 상황에 따라 허용되는 사랑의 실천은 작가의 세계관을 반영하고 작가가 보여주고자 하는 사랑의 본질적인 양상 가운데 하나라고 할 수 있다.

4. 인간적 성숙과 실존적 사랑

이치윤은 경란의 "사치스러운 교양과 감각과 이기심 그것을 증오하면서도 그것에 끌려" 둘의 관계를 정리하지 못한 상태이다. 경란으로 인해 여성에 대해 혐오에 가까운 태도를 보이고 있던 이치윤은 은경을 통해 따뜻한 모성을 발견하고, 때 묻지 않은 순수한 모습에 흔들리게 된다. 그러나 은경에 대한 애정이 깊어질수록 죄의식도 커지고, 쉽게 자신의 마음을 표현하지 못한다. 이미 결혼까지 하여 아이까지 있는 삼십 대의 자신이 이제 스물이 된 은경에게 사랑의 마음을 품고 은경을 받아들인다는 것은 사회적으로 용인받기 어려운 문제다. 치윤이 은경과 대화에서 "낭만은 인간의 본질이겠지만 그것은 또한 살아야 하는 엄숙한 현실에 있어서 하나의 사치에 지나지 않을 때가 퍽 많아요"라고 말하는 대목은 치윤이 자신의 감정에 솔직할 수 없는 사회적 분위기를 드러낸다. 이치윤은 경란과 관계를 정리하지 못한 채 커지는 은경을 향한 사랑의 감정에 깊은 가책을 느낀다. 은경에 대한 이중적인 감정에도 불구하고 이치윤은 용기를 내어 은경에게 마음을 고백하고, 행복하게 잘 살라는 말을 남기고 시골로 떠난다. 치윤이 자기감정에 솔직하지 못한 수동적인 사랑을 보여주었다면 은경은 훨씬 주체적이고 능동적인 사랑을 실천하고 있다.

은경이 치윤을 향한 사랑은 실존적 사랑이라고 할 수 있는데 실존적 사랑이란 대상에 대한 소유 혹은 집착과 관계없이 사랑하는 대상과 감정적 환류와 사랑의 경험을 기반으로 한다. 은경은 치윤이 보여준 사랑과 둘 사이의 교감을 믿으며 치윤에 대한 사랑을 확고히 한다. 사회적인 시선과 은경을 어렵게 할 수 있다는 자책감에 물러선 치윤을 찾아 떠남으로써 자신의 확실한 사랑을 실천하고 있다.

박경리의 『푸른 운하』에는 다양한 유형의 인물과 사랑의 방식을 통해 사랑의 의미와 가치 그리고 본질을 탐색하고 있다. 특히 은경의 사랑만큼 능동적이면서 성숙한 사랑의 방식을 보여주고 있는 인물이 이치윤의 친구인 김남식이다. 김남식은 바람둥이로 알려진 인물이지만 실제로는 의협심이 있는 사업가이자 사회 개혁가이다. 자신도 은경을 사랑하고 있지만, 은경과 친구인 이치윤이 서로 사랑하고 있다는 사실을 알고 그들의 사랑이 이루어질 수 있도록 적극적으로 도와준다. 치윤이 경란과의 결혼이 청산되지 않아 은경에게 다가가지 못하고 있다는 것을 알고 기지를 발휘하여 마무리할 수 있도록 한다. 은경의 확고한 태도에 아쉬운 마음보다 은경의 선택을 존중하고 배려할 줄 아는 인간적인 매력도 넘치는 인물이다. 남식은 은경에게 일자리를 내어주어 사회인으로서 성장을 돕고, 드러나지 않게 주변 사람들의 문제를 해결해 준다.

남식은 단순히 은경과의 애정 문제뿐만 아니라 역사의 변동을 간파하고 정의로운 방향으로 세상의 변화에 동참한다. 그는 사회 개혁의 단초를 마련할 수 있는 잡지 《청조》를 발행하는 출판 사업을 하며 사회 개혁 활동에 적극적으로 참여한다. 이승만 정권 말기 자유당 부정 선거와 마산 봉기, 4·19 등 소용돌이치는 역사의 한 국면은 남식의 사업과 연결되어 그려지고 있는데, 당시의 긴박한 상황과 지식인들의 참여를 엿볼 수 있는 장면이기도 하다.

박경리 소설에 드러난 애정 서사에서 여성 인물이 보이는 사랑의 태도는 전형적인 성녀와 악녀의 구조로 분석하기에는 일관적이지 않은 균열점이 있다. 그것은 여성 인물의 능동성에서 찾을 수 있다. 기존의 애정의 갈등에서 여성 인물들이 보이는 수동성과는 다른 각자 추구하는 목표가 다를지라도 생의 주체로서 보이는 주체성과 능동성은 사랑이 개인의 감정 차원을 넘어선 사회적 코드로서 사랑의 문제를 다시 들여다볼 실마리를 제공하기 때문이다. 『푸른 운하』에서 은경은 물론 경란, 인혜, 찬희에 이르기까지 세대와 사회적 지위를 막론하고 여성 인물들이 보이는 사랑의 능동성은 작가가 추구하는 사랑의 본질을 반영하고 있다. 이 작품에서 치윤이 경란과의 관계에서 보여

주었던 사랑에 대한 사회적 코드로써 가부장적 위계는 은경을 통해 변화하고 있으며, 김남식은 적극적이고 자기감정에 솔직하지만 상대방의 마음을 존중할 줄 아는 새로운 이상적 인물로 그려지고 있다. 윤 변호사의 경우도 찬희를 한 인격체로서 존중하고 조력하는 모습을 통해 치정에 얽힌 남녀관계를 극복하고 있다.

박경리의 『푸른 운하』는 1960년대 발표되었음에도 여전히 오늘날에도 유효한 사랑의 의미와 본질을 묻고 있으며 읽는 이로 하여금 흥미로운 소설의 세계로 인도한다. 스무 살의 앳된 아가씨 송은경과 삼십 대의 이치윤이 나이와 남성, 사회적 지위로 위계가 만들어지지 않고 성숙하고 평등한 사랑에 집중한 애정관계는 오늘날에도 시사하는 바가 크다. 남성의 위력이나 경제력, 신분 등 외적인 요소가 아닌 오롯이 남녀의 사랑이라는 정서적 끌림과 쌍방향적 소통에 초점이 맞추어져 있다는 점도 이 작품의 현재적 가치를 증명한다.

부박한 현실에 조건과 이해타산을 따지며 사랑이 자취를 감추어가고 있는 이 시대에, 이들의 사랑은 참사랑의 가치와 의미를 되새기기에 충분하다.

푸른 운하

초판 1쇄 인쇄 2023년 12월 1일
초판 1쇄 발행 2023년 12월 14일

지은이 박경리
펴낸이 김선식

경영총괄이사 김은영
콘텐츠사업2본부장 박현미
책임편집 한나래 **디자인** 정명희 **책임마케터** 문서희
콘텐츠사업6팀장 임경섭 **콘텐츠사업6팀** 한나래, 임고운, 정명희
편집관리팀 조세현, 백설희 **저작권팀** 한승빈, 이슬, 윤제희
마케팅본부장 권장규 **마케팅4팀** 박태준, 문서희
미디어홍보본부장 정명찬
브랜드관리팀 오수미, 김은지, 이소영
뉴미디어팀 김민정, 이지은, 홍수경, 서가을, 문윤정, 이예주
크리에이티브팀 임유나, 박지수, 변승주, 김화정, 장세진, 박장미
뉴미디어팀 김민정, 이지은, 홍수경, 서가을
지식교양팀 이수인, 염아라, 석찬미, 김혜원, 백지은
브랜드제휴팀 안지혜
재무관리팀 하미선, 윤이경, 김재경, 이보람, 임혜정
인사총무팀 강미숙, 김혜진, 지석배, 황종원
제작관리팀 이소현, 최완규, 이지우, 김소영, 김진경, 박예찬
물류관리팀 김형기, 김선진, 한유현, 전태환, 전태연, 양문현, 최창우, 이민운
이부스태프 교정교열 유혜림 본문 조판 스튜디오 수바

펴낸곳 다산북스 **출판등록** 2005년 12월 23일 제313-2005-00277호
주소 경기도 파주시 회동길 490
전화 02-704-1724 **팩스** 02-703-2219
이메일 dasanbooks@dasanbooks.com
홈페이지 www.dasan.group **블로그** blog.naver.com/dasan_books
용지 아이피피 **인쇄** 민언프린텍 **코팅 및 후가공** 제이오엘앤피 **제본** 국일문화사

ISBN 979-11-306-4775-3 03810